tredition®
www.tredition.de

Axel Behrendt

Dänisches Duell

Kriminalroman

Rostock-Krimi
Band 2

Umschlag: Axel Behrendt
Verlag & Druck: tredition GmbH, Hamburg

ISBN
Paperback 978-3-7439-3051-3
Hardcover 978-3-7439-3052-0
e-Book 978-3-7439-3053-7

1

Der Wind schlief noch am Morgen.

Regungslos hing der feine Tau an den fast reifen Ähren und löste sich nun mit der aufgehenden Sonne träge und leicht dampfend über dem Getreidefeld am Dorfrand von Toitenwinkel auf.

Paul spürte die kühlen Wassertröpfchen auf der Haut, die sich auch auf seiner Windjacke als glänzender Film absetzten.

Munterer machten sie ihn nicht.

Wenngleich er noch etwas müde war, trat er recht zügig in die Pedalen und dachte an die vor ihm liegende Radtour, deren Wege ihn nach der Fährüberfahrt von Gedser aus über die beiden südlichsten dänischen Inseln bis in das kleine Hafenstädtchen Nysted führen würden, und die er nun an einem der längsten Tage des Jahres endlich einmal abfahren wollte.

Das leise Knirschen feinster Kieselsteine unter seinen Fahrradreifen vermischte sich auf dem Feldweg nach Krummendorf mit weit entferntem Möwengeschrei.

Es war eine versonnene Geräuschkulisse, die Paul als etwas Beruhigendes, ja beinahe Meditatives empfand und deren Klänge auf entspannende Weise seine Gedanken begleiteten.

Er war so in sie vertieft, dass er das ungewöhnlich sanfte Rauschen, welches sich ihm näherte, zunächst kaum wahrnahm.

Erst als sein Blick von etwas angezogen wurde, das sich im Getreidefeld in einer schmalen, fast unscheinbaren Spur äußerst schnell auf ihn zubewegte, hielt er inne und wurde instinktiv langsamer.

Wie ein Geistesblitz durchzuckte es ihn, als er ahnte was das sein könnte.

Doch es war schon zu spät.

Urplötzlich schossen neben ihm mehrere Wildschweine aus dem etwas höher gelegenen Feld und verfehlten ihn nur um Haaresbreite.

Mit ohrenbetäubendem Grunzen und Quieken drückten sie sich an ihm vorbei.

Paul erschrak so heftig, dass er den Kopf einzog und im Stehen voll auf die Rücktrittbremse trat.

Schlingernd rutschte er über den Weg und verlor dabei sein Gleichgewicht.

Der Schwung warf ihn wie ein Stein zur Seite, doch er schaffte es gerade noch vom Rad abzuspringen und sah aus dem Blickwinkel heraus, wie es sich unmittelbar darauf in einem Gebüsch verfing und so stehen blieb, als wenn er es dort abgestellt hätte.

Geschockt und leicht schwankend schaute er für einen Moment auf sein Fahrrad.

Dann drehte er sich ruckartig zum Feld und danach wieder blitzschnell zum Weiher auf der gegenüberliegenden Seite zurück, in dem die Wildschweine Sekunden später im hohen Gestrüpp nahezu lautlos verschwunden waren.

Eine feine Staubwolke hüllte ihn kurzzeitig ein.

Mit wackligen Knien ging er in die Hocke und atmete mehrmals tief durch.

Das Knacken eines Astes im Gehölz ließ ihn jedoch umgehend wieder hochschnellen.

Angespannt und bewegungslos horchte er sich um.

Doch außer seinem rasenden Herzschlag vernahm er nur das lange und tiefdröhnende Signal eines Schiffshorns, welches im nahen Überseehafen das Auslaufen eines Frachters ankündigte.

Und er verspürte nach den abrupten Bewegungen einen heftigen, geradezu stechenden, aber auch altbekannten Schmerz in seinem Rücken.

Sachte massierte er seine Lendenwirbel und ging leicht humpelnd ein paar Schritte über den Weg, ohne dabei das Getreidefeld und den Weiher aus den Augen zu verlieren.

Alles um ihn herum schien wie erstarrt zu sein.

Nicht ein Halm bewegte sich.

So schnell wie die Schweine aus dem Feld gesprungen waren, so schnell waren sie auch wieder verschwunden, und nur die umgeknickten Ähren zeigten Paul nun an, wie knapp er einer Kollision entgangen war.

Leicht zitternd öffnete er den obersten Knopf seiner Jacke und wischte sich mit seinem Basecap einmal über den Kopf.

Dann sah er auf die Uhr.

Es war erst zwei Minuten nach fünf.

Bis zur Abfahrt der Fähre um sechs hatte er also noch genügend Zeit und könnte es auf den letzten knapp drei Kilometern sehr ruhig angehen lassen.

Mit einem leichten Ruck zog er sein Rad aus dem Gebüsch, klappte den Fahrradständer aus und sah es sich genauer an.

Erleichtert stellte er fest, dass es die verblüffende Flugaktion völlig unbeschadet überstanden hatte.

Noch etwas benommen nahm er aus der Gepäcktasche eine Thermoskanne mit Grünem Tee heraus und setzte sich erschöpft auf einen großen Feldstein.

Während er an seinem Becher schlürfte fragte er sich, ob es wirklich eine gute Idee war diese Tour zu machen, und er spürte nach der Schrecksekunde einmal mehr eine anhaltende Müdigkeit, die ihn schon seit geraumer Zeit nicht mehr losließ.

Nur die morgendliche Kälte hatte sie kurzzeitig etwas unterdrückt.

Hätte er sich nicht schon am Tag zuvor das Fährticket gekauft, wäre er wohl erst gar nicht aufgestanden, und nach den aufreibenden Arbeitstagen in den letzten Wochen wäre es auch allemal besser gewesen an diesem Sonntag ordentlich auszuschlafen und sich am Nachmittag an den Strand zu legen.

Andererseits schob er diese Tour am Guldborgsund entlang schon eine Ewigkeit vor sich her.

Trotz mehrerer Anläufe war es ihm auch in den letzten Jahren nicht gelungen dieses längere Stück über Falster nach Lolland zu radeln, welches nur an langen Sommertagen bei trockenem und windstillem Wetter mühelos zu bewältigen war.

Und wollte er wirklich etwas auf den Inseln erleben, musste er eben schon mit einer der ersten Fähren nach Gedser übersetzen.

Charlotte hatte er für die Tour schon gar nicht begeistern können und er war sich nicht sicher, ob sie wirklich arbeiten musste oder dies nur vorgab.

Noch immer vermochte er es nicht sie richtig einzuschätzen und ihr vorbehaltlos zu vertrauen, was ihr wiederum wohl nicht anders erging.

Ihre Beziehung, soweit man davon überhaupt sprechen konnte, kam ohnehin nicht so recht in Schwung und Paul hatte keinerlei Ideen, wie er das ändern könnte.

Zu sehr war wohl jeder durch sein bisheriges Leben geprägt, so dass schon seit Beginn ihrer Bekanntschaft eine Distanz zwischen ihnen bestand, die unüberwindbar erschien.

Vielleicht war er mit seinen neunundvierzig Jahren aber auch einfach beziehungsmüde und wollte sich nicht eingestehen, dass es ihm mittlerweile schwerfiel sich erneut auf eine Frau einzulassen und damit seine Unabhängigkeit aufzugeben, die ihm mit dem Auseinanderbrechen seiner Familie zwar mehr oder weniger aufgezwungen worden war, aber deren Vorzüge er auch zunehmend zu schätzen wusste.

Ja, möglicherweise war es wirklich dieser Aspekt, der ihn davon abhielt deutlich mehr für Charlotte zu tun.

Nachdenklich schüttete er den Rest des Tees aus dem Becher und packte die Kanne zurück in die Tasche.

Noch einmal horchte er sich angespannt um und schaute auf die niedergeknickten Halme.

Doch es blieb ruhig.

So stieg er wieder aufs Rad und fuhr weiter.

Die Morgensonne drückte sich nun zusehends durch die wenigen Baumkronen am Feldrand und färbte das Getreide goldgelb ein.

Paul spürte das erste Mal ein wenig Wärme auf seiner Haut, und als er wenig später die letzten Häuser von Krummendorf passierte und über die Brücke des Rangierbahnhofes in das Gelände des Überseehafens einbog, verflüchtigten sich umgehend die verstimmenden Grübeleien.

Mit dem Blick auf die Hafenterminals und Anlegerbrücken, von denen auch die Fähren nach Skandinavien ablegten, dachte er nur noch an die weitgezogene Landschaft der flachen Inseln, an die einsamen Radwege entlang des Guldborgsunds und an die vielen kleinen Dörfer auf der dänischen Seite der Ostsee.

*

Vor den Abfertigungsschaltern der Fährlinien warteten nur wenige Fahrzeuge auf den Check-in.

Die meisten Urlauber nutzten ja die Überfahrten an den Samstagen, und die unzähligen Laster, die auf den langgestreckten Parkflächen des Hafengeländes abgestellt waren, würden erst zu Wochenbeginn wieder für hektischen Trubel auf den Fähren sorgen.

Paul passierte mit einem kurzen Stopp die Zollkontrolle und fuhr dann über die endlos scheinenden

Einordnungsspuren gemächlich bis zur markierten Aufstellfläche an das Hafenbecken heran.

Von der Fähre war noch nichts zu sehen.

Er stellte sein Fahrrad ab und beugte sich einmal leicht nach vorne.

Das Stechen im Rücken ließ nur langsam nach.

Auch ein paar Schritte an der Kaikante entlang konnten seine Bedenken nicht gänzlich zerstreuen, dass er damit den Tag vielleicht nur mit argen Beschwerden durchhalten würde.

So zog er abermals etwas skeptisch die Thermoskanne aus der Gepäcktasche und setzte sich ein paar Meter weiter weg auf einen Betonklotz, der quer auf die alten Bahngleise gelegt war, über die in früheren Zeiten auch Waggons auf die Fähren nach Skandinavien geschoben wurden.

Noch immer etwas müde und leicht verspannt nippte er an seinem Becher, wobei er zugleich auf einen Bauzaun sah, der nur wenige Meter von ihm entfernt einen weitläufigen und völlig verwaisten Hafenbereich absperrte.

Längst hätten die Gitterelemente abgebaut werden sollen, die seit wenigstens drei Jahren hier standen, doch nun dienten sie dem wild wuchernden Unkraut eher als Rankhilfe und ließen eine grüne Mauer entstehen.

Über ihr hinweg ragten die Reste eines monströsen Projektschildes hervor, das auf eine baldige Inbetriebnahme eines neuen Hafenabschnittes hinwies, wobei das Datum bereits mehrfach überschrieben worden war.

Einige ausgeblichene Schrifttafeln hielten sich leicht baumelnd mit einer letzten Schraube an den völlig verrotteten Holzpfählen fest.

Den nächsten Sturm an der Küste würden sie wohl nicht mehr überstehen.

Paul verstaute seine Kanne und ging ein Stück weiter an den Zaun heran, hinter dem sich eine neugebaute und knallgelb gestrichene Anlegerbrücke wie ein leuchtender Farbtupfer von dem tristen Grau der leeren Umschlagplätze abhob.

Ihre Fahrspuren waren gesperrt und ragten wie Abschussrampen über dem Ende der Kaikante ins Wasser hinaus.

Die gewaltige Stahlkonstruktion des Fähranlegers, mit dem gleichzeitig zwei übereinanderliegende Schiffsdecks beladen werden konnten, zeigte bereits erste Rostspuren und wahrscheinlich würde sie noch einmal einen neuen Anstrich benötigen, bevor sie wirklich dauerhaft im Einsatz wäre.

Die Brücke war für jene neuen Fähren vorgesehen, die einmal auf dieser Route verkehren würden und nicht nur die Transportkapazität erhöhen, sondern der Verbindung von Rostock nach Gedser auch das Image eines schmuddeligen Seetransports nehmen sollten.

Seit langem sprach die Reederei ja vollmundig davon, mit den neuen und luxuriösen Fähren hier eine Art eleganter Ausflugslinie entstehen zu lassen.

Doch nun lagen diese Schiffe seit Monaten halbfertig am Ausrüstungskai der insolventen Werft in Stralsund und niemand wusste, wann die Arbeiten im laufenden Konkursverfahren weitergehen würden.

Auch wagte niemand eine Aussage darüber zu treffen, ob sie so, wie sie bisher gebaut wurden, überhaupt jemals in Betrieb gehen könnten, geschweige denn auf dieser Route zum Einsatz kämen.

Paul schüttelte leicht den Kopf.

Er wusste, dass er nicht der Einzige war, der seit langem auf die neuen Fähren wartete, denn obwohl es nur ein kurzes Stück über die Ostsee war, konnte die knapp zweistündige Überfahrt auf den völlig verschlissenen

Schiffen, die seit fast fünfunddreißig Jahren auf verschiedenen Routen ununterbrochen im Einsatz waren, schon recht unangenehm werden.

Sie waren einfach nicht mehr zeitgemäß.

Vor allem in den Sommermonaten, wenn der Urlauberverkehr nach Skandinavien begann, passierte es ihm immer wieder, dass er keinen Sitzplatz an Bord bekam.

Oftmals hockte er dann auf dem Boden zwischen erschöpften LKW-Fahrern, die sich damit allerdings arrangiert hatten.

Sie schliefen zusammengekauert mit dem Kopf an der Bordwand gelehnt und nutzten so ihre erzwungene Fahrpause.

Am meisten störte Paul es aber, dass es die Reederei nie geschafft hatte für Zweiräder ordentliche Befestigungen anzuschaffen.

Nur die als Erste in das Frachtdeck einfuhren, hatten noch das Glück einen der wenigen ölverschmierten Gurte zu ergattern, mit denen sie ihr Rad an der Bordwand sichern konnten.

Die restlichen Radfahrer mussten zusehen, wie sie zurechtkamen.

Umgestürzte Fahrräder waren bei stürmischer See die Regel, so dass Kenner der Reiseroute sie gleich zu Fahrtbeginn auf dem Boden zusammenlegten oder gegeneinander verkeilten und mit ihren Schlössern sicherten.

Zudem hatte Paul es in den vergangenen Jahren häufig erlebt, dass er von den nachfolgenden LKWs im Vorderschiff regelrecht eingeklemmt wurde, so dass er sich zwischen den Sattelschleppern und der Bordwand hindurchzwängen musste, um zu den Treppen zu gelangen, die auf die oberen Decks führten.

Und bei starkem Seegang überkam ihn jedes Mal ein ungutes Gefühl, wenn er im halbdunklen Frachtraum, vor der geschlossenen Ladeluke und den bereits startenden Lastern hinter sich, auf das Anlegen der Fähre warten musste.

Es erleichterte ihn bei jeder Überfahrt, wenn er endlich das Einrasten des Schiffskörpers in die Landungsbrücke spürte und die Schotten auffuhren.

An diesem frühen Sonntagmorgen sah es auf dem Vorplatz aber alles etwas entspannter aus und Paul schaute auf eine übersichtliche Anzahl von Pkws, Transportern und Wohnwagen, die geduldig auf den Einordnungsspuren warteten.

Sie würden nur einen Bruchteil der Stellplätze auf dem Schiff benötigen.

Noch einmal drehte er sich zur neuen Anlegerbrücke um, wobei sein Blick auf einen Radfahrer fiel, der gerade die Kontrolle passierte und wenig später mit wackligen Bewegungen an ihm vorbeifuhr.

Umständlich, ja fast behäbig stieg der Mann ab und lehnte sein Rad ein paar Meter abseits an ein Absperrgitter.

Paul schätzte ihn auf wenigstens siebzig Jahre, aber er hatte vielleicht sogar schon die achtzig überschritten.

Er wirkte sehr klein und schmächtig, was möglicherweise auch an seinem zu groß geratenen grauen Jackett liegen mochte, das etwas hilflos an ihm herunterhing.

Sein Fahrrad war sicherlich nicht viel jünger.

Paul fiel sofort der lange Metallhebel am Lenker auf, der beim Bremsen über ein Gestänge eine dicke Gummiplatte auf die Oberseite des Reifenmantels drückte.

Und die klobige Lampe mit einem wuchtigen Drehschalter, die er nur von sehr alten Fahrrädern her kannte.

Dennoch dachte er mit Wehmut daran, wie lange diese alten Räder durchhielten, da er seins alle paar Jahre erneuern musste.

Der Alte schob seine dunkelblaue Schiffermütze in den Nacken, blickte sich suchend um und ging dann zu den wartenden Fahrzeugen.

Paul nutzte die kurze Gelegenheit, um sich das Rad noch einmal gründlich anzuschauen, aber im nächsten Moment sah er aus dem Blickwinkel heraus, wie die Fähre auf das Hafenbecken zusteuerte.

Ein Mitarbeiter der Reederei kam heran und forderte ihn von weitem mit einem Handzeichen auf, schon etwas näher vorzurücken.

Dann schwenkte er noch einmal ab und klopfte dem Alten leicht auf die Schulter.

Augenscheinlich kannten sie sich, denn sie wechselten laut lachend ein paar Worte, bevor der Mitarbeiter wieder an den Anleger ging und mit seinem Sprechfunkgerät hantierte.

Paul packte seine Sachen zusammen und machte sich fahrbereit.

Von seiner vorgeschobenen Position verfolgte er das routinierte Anlegemanöver der Fähre, die sich mit geöffneter Ladeluke immer weiter in das Hafenbecken hineindrückte.

Wenige Minuten später rastete das Heck scheppernd in die Führungen der Anlegerbrücke ein und kurz darauf rollten schon die ersten Fahrzeuge von Bord.

Kaum war die rechte Schiffshälfte frei, erhielt Paul das Zeichen aufs Deck zu fahren.

Langsam rollte er bis ans Ende des Frachtraums und stellte sein Rad an die Bordwand.

Auch die nachfolgenden Autos schienen es an diesem Tag nicht eilig zu haben, aber als Paul genauer zur Einfahrt zurückblickte, sah er, wie der Alte in aller Seelenruhe den Fahrzeugen in voller Spurbreite vorwegfuhr und niemanden an sich vorbeiließ.

Vielleicht war es aber auch so, dass sich keiner an dem wackligen Fahrrad vorbei traute, das in einem leichten Zick-Zack-Kurs über die zugeschweißten Eisenbahnschienen des Schiffsbodens fuhr.

Paul befestigte sein Rad mit einem abgenutzten Spanngurt, welcher provisorisch um eine Metallschiene gewickelt war und nickte dem Alten freundlich zu, der wenig später ankam und sein Rad einfach zwischen ein Rohr und der Bordwand einklemmte.

Für einen Augenblick sah Paul ihm dabei zu, dann zog er lächelnd die Lenkertasche ab und zwängte sich an den Fahrzeugen vorbei zum Ausgang.

Er war nur noch wenige Meter vom Treppenaufgang entfernt, als ein pfeifendes Geräusch ihn innehalten ließ.

Es war so grell, dass es Paul in den Ohren dröhnte.

Doch noch ehe er richtig erfassen konnte woher es kam, brach aus einem Transporter, der in unmittelbarer Nähe der Fahrräder abgestellt war, mit einem dumpfen Knall eine gewaltige Stichflamme hervor.

Erschrocken zog er den Kopf ein und spürte etwas von der Druckwelle.

Das Echo des Knalls hallte im stählernen Schiffskörper mehrfach nach.

Neben ihm schloss sich automatisch die Stahltür zum Treppenaufgang und er wusste in dem Moment nicht, ob er sich noch hindurchzwängen oder gleich zur Einfahrt zurücklaufen sollte.

Die grelle Alarmsirene der Fähre schallte sofort durchs Frachtdeck und vermischte sich mit dem aufheulenden Motor eines Fahrzeugs, das mit lautem Knirschen den Rückwärtsgang einlegte und mit quietschenden Reifen wieder von Bord fuhr.

Unmittelbar darauf wiesen die ersten Lautsprecherdurchsagen auf die Notausgänge hin.

Etwas unschlüssig sahen die letzten verbliebenen Passagiere auf die Unglücksstelle, bevor sie zur Deckseinfahrt zurückrannten.

Paul drehte sich eilig von der Tür weg, um den anderen zu folgen, doch er blickte noch einmal zurück und entdeckte zwischen den vorderen Fahrzeugen den Alten, der vor seinem Fahrrad lag und umständlich versuchte aufzustehen.

Die Druckwelle musste ihn schlichtweg umgehauen haben oder er hatte in der Schrecksekunde einfach sein Gleichgewicht verloren.

Mühsam zog sich der Alte an seinem Fahrrad hoch und sah erstarrt auf den brennenden Transporter.

Der Feuerschein spiegelte sich in seinem schweißnassen Gesicht, doch er machte keinerlei Anstalten die Unglücksstelle zu verlassen.

Paul überlegte nur kurz, dann drängte er sich an der äußeren Bordwand zurück zu den Fahrrädern und griff den Arm des Alten, der ihn nur entgeistert ansah.

„Kommen Sie!“, schrie Paul ihn an. „Kommen Sie mit!“

Der Alte erwiderte noch etwas, aber Paul konnte in dem Lärm der laufenden Schiffsmotoren und ohrenbetäubenden Belüftungsanlage nichts verstehen.

Verwirrt ließ der Alte den Lenker plötzlich los und Paul riss ihn sofort mit.

Dicke Rauchschwaden zogen durch das Deck, und Paul versuchte möglichst wenig zu atmen.

Geduckt zog er den Alten hinter sich her.

Ein paar Meter weiter kam er selbst ins Stolpern und als er auf den Boden sah, entdeckte er zwischen den schmalen Lücken in den Bodenschienen einen abgebrochenen Schuhabsatz.

Ein Fährmitarbeiter lief ihnen mit einem Feuerlöscher entgegen und schrie ihnen noch etwas zu, aber Paul schnappte nur ein paar dänische Wortfetzen auf und beachtete ihn nicht weiter.

Ein zweiter Knall veranlasste beide sich kurz umzudrehen, bevor sie weiterliefen.

Es erschien Paul wie eine Ewigkeit, bis er mit dem alten Mann die Schotten am Heck erreichte und sie sich beide keuchend auf den Betonklötzen der Absperrung neben dem Anleger fallen ließen.

Auch andere Passagiere hatten sich dort weit verteilt niedergelassen, doch sie standen umgehend wieder auf, als sie die Sirenen der herannahenden Hafenfeuerwehr hörten und setzten sich etwas abseits auf die Betonteile der gesperrten Bahnschienen.

Eine Frau hielt einen roten Hackenschuh in der Hand, an dem der Absatz fehlte und sah sich suchend um.

Kurzentschlossen zog sie den anderen auch aus und ging barfuß weiter.

Noch immer außer Atem verfolgte Paul wenig später, wie zwei Männer in voller Schutzausrüstung aus einem Feuerwehrfahrzeug sprangen und in das Frachtdeck liefen.

Die anderen Feuerwehrmänner rollten hastig Schläuche aus und schlossen die Kupplungen aneinander.

Weitere Löschfahrzeuge rückten an und versperrten Paul vorübergehend die Sicht zum Schiff.

Er blickte immer wieder zu dem Alten, der zusammengekauert auf dem Betonklotz saß.

Mit verängstigtem Blick verfolgte der das weitere Geschehen.

Er schien noch immer nicht recht begriffen zu haben, was sich da gerade abgespielt hatte.

Mehrere Feuerwehrleute rückten mit ihren Schläuchen vor und es dauerte nicht lange, bis sich der letzte Rest des Qualms auf dem Deck verzog.

Zwei Krankenwagen fuhren unmittelbar darauf an die Fähre heran und nachdem sie von den Einsatzkräften eingewiesen wurden, liefen ein Notarzt und zwei Sanitäter mit ihrer Ausrüstung aufs Deck.

Paul stand auf und ging ein Stückchen vor, um in den Frachtraum zu sehen, der nun wieder rauchfrei war.

Augenscheinlich hatte man den Brand sehr schnell löschen können.

Von weitem sah er den Transporter, der in einen dicken Schaumteppich eingehüllt war.

Einige Wagen, die dicht am Unglücksfahrzeug abgestellt waren, schienen auch etwas abbekommen zu haben, so genau erkennen konnte er das jedoch nicht.

Minuten später kamen die Sanitäter mit einem Verletzten auf einer Trage zurück und Paul nahm sofort an, dass es der Fahrer des Transporters sein müsse, denn er war der Einzige der in einen der bereitstehenden Rettungswagen geschoben wurde.

Unmittelbar darauf raste der Krankenwagen mit eingeschalteter Sirene über das Hafengelände.

Obwohl der Brand gelöscht war, füllte sich der Platz am Fähranleger mit weiteren Einsatzfahrzeugen.

Auch zwei Schlepper und ein Feuerlöschboot rauschten nun an die Anlegestelle heran und sperrten die Wasserseite großräumig ab.

Eine Notärztin ging herum und kümmerte sich um die Passagiere, aber offenbar nahm niemand von ihnen Hilfe in Anspruch.

Diejenigen die ohne Fahrzeug unterwegs und über die Gangway an Bord gekommen waren, hatten von dem Unglück im Frachtraum kaum etwas mitbekommen.

Sie standen nun vor der Fähre und sahen den Löscharbeiten beeindruckt zu oder fotografierten.

Ein Feuerwehrmann schaltete das Blaulicht an seinem Fahrzeug aus und positionierte den Wagen ein Stück weiter vor die Absperrung zum neuen Fähranleger.

Herangeeilte Mitarbeiter der Reederei übernahmen in ihren gelbleuchtenden Westen wieder teilweise die Regie und begannen sofort damit die unbeschädigten Fahrzeuge von Bord zu lotsen.

Paul staunte wie ruhig und gelassen es die Kraftfahrer nahmen und den Anweisungen der Einsatzkräfte folgten.

Nacheinander drehten sie ihre Wagen im Frachtraum oder rangierten vorsichtig rückwärts von Bord.

Dann fuhren sie einmal über den Ausfahrtkreisel des Vorplatzes herum und standen nur wenig später, wenngleich nun in umgekehrter Reihenfolge, wieder so auf den Einordnungsspuren, wie vor dem Einlaufen der Fähre.

Lediglich vier Wagen, die anscheinend Beschädigungen davongetragen hatten und noch Spuren vom Löschschaum mit sich trugen, wurden an eine separate Stelle gesteuert.

Es waren alles schwarze Limousinen und Paul versuchte noch an den Nummernschildern zu erkennen, woher diese stammten.

Als das letzte Fahrzeug von Bord gerollt war, kehrte umgehend Ruhe auf dem Platz ein.

Erstmals nahm Paul wieder das Kreischen der Möwen wahr.

„Brauchen Sie Hilfe? Geht es Ihnen gut?"

Paul dreht sich ruckartig um und sah in das besorgte Gesicht einer Notärztin, der wohl nicht entgangen war, dass er seine Hand mit schmerzverzerrtem Gesicht an seinen Rücken hielt.

„Ja, ja. Ist nur ein Hexenschuss. Mir geht es gut", antwortete Paul abwinkend. „Aber ihm wohl eher nicht."

Die Ärztin und Paul sahen gleichzeitig auf den Alten, der noch immer etwas verstört auf dem Betonklotz saß.

Sofort wurde ein Sanitäter herangerufen, der mit einer Krankentrage zu ihnen eilte.

„Geht schon, geht schon!“, sagte der Alte etwas knurrig und versuchte aufzustehen.

Im gleichen Moment sackte er jedoch schweratmend wieder zusammen und wurde ganz bleich.

„Kommen Sie“, sagte die Ärztin behutsam und beugte sich zu ihm herunter. „Wir nehmen Sie sicherheitshalber mit und untersuchen Sie. Dann bringen wir Sie wieder nach Hause.“

„Mein… mein Fahrrad“, stotterte der Alte und wehrte sich ein wenig, als er auf die Trage gelegt wurde.

„Ich kümmere mich darum“, beruhigte ihn Paul. „Ich lasse es zum Fährcenter bringen. Da können Sie es dann später wieder abholen.“

Der Alte sah ihn an und ein leichtes Lächeln tauchte in seinem Gesicht auf.

„Danke“, sagte er schwach. „Wirklich vielen Dank. Wie heißen Sie?“

„Paul Wanka. Ich hoffe, dass Sie sich schnell wieder von dem Schreck erholen.“

„Ich bin Morten. Morten Sundqvist. Sie haben mir wohl das Leben gerettet.“

„Das ist aber etwas übertrieben“, wehrte Paul sogleich ab. „So dramatisch war es ja nun auch nicht.“

„Doch, doch. Ich …“, hörte Paul noch die letzten Worte von dem Alten, bevor die Trage in den Wagen geschoben wurde.

„Wohin bringen Sie ihn?“, wandte er sich kurz darauf an den Sanitäter, der schon dabei war die hintere Tür des Rettungswagens zu schließen.

„Erst mal in die Notaufnahme vom Klinikum in der Schillingallee. Bestimmt kommt er dann auf die Innere.

Fragen Sie am besten dort nach, wenn Sie ihn besuchen wollen.“

Es war das zweite Rettungsfahrzeug, das an diesem Morgen mit eingeschalteter Sirene den Hafen verließ.

Paul ging ein Stück zurück und sah in den Frachtraum, in dem es nun immer ruhiger zuging.

Einige Schläuche wurden schon wieder zusammengerollt und ein Feuerwehrmann begann damit Ausrüstungsteile im Fahrzeug zu verstauen.

Der Pendlerbus fuhr vorbei und brachte die verbliebenen Passagiere zurück ins Fährcenter.

Paul stand mit einmal etwas hilflos herum und verfolgte das Ganze, bis ein Mitarbeiter der Reederei an ihm vorbeilief.

„Entschuldigung. Ich habe noch mein Fahrrad auf dem Deck. Kann ich auch rein und es holen?“

„Warten Sie, ich frag mal nach.“

Der Mann richtete die Anfrage über das Sprechfunkgerät an seine Kollegen und erhielt kurz darauf eine Antwort.

„Sie müssen sich noch einen Moment gedulden. Aber Sie können auch im Fährcenter warten.“

„Nein, nein. Ist schon gut. Ich warte hier. Neben meinem steht übrigens auch noch ein Rad von einem Verletzten, der ins Krankenhaus gebracht wurde. Ich habe ihm gesagt, dass er das im Fährcenter abholen kann. Könnten Sie das veranlassen?“

„Steht es auch ganz vorne?“

„Ja. Neben der Bugklappe hat er es zwischen der Bordwand und einem Rohr eingeklemmt.“

„Geht klar“, nickte der Mann und ging weiter.

Paul setzte sich auf den Betonklotz und sah unmittelbar darauf einem Polizisten entgegen, der auf ihn zukam.

„Ist bei Ihnen alles in Ordnung?“

„Ich warte nur darauf, mein Fahrrad rausholen zu können. Das steht noch vorne an der Bugklappe. Die Mitarbeiter vom Schiff wissen schon Bescheid."

„Kann ich bitte Ihren Ausweis haben?"

Paul stand auf und zog aus der Lenkertasche seine Brieftasche heraus.

„Was haben Sie davon mitbekommen?", wies der Polizist in Richtung Frachtraum und notierte sich flüchtig Pauls Personalien.

„Nicht viel. Ich wollte gerade zur Treppe aufs Oberdeck, als es hinter mir knallte. Dann habe ich die Stichflamme aus dem Transporter schießen sehen, bin zurück, hab den Alten mitgezogen und bin rausgelaufen."

„Welchen Alten?", fragte der Polizist und sah sich um.

„Es war noch ein alter Mann mit dem Fahrrad an Bord. Das steht ganz vorn im Frachtraum. Der Alte war wohl von dem Knall etwas irritiert, deswegen habe ich ihn mit rausgezogen. Er wurde ins Krankenhaus gebracht. Eher vorsorglich. Hat wohl nichts abbekommen, außer einen gewaltigen Schreck."

„Kennen Sie den Mann?"

„Nein, hab ihn hier das erste Mal getroffen. Aber er hatte mir noch seinen Namen genannt. Wenn ich ihn richtig behalten habe, heißt er Morten Sundqvist und ist ins Klinikum in der Schillingallee gebracht worden."

„Gut. Dort können meine Kollegen ja noch einmal nachfragen. Wirklich alles in Ordnung bei Ihnen?"

„Ja, ja", lächelte Paul und rieb sich über den Rücken. „Es ist alles gut."

Der Polizist klappte seine Mappe zusammen und tippte zum Abschied kurz an seine Schirmmütze.

Paul setzte sich wieder auf den Betonklotz und schaute auf die Uhr.

Es war kurz nach sieben.

Um neun war die nächste Abfahrt.

Noch während er über das gerade Erlebte nachdachte, eilte ein Fährmitarbeiter aus dem Frachtdeck auf ihn zu.

„Kommen Sie mit“, rief er schon von weitem. „Sie können Ihr Fahrrad holen.“

Er drehte sich sofort wieder um und Paul beeilte sich ihm zu folgen.

„Fahren Sie dann mit der nächsten Fähre mit?“, fragte ihn der Mann unterwegs.

Paul sah ihn etwas verstört an und brauchte einen Moment, um sich über die Situation klar zu werden.

„Nein, ich glaube nicht. Geht denn die nächste Tour mit dieser Fähre rüber?“

„Die legen wir erst mal an die Seite. Heute ist ja nicht viel los, da werden wir uns mit einem Pott über den Tag retten können. Die werden den Kahn erst noch prüfen, bevor sie ihn wieder freigeben und das kann dauern. Sie können es sich ja noch überlegen. Um dreiviertel neun kommt die andere Fähre aus Gedser. Im Fährcenter gibt es bis dahin Kaffee und was zu essen. Natürlich auf Kosten des Hauses.“

„Danke“, sagte Paul. „Ich denk drüber nach.“

Mit einem flauen Gefühl näherte er sich dem Unglücksfahrzeug.

Eine beklemmende Ruhe war in den Frachtraum eingekehrt.

Die zusätzlichen Lüfter waren abgestellt und das gleichmäßige Hämmern der Schiffsmotoren hallte leicht vibrierend durch den Frachtraum.

Die Fahrerkabine des weißen Transporters war brandgeschwärzt und alle Scheiben zerbrochen.

Paul mochte sich kaum vorstellen, welche Verletzungen der Fahrer davongetragen haben mochte.

Der hinter Teil des Fahrzeugs schien unversehrt zu sein, was aber auch täuschen konnte.

Es war eins aus der Stadt, anscheinend ein Werkstattwagen, und Paul versuchte noch aus dem Schild an der Tür herauszulesen, welcher Firma er gehören würde, aber es war teilweise verrußt und mit Schaum bedeckt und nicht mehr zu erkennen.

Er blieb vor einer Gruppe von Polizisten und Feuerwehrleuten stehen, die ihn skeptisch ansahen, und so wartete er, bis der Mitarbeiter der Fähre sein Fahrrad über die ausgerollten Schläuche gehoben hatte.

Paul klappte den Fahrradständer aus und befestigte seine Lenkertasche.

Auf den Gepäcktaschen klebten noch ein paar Spritzer vom Löschschaum, die er kurzerhand wegwischte.

Noch einmal blickte er zum Wagen und zur Decke des Frachtraums, die nur leicht geschwärzt war, dann schwang er sich aufs Rad und fuhr ohne weiter Notiz von den Aufräumarbeiten am Schiff zu nehmen zurück zum Fährcenter.

Dort aß er eine Kleinigkeit, obwohl er nicht unbedingt hungrig war.

Von seinem Platz aus sah er wenig später, wie ein Mitarbeiter der Reederei mit dem Fahrrad des Alten ankam und es am Ständer vor dem Gebäude abstellte.

Nachdenklich kaute Paul an seinem halben Brötchen und überlegte, ob er nicht doch mit der nächsten Fähre mitfahren sollte, aber die Ereignisse des Morgens würden ihm wohl eher nicht die gewünschte Entspannung bringen.

Kurz darauf legte die Fähre mit voll geöffneter Ladeluke ab und machte in Begleitung eines Schleppers an dem neuen Anleger auf der gegenüberliegenden Kaikante fest.

Eine ganze Weile beobachtete Paul regungslos das Geschehen um die Fähre herum.

Gegen halb neun fuhr der Pendlerbus erneut in Richtung des Terminals und nur wenige Minuten später sah er, wie die andere Fähre aus Gedser einlief, im Hafenbecken drehte und kurz darauf anlegte.

Noch einmal durchzuckte es ihn, als die Autos von der Fähre rollten und die wartenden Fahrzeuge anschließend einfuhren.

Doch er konnte sich nicht dazu durchringen aufzustehen.

Pünktlich um neun legte die zweite Fähre ab und verschwand schon kurz danach aus seinem Blickfeld.

Auf der Fläche vor dem Terminal wurde es wieder still und Paul spürte sofort, wie die ganze Anspannung von ihm abfiel.

Gleichzeitig überkam ihn abermals diese ungewöhnliche Müdigkeit und so stand er auf und verstaute seine Sachen auf dem Rad.

Über dem Hafen lag in diesen frühen Stunden eine gespenstische Ruhe.

Paul hatte das Gefühl, als wenn er der Einzige war der nun durch das riesige Gelände fuhr, und auf dem Feldweg hinter Krummendorf wurde ihm erst so richtig bewusst, dass er gleich zweimal an diesem Tag einem Unglück entgangen war.

Das Zusammentreffen mit den Wildschweinen hätte er eben sofort als schlechtes Omen verstehen sollen.

Völlig erschöpft stellte er am späten Vormittag sein Fahrrad wieder in den Keller.

Er duschte lange und überlegte, ob er Charlotte nicht wenigstens anrufen sollte, um mit ihr am Nachmittag an den Strand zu fahren.

Vielleicht hätte sie doch noch etwas Zeit für ihn.

Unschlüssig nahm er das Telefon in die Hand und legte es sofort wieder in die Ladeschale, denn er hatte auf einmal keine Lust mehr ihr eventuell lange erklären zu müssen, was ihn nun wieder daran gehindert hatte auf die Insel zu fahren.

Auch konnte er seine Müdigkeit nicht abschütteln, und als er sich auf die Couch legte und in seinem sonnendurchfluteten Wohnzimmer an die abermals entgangene Radtour über die Inseln nachdachte, dauerte es nur wenige Minuten bis er fest einschlief.

Ein Knall auf dem Innenhof ließ ihn später hochschrecken, doch ein heftiger Schmerz im Rücken warf ihn sofort wieder zurück.

Paul wälzte sich von der Couch und verharrte ein paar Atemzüge lang kniend auf dem Boden.

Mühsam drückte er sich schließlich mit zusammengekniffenen Augen an der Lehne hoch und humpelte zur Balkontür.

Er sah auf die Rasenfläche und den nahen Spielplatz, die jedoch beide leer waren.

Plötzlich war er sich nicht mehr sicher, ob der Knall wirklich von draußen kam oder ob er das nur geträumt hatte, denn es war das gleiche Krachen, so wie er es auf der Fähre wahrgenommen hatte.

Völlig benommen rieb er sich ein paar Mal übers Gesicht.

Unwillkürlich hatte er die Bilder vor sich, als das Fahrzeug in Flammen stand und er bei dem Alten flüchtig etwas wahrgenommen hatte.

Doch die Erinnerungen daran verschwammen unter heftigen Rückenschmerzen sofort wieder und so sehr er sich auch anstrengte, er kam nicht mehr darauf, was seine Aufmerksamkeit für den Bruchteil einer Sekunde so stark auf sich gezogen hatte.

2

Paul benötigte am Montagmorgen einen weiteren Anlauf, um in die enge Parklücke der Tiefgarage des Hotels zu kommen.

Sein Stammplatz, der nur mit einem Kleinwagen und viel Routine zu meistern war, lag gleich am Anfang des unteren Parkdecks und auf ihn bog Paul um zwei Pfeiler herum stets so ein, dass er mit dem Wagen gleich wieder in der Ausfahrtrichtung stand.

Sonst gelang ihm die Einfahrt recht mühelos, doch nun musste er noch einmal den Rückwärtsgang einlegen und erneut rangieren.

Einen Betonpfeiler verfehlte er mit seinem Seitenspiegel dabei nur um Haaresbreite.

Er stellte den Motor ab und blieb noch einen Moment sitzen, bis sich die Neonröhren im Parkdeck nacheinander ausschalteten und allein die zwei Lampen der Notbeleuchtung noch etwas schummriges Licht verbreiteten.

Zögernd stieg er schließlich aus, wobei er sich umständlich aus dem Sitz herausdrehte und am Türrahmen hochzog.

Mit der Hand auf dem Rücken beugte er sich einmal vorsichtig nach vorne und überlegte währenddessen, ob er nicht doch zwischen den anstehenden Kundenterminen am Vormittag kurz zum Arzt gehen und sich für seinen Rücken eine Spritze geben lassen sollte.

Aber vermutlich zog die heftige Verspannung, wie sonst auch, nach ein paar Tagen wieder von alleine ab.

Das Schmerzgel tat eben immer noch gute Dienste.

Gedankenversunken steckte er wenig später den Schlüssel in den Türwächter des Personaleingangs.

Doch er drückte den Hebel viel zu früh herum und löste so den Alarm aus.

Das pulsierende Fiepen schallte hell und dröhnend durch die Parkebene.

Paul kniff die Augen zusammen, drückte eine Hand an das linke Ohr und versuchte mit der anderen hastig den Hebel wieder zu entsichern.

Nur mit Mühe gelang es ihm die Sperre zurückzudrücken und nicht gleichzeitig seine Kollegmappe fallen zu lassen, die er sich unter den Arm geklemmt hatte.

Wie betäubt stieg er anschließend in den Fahrstuhl und ließ sich wenig später im Büro auf seinen Stuhl fallen.

Plötzlich spürte er, wie sehr ihn die Ereignisse des Vortages doch mitgenommen hatten.

Er drückte auf den Schalter seines Laptops und starrte beim Hochfahren bewegungslos auf die kleine Sanduhr.

Wenngleich er bei dem Unglück auf der Fähre relativ unbeschadet davongekommen war, blieb auch vom vergangenen Wochenende nichts Erholsames übrig.

Er bereutes es, sich nicht wenigstens noch am Abend mit Charlotte getroffen zu haben, denn sie hätte allein durch ihre Anwesenheit den völlig verpatzten Tag halbwegs retten können.

Einmal mehr wurde ihm bewusst, dass er dringend etwas ändern müsste, sollte ihre Beziehung nicht ewig so oberflächlich bleiben.

Ja, vielleicht wartete Charlotte auch nur darauf, dass er den Anstoß dazu gab, dieses ewig Unverbindliche zwischen ihnen endlich zu beenden.

Beim Blick auf seinen Terminkalender verschwanden die Gedanken daran jedoch sehr schnell, denn noch am Vormittag stand ein Gespräch mit der Geschäftsführerin einer kleinen Speditionsfirma an, die sich mit einem langen und heftigen Beschwerdeschreiben an die Hotelleitung gewandt hatte und dieses vom Direktor wie üblich an ihn weitergeleitet wurde.

Natürlich vergaß er auch diesmal nicht darauf hinzuweisen, dass Paul alle Forderungen dezent zurückweisen möge, seien sie auch noch so berechtigt.

Paul kannte natürlich diese generelle Einstellung seines Direktors, doch er war als langjähriger Verkaufsmitarbeiter auch routiniert genug, um derartige Vorfälle schnellsten zur Zufriedenheit aller zu klären.

Trotzdem hätte er die Sache gerne an jemand anderen abgegeben, da er die kommenden Tage auf Dienstreise gehen würde und noch einiges vorbereiten musste.

Aber da er seit ein paar Wochen wieder alleine im Büro war, blieb ihm nun nichts weiter übrig, als dies selber zu klären.

Sein jüngerer Kollege Martin hatte vor einiger Zeit einen besser bezahlten Job in Hamburg angenommen und ein Ersatz für ihn war nicht zu finden.

Zumindest musste Paul diese Aussage von seinem Direktor so hinnehmen, wobei er manchmal das Gefühl hatte, als wenn dieser die Stelle aus Kostengründen gar nicht mehr besetzen wollte.

Der Direktor zweifelte ohnehin an der Effektivität von Pauls Arbeit und brachte immer wieder sehr fragwürdige Alternativen zur Verkaufsabteilung ins Spiel.

Innerlich hakte Paul den Termin bei der Spedition dennoch ab, denn viel wichtiger an diesem Tag war das Treffen am frühen Nachmittag mit der Protokollchefin der Staatskanzlei des Landes, die sich unverbindlich das Haus anschauen wollte.

‚Unverbindlich ist gut', dachte Paul und las sich noch einmal die E-Mail von ihr durch.

Schließlich hatte er im Rahmen von Tagungen schon mehrfach mir ihr zu tun gehabt und er fragte sich, was sie sich wohl noch anschauen wollte, da sie das Hotel ja schon von vorangegangenen Veranstaltungen her kannte, abgesehen von den neuen Räumen auf der Dachetage.

Also musste sie schon etwas Konkretes planen, sonst würde sie sicherlich nicht extra ins Haus kommen.

Auf dem Weg zur Spedition, die nicht weit weg im Güterverkehrszentrum lag, dachte er weiter darüber nach und auch im Verlauf des Gesprächs überlegte er, was die Staatskanzlei vorhaben könnte.

Doch seine Gedanken daran wurden immer wieder durch die aufplusternden und teils wütenden Schilderungen der Geschäftsführerin, über eine „nicht adäquate Versorgung“ in den Pausen ihrer Tagung, unterbrochen.

Paul hielt die Beschwerde ohnehin für etwas übertrieben, gleichwohl konnte er das nicht so einfach abtun, denn die Frau, die sich immer wieder schwergewichtig in ihrem Ledersessel hin und her bewegte und sich ab und zu drohend zu ihm herüberbeugte, hatte bekanntermaßen großen Einfluss auf weitere Entscheider in der Stadt und würde auch den Hoteldirektor nicht in Ruhe lassen, bis sie zufriedengestellt wäre.

Und dieser würde ihm die abschließende Klärung der Sache sowieso wieder aufbürden.

Ihren ausführlichen Schilderungen über einzelne Bestandteile des Mittagessens mochte Paul jedoch nicht mehr folgen, zumal es schien, als wenn es für die Frau von existenzieller Bedeutung wäre.

So versuchte er so gut es ging die Wogen zu glätten und es gelang ihm schließlich auch sie mit einem lukrativen Angebot für ihre nächste Tagung im Haus wieder gütig zu stimmen.

Wenngleich er die Angelegenheit also wie gewohnt schnell klären und sich nun wieder auf den wichtigen Nachmittagstermin konzentrieren konnte, war bei ihm dennoch das Wort Betriebsblindheit aus dem Gespräch haften geblieben und brachte ihn auf einen Gedanken, der ihn auch auf der Rückfahrt nicht mehr losließ.

Er konnte sich nicht erklären was ihn plötzlich so unruhig machte, doch er wurde das Gefühl nicht los, dass sich am Vortag auf der Fähre Dinge direkt vor seinen Augen abgespielt haben könnten, die er vielleicht gar nicht richtig wahrgenommen hatte.

Als er im Büro zurück war, überflog er hastig die beiden Lokalzeitungen.

Zu seinem Erstaunen fand er die Nachricht von dem Brand auf der Fähre erst auf einer kleinen Seitenspalte im Wirtschaftsteil.

Möglicherweise war an seinen Vermutungen also doch nichts dran oder die Reederei hatte es tatsächlich geschafft das Ereignis gekonnt herunterzuspielen, damit sie mit ihren alten Fähren nicht schon wieder in den Schlagzeilen auf der ersten Seite stand.

Die immer häufigeren Ausfälle der maroden Schiffe zwangen ohnehin etliche Speditionen die Route über Puttgarden zu wählen und so passte ein erneuter Ausfall sicherlich nicht gerade ins Geschäftskonzept der Reederei.

Es verwunderte Paul dann auch nicht mehr, dass auf deren Homepage der Brand erst gar nicht erwähnt wurde und nur von einem kurzzeitigen Ausfall auf Grund eines defekten Passagierfahrzeuges die Rede war.

Bei solch einer Begründung würde niemand weiter nachfragen und schon gar nicht mögliche Schadensersatzforderungen an die Reederei in Erwägung ziehen.

Ein ausgedünnter Fahrplan und kurzfristige Änderungen in den Abfahrten war sowieso schon für alle zur Gewohnheit geworden.

Paul klappte die Zeitung zusammen und sah aus dem Fenster zum Stadthafen herunter, wo gerade ein Fahrgastschiff ablegte und kurz darauf am Kanonsberg vorbeizog.

In Gedanken an das Unglück auf der Fähre spürte er die gleiche innere Anspannung, wie schon am Nachmittag zuvor, doch auch jetzt gelang es ihm nicht herauszufinden, was der genaue Auslöser dafür sein könnte.

Obwohl das Telefon nur leise klingelte, zuckte er unwillkürlich zusammen.

„Dein Termin ist schon da", sagte die Mitarbeiterin der Rezeption knapp, in deren müder Stimme ebenfalls noch ein hartes Arbeitswochenende mitschwang.

Paul warf einen Blick auf seine Uhr, da der Besuch erst für 13 Uhr angekündigt war.

„Etwas sehr früh, aber egal. Ich bin gleich da."

Nachdem er aufgelegt hatte, suchte er sich die Bestätigung der Protokollchefin heraus.

Sie war wirklich über eine Stunde früher da, was für sie, die ansonsten pünktlich auf die Minute erschien, sehr ungewöhnlich war.

Paul griff sich seine Mappe und nahm den Weg über die Tagungsetage zur darunterliegenden Lobby, um sich von der ausladenden Freitreppe schnell einen Überblick über das Geschehen im Foyer zu verschaffen.

Noch auf den obersten Stufen entdeckte er die Protokollchefin zwischen mehreren Gästen, die in den Sesseln im Foyer verweilten.

Paul erinnerte sich an die früheren Begegnungen mit ihr, wo er sie als recht kühle und überzogen sachliche Person kennengelernt hatte.

Mit ihrem dunklen Hosenanzug und ihrer glatten Kurzhaarfrisur, sowie mit ihren kurzen Sätzen, bei denen sie möglichst jedes überflüssige Wort vermied, vermittelte sie stets eine gewisse Strenge und den Hang zur strikten Einhaltung formaler Geschäftsabläufe.

Diesmal schien sie aber etwas sanfter gestimmt zu sein, was möglicherweise auch an Ihrer Begleitung liegen konnte.

Zumindest machte sie aus einiger Entfernung diesen Eindruck, denn erstmalig sah Paul sie lächeln.

Eine ältere Frau saß ihr gegenüber und war mit ihr in ein Gespräch vertieft.

Als die Protokollchefin Paul auf sich zukommen sah, stand sie sofort auf und gab ihm kurz die Hand.

„Ich möchte Ihnen Anne Jensen von der dänischen Botschaft vorstellen. Ich begleite sie bei einer Besichtigungstour durch mehrere Hotels im Land."

„Ich bin sehr erfreut", begrüßte Paul die beiden mit einer leichten Verbeugung und wies sogleich auf die Bar. „Darf ich Ihnen vielleicht einen Kaffee anbieten?"

„Das ist überaus freundlich", sagte Anne Jensen mit typisch dänischem Akzent, „aber wir haben einen sehr engen Terminplan und deshalb möchte ich die Zeit lieber nutzen, um Ihr schönes Haus etwas näher kennenzulernen."

Paul nickte lächelnd und fing sogleich auch den fordernden Blick der Protokollchefin auf.

„Na, dann! Zeigen Sie uns mal die Tagungsräume und vor allem Ihr neues Schmuckstück. Ihre Dachterrasse!"

Erst jetzt sah Paul, dass beide schwere Aktentaschen bei sich hatten.

„Möchten Sie Ihre Taschen an der Rezeption abstellen? Dann geht es…"

„Nein, nein", wehrte Anne Jensen umgehend ab. „Ich benötige die Sachen, damit wir auch gleich ein paar Fragen klären können."

Paul fühlte sich nun in seiner Annahme bestätigt, dass die beiden mit konkreten Absichten ins Haus gekommen waren.

Gleichsam ärgerte es ihn, dass er im Vorfeld von der Protokollchefin nicht den kleinsten Hinweis erhalten hatte, was die Staatskanzlei oder die Botschaft hier möglicherweise planten.

Er sah sie von der Seite flüchtig an, doch sie machte keinerlei Anstalten ihm weitere Erklärungen zu geben.

„Nun, dann folgen Sie mir", sagte Paul und ging einen Schritt voraus. „Wenn Sie einverstanden sind, zeige ich Ihnen erst den großen Saal und die Meetingräume auf der ersten Etage, dann die verschiedenen Zimmer und zum Schluss unsere Dachetage."

„Das wäre mir sehr recht", sagte Anne Jensen, und beide folgten Paul zum Fahrstuhl.

Im großen Saal ließen sie sich von ihm vor allem technische Details erläutern, wobei ihnen bei den Zimmern vorwiegend die Aussicht und die Ausstattung wichtig waren.

Auf der Dachetage stellten beide Frauen die schweren Aktenkoffer ab und nahmen ihre Unterlagen heraus.

„Drei Räume haben Sie jetzt hier oben?", fragte die Protokollchefin und zog einen Ausdruck der Raumpläne hervor, die Paul ihr schon vor langer Zeit zugeschickt hatte.

Auch Anne Jensen hatte den Grundrissplan bereits in der Hand.

„Ja, das ist korrekt", bestätigte Paul. „Das kleine Foyer hier lässt sich mit dem ersten kleinen Raum verbinden. Die beiden anderen Meetingräume zeige ich Ihnen sofort und natürlich die Außenterrassen."

Paul ging vorweg und sah, dass beide ihre schweren Aktenkoffer wieder hochnahmen und ihm folgten.

„Soll ich Ihnen die Taschen nicht doch abnehmen? Ich kann sie hier kurz einschließen."

„Nein, vielen Dank", sagte Anne Jensen, „das ist wirklich nicht nötig."

Als sie die Terrasse betraten, schob sich die Sonne gerade um das Kröpeliner Tor herum und der warme Wind vermittelte ein Flair, welches man an der Ostsee eher nicht erwarten würde.

„Das ist ja wirklich ein beeindruckender Blick auf und über die Stadt", blinzelte Anne Jensen gegen die Sonne und machte ihre Tasche auf. „Ich würde gerne ein paar Fotos machen."

„Ja, natürlich. Alles was die Stadt ausmacht, können Sie von hier oben sehen. Den Stadthafen, die verschiedenen Gebäude der Universität, fast alle Kirchen und die Reste der Stadtmauer mit ihren imposanten Toren."

Anne Jensen fotografierte all jene Sehenswürdigkeiten auf die Paul besonders hinwies und hörte nebenbei zu, was er ihr über die Stadt erzählte.

Es erstaunte ihn allerdings, als sie sich einige Details zur Nutzung einzelner Gebäude näher erläutern ließ, was sie schließlich damit begründete, dass sie die Stadt schon von früheren Besuchen her kannte, doch einiges gänzlich anders in Erinnerung hatte.

Diese Nachfragen verrieten ihm aber auch, dass dies schon Jahrzehnte her sein musste, also noch lange vor dem Fall der Mauer.

„Und bei gutem Wetter, so wie heute, können Sie auch die Werft in Warnemünde sehen und Teile vom Überseehafen. Von dort sollen ja auch bald die neuen Fähren nach Gedser ablegen", sagte Paul und wies in Richtung Norden.

Urplötzlich hatte er wieder die Bilder vom Unglück auf der Fähre vor sich, und spielte kurz mit dem

Gedanken dies zu erwähnen, aber im letzten Moment besann er sich.

„Die beiden alten Fähren haben ja nun wirklich die besten Jahre hinter sich“, sagte er stattdessen nur, doch er bemerkte eine winzige Reaktion in dem Blick von Anne Jensen, die ihn kurz ansah und dann zur Protokollchefin schaute.

„Wir werden möglicherweise eine Konferenz im Überseehafen oder direkt hier in der Stadt durchführen“, sagte diese schnell und zog unverzüglich einen dicken Aktenordner aus ihrer Tasche heraus.

„Dabei stehen die neugebauten Fährterminals im Mittelpunkt. Das in Gedser ist ja schon seit geraumer Zeit in Betrieb und das auf unserer Seite wird sicherlich auch nicht mehr lange auf seine Nutzung warten müssen. Vorrangig dreht sich die Veranstaltung aber um die Entwicklung und Zusammenarbeit der Regionen im Ostseeraum, sowie um den Ausbau der Verkehrsverbindungen zwischen den Ländern.“

„Gibt es dazu schon einen konkreten Rahmen oder einen genauen Termin?“

Ein kurzes Lächeln huschte über das Gesicht der Protokollchefin.

„Ich werde Ihnen alsbald eine Anforderungsliste zusenden, dann werden wir sehen, inwieweit wir Sie mit einbinden können.“

„Ich reserviere Ihnen gerne schon Räume vor. Ganz unverbindlich natürlich“, bot Paul ihr an.

Die Protokollchefin überlegte kurz.

„Gut. Ich teile Ihnen in der nächsten Woche zwei oder drei mögliche Termine mit, sowie einen groben Ablaufplan. Das LKA wird sich dann auch noch bei Ihnen melden. Sie kennen das ja schon.“

Paul horchte sofort auf. „Dann ist es also nicht nur eine einfache Tagung, sondern eine mit besonderen Gästen?"

Die Protokollchefin wechselte einen Blick mit Anne Jensen, die daraufhin ihren Fotoapparat wieder in die Tasche steckte.

„Möglicherweise werden Mitglieder der königlichen Familie an der Konferenz teilnehmen", sagte sie mit einer gewissen Betonung. „Und möglicherweise wird auch ein Schiff hier im Stadthafen festmachen. Aber ich möchte ausdrücklich betonen: möglicherweise."

„Etwa die ‚Dannebrog'?"

„Sie kennen das Schiff?", lachte Anne Jensen.

„Ja", sagte Paul begeistert. „Ich habe es einmal bei einem Besuch in Kopenhagen im Hafen liegen sehen, wusste zu dem Zeitpunkt aber nicht, wer damit über die Meere fährt. Erst später habe ich erfahren, dass es von der Königsfamilie genutzt wird. Es ist wirklich eine beeindruckende Yacht."

Bei den letzten Worten nahm er den kühlen und zugleich ermahnenden Blick der Protokollchefin auf, so wie er ihn seit jeher kannte.

Sie öffnete eine weitere Mappe und zog die Aufmerksamkeit wieder auf sich.

„Geplant ist die Veranstaltung in ungefähr sechs bis acht Wochen", sagte sie. „Möglicherweise auch eine Bankettveranstaltung in kleinerem Rahmen. Und dafür suchen wir noch eine besondere Lokation."

„Sechs bis acht Wochen? Viel Zeit bleibt dann ja nicht mehr", merkte Paul bedenkend an. „Wie viele Gäste werden dazu erwartet?"

„Wir planen mit maximal hundert, aber es werden wohl eher um die neunzig Personen sein. Es wird nur einen kleinen Kreis um den Ministerpräsidenten und seine Gäste geben. So sehen zumindest die vorläufigen Planungen aus."

„Das würde allerdings perfekt passen. Wir können hier im größten Raum für knapp einhundert Gäste ein Bankett ausrichten oder wenn wir die beiden nebeneinanderliegenden Räume nehmen, die ja auch durch die Terrasse verbunden sind, dann bis zu einhundertsechzig. Vorausgesetzt die Räume sind zu Ihrem Wunschtermin noch verfügbar."

„Es gibt natürlich noch Alternativen in Warnemünde, gegebenenfalls auch außerhalb der Stadt", sagte die Protokollchefin abwinkend. „Aber ich denke, Sie bekommen das dann schon hin. Oder?"

„Wir würden uns wirklich sehr freuen, wenn wir Sie als Gäste in unserem Haus begrüßen dürften ", wandte sich Paul an Anne Jensen, die darauf jedoch nur mit einem dezenten Lächeln antwortete.

Gleichzeitig sah sie auf ihre Uhr und unverzüglich steckte die Protokollchefin ihre Unterlagen wieder in Ihre Tasche.

„Gut. Dann verbleiben wir so", sagte sie knapp.

Die beiden Frauen warfen noch einen letzten Blick von der Terrasse über den Stadthafen und flüsterten sich etwas zu, bevor sie zum Fahrstuhl gingen.

In der Lobby wurden sie bereits von ihrem Fahrer empfangen, der ein paar Worte mit Anne Jensen wechselte.

„Ich danke Ihnen für die sehr umfangreiche Führung durch Ihr Haus", sagte sie beim Abschied, ohne weiter auf die geplante Veranstaltung einzugehen.

„Und ich erwarte vorerst absolute Vertraulichkeit in dieser Sache!", warf die Protokollchefin Paul noch von der Drehtür aus flüchtig zu und beeilte sich in das bereitstehende Auto zu steigen.

Wenig später rollte es vom Vorplatz.

Paul sah dem Wagen hinterher und dachte wieder an die Ereignisse des Vortages und an die Reaktion von Anne Jensen, als er auf die alten Fähren zu sprechen kam.

Auf der Terrasse hatte er für einen Moment das Gefühl gehabt, als wenn sie ihm dazu etwas sagen wollte, aber vielleicht deutete er das auch völlig falsch.

Seine Überlegungen wurden schlagartig von einem aufkommenden Hungergefühl überlagert.

Beim Blick auf die Wanduhr, die über der Rezeption hing, ahnte er allerdings, dass er in der Kantine nichts mehr zu essen bekommen würde.

Und wie erwartet fand er dort lediglich einige trockene Croissants die noch vom Frühstück übriggeblieben waren und ein Schale mit Äpfeln.

Aber nach beidem war ihm nicht und so beschloss er sich ein belegtes Baguette aus der Bäckerei zu holen.

Er ging zurück ins Büro, um seine Mappe abzulegen und sich etwas Kleingeld mitzunehmen.

Schon als er die Karte in das Türschloss steckte, hörte er das Telefon klingeln.

„Du hast erneut Besuch", rief ihm die Mitarbeiterin der Rezeption entgegen, kaum dass er den Hörer abgenommen hatte. „Hab schon gesagt, dass du gleich da bist."

Paul kam nicht dazu nachzufragen wer ihn sprechen wollte, sie hatte schon wieder aufgelegt.

In seinem Kalender hatte er keinen weiteren Termin eingetragen und er konnte sich auch nicht daran erinnern, sich mit jemanden zum Nachmittag hin verabredet zu haben.

So nahm er mit knurrendem Magen erneut seine Mappe und nahm diesmal die Abkürzung durch den Servicebereich in die Lobby.

Unterwegs kam ihm urplötzlich Morten in den Sinn, was durchaus auch an dem Besuch von Anne Jensen gelegen haben mochte, die Paul ungewollt an die Ereignisse des Vortages erinnert hatte.

Doch die Begegnung mit ihr brachten ihn gleichzeitig auch auf die Idee, Morten noch am Abend in der Klinik zu besuchen, obwohl er sich das Interesse an dem Alten selber nicht recht erklären konnte.

Es war wohl eher ein Gefühl von Anstand, dass ihn dazu trieb, nachdem sie zusammen auf der Fähre knapp einem Unglück entgangen waren.

Zudem war ihm auch nicht einmal klar, worüber er sich mit Morten unterhalten sollte.

Vielleicht über das alte Fahrrad, denn schließlich war es auch das, was zuallererst seine Aufmerksamkeit auf sich gezogen hatte.

Schon der klobigen Lampe wegen.

‚Was für ein Kuriosum! Unglaublich, dass diese Dinger immer noch durchhalten!'

Paul öffnete in Gedanken daran die Tür und blieb kurzzeitig wie erstarrt stehen.

In der Lobby stand seine Tochter Mia.

Mit ihr hatte er nun am wenigsten gerechnet.

Sie enddeckte ihn ebenfalls sofort und kam eilig auf ihn zu.

Bevor er etwas sagen konnte fiel ihm Mia um den Hals und drückte ihn für einen Moment an sich.

„Hallo, Paps. Ich bin schon zwei Wochen früher mit dem Flieger zurück und Mama hat mich vom Flughafen abgeholt."

Schon dieser eine Satz traf Paul empfindlich, da er von ihren geänderten Plänen nichts erfahren hatte und wieder einmal vor vollendete Tatsachen gestellt wurde.

Nachdem Mia über ein Austauschprogramm die elfte Klasse in dem kleinen Ort, mit dem für ihn unaussprechlichen Namen Maquoketa in Iowa absolviert hatte, war

Paul von gänzlich anderen Umständen ihres Wiedersehens ausgegangen.

Die Hotellobby war sicherlich am schlechtesten dafür geeignet, um entspannt miteinander reden zu können.

„Ich bin wirklich froh, dass du wieder da bist", sagte er dennoch und versuchte sich nichts anmerken zu lassen. „Ich nahm an, dass du frühestens übernächstes Wochenende zurückkommen würdest? Ich hätte dich auch vom Flughafen abgeholt."

„Ich weiß, aber es hatte sich kurzfristig so ergeben. Ich habe Jenny noch für ein paar Stunden in Hamburg getroffen und wir konnten so noch etwas quatschen, bevor sie nun nach Neuseeland fliegt."

Paul spürte unvermittelt, dass er auch nach ihrer Rückkehr wohl nicht die Bezugsperson für Mia sein würde, so wie er es sich nach dem Auseinanderfallen der Familie immer gewünscht hatte.

Dazu brauchte es einfach mehr.

Mia schien von der Situation jedoch völlig unbeeindruckt zu sein und nachdem Paul sie etwas zur Seite in die Sitzecke der Bar gezogen hatte, erzählte sie sofort von den letzten Tagen vor ihrem Rückflug und schweifte sehr sprunghaft immer weiter aus, zu den Wochen und Monaten ihres Aufenthaltes in dem Staat weit über dem Atlantik, den Paul sich bisher nur auf einer Landkarte ansehen konnte.

Und während er ihr etwas unaufmerksam zuhörte, musste er gleichzeitig an seine andere Tochter Jenny denken.

Nachdem sie in den letzten Monaten als Assistenzfotografin von einem Studio zum anderen gehetzt war und mehr Bilder von anderen Fotografen nachbearbeitet hatte, als selber welche zu machen, hatte sie sich entschlossen für wenigstens ein Jahr nach Neuseeland zu gehen, um wieder ihrer eigentlichen Berufung zu folgen und Dinge zu fotografieren, die sie selber für wichtig hielt und so ihre eigene Kreativität wirklich ausleben konnte.

Paul hatte es anfangs mit Sorge betrachtet, dass sie sich nun etwas treiben lassen wollte, aber angesichts ihres immer unruhiger werdenden Arbeitslebens hatte er auch durchaus Verständnis dafür.

Nun war Jenny also weg und Mia wieder zurück, und er ahnte, dass er seine beiden Töchter wohl nicht so schnell wieder zusammen sehen würde.

„Wie geht es jetzt bei dir weiter?", fragte Paul unvermittelt und riss Mia damit aus ihrem Erzählstrom.

„Mama hat ja schon alles organisiert und auch mit der Schule alles klargemacht. Brauchst dich also um nichts zu kümmern. Die Zeit bis zum Abi werde ich bei ihr schon überstehen", grinste sie. „Mama ist auch nicht mehr so anstrengend wie früher."

Paul verwunderte es nicht, dass Mia das weitläufige Eigenheim ihrer Mutter, einem kleinen Zimmer in der sechsten Etage eines Plattenbaues vorzog, der zudem noch ohne Fahrstuhl war.

Dennoch war er von Mias direkter Art verblüfft und es schien ihm augenblicklich so, als wenn sie nur hergekommen wäre, um ihm diese Nachricht zu überbringen, denn Mia schaute unvermittelt auf ihre Uhr und sprang auf, ohne ihm Gelegenheit zu geben noch etwas zu sagen.

„Ich bin jetzt gleich noch in der Stadt verabredet. Wir können uns ja nächste Woche irgendwann nach deiner Arbeit auf einen Kaffee treffen. Oder auf einen Grünen Tee. Dann erzähle ich dir alles etwas ausführlicher. Was meinst du?"

„Ja, warum nicht?", sagte Paul etwas irritiert und stand ebenfalls auf.

Sie drückte ihn hastig an sich und drehte sich vor dem Ausgang noch einmal mit einem Wink zu ihm um. „Also dann bis nächste Woche."

Paul hob nur leicht die Hand und wusste nicht, ob er über diesen Kurzbesuch verblüfft oder verärgert sein sollte, doch dann kam er zu dem Schluss, dass es wohl besser war erst einmal abzuwarten wie sich die Dinge weiterentwickeln würden und vor allem nichts überzubewerten.

Dennoch hatte er sich das Wiedersehen mit Mia völlig anders vorgestellt und musste nun erkennen, dass sich auch nach diesem einen Jahr nichts verändert hatte, ja dass die Distanz zwischen ihnen wohl eher noch größer geworden war.

Vielleicht lag es an seinem noch immer schmerzenden Rücken oder an seinem leeren Magen, vielleicht aber auch einfach nur an seiner schlechten Gemütslage nach dem chaotischen Wochenende, aber in diesem Augenblick, als er alleine in der Lobby stand und Mia hastig über den Vorplatz weggehen sah, zweifelte er sehr stark daran, dass sich ihr Verhältnis überhaupt noch einmal normalisieren würde.

3

Knapp eine Stunde später stand Paul mit einer Kuchentüte und zwei kleinen Bechern Kaffee in der Hand vor der Bäckerei in der Schillingallee und sah auf die gegenüberliegende Baustelle des Klinikums.

Er ging noch ein Stück näher heran, um das Geschehen dort besser verfolgen zu können.

Eine langgezogene Wand aus blauen Wellblechplatten, die nur an wenigen Stellen unterbrochen war, gewährte jedoch kaum einen Einblick.

Lediglich zwei aus der Baugrube herausragende Kräne ließen erahnen, wie zügig man jetzt an dem neuen Klinikteil arbeitete, nachdem ein ungewollter und monatelanger Baustopp alle bisherigen Planungen zur Eröffnung über den Haufen geworfen hatte.

Paul hätte sich das Treiben noch gerne länger angeschaut, aber der trockene Wind, der über das Gelände fegte und an diesem heißen Tag auf alles eine feine Staubschicht legte, ließ ihn dort nicht lange verweilen.

Auf die Idee hier eine Kleinigkeit zu essen und das gleich mit einem Besuch bei Morten zu verbinden war Paul nach der Rückkehr ins Büro gekommen, als ihm einfiel, dass der schäbige Bäckerwagen, der seit Jahren vor dem Haupteingang des Klinikums die Patienten versorgte, vor kurzem durch einen festen Neubau ersetzt worden war.

Ein belegtes Baguette und ein großer Grüner Tee in der neuen Backstube vertrieben dann auch sehr schnell das flaue Magengefühl, welches ihn bis hierher begleitet hatte, wobei er sich nicht sicher war, ob es wirklich nur daher rührte, dass er seit dem Morgen nichts gegessen hatte oder ob er es doch eher auf den überfallartigen Besuch von Mia zurückführen sollte.

Die zwei Rosinenschnecken und den Kaffee kaufte er anschließend, um nicht gänzlich mit leeren Händen bei Morten anzukommen.

Schon als er sich dazu entschlossen hatte hierherzufahren, schien es ihm passender zu sein am Nachmittag bei Morten aufzukreuzen, denn so konnte er das Ganze mit einem Kurzbesuch abtun und musste nicht Gefahr laufen seinen einzigen freien Abend in der Woche in einem Krankenhauszimmer zu verbringen.

Mit einem letzten Blick auf die wartenden Baufahrzeuge ging er langsam auf das Klinikgebäude zu, das zur rechten Seite des gewaltigen Baufeldes lag.

Er hatte so eine Ahnung wo Morten liegen könnte und seine Vermutung wurde durch den Pförtner nach kurzer Suche in der Patientendatei auch bestätigt.

Das Zimmer fand Paul auf Anhieb, doch als er anklopfte und die Tür öffnete, sah er nur einen jungen Mann der mit Kopfhörern auf dem Bett lag und las.

Dieser blickte jedoch nur kurz auf und widmete sich dann wieder seinem Buch.

Weder Mortens Jackett noch dessen dunkelblaue Schirmmütze konnte Paul entdecken und es schien ihm fast so, als wenn das zweite Bett gar nicht benutzt worden war.

Auch auf dem Flur und in einem angrenzenden Wartebereich konnte er ihn nicht finden.

Paul ging noch ein Stück weiter, bis er am Dienstraum der Stationsschwestern vorbeikam.

Vorsichtig klopfte er an und grüßte leise.

„Hallo und guten Tag. Ich suche einen Patienten. Sein Name ist Morten Sundqvist. Er soll hier auf der Station liegen."

Die beiden Krankenschwestern sahen sich sofort an und schüttelten lachend den Kopf.

„Nicht mehr", sagte eine von Ihnen und stand auf. „Heißen Sie zufällig Wanka?"

„Ja", antwortete Paul völlig erstaunt.

Die Schwester zog aus einer Unterschriftenmappe eine Klarsichtfolie hervor, in der ein kleiner Zettel steckte.

„War ein ganz schöner Sturkopf", sagte sie leicht verärgert und hielt ihm die Folie hin.

„Er wollte anscheinend schnellstmöglich wieder nach Hause. Wir hätten ihn lieber noch zur Beobachtung hierbehalten, aber bevor wir ihn richtig durchchecken konnten, ist er uns gestern Nachmittag regelrecht ausgebüxt!

Er hat nur den Zettel mit seiner Adresse bei seinem Bettnachbarn dagelassen, den er Ihnen geben sollte für den Fall, dass Sie herkommen würden. Naja, und da der sich nicht sicher war was er damit machen sollte, falls Sie nicht herkommen, hat er uns das Zettelchen heute Morgen nach der Visite mitgegeben."

Paul stellte seine Sachen auf ein Sideboard, nahm irritiert die Folienhülle und las sich die Adresse von Morten durch.

‚Hasselövej 198, 4800 Nyköbing Falster'.

Er hatte sie mit etwas zittriger Hand auf den sauber abgerissenen Rand einer Zeitung geschrieben.

„Bei seinem Bettnachbarn? Ist ja wirklich merkwürdig. Vom Pförtner hatte ich die Auskunft bekommen, dass er noch hier wäre", sagte Paul und sah die Schwester fragend an.

„Wir haben ihn noch auf unsere Liste gelassen, da wir nicht wussten, ob er eventuell doch wieder auftauchen würde. Bei alten Menschen weiß man ja nie."

„Wann war das? Ich meine, wann ist er hier los?"

„Das muss gestern so zwischen 15 und 17 Uhr gewesen sein. Er hat wahrscheinlich einfach ein Taxi genommen, die immer vorne am Haupteingang warten. Heute Morgen hatte sich auch schon die Polizei nach ihm erkundigt. Die Herren waren gelinde gesagt stinksauer. Sie wollten ihn wohl zu einem Unfall befragen und müssen nun einen langen bürokratischen Weg nehmen, um mit ihm ein paar Worte zu wechseln, da er ja Däne ist. Er ist anscheinend ein wichtiger Zeuge für sie."

‚Dann wird er gestern die Fähre um sechs noch geschafft haben', dachte Paul bei sich und blieb unschlüssig im Türrahmen stehen.

Das Stationstelefon klingelte leise und riss Paul aus seinen Gedanken.

Er sah auf das Kuchenpaket und die zwei Becher mit Kaffee auf dem Sideboard und zeigte dann darauf.

„Hatte ich eigentlich für ihn mitgebracht. Wenn Sie möchten?"

„Da sagen wir nicht nein", lachten die Schwestern. „So können Sie öfter zu uns kommen."

Paul steckte die Folie mit dem kleinen Zettel in seine Kollegmappe und verabschiedete sich.

Noch etwas zerstreut ging er auf dem langgestreckten Flur weiter und fragte sich, woher Morten annehmen konnte, dass er ihn in der Klinik besuchen würde.

Auch wenn das Äußere und die zittrige Handschrift es nicht hergaben, hatte er das Gefühl, dass Morten genau wusste, was um ihn herum passierte.

Paul bemerkte zu spät, dass er den Flur in die falsche Richtung weitergegangen war und so zu einem anderen Ausgang gelangte, der auf der Innenhofseite des Gebäudes lag.

Er kannte zwar diese kleine Parkanlage, über den er das Gelände ansonsten auch verlassen konnte, doch seine Befürchtung, dass er hier durch das Baugeschehen eventuell nicht weiterkommen würde, bestätigte sich ihm schon nach wenigen Schritten.

Der gesamte Bereich zwischen den Klinikgebäuden war auch hier durch die blauen Wellblechplatten abgesperrt.

Er schaute auf seine Uhr und überlegte, ob er den etwas längeren Umweg um das Klinikum herum zum Parkhaus nehmen oder noch einmal durch die Station zurückgehen sollte.

Im selben Moment wurde ein Stück weiter weg von ihm der Bauzaun geöffnet und mehrere Fahrzeuge passierten das Tor.

Paul wurde davon regelrecht angezogen.

Die Einfahrt blieb für einen Moment offen und so konnte er in die sehr tiefe und gewaltige Baugrube schauen, die nach seinen Schätzungen mindestens eine Breite von fünfzig und eine Länge von hundert Metern hatte.

Ein Projektschild neben der Einfahrt informierte über das neue Versorgungszentrum und ließ erahnen, wie sehr sich damit das gesamte Bild des Klinikums verändern würde.

Von der tiefen Baugrube würde später nichts mehr zu erkennen sein.

Schlagartig dachte Paul an die Ereignisse, die ihn schon einmal genau an diese Stelle geführt hatten.

In die Gedanken über Mortens eiligem Aufbruch mischten sich die Erinnerungen an Katarina, und sie rückten mit dem Blick auf das Baugeschehen so nahe an ihn heran, wie er es schon lange nicht mehr erlebt hatte.

Ihr tragischer Tod in dem alten Klinikteil, der vorher hier gestanden hatte und schon vor Monaten abgerissen worden war, lag nun fast ein Jahr zurück.

Was er zusammen mit Dr. Matheus über Katarinas mögliche Todesursache und zwei weitere mysteriöse

Todesfälle im nahen Katalyse-Institut herausgefunden hatte, behielten beide schließlich für sich.

Zu groß war ihre Unsicherheit, was sie mit der Veröffentlichung ihrer Erkenntnisse auslösen würden, und mit der Zeit verlor sich auch bei Paul das Vorhaben, mit seinen Vermutungen wenigstens an die Presse zu gehen.

Dr. Matheus setzten die dramatischen Ereignisse damals zudem so stark zu, dass er sich endgültig in seinen kleinen Garten und sein Rentnerdasein zurückzogen hatte.

Auch Charlotte, die vielleicht als einzige Person in der Lage gewesen wäre Ermittlungen anzuschieben, hatte Paul im späteren Verlauf seiner Recherche nicht mit einbezogen und mit ihr nie wieder darüber gesprochen, obwohl sie vielleicht ahnte, dass er seitdem etwas vor ihr verbarg.

Es war ihm schon klar, dass dieses Unausgesprochene selbst der Nährboden für das andauernde Misstrauen zwischen ihnen war.

Diese Geschehnisse hatten sie ja erst zusammengebracht und es gab wahrlich genügend Gelegenheiten, um ihr alles zu erzählen was er herausgefunden hatte.

Doch die Monate vergingen und er konnte sich nicht dazu durchringen die ganze Sache noch einmal aufzurollen.

Selbst der USB-Stick, mit möglicherweise brisanten Daten, lag noch immer wohlverwahrt zu Hause in seinem Schrank.

Paul schaute noch einen Moment regungslos auf die Baugrube, in der bereits die ersten Bodenplatten gegossen wurden.

Sie würden alles zudecken.

Alles.

Geschichte würde einfach verschwinden.

Schwermütig ging er schließlich zum Parkhaus zurück und stieg in seinen Wagen.

Bei der Ausfahrt fiel sein Blick auf die wartenden Taxis neben dem Haupteingang der Klinik und er hielt noch einmal an.

Auch wenn die Stationsschwester vermutet hatte, dass Morten damit zur Fähre gefahren sein könnte, war Paul sich dessen plötzlich nicht mehr sicher.

Doch wo sonst sollte er aber auch hin?

Paul dachte einen Moment darüber nach, dann legte er den Gang ein und fuhr los.

An der Kreuzung im Stadthafen unterhalb des Kanonsberges, musste er beim Abbiegen anhalten um ein paar Radfahrer vorbeizulassen, wobei ihm unmittelbar Mortens Fahrrad einfiel, welches ja am Vortag am Fährterminal abgestellt wurde.

Er sah auf seine Uhr und dann auf das Hotel.

Es wurde wirklich höchste Zeit, dass er ins Büro zurückkehrte.

‚Aber was wäre, wenn Morten gar nicht zur Fähre zurückgefahren war?'

Einen Moment lang zögerte er noch, dann schaltete er den Blinker ein, wechselte die Spur und fuhr weiter zum Überseehafen, denn er wollte nun unbedingt wissen, ob er Mortens Fahrrad dort noch vorfinden würde.

*

Schon als er aus dem Kreisel vor dem Fährcenter fuhr und von dort auf den leeren Fahrradständer schaute, fragte er sich sofort, wieso er überhaupt etwas anderes in Erwägung gezogen hatte.

Dass Morten sicherlich längst wieder auf der dänischen Seite war, hätte ihm auch schon nach seinem Klinikbesuch klar sein müssen.

Es war wohl einzig dessen fluchtartiges Verschwinden, welches nicht nur seine Neugier geweckt hatte, sondern auch ein Gefühl von Skepsis in ihm aufkommen ließ.

Dies resultierte vor allem aus seinem generellen Argwohn anderen gegenüber, was Paul selbst wiederum auf seine schlechte Menschenkenntnis zurückführte, die ihm in der Vergangenheit schon so manchen Streich gespielt hatte.

Er fuhr ein Stück weiter und stellte seinen Wagen auf der schattigen Seite des Fährcenters ab.

Die Parkplätze für Lkws vor und hinter dem Gebäude waren übervoll und etliche Sattelzüge standen zudem aufgereiht, aber mit abgestellten Motoren vor der Zollkontrolle.

Nur bei einigen lief die Klimaanlage oder drang Musik aus der Fahrerkabine.

Anscheinend war eine der Fähren noch immer außer Betrieb und die Fahrer richteten sich hier auf sehr lange Wartezeiten ein.

Bei der Hitze war das sicherlich nicht gerade angenehm.

Paul hängte sich sein Jackett über die Schulter und ging ein Stück am Zaun entlang zu den Abfertigungsschaltern der Reedereien.

Von dort aus konnte er auf die Unglücksfähre schauen, die wie noch am Tag zuvor festvertäut am neuen Anleger lag.

Kein Rauch stieg aus dem Schornstein, was für ihn ein untrügliches Zeichen war, dass sie vorerst nicht eingesetzt wurde.

Ein vollbeladener, äußert ramponierter Laster rauschte mit einer leichten Staubwolke scheppernd an die Kontrollstation einer Fährlinie heran und hinterließ mit den quietschenden Achsen seines Anhängers und den Schleifgeräuschen der Räder bei Paul das ungute Gefühl, dass von diesen Ungetümen sicherlich immer eine akute Gefahr auf den Schiffen ausgehen musste.

So richtig bewusst war er sich dieser Tatsache bei seinen Überfahrten bisher allerdings nicht.

Er schaute noch einmal zur Fähre, vor der nur zwei graue Transporter und ein Fahrzeug der Reederei standen.

„Willst du ein bisschen frische Luft schnappen?", hörte er plötzlich eine Frauenstimme hinter sich.

Paul drehte sich erschrocken um und sah Charlotte auf sich zukommen, die ihn mit einem verschmitzten Lächeln ansah.

Sie hier zu treffen überraschte ihn wirklich.

Charlotte hatte sich von einer Personengruppe gelöst, die mit schnellen Schritten in Richtung des Fähranlegers an ihm vorbeiging.

„Das könnte man vermuten", sagte Paul und wartete, bis die anderen ein Stück weg waren und drückte Charlotte dann einen flüchtigen Kuss auf.

„Aber nein, um deine Frage zu beantworten. Ich müsste auch schon längst wieder im Hotel sein und hatte mir nur was zum Essen geholt. Und ich wollte mir bei der Gelegenheit noch die defekte Fähre ansehen."

„Du bist wegen der Fähre hier?"

„Ja. Ich war gestern mit drauf. Es gab einen kleinen Brand, der schnell gelöscht wurde. Sie scheint immer noch außer Betrieb zu sein."

„Du warst auf dieser Fähre?", fragte Charlotte entsetzt und wies mit ihrer Hand in Richtung des neuen Anlegers.

„Es ist kaum der Rede wert", winkte Paul beschwichtigend ab. „Das ging auf dem Pott alles so schnell, dass es kaum lohnt darüber zu sprechen. Würde der jetzt nicht dort festliegen, käme mir das schon alles völlig unwirklich vor."

„Warum hast du mich nicht mal angerufen?"

Paul sah in ihre Augen, die ernste Besorgnis ausdrückten, und sofort kam das schlechte Gewissen in ihm hoch.

„Tut mir leid. Es war einfach nicht mein Tag. Ich wollte ja mit der Fähre morgens um sechs nach Gedser rüber, aber es kam halt anders. Bin dann wieder zurückgefahren, hab mich auf die Couch gelegt und bin sofort eingeschlafen. Irgendwie fühlte ich mich völlig erschlagen."

Charlotte brauchte einen Moment, ehe sie sich gefangen hatte.

„Das jagt mir ja noch im Nachhinein einen Schreck ein. Geht es dir wirklich gut?"

„Ja. Du siehst ja, ich stehe leibhaftig vor dir. Es war ja nun wirklich nichts Großes auf der Fähre", lachte Paul abermals.

Charlotte schien das gerade Gehörte indes ein wenig mitgenommen zu haben, denn sie rückte weiter an ihn heran und strich ihm einmal über den Arm.

„Bei mir wird es heute sehr spät. Das wird uns hier wohl noch etwas beschäftigen. Magst du mich am Abend anrufen?

„Hast du etwa hier im Hafen zu tun?"

Charlotte machte eine Kopfbewegung zur Gruppe. „Ich nicht direkt. Bin nur zufällig mit einigen Kollegen hier. Mal sehen, was uns die Fähre so alles erzählen kann."

„Ihr seid auch wegen der Fähre hergekommen?", fragte Paul überrascht. „Muss ja was Ernstes sein, wenn sogar die Generalstaatsanwaltschaft hier auftaucht und das gleich mit einem ganzen Trupp!"

Charlotte sah ihn sofort etwas missmutig an. „Was hast du davon mitbekommen?“

„So gut wie nichts“, winkte Paul mürrisch ab, der in diesem Moment keine Lust verspürte von ihr verhört zu werden. „Ich muss zurück ins Hotel. Das Haus ist voll und ich habe noch einen Termin.“

Charlotte ging einen Schritt zurück und sah ihren Kollegen hinterher, die gerade die Abfertigungsschalter passierten.

„Gut. Ich muss auch weiter.“

„Habt ihr hier übrigens zufällig ein Fahrrad gesehen?“, fragte Paul verlegen. „Es war dort am Eingang zum Fährcenter abgestellt. So ein ganz altes, mit einer riesigen Kugellampe dran.“

„Nein“, antwortet Charlotte und sah ihn verwundert an.

„Nicht so wichtig. Ich ruf dich heute Abend an. Mach‘s gut“, sagte Paul nur und sah Charlotte hinterher, die sich nach seinen letzten Worten umgedreht hatte und nun zu ihren Kollegen eilte.

*

Paul fuhr sehr schnell zurück und schaffte es gerade noch rechtzeitig zum Meeting mit der Bankettabteilung, so dass sein langes Fernbleiben keinem weiter auffiel.

Kurzzeitig dachte er auch daran das mögliche Bankett der Staatskanzlei zu erwähnen, aber es war wohl besser erst die endgültige Rückmeldung der Protokollchefin abzuwarten.

Es war schon nach 18 Uhr, als er seine Sachen zusammenräumte und seinen Laptop ausschalten wollte, doch unversehens musste er wieder an die Unglücksfähre denken.

Er setzte sich noch einmal hin und durchsuchte im Internet alle Nachrichtenkanäle auf Hinweise zur Brandursache auf dem Schiff.

Die Informationen die er fand waren allerdings so spärlich, dass er daraus nicht schlussfolgern konnte, was die Generalstaatsanwaltschaft damit zu tun haben könnte.

Er verließ als letzter die Verwaltungsetage des Hotels und spürte auf der Fahrt nach Hause wieder diese überwältigende Müdigkeit, so dass er daran dachte sich etwas hinzulegen.

Allerdings war es viel zu früh und das laue Wetter lockte ihn ohnehin wieder nach draußen.

Auch mochte er den Feierabend nicht nur damit verbringen seine Sachen für die bevorstehende Dienstreise zusammenzusuchen.

Die Termine in den nächsten drei Tagen würden ohnehin bis weit in die Abendstunden reichen, so dass an Freizeit gar nicht zu denken war.

Zu Hause rieb er sich kurz mit dem Schmerzgel den Rücken ein und fuhr dann mit dem Fahrrad zur kleinen Hafenanlage nach Krummendorf.

Am verwaisten Anleger der Fähre, die vor dem Tunnelbau unter der Warnow für ein paar Jahre den Westen der Stadt mit der gegenüberliegenden Hafenseite verband, sah Paul nur einen Angler am Ende des Steges, der sich jedoch durch ihn nicht stören ließ und regungslos auf seinen Hocker sitzen blieb.

Die Sonne stand schon tief und spiegelte sich im ruhigen Fahrwasser wieder.

Paul stieg vom Rad ab und ging ein paar Schritte am Ufer entlang.

Er versuchte einen klaren Gedanken zu fassen, was ihm aber nach den Ereignissen der letzten beiden Tage nicht so recht gelang.

Zu dem Vorfall auf dem Schiff kam der unerwartete Besuch von Mia hinzu, den er für sich noch immer nicht so richtig einordnen konnte und ihn intensiv beschäftigte.

Auch Mortens überhasteter Aufbruch aus der Klinik und die kurze Begegnung mit Charlotte schwirrten ihm sprunghaft durch den Kopf.

Es waren alles Dinge die er in den nächsten Tagen nicht gebrauchen konnte, aber er wusste auch, dass er die Gedanken daran nicht so einfach von sich abstreifen konnte.

Hinzu kam seine instinktive Annahme, dass sich diese Ereignisse nicht zufällig fast zur gleichen Zeit abgespielt hatten, obwohl er keinerlei Zusammenhang herstellen konnte.

Vor allem über Charlottes Anwesenheit bei den Untersuchungen auf der Unglücksfähre grübelte er lange nach, bis er sein Handy aus der Tasche zog.

Er erreichte jedoch nur ihren Anrufbeantworter und als sie sich wenig später zurückmeldete, vermied es Paul die Sache weiter zu hinterfragen.

Charlotte schien die etwas unglückliche Situation zwischen ihnen am Nachmittag indes schon wieder vergessen zu haben, aber sie war wohl auch zu erschöpft, als dass sie sich noch lange am Telefon unterhalten mochte und so verabredeten sie sich kurzerhand für den darauffolgenden Sonnabend zu einer Radtour.

Paul war im Nachhinein froh, dass er das Thema um die Fähre nicht weiter angeschnitten hatte und es somit auch nicht bestimmend für Ihre gemeinsamen Stunden sein würde.

Doch schon als er auf dem Rückweg an dem kleinen Weiher kurz hinter Krummendorf vorbeifuhr und vorsichtig über das Feld schaute, ob sich dort etwas auf ihn zubewegte, wurde er wieder verstärkt an die Geschehnisse des Wochenendes erinnert.

Es wäre wahrscheinlich unmöglich mit Charlotte nicht darüber zu sprechen.

Er hielt kurz an und hatte mit einmal wieder das Gefühl, dass ihm auf der Fähre etwas Wichtiges entgangen sein musste.

War es möglicherweise auch das, womit sich die Generalstaatsanwaltschaft beschäftigte?

Noch ehe er diesen Gedanken weiterverfolgen konnte, ging ihm unvermittelt eine Frage durch den Kopf, die er sich im Krankenhaus gar nicht gestellt hatte.

Warum hatte Morten eigentlich seine Adresse für ihn hinterlassen?

4

Pünktlich um drei hörte Paul am Freitagnachmittag, wie die Bürotür am Ende der Verwaltungsetage zugezogen wurde und der Hoteldirektor eilig über den Flur schritt.

So begann er stets sein von vielen gefürchtetes Ritual, welches er seit einiger Zeit selbst gerne als „Bilanzrundgang“ bezeichnete, bevor er sich wenig später ins Wochenende verabschiedete.

Er fing damit im vordersten Büro an, um sicher zu gehen, dass ihm keiner entrinnen konnte.

Mit verschränkten Armen stellte er sich bei seinem Rundgang wortlos in den Türrahmen und wartete, bis er die Aufmerksamkeit aller Anwesenden auf sich gezogen hatte.

Dann ließ er sich von ausgewählten Mitarbeitern kurz etwas über ihre wöchentliche Arbeit berichten, um sie sogleich auf eine etwas süffisante Art mit weiteren Aufgaben zu betrauen, die sie zumindest gedanklich über das Wochenende beschäftigen würden.

Sich diesem Ritus auf jedwede Art zu entziehen war schon sträflich genug, ihm am Montagmorgen ohne Lösung der gestellten Aufgaben zu begegnen, war für den Direktor jedoch unverzeihlich und zog in der Regel weitere Zusatzaufgaben nach sich.

Dabei war es ihm egal, ob die Mitarbeiter am Wochenende arbeiten mussten oder frei hatten.

Paul ordnete gerade einige Unterlagen für die kommenden Veranstaltungen in das Ablagefach der Bankettabteilung ein, als er hörte, wie die Schritte auf dem Flur näher kamen.

Er schaute kurz auf die Uhr und staunte, dass gerade einmal neun Minuten vergangen waren.

Der Direktor musste es heute wirklich eilig haben.

Auch wenn er und Paul schon ein paar Jahre zusammenarbeiteten und er ihn seit Monaten nur alleine im Büro antraf, änderte der Direktor an seinem Prozedere nichts.

Paul sah ihn nur kurz an und arbeitete weiter.

„Wie waren die Termine in Hamburg und Köln?", fragte der Direktor in einem zackigen Ton, zog seine Hemdsärmel aus dem Jackett hervor und drehte an den Manschettenknöpfen.

Auch seinen Krawattenknoten schob er in gewohnter Weise noch einmal nach oben, wobei er sich leicht nach vorne beugte.

Paul mochte kaum hinschauen, denn diese Marotten, die der Direktor auch bei all seinen Besprechungen mit einer gewissen Regelmäßigkeit wiederholte, konnte er partout nicht ausstehen.

Der ungeduldige Ton des Direktors verriet ihm allerdings auch, dass dieser sich hier nicht lange aufhalten würde, was er wiederum erleichtert aufnahm.

„Insgesamt recht gut. Es ging um letzte Absprachen für zwei Tagungen und einem Kongress im nächsten Jahr, die wir jetzt allesamt fest einbuchen können. Die unterschriebenen Verträge habe ich gleich wieder mitgebracht. Und ich habe drei Anfragen von Neukunden erhalten."

„Größere?"

„Auch. Aber vor allem Interessante. Es sind Auftakttagungen von Verbänden, die im Februar und März nächsten Jahres stattfinden werden. Das fällt ja in unsere auslastungsschwache Zeit und sie würden damit sehr gut hineinpassen."

Paul hielt mit seinem Aufräumarbeiten am Regal kurz inne, denn ihm wurde in dem Moment klar, dass er ein geplantes Bankett unter Federführung der Protokollchefin nicht unerwähnt lassen sollte, da hier ja auch sicherheitsrelevante Vorbereitungen zu treffen waren.

Bedingt durch seine Dienstreise hatte er diese Information noch gar nicht weitergegeben.

„Abgesehen davon gibt es möglicherweise eine Bankettveranstaltung von der Staatskanzlei des Landes und der dänischen Botschaft, die im Rahmen einer Konferenz stattfinden soll. Eventuell werden dazu sogar Angehörige des dänischen Königshauses in die Stadt kommen."

Der Direktor machte einen Schritt ins Büro.

„Erzählen Sie!"

„Es gibt noch nichts Genaues. Die Protokollchefin und eine Mitarbeiterin der Botschaft hatten sich am Montag unsere neue Dachetage angesehen und von einer Konferenz zum Ausbau der Verkehrsverbindungen im Ostseeraum gesprochen. Sie soll schon in den nächsten Wochen stattfinden. Die Eckdaten bekomme ich allerdings erst in den nächsten Tagen, dann kann ich Konkreteres dazu sagen."

„Gut. Halten Sie mich dazu unbedingt auf dem Laufenden. Sprechen Sie mich am Montag bei der Quartalsauswertung noch einmal darauf an. Sonst noch was Wichtiges?"

„Nein. In der nächsten Zeit haben wir ja viele Tagungen im Haus die turnusmäßig stattfinden, und mit den anlaufenden Ferien wird es jetzt ohnehin wieder ruhiger. Wir bekommen auch schon etliche Anfragen für das nächste Jahr. Es läuft momentan ganz gut."

Die letzten Worte hatte der Direktor nur mit einem Blick auf seine Uhr, sowie einem leichten Nicken quittiert und schritt nun schnell in sein Büro zurück.

Paul sah auf seinen Kalender.

Spätestens in der kommenden Woche würde er eine Rückmeldung der Protokollchefin benötigen, um die entsprechenden Informationen an alle Abteilungen weitergeben zu können.

Kurz darauf hörte er, wie der Direktor sein Büro zuschloss und die Verwaltungsetage über das danebenliegende Treppenhaus verließ.

Das Krachen der stählernen Brandschutztür schallte durch den Flur und klang für die verbliebenen Mitarbeiter offenbar wie das Aufbruchsignal in ihr Wochenende, denn unmittelbar danach hörte Paul das erste Mal an diesem Tag Gelächter aus den anderen Büros.

Er setzte sich in seinen Sessel und lehnte sich vorsichtig zurück.

Augenblicklich spürte er, wie die Anspannung der ganzen Woche von ihm abfiel.

Die vielen Termine, die er in den letzten drei Tagen absolviert hatte, verbrachte er zwar mit sehr angenehmen und interessanten Gesprächspartnern, dennoch waren die Vertragsverhandlungen mit ihnen alles andere als einfach, und auch die Präsentationen in den Verbandsgremien, die bis weit in die Abendstunden hineinreichten, hatten ihn ungemein angestrengt.

Hinzu kamen die teils schlechten Betten in unterschiedlichen Hotels, die seinem Rücken überhaupt nicht guttaten und ihn so zusätzlich strapazierten.

Und es gab etwas, was ihm nach mehreren Tagen Dienstreise zunehmend zu schaffen machte.

Er brauchte immer länger, um sich von den Fahrten zu erholen, die ihn mittlerweile durch das gesamte Bundesgebiet führten.

Wie schon so oft fragte er sich, wie viel Jahre er diesen Job noch machen könnte.

Manchmal kam es ihm nach solchen Tagen vor, als wenn er wochenlang unterwegs gewesen wäre.

Paul raffte sich noch einmal auf und brachte einen Stapel abgearbeiteter Veranstaltungsunterlagen in die Bankettabteilung zurück.

Als er wieder ins Büro kam, hörte er sein Handy klingeln und zog es aus der Tasche.

„Hallo, Paul. Es tut mir leid, aber ich muss unseren Ausflug morgen streichen", sagte Charlotte hastig, kaum dass er das Telefon am Ohr hatte.

„Ist was passiert?", fragte Paul besorgt.

„Nein, nur Routineangelegenheiten. Aber ich komme einfach drum herum. Können wir unsere Radtour auf den Sonntag verschieben?"

„Na klar", antwortete Paul erleichtert, da er nach den ersten Worten befürchtet hatte, dass sie auch an diesem Wochenende wieder ihre Arbeit voranstellen würde und überhaupt keine Zeit für ihn hätte. „Dann sehen wir uns eben am Sonntag."

„Ja, ich hoffe, dass das klappt. Ich muss auch mal wieder raus."

„Gut. Dann bis übermorgen. Pass auf dich auf."

„Paul warte noch", bat Charlotte.

Sie zögerte einen Moment und er spürte, dass sie ihm mehr sagen wollte.

„Ach nichts. Ich drücke uns die Daumen für gutes Wetter", fügte sie dann nur hinzu und legte auf.

Paul vergaß nach der Zeit zu fragen, wann sie sich treffen wollten, und so schrieb er ihr noch eine Nachricht, dass er sie um dreizehn Uhr abholen würde.

Kurzzeitig ärgerte er sich wieder über Charlottes Arbeit, die zwischen ihnen stand, andererseits könnte er sich dadurch bis zum Sonntag erst noch ein bisschen erholen.

Er räumte weiter im Büro auf und sah dabei auch auf die Zeitungen der vergangenen Tage, die er nur aus dem

Abteilungsfach genommen und nahe des Papierkorbes abgelegt hatte.

Mit einem Wisch fegte er sie hinein, doch im selben Augenblick fiel ihm eine Schlagzeile in der Ausgabe vom Vortag auf.

Er zog die Zeitung noch einmal heraus und las sich den kurzen Artikel durch, der über den viertägigen Ausfall der Unglücksfähre berichtete.

Paul wurde erst durch diese kurze Mitteilung wieder so richtig an die Vorkommnisse des vorangegangenen Wochenendes erinnert.

Die intensiven Kundengespräche der letzten Tage hatten alles überlagert.

In den wenigen Zeilen konnte er allerdings nicht herauslesen, warum die Fähre so lange festgelegen hatte, es wurde nur erwähnt, dass die Untersuchungen zur Unglücksursache am Transporter noch anhielten und somit auch noch keine endgültigen Ergebnisse vorlagen.

Über diesen langen Ausfall wunderte sich Paul allerdings schon, denn nach den Löscharbeiten hatte er den Eindruck, als wenn die Fähre, außer ein paar Rußflecken an der Decke, kaum etwas abbekommen hatte, und einen defekten Transporter hätte man sicherlich ohne weiteres aus dem Frachtdeck ziehen können.

Sofort dachte er daran Charlotte anzurufen und sie zu fragen, ob sie darüber mehr wusste, aber dann zögerte er doch, denn würde er sie jetzt daraufhin ansprechen, wäre das Thema sicherlich auch während ihrer Radtour der bestimmende Gesprächsstoff und gerade das wollte er unbedingt vermeiden.

Schon lange kämpften ja beide darum, dass ihre Arbeit nicht ständig in den Vordergrund rückte.

Er legte sein Handy wieder zurück und nahm die Quittungen aus seiner Kollegmappe, um seine Reisekostenabrechnung fertigzustellen.

Dabei zog er auch die Folie mit dem Zettel von Mortens Adresse heraus, die er die ganze Woche mit sich herumgetragen, aber kaum mehr an sie gedacht hatte.

Er wollte sie schon in den Papierkorb werfen, aber dann legte sie doch auf den Tisch und füllte das Spesenformular aus.

Auch wenn es ihm schwerfiel, vervollständigte er anschließend noch schnell die Besuchsberichte zu seinen Kundenterminen.

Es war eine leidige Arbeit, aber eine die sich der Direktor gleich zu Beginn der Woche ganz genau anschauen würde und die Paul nun trotz seiner Müdigkeit somit nicht erspart blieb.

Während er gedanklich die einzelnen Geschäftstermine noch einmal durchging und die Kommentare in die Kundendatei eintrug, fiel sein Blick immer wieder auf den Papierschnipsel in der Folie.

Als er alle Daten ins System eingetragen hatte, zog er ihn schließlich heraus.

Nachdenklich las er sich die Adresse von Morten durch und tippte dann den Straßennamen in die Suchmaske des Kartendienstes im Internet ein.

Paul kannte den Hasselövej, der sich über mehrere Kilometer am Guldborgsund entlang zog und auch durch die kleine Siedlung Hasselö Plantage führte, die Nyköbing direkt vorgelagert war.

Schon oft war er bei seinen Touren an den Häusern vorbeigefahren, angehalten hatte er dort allerdings nie.

Er schaute für einen Moment aus dem Fenster auf die kleine Personenfähre, die gerade auf der anderen Seite der Warnow anlegte.

Dann verschob er in seinem Kalender die Radtour mit Charlotte auf den Sonntag und fand dabei zunehmend an einer Idee Gefallen, die ihm urplötzlich durch den Kopf geschossen war.

5

Mit dem Beginn der Feriensaison füllten sich gerade an den Samstagen die Fähren nach Gedser bis auf den letzten Stellplatz.

Es waren vor allem Urlauber die mit ihren Wohnwagengespannen und Wohnmobilen von hier aus vornehmlich die dänischen Inseln, aber auch Regionen in Südschweden und sogar Norwegen ansteuerten.

Auf den Flächen vor dem Anleger blieben in der Regel bei jeder Abfahrt am Vormittag verdutzte Autofahrer zurück, die ihre Überfahrt nicht vorgebucht hatten.

Ihnen blieb nur die Hoffnung mit einer der nächsten Fähren übersetzen zu können, was durchaus nicht immer der Fall war, so dass sie den halben Tag auf dem Hafenareal verbringen mussten, bis sie einen Platz auf den etwas weniger frequentierten Abendfähren fanden.

Noch zu Anfang des Jahres hatte die Reederei auf hochglänzenden Flyern für die neuen Fähren geworben, die nicht nur die doppelte Kapazität an Stellflächen bereithalten würden, sondern auch im Stundentakt ablegen könnten.

Wochenlange Vorbuchungen sollten damit endgültig der Geschichte angehören.

Doch nach dem Konkurs der Stralsunder Werft und dem damit einhergehenden Stillstand der Montagearbeiten an den beiden neuen Fähren, waren nicht nur die Flyer verschwunden, sondern auch die leuchtenden Präsentationsschilder, die an den Terminals in Rostock und Gedser die wartenden Autofahrer seit wenigstens zwei Jahren über die neuen Schiffe informiert hatten.

Kein Wort verlor die Reederei seitdem darüber, wie es hier weitergehen würde.

Auch von der zu Anfang noch in Betracht gezogenen dritten Fähre, die sie von einer anderen Linie abziehen und hier in der Hochsaison zu Entlastung einsetzen wollte, war keine Rede mehr.

Als Radfahrer hatte Paul bisher aber immer Glück gehabt und es blieb ihm somit erspart, der Fähre nur hinterherschauen zu müssen.

Diesmal fuhr als letzter einer größeren Gruppe von Radlern in das Frachtdeck ein, die allerdings eine ganze Weile brauchten, bis sie ihre Räder fest verstaut hatten.

So musste auch er etwas warten und wusste zunächst wieder einmal nicht so recht, wo er sein Rad an der übervollen Bordwand noch platzieren könnte, bis ihm jemand anbot seines an die anderen anzuschließen.

Das nahm er dankend an und nachdem er seine Lenkertasche abgezogen hatte, blieb er noch einen Moment stehen.

Sonst war er bei seinen Überfahrten immer sofort aufs Oberdeck gegangen und hatte sich wenig darum geschert, was im Frachtraum passierte.

Nun verfolgte er sehr aufmerksam, wie die Fährmitarbeiter die Wagen und Wohnmobile mit hastigen Handbewegungen auf das Frachtdeck lotsten und ohne große Lücken positionierten.

Es blieb immer nur gerade so viel Platz zwischen den Stoßstangen, dass man sich seitlich hindurchzwängen konnte.

Kein Zentimeter wurde hier verschenkt.

Erst jetzt wurde Paul bewusst, wie viel Glück er hatte, dass bei seiner letzten Überfahrt nur ein paar Fahrzeuge im Frachtdeck standen.

Würde bei diesem Gedränge ein Brand ausbrechen, wäre es fraglich, ob die Löscharbeiten genauso schnell vorangehen würden.

Noch schlechter sähe es womöglich aus, wenn das Schiff mit Lastern beladen wäre, die zwischen den nebeneinanderliegenden Auflegern in der Regel noch weniger Platz zwischen den Fahrzeugen ließen.

Andere Schiffsunglücke in der Vergangenheit hatten ja auf erschreckende Weise gezeigt, dass es dann unmöglich war, an den Brandherd heranzukommen.

Insbesondere Fähren wurden daher, sobald sie auf offener See in Brand gerieten, mehr oder weniger ihrem Schicksal überlassen und brannten meistens komplett aus.

Während Paul das Aufreihen der Fahrzeuge beobachtete, fiel sein Blick auch an die Decke, an der zwar keine Brandspuren zu sehen waren, aber deren Anstrich, wie der im gesamten Laderaum, sicherlich schon etliche Jahre zurücklag.

Es erleichterte ihn, dass er nicht mit der Unglücksfähre übersetzen musste, trotzdem beschlich ihn ein ungutes Gefühl.

Auch hier trat der Rost an vielen Stellen zwischen den unzähligen Farbschichten hervor.

Abgeschnittene Kabel hingen von der Decke herunter und die verschlissene Isolierung einiger Rohre wurde nur provisorisch mit Draht zusammengehalten.

Paul war schon klar, dass man in die alten Fähren nichts mehr reinstecken wollte, aber in diesem Zustand hielten die Schiffe gewiss auch nicht mehr lange durch und es wurde höchste Zeit, dass die neuen endlich die Werft verließen.

Als die Schotten des Frachtdecks geschlossen wurden und die Fähre pünktlich um elf ablegte, ging er als letzter Passagier zur stählernen Schiebetür, durch die er zum Treppenaufgang für die oberen Decks gelangte.

Er drückte auf den Öffnungsschalter, woraufhin sich die Tür langsam aufschob.

Nachdenklich blieb er stehen und wartete, bis sie sich nach einer knappen halben Minute wieder automatisch schloss.

Paul konnte sich selbst nicht erklären, was er daran so besonders fand, aber er hatte das Gefühl, dass es irgendwie eine Bedeutung für ihn haben könnte.

Seine Überlegungen wurden jedoch umgehend von einem Fährmitarbeiter unterbrochen, der zwischen den Autoreihen auf ihn zukam und ihn freundlich aufforderte auf das Passagierdeck zu gehen.

Noch einmal sah sich Paul die abgestellten Fahrzeuge an und versuchte sich an die Bilder zu erinnern, wie es eine Woche zuvor ausgesehen haben mochte, doch durch die vielen Wohnwagen und das volle Deck wirkte es auf ihn jetzt völlig anders und ein weiteres Mal wurde ihm bewusst, dass er das gesamte Geschehen um sich herum, sowohl beim Brand als auch bei den Löscharbeiten, gar nicht richtig wahrgenommen hatte.

*

Als sich die Ladeluke im Gedser Hafen öffnete und Paul von Bord rollte, brannte die Sonne zur Mittagszeit mit voller Wucht herunter.

Insofern empfand er es als angenehm, dass von Südwest ein schwacher Wind über die Ostsee wehte und für die nötige Erfrischung sorgte.

Er schob sein Rad erst ein Stück aus dem Hafen und blieb dort stehen, bis sich die Autokolonne entfernt hatte und um ihn herum wieder Ruhe einkehrte.

Erst dann fuhr er auf dem Radweg weiter in Richtung Nyköbing.

Mit jedem Kilometer stieg allerdings auch seine Unsicherheit über das, was ihn in der Siedlung von Hasselö Plantage erwarten würde.

Auf einem Rastplatz machte er eine Pause und überlegte, ob es nicht besser wäre bei diesem wahrlich perfekten Wetter einfach eine Tour über die Insel zu unternehmen, als mit einem möglicherweise senilen Alten den Nachmittag zu verbringen.

Es schien ihm für einen Augenblick eine recht fixe Idee am Vortag gewesen zu sein hierher zu fahren.

Diese überhastete Entscheidung war wohl doch eher eine Reaktion auf Charlottes kurzfristige Absage.

Aber wenn etwas schiefgehen sollte, könnte er zur Not auch nur kurz bei Morten vorbeischauen und dann weiter nach Marielyst zum Strand fahren.

Paul zog noch einmal den Zettel mit der Adresse aus seiner Brieftasche.

Wenngleich ein paar Buchstaben etwas verrutscht waren, nahm er in der Schrift eine gleichmäßige, aber sehr alte Schreibweise wahr, so wie er sie noch von seinen Großeltern her kannte.

Sie hatte mit ihren weitgeschwungenen Formen etwas wirklich Besonderes und je länger Paul darauf schaute, umso neugieriger wurde er wieder auf den alten Morten.

*

Paul brauchte nicht lange, um in der kleinen Siedlung am Guldborgsund das Haus zu finden.

Es war ein recht kleines und allem Anschein nach uraltes Bauernhaus und stand etwas abseits auf einem großen Grundstück, welches durch Bäume und Hecken stark eingewachsen war.

In Betrachtung der neuen und offensichtlich sehr teuren Bungalows ringsherum, die erst in den letzten Jahren entstanden waren und auch einen direkten Zugang zum Wasser hatten, wirkte es dennoch fast wie ein Fremdkörper, was vor allem an dem reetgedeckten und mit Moos überzogenen Dach des sehr niedrigen Hauses lag.

Der Firstbalken war zudem stark durchgebogen, wodurch ein Teil der Bedachung sehr weit über der Eingangstür herunterhing, so dass man wahrscheinlich seinen Kopf einziehen musste, wenn man das Haus betreten wollte.

Trotz seines Alters machte es einen gepflegten Eindruck und alles auf dem Grundstück wirkte sehr aufgeräumt.

Paul stellte sein Rad vor einer langgezogenen, verknorpelten Buchenhecke ab, die das Haus von der Straße abtrennte und nur durch ein breites Holztor unterbrochen wurde.

Um zur Haustür zu gelangen brauchte man es allerdings nicht aufmachen, denn zwischen der uralten Hecke und dem Tor klafften zu beiden Seiten große Lücken.

Paul schob es dennoch auf und drückte an der Tür mehrmals in größeren Abständen auf den Klingelknopf, aber es rührte sich nichts im Haus.

Er ging daraufhin ein Stück an der Hecke entlang und sah auf dem Nachbargrundstück eine ältere Frau, die gerade dabei war Blumen in ihrem Garten zu schneiden.

Mit seinen wenigen dänischen Sprachkenntnissen grüßte er sie und erkundigte sich nach Morten.

Sie lachte etwas und kam auf ihn zu.

„Du suchst Morten?", fragte sie zu Pauls Überraschung in sehr gutem Deutsch, wobei der typisch dänische Akzent deutlich herauszuhören war.

„Ja", nickte Paul ihr zu.

„Wenn er nicht aufmacht, ist er am Wasser", sagte sie und wies in Richtung Sund. „Er baut bestimmt wieder an seinem Boot. Gehe gerade runter zu den Stegen, da wirst du ihn finden."

„Mange tak", sagte Paul lachend und stieg wieder auf sein Rad.

Es war nur ein kurzes Stück bis zu den Bootsstegen, die allesamt sehr schmal und wacklig wirkten.

Einige bestanden nur aus zwei nebeneinandergelegten Brettern, die aussahen, als müssten sie nach jedem Sturm erneut auf den dünnen Holzpflöcken befestigt werden.

Dennoch reichten sie weit hinaus.

Im flachen Wasser schaukelten großzügig verteilt ein paar kleinere Boote in den sanften Wellen des Guldborgsunds und an Land lagen mehrere mit dem Kiel nach oben auf einer Rasenfläche, die sich über etliche hundert Meter an der Wasserkante erstreckte.

Paul konnte Morten nicht sofort entdecken.

Er suchte zunächst die Liegeplätze ab und fand ihn schließlich an Land hinter einem großen, massiven Holzboot, so wie er es auch von den Küstenfischern her kannte.

Der Kahn war mit Hilfe einer Seilwinde ein paar Meter auf den schmalen Strand gezogen worden.

Je zwei dicke Holzstämme, die einfach in den Boden gerammt waren, stützten ihn zu jeder Seite hin ab.

Morten kniete auf einer zusammengelegten Decke und bearbeitete mit Sandpapier die Planken unterhalb der Wasserlinie.

Auf seinem ausgeblichenen Overall leuchteten die unterschiedlichsten Farbtupfer und seine Hände waren mit Schleifstaub überzogen.

Er wirkte jetzt noch kleiner als bei ihrem ersten Aufeinandertreffen.

Pauls Schatten schreckte ihn auf und er blinzelte ihn mit seiner Hand an der Stirn einen Moment lang an, bevor er sich umständlich hochraffte.

„Das ist ja wirklich eine Überraschung!", lachte er dabei. „Ich hatte nicht so recht daran geglaubt, dass du herkommst. Dann hat dich meine Nachricht vom Krankenhaus also erreicht? Das freut mich wirklich außerordentlich. Es ist ja ein Glück, dass du mich hier bei meinem Boot gefunden hast."

„Ihre nette Nachbarin sagte mir, wo ich Sie finden kann."

Morten wischte sich kurz die Hände an einem Lappen ab und reichte sie Paul.

„Bei euch ist ja das Sie üblich, aber hier sprechen wir uns alle mit du an. Also, sag einfach Morten zu mir."

„Gerne", sagte Paul und war sich in dem Moment nicht sicher, ob er auch seinen Vornamen nennen sollte, aber Morten nahm ihm das ab, noch bevor er antworten konnte.

„Paul ist doch richtig? Paul Wanka?"

Paul war erstaunt, dass Morten ein so gutes Gedächtnis hatte, was ihn aber nicht weiter wunderte, als Morten ihn mit seinen listigen Augen angrinste.

Trotz seines Alters schien er klaren Gedankens zu sein und sein Lächeln verriet zudem, dass er sich denken konnte was Paul gerade dachte.

„Ja, ja. Das Meer hält mich eben jung. Ich fahre oft zum Angeln raus und hocke selten zu Hause rum."

„Ein wirklich schönes und kräftiges Boot", sagte Paul und ging etwas näher heran.

„So wurden die Fischerboote hier schon immer gebaut", wies Morten begeistert mit ausgestreckten Händen darauf. „Die findest du in dieser Bauart überall an den Küsten des Landes. Es wurde Anfang der sechziger Jahre auf Kiel gelegt und leistet mir noch immer gute

Dienste. Der Dieselmotor ist sowieso unverwüstlich. Den habe ich vor Jahren selbst zusammengeschraubt. Der hat keinen elektronischen Schnickschnack, so wie die Maschinen heute, und wird bestimmt noch Jahrzehnte durchhalten.

Vor zwei Wochen habe ich im Sund allerdings einen großen Stein mit der Backbordseite gerammt. War meine Schuld. Ich wollte etwas abkürzen, aber die Fahrrinne sollte man hier eben nicht verlassen, gerade wenn ein kräftiger Wind über mehrere Tage aus dem Süden weht. Dann drückt er das Wasser weg, wodurch es an einigen Stellen wirklich verdammt flach wird. Dennoch hatte ich Glück und bin mit ein paar Schrammen davongekommen. Die streiche ich über und dann geht es wieder ins Wasser."

Paul ging ein wenig um das Boot herum und sah Morten dabei an.

„Woher konntest du annehmen, dass ich dich in der Klinik besuchen würde?"

Morten wackelte leicht mit dem Kopf.

„Ich hatte es nur vermutet. Ich wollte dir danken, dass du mich mit von Bord gezogen hast. Du hast mir vielleicht sogar das Leben gerettet."

„Oh, nein, nein!", wehrte Paul gleich lachend ab. „Ich sagte ja schon, dass das wirklich übertrieben ist."

„Aber keineswegs! Naja und es ist wohl das Mindeste, sich wenigstens bei seinem Retter zu melden", sagte Morten mit einer Entschiedenheit, die keinen Widerspruch zuließ. „Und ich dachte mir schon, dass du öfter mal auf Falster bist und hier sicherlich auch vorbeikommst."

„Ja, das tue ich", sagte Paul erstaunt. „Aber ich hätte doch auch jemand sein können, der nur einmal hier herüberfährt."

Morten blickte auf Pauls Rad.

„Radfahrer die weiter über die Inseln fahren, haben wesentlich mehr Ausrüstung dabei und suchen auf der Fähre meisten lange nach einer Abstellmöglichkeit für ihre Fahrräder, die auch eher Packeseln gleichen. Nur diejenigen die immer mal wieder zu uns rüberfahren, also die höchsten bis Nyköbing oder auf die andere Seite an den Strand von Marielyst wollen, kommen mit weit weniger aus und finden sich auch auf der Fähre schneller zurecht. Ich dachte mir einfach, dass du so einer bist."

Paul schmunzelte über Mortens sorgfältige Beobachtungen, die darauf schließen ließen, dass auch er sich mit der Fährverbindung über der Ostsee sehr gut auskannte.

„Dir geht es also wieder gut?"

„Ach, da war doch nichts!", winkte Morten knurrig ab. „Die wollten einen auf Teufel komm raus im Krankenhaus behalten. Ist leider überall so. Immer geht es nur ums Geld! Diese Gesundheitskapitalisten! Aber dir möchte ich nochmals danken. Es wäre ohne deine Hilfe auf der Fähre vielleicht nicht so glimpflich ausgegangen."

„Ja, wir hatten etwas mehr Glück als der Fahrer im Transporter. Den hat's wohl sehr hart getroffen."

Morten nickte nur schwach mit dem Kopf.

Dann ging er ans Ufer und spülte sich die Hände ab.

Einen Moment sah er dabei über den Sund, während er sich umständlich mit einem Tuch durch die Finger wischte.

„Ist genug für heute", sagte er leise und drehte sich zu Paul zurück, ohne ihn jedoch anzusehen. „Morgen geht's weiter. Ich will die nächsten Tage wieder raus. Komm mit. Ich mach uns erst mal einen Kaffee."

Er legte seine Sachen zusammen und verstaute sie einfach unter einer Plane am Boot, die er mit mehreren Steinen sicherte.

Dann ging er zu einem Baum, an dem sein Fahrrad angelehnt war und fuhr einfach los.

Paul folgte ihm, wobei es ihn überraschte wie flink Morten auf dem kurzen Stück unterwegs war, da er zunächst etwas Mühe hatte aufs Rad zu steigen und in Schwung zu kommen.

Kaum hatten sie die Räder abgestellt, schlurfte Morten mit seinen Latschen ins Haus, welches offensichtlich nicht verschlossen gewesen war.

„Wir setzen uns in den Garten. Unter den Bäumen lässt es sich bei der Hitze am besten aushalten", rief er Paul zu, der wirklich seinen Kopf einziehen musste, um unter den Dachvorsprung zu gelangen.

Auch im Flur stieß er fast an die niedrige Decke.

Er blieb kurz stehen und sah sich um.

Die untere Etage schien im Wesentlichen nur aus zwei sehr großen Zimmern zu bestehen, deren Türen weit aufstanden.

Das vorderste lag zur Nordseite und wirkte sehr düster, was nicht nur an den kleinen Fenstern lag, die kaum Licht hereinließen, sondern auch an den vielen Bücherregalen, die die Wände komplett ausfüllten.

Die dunklen Rücken alter Bücher stapelten sich bis an die Decke.

Das zweite Zimmer lag zur Südseite und war eher eine Wohnküche, in der eine gewaltige Couch stand.

Mit ihren weit geschweiften und wulstigen Armlehnen belegte sie fast ein Drittel des Raumes.

Auf der gegenüberliegenden Seite standen zwei kleine Küchenvitrinen, die aussahen, als würden sie noch aus der Gründerzeit stammen.

Diesen Eindruck erweckte auch die übrige Einrichtung im Haus.

Dennoch wirkte alles äußerst gemütlich, und als Morten die breite Doppeltür zum Garten hin öffnete, flutete die Sonne den weiß gemalerten Raum und vermittelte den Anschein, als wenn das Mobiliar nun mit den Blumen und Bäumen verschmelzen würde.

Ein langer Laubengang führte in den hinteren Teil des Gartens.

Paul ging ein paar Schritte hinein, doch er konnte nicht erkennen, wo das Grundstück endete.

Zwei sehr weit ausladende Süßkirschenbäume grenzten die aus alten Klinkersteinen gepflasterte Terrasse ein und warfen einen sanften Schatten auf eine schwere Bank, die über eine komplette Haushälfte reichte.

Davor stand ein langer Tisch, der aus dem gleichen massiven Holz gebaut war.

„Das waren einmal Planken eines holländischen Frachtenseglers“, erzählte Morten, der Pauls Blicken folgte. „Der hatte bei einem Herbststurm versucht den Sund südlich anzulaufen. Es war kurz nach Ende des Krieges. Nicht weit von hier lief er auf Grund und wurde von den tobenden Wellen zwischen den vielen Steinen regelrecht zerlegt. Mein Vater hatte damals, aus dem was im Wasser schwamm oder ans Ufer gespült wurde, so allerlei gebaut. Auch diese Bank und den Tisch.“

Er drehte sich um und sprach weiter, während er nebenbei in der Küche die Kaffeemaschine befüllte.

„Mein Vater kannte noch den Kapitän, der mit diesem Segler die halbe Welt befahren und vielen Stürmen getrotzt hatte. Im Verlaufe des Krieges durchbrach er damit Blockaden und kreuzte sogar mehrmals unbeschadet Gewässer mit Seeminen.

Selbst den Beschuss von einem deutschen Kreuzer hatte das Schiff überstanden, als es Menschen, die aus Nazideutschland geflohen waren, nach England in Sicherheit gebracht hatte. Es war schnell und wendig und entkam den Deutschen im letzten Moment im dichten Seenebel. Erst ein harmlos im Sund liegender Findling wurde ihm schließlich zum Verhängnis."

„Dann könnte das Holz sicher eine Menge erzählen", sagte Paul nachdenklich und fand es eigenartig mit einmal an Geschehnisse erinnert zu werden, die schon über siebzig Jahre zurücklagen.

Er sah Morten dabei zu, wie dieser mit langsamen Bewegungen Geschirr aus einem Schrank herausnahm, und versuchte nochmals abzuschätzen wie alt er sein könnte.

Doch noch ehe Paul ihm eine Frage dazu stellen konnte, sah Morten ihn verschmitzt an und kam ihm abermals mit einer Antwort zuvor.

„Ich war gerade elf, als der Krieg zu Ende war und habe fast immer hier gelebt, außer in den Kriegsjahren und einige Zeit danach", sagte er und stellte die Tassen auf den Tisch.

„Deine Eltern haben diese schreckliche Zeit sicherlich auch noch miterlebt", fügte er fast nebenbei hinzu.

Paul spürte ein aufkommendes Unbehagen.

An diesem Nachmittag über den längst vergangenen Krieg zu sprechen, war das letzte wonach ihm jetzt war.

„Ja, das haben sie. Allerdings haben sie mir kaum etwas über diese Jahre erzählt. Sie mochten wohl nicht mehr daran erinnert werden. Ich weiß nur, dass mein Vater als Kind bei Kriegsende mit dem Treck aus Ostpreußen nach Mecklenburg gekommen war. Er erkrankte sehr schwer an Typhus und hat es gerade noch überlebt. Der Krieg, die Umsiedlung und die Hungerjahre danach haben ihn sehr stark geprägt."

„Hm", nickte Morten mehrmals verständnisvoll und nahm die Kaffeekanne aus der Maschine.

Dann holte er einen großen Teller mit verschiedenen Kuchenstücken aus dem Küchenschrank und wechselte zu Pauls Erleichterung auch das Thema.

„Kommt von den Nachbarn. Ich liefere ihnen immer Fisch und sie geben mir dafür Kuchen oder etwas aus ihrem Garten. Meine Frau ist schon vor vielen Jahren verstorben und seitdem hat sich dieses Tauschgeschäft mit ihnen entwickelt", lachte er und zog die durchsichtige Folie vom Teller ab, nachdem sie sich beide hingesetzt hatten. „Ein guter Handel, nicht wahr? Also, greif zu!"

„Bei der Masse an Kuchen musst du ja eine Menge fangen."

„Ja, man kennt natürlich so seine Stellen. Doch um einen fetten Dorsch zu bekommen oder auch mal eine Meerforelle, muss ich schon ziemlich weit raus auf die Ostsee. Hier ist es einfach zu flach."

„Würde ich auch mal gerne wieder machen, aber mir fehlt dazu einfach die Zeit", sagte Paul.

„Was treibst du denn so?", fragte Morten.

„Ich arbeite in einem Hotel, direkt in der Stadt, oberhalb vom Stadthafen."

„Das am Kröpeliner Tor?"

„Du kennst es?"

„Ich kenne Rostock ganz gut", sagte Morten etwas gleichgültig und biss in sein Stück Kuchen. „Ich fahre immer mal wieder auf die andere Seite. Und du? Warst wohl schon öfter auf unserer Insel?"

„Ja, ein paar Mal schon", sagte Paul, wobei er kurz über Mortens Antwort nachdachte. „Falster bin ich schon komplett abgefahren. Letztes Wochenende wollte ich mit dem Fahrrad nach Nysted. Den Anlauf dazu hatte ich schon vor etlichen Jahren genommen und immer wieder verschoben. Diesmal hat mir nun die Fähre einen Strich durch die Rechnung gemacht"

„Nach Nysted?", staunte Morten. „Da hast du dir ja was vorgenommen."

„Es sind von Gedser aus knapp 90 Kilometer hin und zurück, also eine schöne Tagestour", sagte Paul. „Es fährt sich ja leicht bei euch. Ihr habt wirklich ein sehr gutes Radwegenetz. Von Nyköbing fahre ich wohl sogar auf königlichem Radweg."

Morten sah ihn verwundert an.

„Ich meine die Margeritenroute", lachte Paul. „Ich habe mal irgendwo gelesen, dass diese Bezeichnung wohl von der Lieblingsblume eurer Königin herrührt."

„Nun, sie ist sicherlich nicht jedermanns Königin", sagte Morten etwas mürrisch und goss noch Kaffee nach.

Paul vernahm den Umschwung in Mortens Stimme und reagierte etwas vorsichtiger.

„Ich werde mal sehen, ob ich es in den kommenden Wochen noch schaffe meine Tour zu machen. Dazu bieten sich ja immer nur die langen Tage im Sommer an. Sonst lohnt es nicht. Allerdings ist bei uns die nächste Zeit viel los. Es ist eben Hochsaison. Alle Hotels an der Küste sind gut gefüllt und das Wetter soll ja auch so bleiben."

„Dann wird sich der Fisch weiter zurückziehen", sagte Morten nachdenklich. „Es wird ihm hier im Sund einfach zu warm. Dann muss ich wieder weiter raus."

Einen Moment lang sah er in seinen Garten.

„Fährt denn die Fähre wieder?"

„Du meinst die, auf der es gebrannt hatte?", fragte Paul nach.

„Ja."

„Es sind wieder beide im Einsatz. Heute bin ich allerdings mit der anderen gefahren. Die sieht aber auch nicht besser aus. Haben eben ihre besten Jahre hinter sich. Wird Zeit, dass endlich die neuen kommen. Die liegen ja schon seit sehr langer Zeit halbfertig auf der Werft in Stralsund. Sie sollten schon längst auf der Strecke unterwegs sein. Aber seit dem Konkurs geht es dort einfach nicht weiter. Euer neuer Fähranleger ist ja wenigstens schon in Betrieb. Unser ist zwar fertig, kann aber nicht genutzt werden, da er speziell für die neuen Fähren angefertigt wurde."

„Das haben die Leute auf unserer Seite tatsächlich ganz gut hinbekommen. Ich hatte anfangs befürchtet, dass sie die Remise und das alte Bahnhofsgebäude in Gedser samt altem Fähranleger komplett abreißen würden, aber man hat dort eine akzeptable Lösung gefunden. Es war gut, dass man deren denkwürdige Geschichte bewahren wollte. Alles andere wäre auch ein ungeheuerlicher Frevel gewesen."

„Das finde ich auch", sagte Paul, obwohl er kaum etwas über die Geschichte des kleinen Ortes am Südzipfel der dänischen Insel wusste. „Neues und Altes fügen sich dort wirklich gut ein. Lange kann es bei uns aber auch nicht mehr dauern. Möglicherweise wird der Fähranleger im Überseehafen in ein paar Wochen offiziell eingeweiht und vielleicht dann zumindest teilweise genutzt. Es gibt dazu in Rostock eine Konferenz, die sich unter anderem auch mit dem Ausbau der Verkehrsverbindungen über der Ostsee beschäftigen soll."

„Dann will man also zukünftig noch mehr Fahrzeuge über die Insel schicken? Ob das für uns gut ist, da habe ich doch so meine Zweifel", sagte Morten kopfschüttelnd. „Aber die Seeverbindung zwischen unseren Ländern war schon immer Fluch und Segen zugleich. Heute verbindet sie uns zum gegenseitigen Nutzen, aber im Zweiten Weltkrieg begann über diesen Seeweg auch die Invasion der Deutschen. Über Gedser kamen im April 1940 die ersten Truppen mit der Fähre in unser Land."

Er nahm einen Schluck Kaffee, bevor er weitersprach.

„Die Fähre hätte einfach früher versenkt werden müssen, aber unsere Kämpfer haben es erst zum Ende des Krieges geschafft, sie im Hafenbecken zu sprengen", sagte er zunächst leise zu sich selbst und sah Paul dann an. „Also, ich meine gleich mit Beginn der Besetzung unseres Landes, dann hätte es auch Wirkung gezeigt. Dann wäre die Einfahrt zum Hafen für lange Zeit blockiert gewesen und der Nachschub der Deutschen wäre zumindest unterbrochen worden. Es hätte unseren Leuten auch mehr Zeit gegeben sich zu organisieren. Ja, das wäre ein starkes Signal für den Widerstand gewesen! Und die Deutschen hätten dann auch ihre eigenen Minenfelder umschiffen müssen, um nach Kopenhagen zu gelangen."

Bei den letzten Worten lachte er etwas.

Paul konnte Morten nicht ganz folgen und musste für sich bekennen, dass er von der Geschichte der Fährverbindung, wie auch von den Geschehnissen zu jener Zeit nicht allzu viel wusste.

Er wartete darauf, dass Morten weitererzählte, aber der stellte seine Tasse ab und sah wieder nachdenklich in den Garten.

„Zur Konferenz werden möglicherweise auch Mitglieder der dänischen Königsfamilie als Gäste nach Rostock kommen", nahm Paul das Gespräch wieder auf.

Mortens Augen blitzten sofort auf.

„Ihr seht das immer noch als besondere Ehre an, wenn irgendetwas ‚Königliches' bei euch weilt. Oder täusche ich mich?"

„Ehre? Also, was mich betrifft eher nicht", erwiderte Paul verwundert. „Aber ich dachte immer, dass gerade ihr Dänen überaus stolz auf euer Königshaus seid."

„Ja, was soll ich sagen", wich Morten aus. „Viele halten zu ihm, das ist schon richtig. Die meisten allerdings eher zu Margrethe. Aber Gott sei Dank gibt es auch zunehmend Stimmen, die das Ganze als völlig überholt und nicht mehr zeitgemäß ansehen. Dieser

Anachronismus gehört einfach nicht in demokratische Strukturen."

„Das nimmt man bei uns ganz anders war. Und nach dem ewigen Gezerre um einen Bundespräsidenten schauen einige bei uns sogar neidisch auf die Länder, wo sich das Problem eines Staatsoberhauptes durch die noch existierenden Monarchien von alleine erledigt."

„Aber ihr entscheidet selbst, wen ihr auf diesen Thron setzt und mit welchen Privilegien er ausgestattet wird. Nichts was sich vererben lässt."

„Du scheinst auch nicht gerade ein Freund eures Herrschaftshauses zu sein", sagte Paul geradeheraus.

„Nein, ganz sicher nicht!", lachte Morten. „Diese Nichtsnutze gehören schon seit langem auf den Müllhaufen der Geschichte."

„Es gibt nicht wenige die daran glauben, dass die Königshäuser in schwierigen Zeiten eine stabilisierende Funktion einnehmen könnten", versuchte Paul es erneut, „also in Zeiten, in denen allgemeine Konflikte noch stärker hervortreten und soziale Spannungen zunehmen. Auch wenn sie heute keine direkte politische Macht mehr ausüben, scheint ihr Einfluss doch nicht unerheblich zu sein, gerade wenn sich eine Gesellschaft stark polarisiert."

„Oh je, oh je!", rief Morten. „Das ist es ja, was alle Welt glauben möchte! Wenn es ordentlich kracht im Land, dann hoffe auf Gott, den Papst und den König! Schau dir die Geschichte der europäischen Königshäuser an. Sie ist voll von angezettelten Kriegen und Verrat an ihren sogenannten ‚Untertanen'! Du glaubst, sie stehen in der Not schützend zu ‚Ihrem Volk'? Sie sind die ersten die von Bord gehen und retten nur ihre eigene Haut. Das war schon immer so!"

Morten sah Paul wieder mit blitzenden Augen an und wurde mit einmal etwas ernster. „Ich weiß nur von einem der im Krieg bei seinem Volk blieb und zu einer Symbolfigur wurde. Das war Christian X.! Mein Vater hat ihn noch selbst erlebt."

Es wurde augenblicklich sehr still im Garten, so dass Paul das sanfte Rauschen der Wellen am nahen Ufer hören konnte.

„Ansonsten sollen sie alle zum Teufel gehen!", lachte Morten plötzlich los. „In einer aufgeklärten Welt braucht niemand einen ‚Von Gottes Gnaden' ausgewählten Despoten!"

Paul war nun doch überrascht in Morten eher einen modernen Menschen zu sehen, als einen der den guten alten Zeiten hinterherhing, und er musste sich eingestehen, dass das Mobiliar, wie auch das alte Fahrrad, anfangs einfach einen falschen Eindruck bei ihm erweckt hatten.

Morten wechselte unwillkürlich das Thema und erzählte den Rest des Nachmittages ausgiebig über seine Angeltouren auf dem Guldborgsund, den er in allen Details zu kennen schien.

Als sie das Geschirr in die Küche stellten und Paul sich verabschiedete, fiel sein Blick noch einmal auf die vielen Bücher, die das Haus füllten.

Er hätte in dem Moment zu gerne gewusst, was Morten früher so gemacht hatte, aber es war höchste Zeit zur Fähre zurückzufahren und sicher würde Morten dafür auch etwas mehr Zeit benötigen.

„Komm ruhig vorbei, wenn du wieder über die Insel fährst", bot Morten ihm noch an.

„Vielen Dank. Auch für den Kaffee und den Kuchen. Ja, warum nicht. Es wird sich in diesem Sommer bestimmt noch mal ergeben", sagte Paul und hob vom Fahrrad aus kurz die Hand.

*

Auf dem Oberdeck der Fähre genoss er die schon tieferstehende Sonne und den lauen Seewind.

Trotz der entspannten Rückfahrt spürte er in Gedanken an die Nachmittagsstunden zunehmend ein unbehagliches, ja beinahe bedrückendes Gefühl in sich aufkommen.

Es war von Morten sicherlich nicht beabsichtigt gewesen, aber die Begegnung mit ihm hatte Paul an irgendetwas aus seiner eigenen Vergangenheit erinnert.

Und obwohl er nicht darauf kam, was es war, konnte er sich mit dem Näherrücken der Silhouette von Warnemünde immer weniger vorstellen, dass er das Haus von Morten jemals wieder ansteuern würde.

6

Paul hatte so seine Mühe Charlotte zu folgen.

Sie drehte sich mehrmals lachend um und es war ihr anzusehen, dass sie riesigen Spaß daran hatte den Abstand zu ihm ständig zu vergrößern.

Beinahe wehmütig dachte Paul bei der holprigen Fahrt über scharfkantige Steine und querliegende Wurzeln an die gut asphaltierten Radwege auf der dänischen Insel, über die er tags zuvor noch gefahren war und auf denen man dort so ziemlich jeden Ort im Land äußerst bequem erreichen konnte.

Im Gegensatz dazu war der Waldweg zwischen Stuthof und Markgrafenheide, wenngleich er Teil des Radfernweges von Berlin nach Kopenhagen war, in einem geradezu erbärmlichen Zustand.

Die Forstfahrzeuge ramponierten jedes Jahr in den Herbst- und Wintermonaten nicht nur den Waldboden, sondern pflügten mit ihren breiten Rädern auch die ohnehin sehr schmalen und ausgefahrenen Radwege zu großen Teilen um.

Notdürftig wurden sie dann im Frühjahr etwas ausgebessert, doch geschah dies eher, um das Abrutschen der Holztransporter in die Abflussgräben zu verhindern, die sich durch die gesamte Rostocker Heide zogen, als den vielen Radfahrern dort ein entspanntes Fahren zu ermöglichen.

Sehr morastige Stellen wurden dabei oftmals nur mit groben Schotter aufgefüllt, der die Radler beim Überfahren regelrecht durchschüttelte.

Auch quergelegte Betonplatten, die noch an die frühere Nutzung des Rostocker Waldgebietes durch die Armee erinnerten, machten das Fahren auf einigen Abschnitten fast unmöglich.

Dennoch bevorzugten die meisten Urlauber und Einheimischen die Wege zu den Stränden durch den Wald, der mit seinen dichten Baumkronen und dem immer feuchten Moorboden die Luft auch an sehr heißen Tagen angenehm abkühlte.

Paul versuchte es Charlotte gleichzutun und einige Radfahrer zu überholen, doch dies gelang ihm nur selten, so dass er sie erst kurz vor dem Ortseingang von Markgrafenheide wieder erreichte.

Beim Abstellen der Fahrräder auf dem Gelände des Strandresorts merkte Charlotte, dass auch Paul völlig außer Atem war.

„Ach, du Ärmster!", sagte sie lachend und trank in hastigen Zügen aus ihrer Wasserflasche. „Tut mir leid, aber ich musste mich mal so richtig austoben. Morgen bereue ich das bestimmt wieder und werde sicherlich einen gewaltigen Muskelkater haben."

Paul holte erst ein paar Mal tief Luft. „Ich dachte eigentlich, ich wäre schon gut auf dem Rad unterwegs, aber dein Tempo halte ich einfach nicht mit."

„Dafür fährst du aber längere Strecken. Das ist mir fast zu viel."

„Das klingt immer nur so gewaltig. Ich fahre in einem gemächlichen Tempo und schaffe so etliche Kilometer am Tag."

„Dann losen wir vor der nächsten Tour aus, ob wir schnell fahren wollen oder eben einfach länger."

Paul vernahm den leichten Unterton in ihrer Stimme, der die scheinbar unüberbrückbare Distanz zwischen ihnen wieder deutlich machte.

Jeder bestimmte eben sein Lebenstempo selber und mochte sich nur ungern von anderen etwas aufzwingen lassen.

Charlotte schien zu spüren was in ihm vorging und hielt ihm versöhnlich lächelnd ihre Hand entgegen.

Paul ging auch nicht weiter auf den Wortwechsel ein und ließ sich sofort von ihr mitreißen.

Als sie wenig später etwas erschrocken auf den völlig überfüllten Strand schauten, entschieden sie sich nur einmal kurz ins Wasser zu springen und es sich dann auf der Terrasse des Cafés inmitten der Dünen gemütlich zu machen.

Überraschenderweise fanden sie dort nach ihrem Bad sofort einen schattigen Platz.

Während Paul für Charlotte einen Eiskaffee und für sich einen Eistee bestellte, streckte Charlotte ihre Beine aus und sah auf den Strand.

„Es ist so herrlich hier", schwärmte sie.

Sie rutschte dabei weiter in den Stuhl und schloss für einen Moment die Augen. „Gut, dass sie was Ordentliches auf die Dünen gebaut haben. Es ist wirklich schön geworden. So lässt es sich aushalten."

Paul stimmte dem zu und dachte an die grauen Plattenbauten, die vor Jahrzehnten hier am Rande des Naturschutzgebietes als Ferienzentrum errichtet wurden, aber nach der Wende über viele Jahre leer standen und zusehends zusammenfielen.

Es hatte lange gedauert, bis sich Investoren fanden um diese Altlasten abzureißen und hier eine sehenswerte Anlage aufzubauen.

Er sah eine Weile dem regen Treiben auf dem Strandaufgang zu, bevor er sich wieder zu Charlotte drehte.

‚Warum wird eigentlich nicht mehr aus uns?', hätte er sie in diesem Augenblick am liebsten gefragt, da sie so entspannt im Stuhl lag.

Die lockere Strandatmosphäre würde ein Gespräch über ihre Beziehung ohnehin viel einfacher machen.

Doch als der Kellner die Getränke auf den Tisch stellte und Charlotte sofort zum Glas griff, schob er den Gedanken daran schnell wieder beiseite.

„Mia ist zurück", sagte er stattdessen nur und nippte etwas an seinem Eistee.

Charlotte setzte sich langsam auf und sah ihn erwartungsvoll an.

„Und? Zieht sie zu dir?"

„Nein", sagte Paul mit einem gequälten Lächeln. „Hätte mich auch gewundert. Es ändert sich also nichts."

Charlotte wartete geduldig, ob er noch etwas hinzufügen würde, aber Paul sah sie nur an und zog dann kurz die Schultern hoch, denn er wusste nicht, was er dazu noch sagen sollte.

Er hatte ja selbst nicht die geringste Ahnung davon, wie Mias Pläne für die nächste Zeit aussahen.

Sicherlich würde Charlotte sie ohnehin irgendwann einmal kennenlernen und er könnte den Dingen dann einfach ihren Lauf lassen.

Paul sah ihr an, dass sie gerne mehr über Mia erfahren hätte, doch als er nichts weiter dazu sagte, lehnte sie sich wieder zurück und rührte mit dem Löffel nur nachdenklich in ihrem Eiskaffee.

Sie sahen sich einen Moment an und Paul registrierte eine Unsicherheit in Charlottes Mimik, die er so noch nie bei ihr erlebt hatte.

Aber es dauerte nur einen Augenblick, dann hatte sie sich wieder gefangen.

„Erzähl mir mal ein wenig von deiner Überfahrt am letzten Wochenende", sagte sie etwas gleichgültig und rutschte wieder in ihren Stuhl. „Von dem Brand auf der Fähre."

Paul war von diesem Themenwechsel sichtlich überrascht und es ärgerte ihn zugleich, eine weitere Chance vertan zu haben, um mit ihr auch über unbequeme Dinge zu sprechen.

Etwas hilflos sah er dabei in die wunderschönen, wenn auch etwas kühl lächelnden Augen von Charlotte und spürte ihre Überlegenheit, jede Situation souverän zu beherrschen.

Es war wohl ihrer täglichen Arbeit geschuldet, und Paul vermochte es in diesem Moment nicht ihr das anzulasten.

Und er wunderte sich daher auch nicht, dass sie das Thema nun ausgerechnet hier ansprach.

Mit ihrer Art, jemanden an außergewöhnlichen Orten und in besonderen Situationen mit Fragen zu konfrontieren, mit denen er partout nicht rechnen würde und deren eigentlicher Grund dabei nicht immer sichtbar wurde, überrumpelte sie auch ihn immer wieder.

Paul sah nachdenklich aufs Wasser und nahm noch einen Schluck von seinem Eistee.

„Naja, es ging alles so schnell. Ich habe das gar nicht richtig realisiert. Es gab einen Knall, eine Stichflamme schoss aus einem Transporter und sofort ging ein Höllenlärm von der Sirene auf dem Schiff und den Lüftern los. Die Fähre hatte ja noch nicht abgelegt und so bin ich über die Heckrampe wieder rausgerannt. Das Feuer wurde schnell gelöscht und nach gefühlten sieben Minuten war der ganze Spuk vorbei. Manche Passagiere hatten davon gar nichts mitbekommen und haben anschließend vor den aufgereihten Feuerwehrfahrzeugen ihre ersten Urlaubsfotos gemacht."

Paul dachte noch etwas über die Geschehnisse nach, bevor er Charlotte herausfordernd ansah. „War diese Frage privat oder dienstlich?"

„Beides", lächelte Charlotte wieder kess. „Oder würde es dich wundern, wenn ich mir Sorgen um dich mache?"

„Dann erzähl mir mal, was du damit zu tun hast, beziehungsweise die Generalstaatsanwaltschaft."

Charlotte überlegte einen Augenblick und rückte ihren Stuhl dann sehr nahe an Paul heran.

„Ich habe damit nicht direkt zu tun. Du weißt ja, dass ich mich hauptsächlich um die Fortbildungen der Mitarbeiter kümmere. Ich war nur zufällig mit im Hafen und habe meine Kollegen dann zur Fähre begleitet. Aber es wird von uns geprüft, ob es sich wirklich nur um einen Unfall handelt."

„Soll heißen?", fragte Paul, da ihm nicht klar war was Charlotte damit meinen könnte.

„Es befanden sich vier Fahrzeuge der dänischen Botschaft auf dem Schiff. Sie standen unmittelbar neben dem Unglücksfahrzeug und sind stark in Mitleidenschaft gezogen worden. Wären sie nicht entsprechend ausgestattet, also gepanzert gewesen, wer weiß wie das Ganze ausgegangen wäre. Auch Angehörige der dänischen Königsfamilie waren mit den Fahrzeugen unterwegs. Es war wohl alles recht knapp und hätte auch wesentlich schlimmer ausgehen können, wenn die Löschaktion nicht so schnell erfolgt wäre. Es ist vor allem einem Besatzungsmitglied zu verdanken, der den Fahrer aus dem Wagen gezogen und sofort die richtige Stelle zum Löschen getroffen hatte."

Paul merkte wie sein Puls schneller schlug, denn nun erinnerte er sich wieder an die schwarzen Limousinen, die unmittelbar nach dem Brand an die Seite gefahren wurden.

Doch so sehr er sich auch bemühte, er hätte nun nicht mehr sagen können, ob sich die Autos anschließend wieder in die Autokolonne eingereiht hatten, um mit der nächsten Fähre überzusetzen oder ob sie nach den Löscharbeiten aus dem Hafengelände gefahren wurden.

Auch hatte er überhaupt nicht auf die Personen geachtet, die mit ihnen unterwegs waren.

Sie standen wahrscheinlich zwischen den vielen Fahrzeugen der Polizei und Feuerwehr.

„Soll das etwa heißen, es wird untersucht, ob es sich möglicherweise um einen Anschlag auf die Botschaftsfahrzeuge handeln könnte?", fragte Paul entsetzt.

Charlotte schüttelte nur leicht den Kopf und lehnte sich wieder zurück.

„Sagen wir es so. Die Ermittlungen sollen derartiges eher ausschließen. Es gibt wohl einige Aspekte in diesem Fall, die bei einigen sofort die Alarmglocken schrillen ließen und noch genauer untersucht werden müssen. Vielleicht sehen einige mehr darin, als sich zunächst offenbart hatte? Vielleicht ist es auch wirklich etwas übertrieben, aber es will sich wohl niemand etwas nachsagen lassen. Deshalb sind auch alle mit dabei. Unsere Leute und das BKA, das LKA und auch dänische Kollegen von verschiedenen Behörden, was sich von selbst versteht. Schließlich waren es ja Fahrzeuge der dortigen Botschaft. Es gibt zwar noch ein wenig Kompetenzgerangel zwischen allen, da es ja länderübergreifend ist, aber das wird sich schon klären. Magst du mir noch einen Eiskaffee bestellen?" fragte sie und zeigte dabei auf den Kellner, der ein paar Tische weiter Getränke servierte.

„Oh, Mann! Ich bin immer wieder überrascht, wie du mir so manche Dinge beibringst", sagte Paul vorwurfsvoll und bestellte kurz darauf gedankenversunken zwei Eiskaffee.

Charlotte lachte leise auf. „Entschuldige. Du hast mich gefragt und ich habe dir nur geantwortet."

Pauls Verblüffung hielt noch an, als der Kellner die beiden Eiskaffees brachte, denn von einem möglichen Anschlag war in den Medien bislang nichts erwähnt worden.

Schon den Verdacht eines solch dramatischen Vorfalls, zumal mit prominenten Beteiligten, hätten doch gerade sie zu einer unübersehbaren Schlagzeile gemacht.

„Trinkst du keinen Eistee mehr?", fragte Charlotte etwas kess.

Paul sah irritiert auf die beiden Gläser und winkte ab. „Ich hatte die Nachricht in der Zeitung so verstanden, als wenn man von einem technischen Defekt des Transporters ausgeht. So habe ich das auf der Fähre ja auch selbst wahrgenommen und hätte eher auf einen geplatzten Dieselschlauch oder etwas Ähnliches getippt. Eben etwas, was sich am heißen Motor entzündet haben könnte."

„So sind eben Zeitungen", sagte Charlotte spöttisch lächelnd und rückte noch dichter an Paul heran. „Also gestehe oder ich lasse dich umgehend in den Kerker werfen!"

Paul konnte es ihr nicht verdenken, dass sie die Sache nicht zu ernst nehmen und ihre Arbeit in den gemeinsamen Stunden nicht zu sehr an sich heranlassen wollte.

Und sie hatte wohl weder Lust noch ein besonderes Interesse, sich weiter als notwendig mit dieser Sache zu befassen.

Sie fing mit einmal an zu lachen und erzählte zu Pauls Verwunderung das erste Mal etwas über ihre eigenen beiden Kinder, die zwar auch schon aus dem Haus waren und im Süden der Republik lebten, aber mit denen sie unmittelbar nach ihrer Studienzeit, als die beiden noch klein waren, die Wochenenden des Sommers auf dem gegenüberliegenden Zeltplatz verbracht hatte.

Ihre Ausrüstung bestand damals nur aus ein paar dünnen Luftmatratzen, schweren Decken und einem alten Armeezelt, aber es hatte ihnen genügt.

Paul hörte ihr erstaunt zu, denn es fiel ihm schwer sich Charlotte auf einen Campingplatz vorzustellen, und je mehr Episoden sie schilderte, umso mehr wunderte sie sich wohl selbst darüber, einst so spartanisch gelebt haben zu können.

Paul war sich beim Zuhören allerdings nicht sicher, ob sie das alles nur erwähnte, um sich selbst die Erinnerungen ins Gedächtnis zurückzurufen oder ihn damit geschickt aufforderte auch endlich mehr über seine beiden Töchter zu erzählen.

Zudem konnte er im Gegensatz zu Charlotte nicht so schnell umschalten und so schwirrte ihm ständig das Wort „Anschlag" durch den Kopf.

Er musste an Morten denken, der schlimmeren Verletzungen möglicherweise nur knapp entgangen war und an den Besuch von Anne Jensen am Montag im Hotel.

Sie musste die Informationen über die Fahrzeuge ihrer eigenen Botschaft zu dem Zeitpunkt doch auch schon erhalten haben!

Und doch hatte sie das nicht mit einer Silbe erwähnt. Oder hatte er ihre Reaktion falsch gedeutet, als er auf die maroden Fähren zu sprechen kam?

War sie vielleicht selbst mit einem der Fahrzeuge unterwegs gewesen?

Paul überlegte für einen Moment Charlotte davon zu erzählen, wie auch von seiner Fahrt zu Morten, die er bisher noch gar nicht erwähnt hatte, doch irgendetwas hielt ihn davon ab.

Es war wohl ihre ausgelassene Stimmung, entspannt über ihre Vergangenheit zu erzählen, die er so bei ihr noch nicht erlebt hatte und die er auch durch seine quirligen Gedanken nicht unterbrechen wollte.

*

Am späten Nachmittag fuhren sie vom Strand zurück.

Charlotte wurde immer langsamer, als wenn sie den Tag noch weiter auskosten wollte.

Sie erzählte dabei ausgiebig über ihre Kinder und schwenkte geschickt zu Fragen über Mias zukünftigen Pläne um, doch Pauls Gedanken kreisten ständig um die wenigen Augenblicke während des Brandes, so dass er sich nur sehr wortkarg dazu äußerte.

Zudem musste er zu seinem eigenen Erstaunen feststellen, dass er die meisten Fragen von Charlotte gar nicht beantworten konnte, obwohl sie bei weitem nicht außergewöhnlich waren.

Er hatte gedacht auf Mias Rückkehr gut vorbereitet zu sein, doch musste er nun feststellen, dass er sich doch noch um so einiges kümmern musste.

Seine spärlichen Erklärungen hinterließen bei Charlotte wiederum den Eindruck, als wenn er mit ihr darüber nicht reden wollte.

Ihr flüchtiger Kuss beim Abschied sprach für sich und Paul war darüber nicht sehr glücklich.

Doch die Gedanken an einen möglichen Anschlag ließen ihn nicht mehr los.

So absurd ihm diese Variante auch erschien, sie erklärte zumindest, warum die Untersuchungen an der Fähre mehrere Tage in Anspruch genommen hatten.

Sollte es wirklich jemand auf die Fahrzeuge der Botschaft abgesehen haben?

Und war er, wie auch Morten, also nur äußerst knapp einer Katastrophe entkommen?

Als er zu Hause geduscht hatte und vom Balkon über die Stadt schaute, versuchte er angestrengt sich an alle Details des Unglücks zu erinnern.

Er wusste, dass es etwas gab, was er in sein Unterbewusstsein aufgenommen hatte, aber er konnte es beim besten Willen nicht an die Oberfläche befördern.

7

Paul hatte sich am Abend letztendlich mit Charlottes Worten beruhigt, dass die Ermittlungen ja eher dazu dienten gewisse Verdachtsmomente auszuschließen, anstatt sogleich eine vorsätzliche Tat oder gar einen Anschlag zu beweisen.

Doch schon am nächsten Morgen kamen ihm wieder Zweifel, ob sie ihn damit nur von weiteren Nachfragen abhalten oder ihn einfach nicht weiter in die Untersuchungsergebnisse einweihen wollte.

Es war einer dieser Momente, in denen Paul sich nicht sicher war, inwieweit sie sich wirklich gegenseitig vertrauten.

Manches in ihrer ohnehin fragilen Beziehung blieb ein ewiges Katz-und-Maus-Spiel.

Natürlich war er an dieser Situation nicht ganz schuldlos, dennoch musste er sich eingestehen, dass es nun zunehmend zu einer Belastung wurde und alles zwischen ihnen infrage stellte.

Und obwohl ihn dies schon seit geraumer Zeit beschäftigte, wusste er noch immer nicht so recht, wie er damit am besten umgehen sollte.

Ihm war nur klar, dass er das Problem schnellstens lösen musste und nicht ewig vor sich herschieben konnte, zu sehr drängte es sich ihm immer wieder in den Vordergrund.

Nicht einmal zu Wochenbeginn, als er sich schon sehr früh im Büro auf das schwierige Quartalsmeeting vorbereitete, konnte er die Gedanken daran abstreifen.

Zwischen zahlreichen Tabellen mit den Ergebnissen des laufenden Jahres und der Vorschau auf das nächste Frühjahr, mischten sich immer wieder Erinnerungen an die gemeinsamen Stunden mit Charlotte unter, die sie oftmals mit ihrer etwas geheimnisvollen wie distanzierten Art bestimmte.

Auch wenn er aus manch ihrer Ansichten nicht richtig schlau wurde, war es möglicherweise aber auch gerade das, was sie für ihn unwiderstehlich machte.

Paul druckte die Listen aus und überflog sie noch einmal kopfschüttelnd, bevor er mit einem unguten Gefühl ins Direktionszimmer ging.

Die Umsatzentwicklung der Firmenkunden war für ihn der einzige Punkt auf der Tagesordnung und Paul war schon vorher klar, dass er enorme Mühe haben würde das knappe Ergebnis einigermaßen zu rechtfertigen.

Obwohl er bei seinen Ausführungen kaum Widerspruch erhielt, hatte er zum Ende hin das Gefühl in einer Pattsituation zu stecken.

Sehr skeptisch hatte ihm der Direktor die Resultate seiner Akquisearbeit abgenommen und tat sich zwangsläufig sehr schwer damit, als Paul ihm erklärte, keine Notwendigkeit in der Änderung seiner Arbeitsweise zu sehen, um das Jahresziel zu erreichen.

Allerdings fehlten dem Direktor die speziellen Marktkenntnisse von Paul und vor allem die direkten Kontakte zu den Firmenkunden, um konkrete Maßnahmen anzuordnen.

Und auch wenn ihm Pauls Vorgehensweise nicht genehm war, blieb ihm nach einer kurzen und hitzigen Schlussdebatte somit nichts weiter übrig, als ihn mit der Aufstellung einiger Statistiken und seiner weiteren Aktivitäten für die nächsten Monate zu beauftragen.

Und um wenigstens mit einem kleinen Sieg aus dem Meeting herauszugehen, forderte er Paul beim Verlassen des Büros auf, ihm diese noch am Nachmittag vorzulegen.

Das war für Paul allerdings keine besondere Herausforderung, denn er kannte den Direktor lange genug und war auf derartige Situationen stets eingestellt.

Während er seine Listen, die er speziell für diese Fälle vorbereitet hatte, am Nachmittag noch einmal aktualisierte und anschließend ausdruckte, erhielt er eine E-Mail aus der Staatskanzlei mit einem möglichen Termin zum geplanten Bankett.

Paul war überrascht, dass es nun anscheinend doch schon einen festen Zeitplan gab und die Dachetage mit allen Räumen sogar komplett gebucht werden sollte.

Obwohl die Protokollchefin das Wort „unverbindlich" in dem Schreiben mit fetter Kursivschrift deutlich hervorhob, nahm er das erleichtert auf, denn das passte natürlich perfekt in seine Strategie, die er sich für das abschließende Gespräch mit dem Direktor zurechtgelegt hatte.

Zumal er kurz darauf auch noch die Zusage für einen Kongress der Rostocker Universität erhielt, wenngleich dieser erst zum Ende des kommenden Jahres stattfinden würde.

Als er allerdings den angefragten Zeitraum für das Bankett mit den verfügbaren Räumen im Reservierungssystem abglich, musste er feststellen, dass die Dachetage an diesem Tag bereits komplett ausgebucht war.

Und so sehr er auch versuchte die Räume zu tauschen und die Veranstaltungen von der Dachetage auf die untere Eventetage zu verlegen, es war einfach nicht machbar.

Alle Tagungen im Haus waren bereits fest gebucht und zudem in einer Größenordnung die ein Verschieben unmöglich machten.

Sollte das Bankett also definitiv an diesem Termin stattfinden, bliebe ihm wohl nichts weiter übrig, als umgehend eine Absage zurückzuschicken.

„Das kommt natürlich überhaupt nicht infrage!", war die sehr laute und heftige Reaktion, als Paul am Nachmittag das Gespräch darauf brachte.

Schlagartig sprang der Direktor auf und ruckelte hektisch an seinem Krawattenknoten.

„Buchen Sie die anderen Kunden aus und setzen Sie endlich einmal die richtigen Prioritäten! Ein Bankett für die Staatskanzlei oder die dänische Botschaft lasse ich mir doch nicht entgehen! Ihr Fingerspitzengefühl für exklusive Kunden lässt wirklich sehr zu wünschen übrig! Wie kommen Sie nur auf eine solch abstruse Idee?"

Damit traf er Paul an einer empfindlichen Stelle, denn obwohl er der Protokollchefin ungern eine Absage senden würde, war es genau diese beinahe saloppe Haltung des Direktors, wie er mit Firmenkunden umging, die auch in der Vergangenheit stets heftige Kontroversen zwischen ihnen ausgelöst hatten.

Es war vor allem dessen Unkenntnis und manchmal auch sein offen gezeigtes Desinteresse darüber, wie viel Mühe es kostete neue Kunden zu gewinnen und sie mit ihren Tagungen ins Haus zu bekommen, die Paul oftmals sprachlos machten.

Lange hatte er um diese Veranstaltungen gekämpft und mit den Firmen verhandelt, bis diese endlich die Verträge unterschrieben hatten.

Gleich drei von Ihnen würden davon betroffen sein, allesamt aus der Region und das erste Mal mit einer Tagung im Haus.

Sie jetzt einfach wieder auszubuchen, war mehr als fatal und würde eine zukünftige Zusammenarbeit sehr schwer, wenn nicht sogar unmöglich machen.

„Diese Tagungen finden nur in unserem Haus statt, weil wir mit der neuen Dachetage wirklich etwas Außergewöhnliches anbieten konnten", warf Paul ein. „Außerdem sind wir über den Zeitraum einer kostenfreien

Stornierung längst hinaus. Sowohl von ihrer, als auch von unserer Seite. Das kann nicht nur enorme Kosten für uns, sondern auch einen gewaltigen Imageschaden nach sich ziehen."

Der Direktor sah ihn mit einem zynischen Lächeln an. „Dann zeigen Sie mal, wie gut Ihre Kontakte zu den Entscheidern in den Firmen sind. Suchen Sie andere Tagungsräume in der Stadt und verlegen Sie die dahin oder vereinbaren Sie Alternativtermine mit ihnen."

Paul hatte Mühe seine Fassung zu bewahren.

„Es ist momentan ja auch nur eine Anfrage der Staatskanzlei. Es steht noch nicht mal fest, ob das Ganze überhaupt stattfindet."

„Dann finden Sie das bitteschön genau heraus! Und senden Sie nicht erst ein Angebot, sondern sofort einen Vertrag! Und lassen Sie ihn noch in dieser Woche von der Protokollchefin unterschreiben. Dieses Bankett in einem anderen Haus stattfinden zu lassen wäre unentschuldbar! Legen Sie sich ins Zeug und holen Sie die Herrschaften in unser Hotel!"

Paul konnte dagegen kaum noch etwas einwenden, denn schließlich gehörte es auch zu seinen Aufgaben derartige Konfliktsituationen zu lösen und das möglichst ohne großes Aufsehen zu erregen.

Und es war ja nicht das erste Mal, dass er vor solchen Herausforderungen stand und sie auch gemeistert hatte, aber in diesem Fall befürchtete er nichts Passendes zu finden, denn zum angefragten Termin hatte er auch schon zwei anderen Firmen abgesagt, die noch immer auf der Warteliste im Buchungssystem standen.

Da er von ihnen noch keine Rückmeldung erhalten hatte, musste er davon ausgehen, dass auch in den anderen Stadthotels keine freien Raumkapazitäten vorhanden waren.

Seine erste vorsichtige Recherche am späten Nachmittag bestätigte dann leider seine Vermutung, denn niemand konnte so kurzfristig mit Tagungsräumen aushelfen.

Zudem wusste er natürlich auch nicht, welche Hotels in der näheren Umgebung von der Protokollchefin noch angefragt worden waren.

Damit wurde ihm aber auch klar, dass er zu dieser fortgeschrittenen Stunde nichts mehr erreichen und alles Weitere erst am nächsten Tag klären konnte.

Als er zum Feierabend seine Sachen zusammenräumte, wünschte er sich kurzzeitig, dass das Bankett gar nicht oder zumindest an einem anderen Ort stattfinden würde.

*

Diese Hoffnung zerschlug sich jedoch umgehend, als ihn am nächsten Vormittag eine weitere Nachricht der Staatskanzlei erreichte, mit der Ankündigung, dass Mitarbeiter des Landeskriminalamtes noch in der laufenden Woche auch in sein Hotel kommen würden, um einen Vorab-Check der Dachetage durchzuführen, wobei die Protokollchefin dezent darauf hinwies, dies keinesfalls als feste Zusage zu werten, denn noch seien die Planungen zur Konferenz nicht abgeschlossen.

Diese Ankündigung deutete für Paul allerdings darauf hin, dass mit großer Wahrscheinlichkeit nur ein Hotel in der Innenstadt für das Bankett infrage käme und hier definitiv mit hochrangigen Gästen zu rechnen sei.

Egal wie, er musste nun alles versuchen dieses ins eigene Haus zu bekommen.

Für die Firmen, die demzufolge ausgebucht werden mussten, eine annehmbare Alternative zu finden war schon eine gewaltige Herausforderung, nicht weniger anstrengend würde es sein, intern alles noch einmal neu zu organisieren.

Paul war sich durchaus bewusst, dass er erst dann alles fest einbuchen konnte, wenn er die Unterschrift unter dem Vertrag vorliegen hatte, doch er kannte die Protokollchefin lange genug und wusste, wie zwecklos es war sie zu einer sofortigen Unterschrift zu drängen.

Sie zögerte dies stets so lange wie möglich hinaus.

Er erinnerte sich an eine Tagung, auf der sie ihm erst kurz vor Beginn der Veranstaltung den unterschriebenen Vertrag wortlos und mit einem kühlen Lächeln in die Hand gedrückt hatte.

Somit blieb ihm vorerst nichts weiter übrig, als sich geschickt alle Optionen offen zu halten.

Doch schon sein erster Versuch, eine Firma auf eine mögliche Ausbuchung oder auf einen Alternativtermin vorzubereiten, verlief nicht so, wie Paul sich das vorgestellt hatte.

Die Sekretärin, mit der er zuvor auch alle Absprachen getroffen hatte, zeigte durchaus Verständnis für ihn, aber sie erklärte ihm auch mit sehr ruhiger Stimme, dass sie noch in der gleichen Woche vom Vertrag zurücktreten werde, sollte sie von Paul keine endgültige Nachricht erhalten, dass sie auf der Dachetage bleiben könne.

Und eine andere Firma sandte ihm infolge seines Anrufs ihren Einladungsflyer zu, den sie bereits an ihre Kunden versandt hatten und auf dem explizit auf die neue Eventetage mit ihren Außenterrassen für das abendliche Barbecue hingewiesen wurde.

Doch das war bei weitem nicht sein einziges Problem, denn auch im Hotel musste Paul alle Abteilungen auf mögliche Änderungen vorbereiten.

Und bei einem ersten Gespräch mit der Bankettleiterin, die schließlich alles umsetzen musste und bei früheren Veranstaltungen selbst schlechte Erfahrungen mit den kurzfristigen Entscheidungen der Protokollchefin gemacht hatte, wurde ihm schnell klar, dass er nichts umwerfen konnte, bevor er nicht eine schriftliche Zusage der Staatskanzlei erhalten hatte.

Alle Lösungsansätze die Paul tagsüber verfolgte, brachten ihn letztendlich nicht einen Schritt weiter und am Abend erhielt er auch noch eine Absage von einem Hotel in Warnemünde, welches er als vorstellbare Ausweichvariante für eine Firma in Erwägung gezogen hatte.

Mias später Anruf erschien ihm fast wie ein Befreiungsschlag und brachte ihn umgehend auf andere Gedanken.

Mit Schrecken stellte er allerdings fest, dass seit ihrem unerwarteten Aufeinandertreffen schon wieder eine Woche vergangen war und sie seitdem nicht mehr miteinander gesprochen hatten.

Und er glaubte in den wenigen Sätzen herauszuhören, dass sie sich auch über einen Anruf von ihm gefreut hätte.

Augenblicklich fielen ihm auch noch die Fragen von Charlotte ein, auf die er keine Antwort geben konnte und obwohl das Gespräch mit Mia sehr kurz war, bei dem sie sich für den nächsten Nachmittag verabredeten, hegte Paul dennoch die vage Hoffnung, endlich auch etwas über ihre weiteren Pläne zu erfahren.

8

Das Stadtzentrum war wie leergefegt.

Bei den hochsommerlichen Temperaturen trieb es Einwohner wie Urlauber in der Wochenmitte verständlicherweise eher an die Strände nach Warnemünde oder Markgrafenheide, wodurch sie der Innenstadt gleichzeitig eine willkommene Ruhepause verschafften.

Paul verließ das Hotel pünktlich zum Feierabend über das Treppenhaus, welches auf der Nordwestseite lag und auch zu dieser Jahreszeit stets angenehm kühl blieb.

Schon beim Öffnen der Personaltür schlug ihm die trockene und heiße Luft von draußen entgegen.

Sofort zog er sein Jackett wieder aus und lockerte seinen Krawattenknoten, dennoch spürte er bereits nach wenigen Metern, wie sein Hemd anfing am Rücken festzukleben.

Er krempelte die Ärmel weiter hoch und ging ganz dicht an den Gebäuden in der Kröpeliner Straße entlang, um möglichst im Schatten zu bleiben, aber auch die Fassaden der Geschäfte waren bereits so stark aufgeheizt, dass sie selber Wärme abstrahlten.

Kein Lüftchen zog durch die Gassen.

Auf dem Universitätsplatz prallte die Sonne mit voller Wucht auf das Straßenpflaster, und die Fontänen des Brunnens plätscherten mit schwachem Schwall so träge vor sich hin, als wenn es auch ihnen zu viel wäre, die bronzenen Figuren ausgiebig mit Wasser zu bespritzen.

Einige Tropfen, die auf den erhitzten Granitsteinen der Einfassung landeten, verdunsteten bereits nach wenigen Augenblicken.

Mia hatte es sich schon unter einem Sonnenschirm vor der Bäckerei bequem gemacht und schlürfte mit dem Strohhalm genüsslich an ihrem Milchshake.

Sie hatte ihre Ohrhörer eingesteckt und die Flip-Flops an ihren ausgestreckten Füßen bewegten sich im Rhythmus der Musik.

Paul musste lächeln, als er sie so entspannt sitzen sah, denn das erinnerte ihn doch wieder an frühere Zeiten.

Sie schob sofort ihre Sonnenbrille hoch und sprang mit einem Satz auf, als er schon etwas durchgeschwitzt auf sie zukam.

Übermütig umarmte sie ihn und warf ihn dabei fast um. „Du weißt gar nicht, wie froh ich bin wieder hier zu sein."

„Ich ging bisher davon aus, dass dir dein Abenteuer dort drüben viel Spaß gemacht hat", reagierte Paul etwas erstaunt.

„Hat es auch, aber nun bin ich echt glücklich wieder hier zu sein. Man verändert sich doch, ohne es wirklich wahrzunehmen. Das wird mir jetzt schon nach wenigen Tagen klar. Es ist eben eine völlig andere Welt. Ja, eine tolle Erfahrung war es durchaus und es hat meine Sichtweise auf so manche Dinge geändert. Mit den vielen Eindrücken kann ich hier nun wirklich völlig neu anfangen."

Wenngleich es Mia möglicherweise anders gemeint haben mochte, wurde Paul durch diesen Satz deutlicher als je zuvor bewusst, dass sie kaum noch etwas mit ihrem früheren Leben verbinden mochte.

Und ihre Erzählungen verstärkten diese Einsicht im weiteren Verlauf um ein Vielfaches, denn es schien Paul so, als wenn für sie das Leben mit dem Flug nach Übersee vor einem Jahr erst richtig begonnen hätte.

Ausführlich erzählte sie von dem abenteuerlichen Landleben bei ihren Gasteltern auf einer großen Farm inmitten der unendlichen Weite von Iowa, von Angeltouren und Wanderungen durch diverse Nationalparks, von ihrem Cheerleader-Club und der kleinen Schule in Maquoketa, vor allem aber auch von den vielen Ideen die sie für sich mitgenommen hatte und hier umsetzen wollte.

Paul fragte sich kurzzeitig, ob sie auch so starke Erinnerungen an ihre Kindheit hierzulande hatte, wo sie seiner Ansicht nach zusammen auch so allerlei erlebten, aber dieser Gedanke verschwand wieder sehr schnell.

Es beruhigte ihn im Gegenteil eher, dass Mia im Laufe der vergangenen Monate für sich eigene und selbstbestimmte Pläne entwickelt hatte.

Ja, es machte ihn letztendlich froh, dass er mit ihr hier überhaupt wieder so locker plaudern konnte und es nahm ihm merklich etwas von seiner Anspannung.

Somit musste er Charlotte in diesem Punkt durchaus Recht geben, dass dies für ihn nun eine gute Chance war ein völlig neues Verhältnis zu ihr aufzubauen.

Interessiert hörte er Mia weiter zu, wobei sein Blick unmittelbar auf ein Fahrrad fiel, welches von einem alten Mann mühsam über den Platz geschoben wurde.

Die Kugellampe erkannte er sofort, doch erst als er ein zweites Mal hinsah, wurde ihm klar, dass es Morten war.

Er hatte seine Schirmmütze als Sonnenschutz tief ins Gesicht gezogen und schien sich auch nur wenig dafür zu interessieren, was um ihn herum passierte.

Vielleicht war dies aber auch der Hitze geschuldet, denn als er sein Fahrrad an einen großen Blumenkübel anlehnte, setzte er sich erst einmal auf dessen Rand, nahm seine Mütze ab und wischte sich mit seinem Hemdsärmel einmal über den Kopf.

Dann holte er aus seiner Weste eine Taschenuhr hervor, schaute kurz darauf und steckte sie wieder ein.

Schwerfällig zog er sich danach an seinem Lenker hoch und steuerte anschließend direkt auf sie zu.

Unmittelbar neben der Bäckerei lehnte er sein Rad nur wenige Meter von Paul und Mia entfernt an die Hauswand und zog aus der Gepäckträgertasche einen abgewetzten Rucksack heraus.

Als er sich umdrehte und die ersten Schritte zum Eingang machte entdeckte er Paul.

Abrupt blieb er stehen.

Doch er hielt erst noch einmal seine Hand gegen die Sonne und schaute genauer hin, bis er sich wohl richtig sicher war, dass er Paul vor sich hatte, denn mit Hemd und Krawatte hatte er ihn bisher nicht gesehen und von einem Radler in Fahrradsachen und mit Basecap unterschied er sich gewaltig.

„Das ist ja wirklich ein Zufall", sagte Morten und schob seine Mütze in den Nacken.

Paul war schon aufgestanden und ging ihm einen Schritt entgegen. „Du meinst, dass sich unsere Wege immer wieder kreuzen?"

„Ja, das kann man so sagen", lachte Morten und drückte Paul lange die Hand. „Hoffentlich fängt die Bäckerei nicht gleich an zu brennen, denn ich wollte mir vor der Überfahrt noch ein Brot mitnehmen."

Paul war über Mortens Scherz sichtlich erstaunt, kam aber auch nicht umhin darüber zu lachen.

„Das wäre natürlich ein böses Omen, wenn unser Aufeinandertreffen jedes Mal zur Brandkatastrophe führen würde."

Paul drehte sich leicht zur Seite. „Das ist meine jüngste Tochter, Mia."

Morten schüttelte auch Mia lange die Hand.

„Schön dich kennenzulernen. Dein Vater hat mit vor kurzem das Leben gerettet. Du kannst wirklich stolz auf ihn sein."

Paul winkte sofort lachend ab und sah zu Mia.

„Wir waren zusammen auf der Fähre nach Gedser. Da gab es einen kleinen Zwischenfall, aber es war nichts Spektakuläres."

„Naja, es hätte wirklich schlimm ausgehen können", sagte Morten etwas bedrückt.

„Möchten Sie sich zu uns setzen", fragte Mia und zog schon einen Stuhl heran.

Paul nickte sofort. „Ja, setz dich hin. Ich hol uns noch einen Kaffee oder vielleicht einen Eistee?"

„Das schaff ich nicht mehr", erwiderte Morten umgehend. „Sonst verpass ich noch die Fähre."

„Du willst jetzt noch bis zum Überseehafen radeln?", staunte Paul und sah auf seine Uhr.

„Oh nein, nein! Ich fahre mit dem Bus und kann das Rad mitnehmen. Der hält vor deinem Hotel und fährt mich bis zum Hafen. Das ist bequem. Wenn ich den allerdings nicht kriege, sieht es schlecht für mich aus", lachte Morten. „Dann muss ich bei der Hitze auf die Abendfähre warten. Ich werde übrigens am kommenden Wochenende mein Boot wieder ins Wasser schieben. Wenn ihr Lust habt, kommt doch rüber. Dann können wir ja mal damit über den Guldborgsund fahren."

Paul sah sofort zu Mia, die lächelnd die Augenbrauen hochzog.

„Das wäre wirklich toll! Papa hatte mir schon vor Jahren versprochen, mich mal auf die dänischen Inseln mitzunehmen. Wäre ja eine fantastische Gelegenheit."

Paul verstand den kleinen Seitenhieb durchaus und somit blieb ihm wohl nichts anderes übrig, als darauf einzugehen, wenngleich Mortens Angebot in ihm sofort wieder ein ungutes Gefühl hervorrief.

„Denkt drüber nach. Ich hole mir inzwischen mein Brot, dann muss ich schleunigst weiter", forderte Morten die beiden auf und ließ sie stehen.

„Ja, warum eigentlich nicht", sagte Paul nach kurzer Überlegung. „Das Wetter soll wohl auch so bleiben. Nur für den Freitag sind kurze Gewitter angesagt, die dann aber auch endlich für etwas Abkühlung sorgen. Also wenn du möchtest?"

„Ja, unbedingt!", stimmte Mia sofort zu. „Hab eh noch nichts vor."

Paul nickte ihr zu und wartete bis Morten wieder aus dem Laden war.

„Abgemacht. Wir werden die Fähre um neun nehmen. Dann sind wir um elf auf der anderen Seite und wären so zwischen zwölf und halb eins bei dir."

„Ich würde mich sehr freuen", wandte sich Morten an Mia und sah ihr einen Moment in die Augen.

Sie wiederum sah lachend zu Paul und zuckte etwas hilflos mit ihren Schultern.

„Ich erwarte euch dann am Sonnabend zur Mittagszeit", sagte Morten und verstaute seinen Rucksack in der Fahrradtasche. „Dann mach ich uns mal eine richtige dänische Fischermalzeit."

„Mach dir bloß keine Umstände", erwiderte Paul hastig, dem dieses Angebot nun doch etwas unangenehm war. „Wir finden sicherlich auch unterwegs etwas."

„Ach was! Ist doch schnell gemacht. Ist ja nur ein kaltes Gericht und auf so etwas bin ich immer eingestellt."

Er winkte den beiden kurz zu, schob sein Rad bis zur Ecke der Breiten Straße und fuhr los, ohne sich noch einmal umzublicken.

„Wie meinte er das, als er sagte, dass du ihm das Leben gerettet hättest?", fragte Mia, nachdem sie sich wieder hingesetzt hatten.

Paul sah sie an und schüttelte den Kopf.

„Ich weiß auch nicht, warum er das so betonte. Ich wollte vorletztes Wochenende mit dem Rad von Gedser nach Nysted fahren. Das ist eine kleine Hafenstadt auf der dänischen Insel Lolland. Hatte ich schon ewig lange vor, habe es aber immer wieder verschoben. Doch noch bevor die Fähre im Überseehafen ablegen konnte, gab es auf dem Frachtdeck einen Brand an einem Transporter. Der wurde nach wenigen Minuten gelöscht. Morten und ich sind nur zusammen über das Heck des Schiffes rausgelaufen, bevor die Feuerwehr anrückte. Es ist eigentlich kaum etwas passiert, abgesehen von einem verletzten Fahrer und ein paar demolierten Fahrzeugen. Morten hat das wahrscheinlich nur gesagt, weil ihm der Schreck vielleicht noch immer in den Gliedern steckt."

Gleichwohl musste Paul sofort wieder an die Untersuchungen denken, die Charlotte erwähnt hatte und bei denen es um wesentlich mehr ging, als um einen unscheinbaren Fahrzeugbrand.

Doch er vermied es, dies jetzt alles zu erwähnen.

„Kommt er öfter hier rüber?", fragte Mia, worauf Paul sie etwas länger ansah und nur mit den Schultern zuckte.

„Kann schon sein. Ich habe ihn ja erst vor ein paar Tagen auf der Fähre kennengelernt und obwohl ich sogar letzten Sonnabend bei ihm war, weiß ich eigentlich so gut wie nichts über ihn."

Dieser eigene Satz brachte ihn abermals zum Nachdenken.

War es seiner schlechten Menschenkenntnis geschuldet oder konnte er mit der sehr offenen und entgegenkommenden Art von Morten und seinem fast freundschaftlichen Angebot einfach nicht richtig umgehen?

Somit war es vielleicht gut, dass Mia mitkommen würde und er sich so gegebenenfalls auch auf ihr Urteilsvermögen verlassen könnte.

Aber dennoch stellte sich ihm unmittelbar die Frage, was Morten hier ständig zu tun hatte.

Einen Bäcker gab es auch in Gedser und Nyköbing, und das Radfahren war sicherlich nicht sein bevorzugtes Hobby.

In dem Moment fiel ihm ein, dass die Polizei Morten ja auch wegen des Unfallhergangs befragen wollte.

War er möglicherweise deshalb hierhergekommen?

Was immer es auch war, Paul wurde das Gefühl nicht los, dass es schon etwas Wichtiges sein musste, was Morten immer wieder auf die andere Seite der Ostsee trieb.

Und so war es auch seine pure Neugier die ihn dazu anhielt ein weiteres Mal in die kleine Siedlung von Hasselö Plantage zu fahren, um mehr über jemanden zu erfahren, der ihm immer rätselhafter erschien.

9

Auf der Überfahrt am Sonnabend wurden sie von letzten dunklen Gewitterwolken begleitet, die erst kurz vor dem Einlaufen der Fähre in den Hafen von Gedser weiter nach Osten abzogen.

Dieses Grau am Himmel passte allerdings zu Pauls morgendlicher Stimmung, nachdem er tags zuvor die Stornierung eines Vertrages erhalten hatte, so wie es ihm von der Sekretärin einer Firma bereits im Vorfeld angekündigt worden war.

Es war die kleinste der drei Veranstaltungen auf der Dachetage des Hotels und war vom entgangenen Umsatz, wie auch von einer kleinen Stornierungsgebühr her zu verschmerzen, doch es verdeutlichte Paul einmal mehr die dringende Notwendigkeit, für die anderen beiden Events schnellstmöglich eine Alternative zu finden.

Alle bisherigen Bemühungen auf der Suche nach anderen Tagungsräumen waren ins Leere gelaufen, und die täglichen Nachfragen des Direktors erinnerten ihn unnötigerweise daran, dass ihm die Zeit stetig davonlief.

Auch von der Protokollchefin lag ihm ja noch immer keine endgültige Zusage, geschweige denn ein unterschriebener Vertrag vor.

Als Antwort auf seine dringende Nachfrage hin, drückte sie in einer kurzen E-Mail lediglich die Zuversicht aus, dass sie ihre Planungen der Konferenz und der festlichen Abendveranstaltung wahrscheinlich in Kürze abschließen könne.

Selbstverständlich baue sie dann im Weiteren auf die flexible Zusammenarbeit mit dem Hotel, so wie sie es von vorangegangenen Veranstaltungen her gewohnt war.

Mit dieser vagen Aussage konnte Paul zwar nicht viel anfangen, aber es blieb ihm wohl nichts anderes übrig, als weiterhin alle Vorbereitungen für das Bankett zu treffen.

Und so hoffte er im Stillen auch darauf, dass sich in dieser Angelegenheit einige Dinge von selber regeln würden.

*

Mit dem Öffnen der Ladeluke drückten sich in Gedser die ersten Sonnenstrahlen durch und zusehends wurden die Wolkenlücken größer.

Die schwülwarme Luft hatte sich mit dem Gewitter verzogen und frische Seeluft zog nun in einer schwachen Strömung vom Süden über die Insel.

Paul war erleichtert, dass sich die Vorhersage bestätigt hatte und ihre Tour nicht in Regenschauern untergehen würde.

Aber es war nicht nur das Wetter, welches seine Stimmung umgehend aufhellte.

Es war die Insel an sich, die für ihn noch immer den Reiz des Abenteuerlichen und Unentdeckten in sich trug.

Jedes Mal, wenn er hier von der Fähre rollte, verflüchtigten sich schlagartig alle trüben Gedanken, die ihm zu Hause noch den Schlaf geraubt hatten oder auf der Arbeit ständig durch den Kopf gerast waren.

Auf der Insel konnte er wirklich alles hinter sich lassen und entspannt die Schönheit dieser flachen Landschaft in sich aufnehmen.

Erklären konnte er sich dieses Phänomen allerdings selbst nicht richtig.

Vielleicht lag es daran, dass er sich eine gewisse Ehrfurcht bewahrt hatte, die noch aus den Zeiten vor dem Fall der Mauer herrührte, als es unmöglich schien jemals auf die andere Seite der Ostsee zu gelangen.

Jeder Ort, jedes Gebäude und jeder Winkel hier strahlten für ihn noch immer die Aura des Geheimnisvollen und Konspirativen einer völlig anderen Welt aus.

Ja, möglicherweise lag es tatsächlich an den alten Bauwerken rund um den Fähranleger, die seit mehr als einhundert Jahren hier standen und bei ihm stets den Eindruck erweckten, als hätten sie die Geschichte des Ortes in ihren Mauern eingeschlossen und würden sie nun Stück für Stück für ihn preisgeben.

Paul und Mia schoben ihre Räder von Bord bis zum Fährhaus und warteten dort, bis sich die langgestreckte Autokolonne entfernt hatte.

Erst als wieder Ruhe einkehrte, fuhren sie los.

Mia hätte am liebsten schon nach ein paar hundert Metern wieder angehalten, um auf den ehemaligen Wasserturm zu klettern, der nun als Aussichtsplattform diente und von dem aus man die komplette Südspitze von Falster überblicken konnte.

Paul gelang es gerade noch sie davon abzuhalten, denn er wusste, dass es Mia dann auch nicht auszureden war, zu den anderen sehenswerten Stätten im Ort zu fahren, wozu ihnen aber in den wenigen Nachmittagsstunden kaum Zeit blieb.

Unterwegs musste er dennoch mit ihr immer wieder einen Stopp einlegen, da sie sich alles genau anschauen und Fotos machen wollte.

Sie war von den kleinen Orten mit ihren teils winzigen Häusern, wie von der kargen Natur und von den gut ausgebauten und leicht zu befahrenden Radwegen schlichtweg begeistert.

Paul schubste sie immer wieder lachend an, denn er wollte auch nicht zu spät bei Morten ankommen.

Wenige Kilometer vor der Siedlung konnte sich Mia dem Zauber des Guldborgsunds jedoch nicht entziehen und überredete Paul zu einer kurzen Pause.

Die Mittagssonne stand genau in der Mitte der kilometerweiten Wasserfläche und zauberte mit ein paar weißen Wolken am strahlendblauen Himmel ein romantisches Naturpanorama.

Weit verstreut und etliche Meter vom Ufer entfernt, schaukelten kleinere Boote in dem größtenteils sehr flachen und klaren Gewässer.

Mia streckte sich an der Uferkante aus und schloss kurz die Augen.

„Hättest mich ruhig schon mal eher mitnehmen können", blinzelte sie Paul nach ein paar Minuten an, der sich neben sie gesetzt hatte und ebenfalls die Ruhe auf sich wirken ließ, „dann müsstest du mich jetzt nicht immerzu ermahnen weiterzufahren."

„Ich hatte früher nicht das Gefühl, dass du dich für diese Seite der Ostsee interessierst, aber meinetwegen können wir immer mal wieder was Neues hier erkunden."

„Früher...", setzte Mia an, doch sie brach sofort wieder ab und sah aufs Wasser.

Paul entging dieses Unausgesprochene nicht, das ihr Verhältnis ja schon seit langem bestimmte, aber er hielt es in diesem Moment für besser, nicht weiter darauf einzugehen.

Und auch Mia war wohl nicht danach, sich durch Erinnerungen an das frühere Familienleben diesen einzigartigen Moment verderben zu lassen.

„Nein, wirklich. Das sollten wir unbedingt öfter machen. Es wirkt hier alles so friedlich und wie abgeschnitten vom Rest der Welt."

„Ja, das ist es", stimmte Paul ihr zu. „Nichts erinnert einen auf der Insel an den Alltag auf unserer Seite der

Ostsee. Die fremde Sprache und die freundliche Art der Leute hier, machen es dir auch leicht, einfach mal abzutauchen."

Er schaute auf die Uhr und Mia nickte ihm zu.

Schweigend fuhren sie weiter, bis sie kurze Zeit später in die Siedlung von Morten einbogen.

Vor dem Grundstück stellten sie ihre Räder an der Hecke ab und Paul öffnete das Tor, woraufhin Mia unwillkürlich lachen musste.

„Wozu machst du das Tor auf, wenn man nebenbei durchgehen kann?"

„Reiner Respekt", antwortete Paul mit einem Augenzwinkern.

Er ging aufs Haus zu und klingelte ein paar Mal, aber es rührte sich nichts.

„Morten ist bestimmt schon unten am Wasser", sagte er und zog das Tor wieder hinter sich zu.

Sie schoben ihre Räder das kurze Stück bis zum Bootsanleger und entdeckten ihn, wie er in seinem Boot stand und etwas in seiner Hand betrachtete.

Auch er war schon auf sie aufmerksam geworden, noch ehe sie auf dem schmalen Steg zu ihm kamen.

„Tut mir leid", entschuldigte sich Morten, als sie vor dem Boot standen und hielt ein Teil von seinem Motor hoch. „Ich hatte es gestern Abend schon ins Wasser geschoben und eine kurze Probefahrt gemacht, erst da habe ich den Schlamassel entdeckt. Die Pumpe für das Kühlwasser hat einen Riss bekommen und der Einlaufstutzen am Boden auch. Das muss schon älter sein und ist vielleicht durch das Rammen am Findling erst richtig aufgerissen. Beide Teile kann ich erst in der nächsten Woche austauschen. Wir müssen die Rundfahrt verschieben. Ich hatte gedacht, ich krieg das noch hin, aber ich konnte erst einmal nur alles provisorisch abdichten."

Er drehte die Pumpe in der Hand, pustete einmal durch die Einlauföffnung und sah kopfschüttelnd darauf. „An dem Ding ist wohl nichts mehr zu retten."

„Nun der Sommer ist ja noch nicht vorbei", sagte Paul verständnisvoll. „Es wird sich schon noch irgendwann mal ergeben."

Mia hielt ihr Handy für ein Foto hoch.

„Das Boot sieht aber auch wirklich sehr schön aus."

Morten räumte die Sachen zusammen und deckte den Motor mit einer Plane ab.

Etwas mühsam stieg er aus dem Boot und zog dann die Pumpe und eine Werkzeugkiste über die Bordwand.

„Gut, dass uns das nicht auf dem Wasser passiert ist", lachte er unwillkürlich los, „sonst müssten wir jetzt kräftig rudern. Oder wir wären vielleicht gleich allesamt mit dem Kahn untergegangen."

Er sah Paul sofort an, dass ihm bei dem Gedanken nicht wohl war.

„Keine Angst! Ich hätte uns dann schon auf eine Sandbank gesteuert", fügte er schelmisch hinzu. „Von dort hätte uns dann schon irgendwann jemand geholt."

Mortens schwarzer Humor verblüffte Paul ein weiteres Mal, gleichsam erleichterte es ihn, dass er sich nach einer hektischen Arbeitswoche nicht noch auf ein ungewisses Abenteuer einlassen musste.

Auch Mia nahm es mit einem schwachen Lächeln auf.

Vielleicht wurde ihr erst beim Anblick des Bootes und Mortens makabren Scherze bewusst, worauf sie sich da eingelassen hätte.

Sie nahm Morten die Pumpe ab und beeilte sich vom Steg wieder herunterzukommen, nachdem sie mitbekam, wie dieser sich unter der Last von drei Personen gefährlich durchbog.

Wie schon beim letzten Mal ging Morten schnurstracks zu seinem Fahrrad und fuhr einfach los.

Wenige Minuten später schob er das Tor zum Grundstück auf und blieb kurz stehen, da es etwas klemmte.

Er bewegte es ein paar Mal hin und her, bis es sich wieder leicht schließen ließ.

Paul und Mia warteten hinter ihm, worauf Morten nur lachend den Kopf schüttelte.

„Ihr seid so manierlich und wollt mir durch das Tor folgen, obwohl man an der Seite vorbeigehen kann. Typisch deutsch! Immer korrekt."

Mia grinste und zog danach mit voller Betonung das Tor fest hinter sich zu. „Ja, so sind wir eben. Alles hat bei uns seine Ordnung."

Sie warf sogleich einen skeptischen Blick auf das vermooste Dach, welches durch den Regen der vergangenen Nacht noch nass war und das Haus auf der schattigen Seite insgesamt feucht und kalt wirken ließ.

Den heruntergezogenen Dachvorsprung betrachtete sie ebenfalls besorgt und zog leicht den Kopf ein, bevor sie durch die Tür ging, auch wenn es bei ihrer Größe nicht nötig gewesen wäre.

Kaum hatte sie jedoch einen Schritt ins Haus gemacht, zeigte sie sich völlig verblüfft.

„Hier könnte man denken, dass man eine Bibliothek betritt", sagte sie fasziniert und schaute auf ein wandfüllendes Bücheregal im Flur.

„Ja, es sammelt sich im Laufe der Jahre schon so einiges an", lächelte Morten verschmitzt, als er sah wie Mia ihren Kopf zur Seite neigte, um zu lesen was alles in den Fächern stand.

Einen Moment blieb er nachdenklich stehen und beobachtete sie dabei.

„Zum Essen habe ich uns was gemacht, was an diesen heißen Tagen am besten schmeckt", riss er sich schließlich los. „Es ist Hering, eingelegt in verschiedene

Marinaden. Dazu gibt es selbstgebackenes Brot und Salat. Ich hoffe es reicht euch. Heute ist das Wetter gut, so dass wir uns auf die Terrasse setzen können."

Mia warf noch staunend einen kurzen Blick auf die Bücherregale im vorderen Zimmer, dessen Tür weit ausstand, bevor sie in die Küche ging.

„Kann ich vielleicht helfen?", fragte sie Morten, der aber gleich abwinkte.

„Ist ja schon so gut wie fertig. Du kannst aber das Geschirr draußen auf den Tisch stellen."

Morten holte aus einer kleinen Kammer, die mitten in der Küche eingebaut war, ein Holztablett mit Brot sowie eine Schüssel mit Salat heraus und drückte Mia anschließend die Teller in die Hand.

Dann schob er die Tür zur sonnigen Terrasse auf.

Mia blieb kurz im Türrahmen stehen und war sichtlich beeindruckt von dem Garten und der gewaltigen Holzbank.

„Die hat eine überaus interessante Geschichte", sagte Paul und setzte sich hin. „Sie ist aus den Überresten eines alten Frachtenseglers gebaut worden."

Mia stellte die Teller auf den Tisch und ging dann ein Stück über die Terrasse in den Garten, in denen verschiedene Blumenarten in voller Blüte standen.

„Es hat irgendwie was Paradiesisches. Findest du nicht auch?", fragte sie Paul.

„Auf jeden Fall. Hier hörst du nichts, außer vielleicht ein paar Möwen und die leichten Wellen vom Sund. Und diese uralten Obstbäume, mit ihren ausladenden Ästen, haben wahrlich etwas Magisches an sich."

„Ja, die sehen genauso aus, wie die Arme eines Waldgespenstes", lachte Mia.

Morten stellte derweil ein paar große Gläser mit eingelegtem Fischfilet auf den Terrassentisch und schob das Tablett mit dem Brot daneben.

„Das sieht ja alles sehr lecker aus“, sagte Paul anerkennend. „Und es sieht tatsächlich aus wie selbstgemacht.“

„Aber ja doch!“, lachte Morten. „Ich kann nicht nur Fisch fangen, sondern ihn auch zubereiten. Den Salzhering hole ich mir allerdings fertig aus dem Laden. Erst noch alles in Salzlacke einzulegen ist mir mittlerweile zu aufwendig. Aber früher, ja da haben wir natürlich noch alles selber gemacht. Heute verschwindet das aber immer mehr.“

„Wem sagen Sie das“, stimmte ihm Mia sofort zu. „Ich wurde auch erst in den letzten Monaten wieder daran erinnert, wie viel man eigentlich selber machen kann, besonders wenn man nicht gleich um die Ecke einen Supermarkt hat und ohnehin auf Selbstversorgung eingestellt ist. Als ich das erste Mal auf den Wiesen in Maquoketa mit den Gasteltern Kräuter für einen Tee gesammelt habe, kam mir das so unwirklich vor, ich fühlte mich dabei eher wie in einem Traum.“

„Du kannst mich ruhig duzen, das ist bei uns so üblich und macht vieles einfacher“, wandte sich Morten an Mia. „So und nun probiert, ob es euch schmeckt.“

„Und das machst du wirklich alles selbst?“, fragte Paul noch einmal ungläubig, während er sich die ersten Happen aus dem Glas angelte.

„Bis auf den Salat“, nickte Morten lachend. „Na und das Brot auch. Beides ist diesmal von meiner Nachbarin. Du weißt ja, dass ich meinen Fisch immer gegen Kuchen oder etwas anderes eintausche.“

Paul und Mia waren wirklich erstaunt, wie gut Morten Fisch zubereiten konnte.

Er schmeckte ihnen hervorragend und besonders von dem, was Morten als „Dänisches Fischkonfekt“ bezeichnete, waren beide überaus angetan.

„Es ist eigentlich relativ einfach", erklärte er ihnen leidenschaftlich sein Rezept. „Salzhering wässern, kleinschneiden und dann in ein Glasgefäß aufschichten. Immer eine Schicht Zwiebeln und dann eine Schicht Filetstücke. Zum Schluss das Ganze mit einem Sud übergießen und wenigstens zwei Tage ziehen lassen. Der Sud ist das eigentliche Geheimnis, damit das Ganze eine liebliche Note erhält, und nicht wie beim gekauften nur nach saurem Fisch schmeckt. Du kannst das aber auch alles in Öl einlegen."

„Früher haben wir auch noch alles selber gemacht. Also bis zur Wende zumindest", sagte Paul nachdenklich und hielt einen Moment inne. „Bei meinen Großeltern wurde einmal im Jahr ein Schwein geschlachtet. Wurst woanders kaufen? So etwas kannten wir lange nicht. Unser Gemüse kam ausschließlich aus dem eigenen Garten und im Keller standen unzählige Gläser mit Eingewecktem für die Wintermonate. Wir haben uns zum Großteil selbst versorgt, was allerdings mehr dem Umstand geschuldet war, dass es einfach nichts gab. Erst mit dem Mauerfall, als die großen Handelsketten ins Land kamen, gab man irgendwann das Selbermachen auf. Es war einfach bequemer."

„Das ist bei uns nicht anders. Die Zeiten haben sich rapide verändert", sagte Morten und schüttelte leicht den Kopf. „Und es fällt einem immer schwerer das Alte zu bewahren. Auch im Gedächtnis."

Paul sah ihn erwartungsvoll an, da er das Gefühl hatte, als wenn Morten noch etwas hinzufügen wollte, aber der hob nur schwach seine Hand und beantworte Mias Fragen zu den verschiedenen Rezepten.

So wurden auch Pauls Gedanken wieder schnell auf das Essen gelenkt.

Wobei es ihm zunächst ein Rätsel blieb, woher auch Mia so viel über Gerichte und Rezepte wusste, da er sich nicht daran erinnern konnte, dass sie sich früher dafür interessiert hatte, bis sie erwähnte, dass sie in Maquoketa nicht nur geangelt hatte, sondern sogar mehrmals mit auf der Jagd war und dort auch gelernt hatte, wie man Wild zerlegt und weiterverarbeitet.

Es war eben jene Erlebnisse, von denen Paul im vergangenen Jahr kaum etwas mitbekommen hatte und jetzt feststellen musste, wie sehr sie Mia verändert hatten.

In ihren Nachrichten hatte sie ihm immer nur einen sehr oberflächlichen Einblick in ihr Leben dort gewährt, was Paul ihr aber auch nicht verdenken konnte.

Nur so war es ihr wahrscheinlich möglich gewesen zu allen in der Familie einen gewissen Abstand zu halten und sich nicht den Ansichten anderer zu unterwerfen.

Paul dachte noch einem Moment darüber nach, und während sich Mia und Morten weiter über verschiedene Gerichte austauschten, spürte er, wie entspannt er hier wieder wurde.

Er schob es diesmal vor allem auch auf Morten zurück, der mit einer sehr ruhigen und klaren Stimme Mia seine Rezepte erklärte.

Vielleicht war es aber auch der schwache Wind über dem Sund, der sich mit der Mittagssonne einen Weg durch den Blätterwald der Obstbäume in Mortens Garten bahnte.

Paul wusste, dass er sich an solchen Orten wirklich verlieren konnte.

Mia half später beim Abräumen, während Morten die Kaffeemaschine einschaltete und einen großen Teller mit Kuchen aus dem Schrank holte.

„Hast du die alle gelesen?", fragte Mia und ging auf den Flur.

Er drehte sich zu ihr um und lächelte, als er sah, wie sie wieder versuchte die Buchtitel zu lesen.

„Nein, nicht alle. Aber einen Großteil schon. Die meisten stammen noch von meinem Vater. Er hatte nach dem Krieg angefangen sie zu sammeln und immer gehütet wie einen Schatz. Er hatte ja noch miterleben müssen, wie Bücher von den Nazis verbrannt wurden. Sie waren etwas Heiliges für ihn."

Mia streifte weiter an den Büchern im niedrigen Flur entlang und schaute auf die Regale, die sich weiter in das offene Zimmer zogen.

Morten sah, wie sie zögernd hineinblickte.

„Geh ruhig rein und sieh dich um. Aber es wird wohl nichts für dich dabei sein. Vieles sind Fachbücher über Motoren und Schiffskonstruktionen. Ich habe ja lange als Schiffbauer und Motorenschlosser gearbeitet. Das meiste aber sind politische Abhandlungen und Streitschriften, auch einige in Deutsch. Wenn du willst, kannst du dir ruhig ein paar Bücher aussuchen und mit rausbringen."

Er nahm die Kaffeekanne und blickte noch einmal zu Mia, die noch immer vor der offenen Zimmertür stand.

„Mach nur! Geh ruhig rein und suche dir ein paar Bücher raus, die dich interessieren. Und dann komm auf die Terrasse. Da vorne ist es einfach zu dunkel zum Lesen. Der Kaffee ist auch fertig."

„Was meinst du mit Streitschriften?", rief ihm Mia noch hinterher, aber er hörte ihre Frage nicht mehr und so ging sie vorsichtig ins Zimmer.

Morten hatte sie schon mit seinen Kochkünsten begeistert und nun interessierte es sie, was hier an Büchern schlummerte, auch wenn es ihr etwas unangenehm war, in fremden Regalen herumzustöbern.

Es dauerte eine ganze Weile, bis sie wieder auf die Terrasse kam und zwei kleine Bücher in der Hand hielt.

Morten schaute sie an und lachte sofort laut auf.

„Eine durchaus ungewöhnliche Wahl!"

„Das meiste sind ja dänische Titel, aber ich habe auch einige deutsche gefunden“, sagte Mia und blätterte in einem Buch, welches in einer roten Plastikhülle eingebunden war.

„Worte des Vorsitzenden Mao Tsetung“, las sie schwungvoll vor.

Der Titel riss Paul umgehend aus seinen Träumereien.

„Du hast eine ‚Mao-Bibel‘?“

Er rückte näher an den Tisch heran und nahm das zweite Buch in die Hand, welches als Miniaturausgabe gedruckt war.

„Und das ‚Manifest der Kommunistischen Partei‘?“

„Warum nicht? Auch wir waren in den fünfziger und sechziger Jahren davon angetan.“

Mortens Augen grinsten wieder frech und ließen eine arge Verschmitztheit hervortreten.

„Wie von so vielem in der Zeit. Die 68er-Bewegung hatten es wirklich in sich. Aus heutiger Sicht mag dies alles etwas wunderlich anmuten, aber nach dem Krieg breiteten sich ja insbesondere in Europa eine Menge weltanschaulicher Strömungen aus. Gerade als junge Leute ließen wir uns damals von allen möglichen politischen und ideologischen Denkweisen anstecken.

Nach zwei verheerenden Kriegen und den Hungerjahren danach, hatten doch alle genug von dieser unsäglichen Konfrontation zwischen den gesellschaftlichen Klassen und wollten endlich einig und frei leben. Dies selbstverständlich ohne Diktate von der einen oder anderen Seite. Insofern war diese chinesische Richtung natürlich nichts für uns, aber wir waren ja auf der Suche nach einem Weg, der uns nicht wieder unterjochen würde. Bei uns hieß das auch, ein System zu schaffen worin ein König oder besser gesagt eine Königin keine Rolle mehr spielen würde.“

„Wollten das wirklich alle?“

Morten sah Paul lange und nachdenklich an, bis sein Lächeln verschwand.

„Aber nein! Bei weitem nicht. Das Königshaus wurde nach dem Krieg leider wieder sehr populär. Schnell rankten sich ja auch Mythen um die Tapferkeit Christians X. gegen die deutschen Besatzer und mit Königin Margrethe festigte sich die Monarchie seit den siebziger Jahren wieder sehr stark.“

Er nahm das kleine rote Buch und strich andächtig über den Umschlag.

„Es ist eines der wichtigsten Erinnerungsstücke an meinen Vater. Er erhielt es kurz vor seinem Tod als Geschenk von einem Kameraden, der uns während des Krieges zur Flucht verholfen hatte. Bücher waren für meinen Vater immer etwas sehr Wertvolles. Er hat sie von überall her zusammengesammelt, auch einige von Marx und vielen klassischen Philosophen, und Schriften aus den Zeiten der Kulturrevolution. Obwohl auch er keineswegs ein Verfechter dieser chinesischen Richtung war.

Er war schon weit vor dem Krieg Mitglied der Kommunistischen Partei, wie auch meine Mutter. Sie wurde gleich nach dem Verbot der Partei 1941 verhaftet und kam ins KZ. Ich habe sie nie wiedergesehen. Mein Vater schaffte es damals gerade noch so mit mir nach Schweden zu fliehen.“

Er räusperte sich etwas, bevor er dann mit fester Stimme weitersprach.

„Meine Mutter war Deutsche und stammte aus Schleswig. Mein Vater kam aus dieser Gegend. Das ist auch der Grund, warum ich genauso gut deutsch wie dänisch spreche.“

Morten hielt gedankenversunken inne und schien über etwas nachzudenken.

Es wurde plötzlich so still im Garten, dass Paul das leichte Rauschen der Wellen am nahen Ufer vernehmen konnte.

Er sah zu Mia, die sich mitfühlend zu Morten gedreht hatte und gespannt auf seine weiteren Erzählungen zu warten schien.

„Dann warst du während des Krieges mit deinem Vater auf der Flucht und danach seid ihr wieder hierhergekommen?“, fragte sie leise.

Morten sah sie lange an, als wenn er in ihr etwas entdeckt hätte und legte das Buch auf den Tisch.

„Mein Vater hatte mich in Schweden bei Freunden gut versteckt und sich dem Widerstand angeschlossen. In den weiten Wäldern nordwestlich von Stockholm, in dem kleinen Ort Smedsbo, blieb ich bis kurz nach Ende des Krieges. Der Widerstand meines Vaters und seiner Mitstreiter galt allerdings nicht nur den Deutschen, sondern auch der damaligen dänischen Regierung, die das Verbot der Kommunistischen Partei ja mit unterstützt hatte und letztendlich auch für den Tod meiner Mutter und vieler Menschen verantwortlich war. Es waren schließlich dänische Polizisten, die unsere Leute verhaftet und an die Nazis ausgeliefert hatten.

Natürlich ging es aber auch immer gegen dieses ganze Adelspack und gegen den König selbst. Ihn wollten sie schon früher stürzen, aber während der Besatzung erhielt er viel Unterstützung durch die Bevölkerung und es war somit nicht der beste Zeitpunkt den König zu köpfen oder ihn damit zum endgültigen Rückzug von der politischen Bühne zu zwingen. Allerdings…“

„Dein Vater wollte den König beseitigen?“, fragte Mia erschrocken dazwischen und zuckte sichtlich zusammen.

Morten sah Mia mit ernstem Blick an.

„Im Krieg gab es nur zwei Seiten. Entweder man war für die Deutschen oder gegen sie. Das gleiche galt, und gilt natürlich auch heute noch, für die Monarchie. Entweder ist man dafür oder dagegen. Ein bisschen mit beiden zu kungeln ist nicht nur opportunistisch, sondern führt auch immer zu unklaren politischen Verhältnissen und schürt Krisen, die immer zu Lasten der Schwächsten einer Gesellschaft gehen. Die Beseitigung der Monarchie war immer ein erklärtes Ziel der Kommunisten. Übrigens nicht nur in unserem Land."

Er stand plötzlich auf und ging ein paar Schritte in den Garten, bevor er wieder an den Tisch kam und allen Kaffee nachgoss.

„In Russland hat man während der Revolution mit der Zarenfamilie kurzen Prozess gemacht! Aber wir haben es bis heute nicht geschafft", stöhnte er und ließ sich schwer auf die Bank fallen.

Mia sah ihn etwas hilflos an.

„Was nicht geschafft?"

Morten lachte leise vor sich hin.

„Als der Krieg vorbei war erzählte mir mein Vater, wie er mit anderen Kameraden ein Attentat auf den König geplant hatte, nachdem die Wehrmacht ins Land gekommen war. Es sollte so aussehen, als wäre er von den Deutschen erschossen worden, um die Bevölkerung zum Widerstand gegen die Besatzung aufzurufen. Täglich ritt Christian X. alleine und ohne Leibwache durch die Straßen von Kopenhagen, als Herausforderung an die Deutschen, wie auch als Demonstration seiner Macht und seiner Unbeugsamkeit. Die Widerstandsgruppe meines Vaters bereitete alles vor, doch ein Attentat gelang ihnen nicht. Als sie soweit waren, wurde der König von den Deutschen unter Hausarrest gestellt und zeitgleich wurden einige Kämpfer der Gruppe bei einer anderen Aktion erschossen. Es waren ohnehin von

Anfang an ungleiche Duelle. Sowohl der Kampf gegen den König, als auch der Widerstand gegen die Wehrmacht."

Mia und Paul sahen ihn gespannt an, doch Morten trank erst in aller Ruhe seinen Kaffee, bevor er zur Miniaturausgabe des Manifestes griff und fortfuhr.

„Nach dem Krieg wurden die Kommunisten in unserem Land zunächst wieder sehr stark und das Thema Monarchie, ob parlamentarisch oder konstitutionell, schien sich von alleine zu erledigen. Davon gingen zumindest viele aus.

Und doch hat sich die Geschichte ganz anders entwickelt. Die Kommunisten verloren schnell wieder an Bedeutung und an Einfluss im dänischen Parlament. Und mit dem Niedergang der sozialistischen Staaten 1989 verloren die kommunistischen Plattformen im Land auch die Unterstützung von außen. Heute sind nur noch ein paar hundert Mitglieder von Ihnen übriggeblieben. Die Monarchie hingegen hat wieder einen festen Platz in der Gesellschaft und es würde mich nicht wundern, wenn man ihnen zukünftig noch mehr huldigt als bisher."

„Absolut!", pflichtetet ihm Mia bei. „Sie sind ein richtiger Eventfaktor der Gesellschaft geworden. Nicht nur bei euch. Ich habe mich schon immer gefragt, was der ganze Hype um diese Leute soll."

„Ganz genau!", schimpfte Morten los. „Sie sind so überflüssig wie der feine Sand, der die Fahrrinne im Sund immer wieder zuschwemmt. Aber kaum jemand stört sich heute daran. Diejenigen die einmal dagegen gekämpft haben, scheinen das Ziel völlig aus den Augen verloren zu haben und passen sich nur noch an! Es fehlen heute die wirklichen Klassenkämpfer, also die echten Revolutionäre!"

Paul sah erstaunt zu Morten und zu Mia, die ihn jedoch kaum noch wahrnahmen und sich über das Thema Monarchie weiter intensiv austauschten, als wären sie auf einem geheimen Treff.

Vor allem Morten zeigte sich hocherfreut, dass ein so junger Mensch seine Ideale verstand und mehr oder weniger teilte, und er blühte in seinen Ausführungen darüber sichtlich auf.

Und mit Erstaunen stellte Paul fest, dass auch Mia sich mit dem Thema bereits tiefgehender auseinandergesetzt haben musste.

Eine Monarchin, die Einfluss auf politische Entscheidungen hätte oder gar ihren Alltag bestimmen sollte, war für Mia einfach undenkbar.

Verblüfft verfolgte Paul ihre Sichtweise auf das, was um sie herum in der Welt passierte und ihm wurde klar, dass ihr Aufenthalt in einem anderen Land sie mehr geprägt hatte, als dass, was er versucht hatte ihr über die Jahre hinweg zu vermitteln.

Den ganzen Nachmittag tauschte sie sich mit Morten teilweise sehr eindringlich und emotional darüber aus, wie sich eine Gesellschaft entwickeln sollte, wobei Paul anerkennen musste, dass Morten auch in der Wahrnehmung der Ereignisse in der Welt immer noch auf der Höhe der Zeit war und zudem seine eigenen Geschichten spannend erzählen konnte.

Paul beteiligte sich nur sporadisch an dem Gespräch, wobei ihm zunächst selbst nicht klar war, warum er dabei so wortkarg blieb, denn er konnte Morten in vielen seiner Ansichten durchaus zustimmen.

Erst nach und nach wurde ihm bewusst, dass seine Zurückhaltung nicht nur an Mortens Aussagen lag, die ihm irgendwie bekannt vorkamen, sondern auch an dem Klang der Wörter und der Art ihrer Formulierungen.

Jedoch gelang es ihm nicht sie in irgendeinen Zusammenhang zu bringen und ließen ihn so zunehmend schweigsamer werden.

Während der sonnigen Stunden in Mortens Garten kam zudem auch seine anhaltende Müdigkeit wieder zum Vorschein und so nahm er das meiste davon nur nebenbei auf.

Später erinnerte er sich allerdings sehr oft an diesen Nachmittag, der ihm so vieles offenbarte hatte.

Und es ärgerte ihn dabei umso mehr, dass er wieder einmal ein solch schlechter Zuhörer gewesen war.

*

Der Ausflug auf die Insel verlief somit jedoch völlig anders, als Paul es sich vorgestellt hatte, denn sie waren weder mit dem Boot unterwegs gewesen, noch hatte er das Gefühl sich Mia wieder etwas genähert zu haben und nun auch endlich mehr über ihre weiteren Pläne zu wissen.

Mia hingegen war total begeistert und Paul überaus dankbar, sie mit einem solch bemerkenswerten Menschen bekannt gemacht zu haben.

Unentwegt schwärmte sie auf der Rückfahrt von der kämpferischen Sichtweise, die Morten auch trotz seines hohen Alters nicht verloren hatte.

Noch nie hätte sie einen so echten und von seinen Idealen überzeugten Menschen erlebt und fände es, wie Morten eben auch, bedauerlich, dass sich heute viele Mitmenschen dem allgemeinen Trend einer totalitären Wirtschaftlichkeit aller gemeinschaftlichen Bereiche unterwerfen.

Mortens Schilderung der gesellschaftlichen Entwicklung verglich sie mit dem, was sie während ihres

Auslandsaufenthaltes kennengelernt hatte, wo unermesslicher Reichtum auch weitverbreiteter Armut gegenüberstanden.

Paul fiel es jedoch schwer ihren teilweise sehr schnellen Gedankensprüngen zu folgen und fragte sich nun erstmals, ob es wirklich richtig war, dass sie ein Schuljahr im Ausland verbracht hatte.

Andererseits ging es ja gerade darum, eigene Erfahrungen zu sammeln.

Doch die teils radikalen Ansätze, die sie dabei offenbarte, waren nicht das, was er sich für sie gewünscht hatte.

Als sie es sich mit Getränken auf dem Oberdeck der Abendfähre bequem gemacht hatten und Mia während der Überfahrt noch immer von Morten sprach, fühlte Paul sich schließlich dazu gedrängt, die weltanschaulichen Grundsätze von ihm etwas zu relativieren.

„Ich habe Morten schon gesagt, dass eine Monarchie, natürlich in parlamentarischer Form, durchaus etwas Stabilisierendes in einer Gesellschaft haben kann. Gerade in Dänemark scheint dies gut zu funktionieren."

„Meinst du das wirklich?", fragte Mia ungläubig. „Mir erscheint dieses ganze Adels- und Königsgetue, und nicht nur in Dänemark, als so rückwärtsgewandt. Und das Festhalten an traditionellen monarchistischen Strukturen löst doch nicht ein einziges gesellschaftliches Problem."

„Mag sein, aber die Dänen haben sich dafür entschieden und scheinen damit prima klarzukommen. Das sollte man respektieren."

Paul ging an die Reling und verfolgte das Einlaufen in Warnemünde.

Mia schlürfte nachdenklich an Ihrem Kaffee, während sie an der Bordwand des Oberdecks stand und den Sonnenuntergang beobachtete.

„Er ist trotz seiner Ansichten ein bemerkenswerter Mensch“, sagte sie schließlich und stellte sich zu Paul. „Schön, dass du solche Leute triffst. Wenn du ihn noch mal besuchst, würde ich gerne wieder mitkommen. Er kann bestimmt noch etliche spannende Geschichten erzählen.“

„Hatte ich eigentlich nicht so schnell vor“, antwortete Paul umgehend und sah Mia flüchtig an.

„Ich verstehe dich einfach nicht“, erwiderte sie kopfschüttelnd. „Ich denke, ihr könntet euch über viele Dinge austauschen und du bist doch sowieso öfter auf der Insel. Und ihr scheint euch im Geiste doch recht ähnlich zu sein.“

„Mal sehen“, sagte Paul zögerlich und nahm erleichtert die Bordansage auf, dass sie in Kürze in den Überseehafen einlaufen werden. „Komm, lass uns zusammenpacken. Wir sind gleich am Anleger.“

Sie waren die letzten, die das Passagierdeck verließen und Paul ging eilig vorweg.

„Warum bist du nur immer so skeptisch?“, fragte Mia laut und vorwurfsvoll, als sie im Frachtdeck zwischen den bereits startenden Fahrzeugen ihre Fahrräder losmachten. „Nun lädt dich jemand ein und öffnet dir seine Tür und du haust sie gleich wieder zu. Bin gespannt, wann wir uns wegen meiner Ansichten in die Wolle kriegen!“

Paul war etwas erschrocken über Mias Gefühlsausbruch und sah sie verblüfft an.

„Übertreibst du nicht ein bisschen?“

„Nein, ich glaube nicht!“, sagte Mia und verstaute ihre Sachen. „Du solltest endlich mal offener anderen Menschen gegenüber sein und nicht immer so argwöhnisch. Und nimm doch nicht ständig alles so todernst, was andere Leute sagen!“

„Mal sehen", erwiderte Paul nur knapp und klinkte die Lenkertasche ein.

„Mal sehen! Mal sehen!", wiederholte Mia die Worte schon leicht wütend und schüttelte genervt ihren Kopf. „Ich dachte, du hättest inzwischen deinen ständigen Argwohn gegenüber allem und jedem überwunden, aber du wirst dich wohl nicht mehr…"

Zwei Laster warfen die Motoren an und so gingen die letzten Worte im Gedröhne der Maschinen völlig unter.

Paul drehte sich verunsichert zu ihr, doch Mia deutete ihm an, dass sie nicht sprechend gegen den Lärm ankämpfen wolle.

Schweigend fuhren sie nach dem Anlegen der Fähre aus dem Hafengelände.

Erst später, als sie sich verabschiedeten, drückte Mia ihn mit ein paar Worten noch einmal leicht an sich.

„Ich bin trotzdem froh mitgefahren zu sein. Wir können ja mit dem Rad auch mal in Richtung Kühlungsborn fahren. Da wollte ich schon immer mal lang."

„Ja, warum nicht", stimmte Paul sofort zu und war erleichtert, dass Mia nicht weiter über Morten sprach. „Ich schau mal auf die Wetterkarte, ob der Sommer noch so bleibt und melde mich bei dir. Abgemacht?"

„Wäre schön. Ruf mich an."

Mia gab ihm noch einen flüchtigen Kuss auf die Wange und fuhr umgehend los.

Paul sah ihr hinterher und dachte auf dem Heimweg mit einem unguten Gefühl über die Worte von Mia und insbesondere über Morten nach.

In diesem Moment bereute er es Mia mit ihm bekannt gemacht zu haben, denn Ansichten hin oder her, er war sich nun nicht mehr sicher, ob hinter dem Alten wirklich nur ein Rentner steckte, der mit seinem Boot friedlich auf den Guldborgsund zum Angeln hinausfuhr.

10

Nun war also genau das eingetreten, wovor sich Paul am meisten gefürchtet hatte und was er nach Mias Rückkehr eigentlich unbedingt vermeiden wollte.

Anstatt sich ihr wieder vorsichtig anzunähern und ihr das Gefühl zu geben in ihm einen Unterstützer für ihre weiteren Pläne sehen zu können, hatte der Ausflug nur dafür gesorgt, dass sich Teile ihres alten Konfliktes wieder sehr deutlich in den Vordergrund geschoben hatten.

Pauls distanzierte Art anderen gegenüber, die er vor allem seiner schlechten Menschenkenntnis zuschob und für sich als notwendigen Selbstschutz betrachtete, war wohl eher genau das Gegenteil von dem, was Mia sich von ihm erhofft hatte.

So wie sie mit ihrem unvoreingenommenen Naturell in die Welt hinausging und dies auch von den Menschen erwartete, auf die sie ihre Zukunft aufbauen wollte, würde sie ihn wahrscheinlich auch weiterhin nicht mehr als unbedingt nötig an ihrem Leben teilhaben lassen.

Sie hatte ihm ja schon früher unmissverständlich zu verstehen gegeben, dass seine teils verschlossene Mentalität für sie auch eine der Gründe war, warum die Familie zwangsläufig auseinanderfallen musste.

Und seine kurzsilbige Reaktion auf der Fähre musste bei ihr erst recht den Eindruck hinterlassen haben, als wenn sich auch nach diesem einen Jahr nichts daran geändert hatte.

Mias vorwurfsvollen Worte, wie auch ihr sehr emotionales Gespräch mit Morten, klangen bei Paul noch am Montagmorgen äußerst intensiv nach, als er im Büro seinen Laptop hochfuhr und die Rufumleitung seines Telefons von der Rezeption wieder auf sich zurückstellte.

Während er für einen Augenblick gedankenversunken aus dem Fenster schaute, wurde ihm erst richtig bewusst, dass eine gemeinsame Radtour eben nicht ausreichte, um zu Mia wieder ein unbeschwertes Verhältnis aufzubauen.

Möglicherweise wäre es hilfreich, wenn er sie mit Charlotte bekannt machen würde, um wenigstens den äußerlichen Eindruck zu erwecken, dass sich nun auch sein Leben wieder normalisiert hatte.

Die beiden kämen sicherlich gut miteinander aus.

Ja, vielleicht sollten sie mal alle zusammen mit der Fähre übersetzen und einen Tagesausflug nach Kopenhagen machen?

„Hast du einen Moment?"

Paul drehte sich abrupt zur Tür.

„Na klar. Komm rein und setz dich."

Die Reservierungsleiterin lehnte sich jedoch nur erschöpft an den Türrahmen.

„Wir sind mal wieder knapp besetzt und ich habe nicht viel Zeit. Ich habe heute Morgen ein paar Stornierungen reinbekommen. Eine davon ist etwas ungewöhnlich. Du kennst doch den Geschäftsführer Lars Niemann, von der gleichnamigen Metallbaufirma aus Marienehe. Er bucht ja seit langem über den Firmenvertrag immer zwölf Zimmer für seine Kunden zu den Fußballspielen des hiesigen Clubs. Nun hat er alle seine Reservierungen für die kommende Spielzeit storniert. Das ist ein ganz schöner Batzen! Kannst du nochmal nachfragen warum? Es kam nur eine kurze E-Mail von seiner Frau ohne weitere Begründung."

„Eilt das?"

„Du weißt doch wie der Chef tickt. Das Kontingent war bereits fest gebucht und wenn ich es jetzt rausnehme, erscheint gleich ein dickes Minus in der Vorbuchungsstatistik. Ich will nicht gleich wieder bei ihm antanzen müssen, wenn er zum Mittag hier aufkreuzt. Du kannst darauf wetten, dass er sofort wissen will, was wir unternehmen wollen, um das ausgleichen."

Paul blickte kurz auf sein übervolles Ablagefach unerledigter Sachen, sowie auf seinen Terminkalender und dachte mit Sorge an die bisher erfolglose Suche nach einer alternativen Eventlokation für die Ausbuchungen.

Die Zeit lief ihm ohnehin stetig davon und zusätzliche Arbeit konnte er nun wirklich nicht gebrauchen.

„Du hattest mit Herrn Niemann wohl auch vertraglich eine kostenfreie Stornierung vereinbart", fügte die Reservierungsleiterin noch vorsichtig hinzu.

Paul sah in ihre müden Augen und verstand sofort, dass er sich selbst um diese Angelegenheit kümmern musste, wollte er nicht in einen weiteren Konflikt mit seinem Direktor geraten.

Dass er mit den Firmenkunden derartige Sondervereinbarungen abschloss, war dem Direktor ohnehin seit langem ein Dorn im Auge und er würde kaum auf einen solch erheblichen Betrag verzichten wollen.

„Gut", sagte er kurzerhand. „Schick mir die E-Mail rüber. Ich sehe zu, was ich machen kann. Das könnte aber etwas dauern. Ich halte dich auf dem Laufenden."

Schon beim ersten Wort hatte sich die Reservierungsleiterin lächelnd umgedreht und so konnte ihr Paul die letzten Worte nur noch hinterherrufen.

Das „Dankeschön" hallte schon wenig später vom Ende des Flurs zurück und kurz darauf hatte er die E-Mail in seinem Postfach.

Lars Niemann kannte er schon sehr lange, wenngleich auch nur äußerst oberflächlich.

Er war in seinem Alter und wie sich irgendwann herausgestellt hatte, verbrachten sie ihre Armeezeit Anfang der achtziger Jahre gleichzeitig in Stralsund.

Lars allerdings nicht so wie Paul beim technischen Dienst der Marineflieger, die dort früher stationiert waren, sondern im Ausbildungsbereich der danebenliegenden Marineschule.

Somit hatten sie immer einen Aufhänger für ihre Gespräche, insbesondere wenn sie sich einmal im Jahr zusammensetzten, um die Zimmerpreise für die Firma von Lars und seiner engsten Geschäftspartner auszuhandeln, die er zu allen Spielen des Fußballclubs einlud.

Und war Lars vor den Spielen im Hotel, so ließ er es sich auch nicht nehmen, sich wenigstens noch auf einen Kaffee mit ihm zu treffen.

Da Paul sich nicht für Fußball interessierte, hatte Lars es schon nach einem Versuch aufgegeben ihn mit Freikarten für die VIP-Lounge zu günstigeren Zimmerpreisen zu überreden.

Trotz dieses anfänglichen Bestechungsversuches kamen sie gut miteinander aus und Paul wusste, dass auch die Partner von Lars das Haus zu schätzen wussten.

Umso mehr wunderte sich Paul darüber, dass nun alle Vorbuchungen zurückgenommen wurden.

Er überschlug kurz, welcher Betrag dem Hotel für die stornierten Zimmer entgehen würde und wählte etwas zögerlich die Nummer von Lars, doch er musste sehr lange warten, bis jemand den Hörer abnahm.

„Metallbau Niemann", meldete sich endlich eine schnellatmende Frauenstimme.

„Hotel am Kröpeliner Tor, Paul Wanka. Guten Tag. Ich würde gern mit Lars Niemann sprechen?"

„Mein Mann ist zurzeit nicht erreichbar. Worum geht es?"

Paul konnte sich nicht daran erinnern, in all den Jahren schon einmal mit der Frau von Lars gesprochen zu haben.

Lediglich eine kurze Begegnung fiel ihm ein, als Gitta Niemann selbst einmal mit den Frauen ihrer Geschäftspartner in der Hotellobby stand.

Sie wirkte mit ihrer schlanken Figur und den langen blonden, leicht gewellten Haaren auf ihn äußerst elegant und es fiel Paul zunächst ein wenig schwer sich vorzustellen, dass sie und Lars, der mit seiner kräftigen Statur und seinem weltgewandten Auftreten ebenfalls stets im Mittelpunkt des Geschehens stand, ihr gemeinsames Arbeitsleben in einer größeren Schlosserwerkstatt verbrachten.

Aber anscheinend hatten sie sich beide damit arrangiert.

Zudem beeindruckte es Paul bei den Begegnungen immer wieder, dass sich Lars trotz seines offensichtlich geschäftlichen Erfolges eine bemerkenswerte Bodenständigkeit bewahrt hatte, die er zumindest ihm gegenüber deutlich erkennen ließ.

„Nun, wir bedauern es sehr, dass Sie die bereits gebuchten Zimmer bei uns für die komplette Spielsaison storniert haben. Ich hoffe es liegt nicht an unserem Haus."

Es wurde für einen Moment still am Telefon und der Atem von Gitta Niemann wurde etwas ruhiger.

„Nein, das nicht. Aber, mein Mann hatte einen Unfall und ich kann noch nicht sagen, ob er in diesem Jahr noch auf ein Zimmerkontingent zurückgreifen wird."

„Das tut mir außerordentlich leid", sagte Paul betroffen und rückte auf seinem Bürosessel ein Stück nach vorn. „Ich hoffe es ist nichts Ernsthaftes passiert? Ich kann mich auch in ein paar Tagen noch einmal melden. Wann wird er denn wieder in der Firma sein?"

Gitta Niemann schien kurz zu überlegen, was sie Paul weiter antworten sollte, dann atmete sie einmal hörbar durch.

„Sie haben es vielleicht in der Zeitung gelesen. Es gab vor einigen Tagen einen Unfall auf der Fähre nach Gedser. Ein Fahrzeug geriet dort in Brand. Mein Mann fuhr das Unglücksfahrzeug. Er liegt schwerverletzt auf der Intensivstation."

„Das war Ihr Mann?", rief Paul entsetzt und zuckte zusammen.

„Ja", sagte Gitta Niemann leise. „Ich denke Sie werden Verständnis für die Stornierung haben, oder?"

„Aber ja doch! Aber natürlich!", sagte Paul noch etwas verwirrt. „Ich meine, es ist verrückt! Ich war auch auf der Fähre. Ich habe das direkt miterlebt, wusste aber nicht, wer dort verunglückt ist. Ich bedauere das mit Ihrem Mann wirklich aufrichtig. Wir kennen uns ja schon über sehr viele Jahre. Hätte ich das vorher gewusst, hätte ich Sie wegen der Zimmer gar nicht angerufen. Es tut mir wirklich außerordentlich leid."

„Sie waren mit auf der Fähre?", frage Gitta hörbar interessiert. „Dann wissen Sie wahrscheinlich besser als ich, was dort genau passiert ist. Ich habe immer noch keine Vorstellung davon, wie es überhaupt zu diesem Unfall kommen konnte. Die Ermittlungen der Polizei laufen noch und ich erfahre kaum etwas von denen."

Paul überlegte einen Moment.

Es war sicherlich das Beste, dies nicht weiter am Telefon zu besprechen.

„Nun, ich kann heute Nachmittag vorbeikommen, dann erzähle ich Ihnen, wie ich das Unglück erlebt habe."

„Ja, das wäre mir sehr recht", willigte Gitta Niemann sofort ein. „Ich bin rund um die Uhr hier. Kommen Sie, wann immer es Ihnen möglich ist."

„Gut. Dann bin ich gegen siebzehn Uhr bei Ihnen."

11

Paul brauchte nur ein paar Minuten vom Hotel bis zur Firma von Lars Niemann im Gewerbegebiet von Marienehe.

Er versuchte sich unterwegs noch einmal an den genauen Hergang des Unglücks zu erinnern, doch er musste feststellen, dass ihm schon bei einigen Details Zweifel kamen, ob er sie wirklich so wahrgenommen hatte oder ob er nun möglicherweise anfing Bestandteile aus vorangegangenen Überfahrten in diesen Vorfall hineinzuinterpretieren.

Es erstaunte ihn schon, wie schnell selbst derart gravierende Ereignisse vom Alltagsgeschehen überlagert wurden und die Erinnerungen daran flugs anfingen zu verschwimmen.

Als er am späten Nachmittag auf das Firmengelände fuhr, sah er Gitta Niemann mit mehreren Monteuren vor einigen Materialpaletten stehen.

Es machte auf ihn den Eindruck, als wenn sie ihn sofort erkannt hätte, denn sie winkte ihm kurz zu und vertiefte sich dann noch einmal in das Gespräch mit ihren Mitarbeitern.

Urplötzlich drehte sie sich danach um und steuerte direkt auf Paul zu, der bereits ausgestiegen war und neben seinem Wagen wartete.

„Sie müssen entschuldigen. Es geht gerade etwas hektisch bei uns zu. Kommen Sie mit rein."

Paul drückte ihre Hand und sah ihr an, dass sie etliche schlaflose Nächte hinter sich haben musste.

Da er mit Lars immer alle Absprachen im Hotel getroffen hatte, war es nun das erste Mal, dass er dessen Büro betrat.

Es wurde wohl hauptsächlich von ihm genutzt, denn es gab gleich neben der Tür nur einen kleineren Schreibtisch mit einem wuchtigen Bürosessel dahinter.

Dafür war die lederne Couchecke in dem hinteren Teil des langgezogenen Raums umso größer und aufgeschlagene Arbeitsunterlagen und Ordner auf dem Tisch ließen darauf schließen, dass Lars hier alle wichtigen Dinge der Firma abhandelte.

Die vielen Flaschen recht teuren Whiskys auf einem antiken Sideboard und ein leicht überdimensionierter Fernseher deuteten zugleich darauf hin, dass er an manchen Tagen hier wohl durchaus auch länger verweilte.

Dieses etwas protzige Interieur passte zu dem Mann, den Paul als solchen auch manchmal erlebt hatte, gerade wenn er im Hotel in der Runde seiner Geschäftspartner stand.

Dass Lars dort anders auftrat als in den Stunden in denen er mit Paul zusammensaß, war eben ein Teil seines Geschäftslebens, und wer konnte es ihm verdenken, dass er den Erfolg seiner Arbeit vor seinen Partnern wie auch in der eigenen Firma offen zur Schau stellte.

„Möchten Sie einen Kaffee oder Cappuccino?"

Paul wollte nicht unhöflich sein und nahm dankend einen Kaffee an.

„Gut, dass wir ein paar tüchtige Leute hier haben", sagte Gitta, während sie zwei Untertassen und einen Teller mit Keksen auf den Tisch stellte, „sonst käme ich in arge Schwierigkeiten. Wir sind ja nur eine relativ kleine Firma. Das mit meinem Mann kam wirklich im ungünstigsten Augenblick."

Sie stellte eine Tasse in den Kaffeeautomaten und hielt dann kurz inne.

„Was ich nur erzähle!", sagte sie verlegen an Paul gewandt. „Wann ist so etwas schon günstig?"

„Ich möchte nochmals mein Bedauern ausdrücken, Sie in einer solchen Situation mit meiner Nachfrage konfrontiert zu haben", entschuldigte sich Paul. „Es ist ein übliches Verfahren bei uns, wenn Gäste alle Vorbuchungen stornieren, gerade wenn es sich um Stammgäste handelt. Wir wollten einfach sichergehen, dass es nicht an uns gelegen hat."

„Aber nicht doch", winkte Gitta mit einem verständnisvollen Lächeln ab und stellte Paul den Kaffee hin. „Lars hatte sich immer sehr auf die Spiele gefreut und war mit seinen Partnern gerne in Ihrem Haus. Ich war ja auch ab und zu mit. Aber momentan ist nicht abzusehen, wie es weitergeht und so musste ich erst einmal alles absagen. Möglicherweise werden unsere Geschäftspartner für sich selbst noch Zimmer bei Ihnen buchen, wenn sie zu den Spielen herkommen. Die Konditionen bleiben doch auch für sie bestehen, so wie mit uns vereinbart?"

„Aber ja", versicherte Paul. „Am besten wäre es, wenn Sie Ihre Partner direkt an mich verweisen."

Gitta nahm ihren Cappuccino aus dem Automaten und setzte sich zu ihm.

„Ich kann mir den Unfall immer noch nicht erklären", sagte sie und hing für einen Moment ihren Gedanken hinterher, so dass es plötzlich still im Büro wurde.

„Wie geht es Ihrem Mann?", fragte Paul mitfühlend. „Sie sagten, er liegt auf der Intensivstation?"

Gitta hob die Tasse an, setzte sie aber sofort wieder ab ohne einen Schluck getrunken zu haben und rieb sich einmal erschöpft übers Gesicht.

„Er hat sehr schwere Verbrennungen und innere Verletzungen. Sie haben ihn ins künstliche Koma versetzt. Und er hatte ja auch schon immer mit dem Herzen zu tun und zudem seit Jahren Bluthochdruck. Das kommt nun noch dazu. Irgendwann musste ja was passieren!"

Paul entging nicht, wie sie mit den Tränen kämpfte.

„Ich habe das auf der Fähre kaum richtig mitbekommen“, sagte er eilig und stellte seine Tasse hin. „Es ging alles so unglaublich schnell. Ich war schon auf dem Weg zum Treppenaufgang, als ein grelles Pfeifgeräusch durchs Frachtdeck zog. Unmittelbar darauf schoss eine Stichflamme mit einem heftigen Knall aus dem Transporter und der dichte Rauch nebelte die Unglücksstelle sofort ein. Auch war die Sicht teilweise durch andere Fahrzeuge verdeckt. Ich habe mich dann noch um einen alten Mann gekümmert und bin mit ihm über die Heckrampe rausgerannt, die ja noch geöffnet war, und habe das, was dann im Schiff bis zur Löschung des Brandes passierte, gar nicht richtig verfolgen können. Alles geschah ja binnen weniger Minuten.“

Für einen kurzen Moment überlegte er, ob er ihr in irgendeiner Form von dem Verdacht erzählen sollte, dem die Behörden bei ihren Ermittlungen hinterhergingen, aber wahrscheinlich würde sie damit kaum etwas anfangen können und er müsst ihr dann sicherlich auch erklären, wie er an diese Informationen gelangt war.

„Konnte denn die Polizei schon irgendetwas Konkretes sagen?“

„Ha!“, lachte Gitta lakonisch auf. „Die haben mir bisher überhaupt nichts gesagt! Ich erwähnte ja schon am Telefon, dass die Herren sich sehr bedeckt halten. Unser Firmenwagen, samt Inhalt, bleibt auch erst mal bei Ihnen, bis die Untersuchungen abgeschlossen sind. Was daran so lange dauert, wollten mir die Herren allerdings nicht verraten. Für uns ist das insofern ein Desaster, da in dem Transporter Spezialteile liegen, für die Reparatur von Dampfaggregaten. Das war eine Terminsache. Nun müssen wir einige Teile noch einmal anfertigen und alles schnellstmöglich ausliefern. Gut, dass die Jungs mitziehen und jeden Tag Überstunden machen.“

„Ich kannte Lars immer nur in seinem schwarzen Coupé, wenn er zu uns kam. In einem Transporter habe ich ihn nie gesehen. Deshalb habe ich ihn auf der Fähre auch nicht erkannt."

Gitta nickte ihm verständnisvoll zu.

„Wir arbeiten schon seit Jahren auch für die Zuckerfabrik in Nyköbing. Ich weiß nicht, ob Sie die kleine Stadt auf der dänischen Seite kennen."

„Ja, ja. Die kenne ich. Ich bin auch ab und zu auf der Insel. Auch die Zuckerfabrik vor der Brücke über den Guldborgsund ist mir bekannt."

„Dort ist ja jetzt Kampagnenpause", fuhr Gitta fort, „und diverse Maschinen- und Anlagenteile müssen in einer sehr kurzen Frist instandgesetzt werden. Wir haben für unsere Arbeiten immer nur ein kleines Zeitfenster, und uns drohen erhebliche Vertragsstrafen, sollten wir nicht rechtzeitig fertig werden. Diese Reparaturen machen wir aber schon seit vielen Jahren und sind damit eingespielt. Bisher hat es immer geklappt. Für ältere Anlagenteile drehen und fräsen wir allerdings schon mal das eine oder andere Teil selbst. Doch genau diese Sonderanfertigungen liegen nun im Transporter bei der Polizei und wir kommen da nicht ran. Die weigern sich vehement vor Abschluss der Untersuchungen irgendetwas herauszugeben. Also müssen wir ein paar Sachen noch einmal anfertigen. Das wird für uns nun wirklich alles sehr eng."

Nachdenklich rührte sie in ihrem Cappuccino.

„Lars hatte sich in den letzten Monaten einfach viel zu viele Aufträge übernommen. Er hätte eben auch mal nein sagen sollen."

„Er wollte die Teile selber ausliefern?", fragte Paul verwundert.

„Ja. Er wollte das selber rüberbringen und noch am Wochenende einiges davon einbauen", bestätigte Gitta leise die Frage, wobei Paul die Unsicherheit in ihren Worten spürte.

„Ich wusste gar nicht, dass er noch selber auf Montage geht. Hat er das öfter gemacht?"

„Nein, nein", wehrte Gitta sofort energisch ab und sah ihn an. „Früher war er zwar öfter mit unterwegs, aber das geht natürlich schon lange nicht mehr, obwohl er ab und zu hier in der Werkstatt noch selbst etwas mit anpackt. Gerade bei neuen Aufträgen. Insbesondere wenn es um Anlagen geht, an denen getüftelt werden muss ist er gerne dabei. Ansonsten fährt er nur zur Abnahme mit raus. Aber diesmal standen wir mächtig unter Zeitdruck, da einige unserer Leute noch mit anderen Projekten beschäftigt waren und wir in Nyköbing mit einer kleineren Mannschaft als sonst gearbeitet haben. Auch stellte Lars erst vor Ort fest, dass die Arbeiten diesmal umfangreicher sein würden. Wir hätten eigentlich zusätzliche Leute benötigt, aber es war in so kurzer Zeit einfach unmöglich spezialisiertes Personal zu bekommen. Wir hatten uns vielleicht wirklich zu viel aufgebürdet. Aber wer rechnet auch damit, dass gerade bei solchen Standardaufträgen etwas schieflaufen könnte."

Sie stand auf und holte sich noch ein Glas Wasser. „Lars wollte in der Zuckerfabrik keinerlei Risiko eingehen. Außerdem war ich für ein paar Tage mit einer alten Studienfreundin unterwegs und da er ohnehin alleine war, hatte er sich dazu entschieden, einiges am Wochenende selber zu machen und auch gleich noch Material und Ausrüstung mitzunehmen, die wir für ein anderes Projekt dort benötigen."

Sie schaute durch das Bürofenster zu ihren Mitarbeitern, die schwere Metallteile auf Paletten befestigten.

„Die Jungs hätten das sonst auch machen können. Sind alles erfahrene Schlosser. Aber diesmal hatte er sich eben entschieden einige Bauteile selbst zu montieren."

Das Gespräch wurde abrupt durch ein Telefonat unterbrochen, welches Gitta in ihr Arbeitszimmer umleitete und Paul kurz alleine ließ.

Er stand auf und sah sich im Büro um, an dessen langen Wänden wenigstens einhundert größere Fotos von Industriebauten und Schiffsmontagen hingen.

Zudem schmückten mehrere Urkunden und zwei Glasvitrinen mit Pokalen die Wand.

Das Ganze erweckte fast den Eindruck einer Trophäensammlung und es waren offensichtlich Aufnahmen all jener Projekte an denen die Firma mitgearbeitet hatte.

Ein Foto sah er sich genauer an und er war sich schließlich sicher, dass es die Zuckerfabrik in Nyköbing sein musste, an der er schon öfter vorbeigefahren war.

Auch mehrere Gruppenfotos mit Schlossern vor gewaltigen Stahlkonstruktionen waren dabei, die Paul allerdings nur flüchtig betrachtete.

Plötzlich wurde die Tür aufgerissen.

„Ist die Chefin da?“

Paul drehte sich von den Bildern weg und sah zu einem Monteur, der seinen Schutzhelm abnahm und die Tür leicht gebeugt offenhielt, wobei er darauf achtete nicht mit seinen von Roststaub überzogenen Schweißerstiefeln den Boden zu betreten.

Paul wollte gerade auf die andere Bürotür hinweisen, als diese aufging und Gitta ihrem Mitarbeiter mit dem Daumen anzeigte, dass sie in einer Minute für ihn da wäre, während sie weiter telefonierte.

Sie ließ ihre Tür offen und Paul hörte noch, wie sie sich von ihrem Gesprächspartner verabschiedete.

„Tut mir leid“, sagte sie, nachdem sie kurz darauf wieder bei ihm war. „Das da draußen kann leider nicht warten. Die Jungs müssen los. Können wir unser Gespräch vielleicht ein anderes Mal fortsetzen?“

„Aber natürlich. Ich danke Ihnen wirklich für Ihre Zeit", sagte Paul und schnappte sich umgehend seine Mappe. „Ich wünsche Ihrem Mann baldige Genesung und ich melde mich in Kürze wieder."

„Sollten Sie zufällig noch etwas über das Unglück auf der Fähre erfahren, kommen Sie ruhig vorbei", bot Gitta ihm noch an und reichte ihm die Hand.

„Das mache ich auf jeden Fall. Und soweit es möglich ist, bestellen Sie Ihrem Mann meine besten Grüße."

*

Paul ließ sich auf der Rückfahrt viel Zeit und rief sich die wenigen Begegnungen mit Lars im Hotel ins Gedächtnis, wobei er ihn stets mehr als genießenden Lebemann, denn als Schlosser wahrgenommen hatte.

Schon seine feinen und sichtbar teuren Anzüge unterschieden sich erheblich von Pauls schwarzer Polyesterbekleidung, die er selbst lediglich als ein Pflichtteil seiner Arbeit ansah.

Für Lars war Garderobe ein wichtiges Statussymbol.

Insofern fiel es Paul äußerst schwer sich vorzustellen, dass Lars eigenhändig mit einem Maulschlüssel oder einem Schweißgerät durch die Zuckerfabrik in Nyköbing ziehen und Anlagenteile montierten wollte.

Zwar hatte Paul nun eine Erklärung für die Stornierung der Zimmer, aber Gittas Rechtfertigung, warum Lars die Arbeiten alleine ausführen wollte, erschien ihm doch etwas dürftig.

Sollte er wirklich so wenig Vertrauen in seine eigenen Leute gehabt haben, dass er das unbedingt selber erledigen musste?

Und dies zudem auch noch an einem Wochenende?

Je, mehr er darüber nachdachte, umso mehr beschlich ihn das ungute Gefühl, als wenn auch Gitta Niemann sich über die wahren Beweggründe ihres Mannes nicht völlig im Klaren war.

Und plötzlich rückte ihm ein Detail ins Bewusstsein, dem er bisher kaum Beachtung geschenkt hatte.

Da das Fahrzeug von Lars als eines der ersten in das Frachtdeck einfuhr und nur wenige Meter von ihm entfernt abgestellt wurde, hätte es ihm doch gleich auffallen müssen, dass niemand aus dem Wagen stieg.

Dennoch konnte er sich nur daran erinnern, dass die anderen Passagiere ihre Autos verschlossen und, so wie er eben auch, auf dem Weg zu den oberen Decks waren.

Auch schien er sich sicher zu sein, dass niemand vom Beifahrersitz ausgestiegen war, was wiederum Gittas Aussage bestätigen würde, dass Lars alleine unterwegs war.

Allerdings hätte Lars doch auch ihn sehen müssen, es sei denn, er hätte ihn in seiner Fahrradkleidung und mit Basecap nicht erkannt.

Noch einmal versuchte Paul in Gedanken alles zu rekonstruieren, wie er in das Deck einfuhr und was er dort alles wahrgenommen hatte.

Doch zu sehr hatte er sich mit der Befestigung seines Fahrrads beschäftigt und auch ein wenig mit Mortens wackliger Einfahrt, als dass er um sich herum alles genau registriert hätte.

Nicht einmal die schwarzen Limousinen der dänischen Botschaft waren ihm ja zu diesem Zeitpunkt aufgefallen, obwohl sie unmittelbar neben oder hinter dem Transporter gestanden haben mussten.

Was war ihm nur in den wenigen Minuten zwischen der Einfahrt der Fahrzeuge und seinem Gang zum Oberdeck entgangen?

Und warum zogen sich die Untersuchungen an dem Transporter eigentlich so lange hin?

12

Paul konnte sich nicht daran erinnern schon einmal einen solchen Aufmacher in der Lokalzeitung gesehen zu haben, der eher für ein effekthaschendes Boulevardblatt geeignet war als für ein halbwegs seriöses Tagesblatt, und der ihm gleich am frühen Mittwochmorgen, noch lange vor Dienstbeginn, das Gespräch mit Gitta Niemann wieder ins Gedächtnis zurückrief.

Und es war nicht nur die äußerst eigenwillig gestaltete Schlagzeile, sondern auch die weiterführenden Artikel, die Paul so sehr in den Bann zogen, dass er seine Bürotür wieder schloss und das Telefon auf die Rezeption umstellte.

Quer über der Titelseite loderte in einem untergehenden Boot ein riesiger Stapel brennender Geldscheine und der aufsteigende Rauch schrieb die Zahl von 270 Millionen Euro in den mit dunklen Gewitterwolken durchzogenen Ostseehimmel.

Es war genau jene Summe, mit der das Land für den Fall der Insolvenz der Stralsunder Werft gebürgt hatte und die nun auch eingefordert werden sollte, nachdem dieses Desaster ja wirklich eingetreten war.

Angesichts zahlreicher Pleiten, denen alle größeren Werften des Landes im Laufe der Nachwendejahre ausgesetzt waren, hatte diese Art der Suche nach Aufmerksamkeit aber wohl durchaus ihre Berechtigung.

Schließlich liefen die Zusammenbrüche der Firmen fast immer nach dem gleichen Muster ab, ohne dass daran noch jemand Anstoß nahm, und man konnte darauf warten, dass auch die Betriebe in Rostock und Wismar bald wieder auf der Liste des Insolvenzverwalters stehen würden.

Es war beinahe zur Gewohnheit geworden, dass die Schiffbaubetriebe im Norden immer nur ein paar Jahre stabil liefen, bis sie durch irgendein Ereignis erneut in die Knie gezwungen wurden.

So wirkte dieses von Untergangsstimmung geprägte Bild nun wie ein greller Hilfeschrei.

Auf einer Doppelseite im Innenteil wurde dann auch ausführlich über die Entwicklung der Schiffbauindustrie seit Anfang der neunziger Jahre berichtet und aufgelistet, wie viele hunderte Millionen Euro bereits an Subventionen, sowohl von der EU als auch vom Land, durch diverse Pleiten, massiven Betrug und Korruption vernichtet wurden.

Hinzu kamen die Auswirkungen der Finanzkrise, die zuerst die Reeder und infolgedessen auch die Werften ins Strudeln brachten.

Auch ständig wechselnde und teils sehr fragwürdige Investoren, die mit vollmundigen Versprechungen angetreten waren und von lokalen Politikern hofiert wurden, hatten diesen Prozess nicht aufhalten können, sondern den allgemeinen Niedergang des Schiffbaus eher noch beschleunigt.

Die Insolvenz der Stralsunder Werft war für den Verfasser des Artikels folglich die Konsequenz einer völlig verfehlten maritimen Wirtschaftspolitik und somit auch in ihrer Gnadenlosigkeit unausweichlich.

Deren Auswirkungen seien allerdings gleich so massiv auf die Werft eingestürzt, da nicht nur alle Arbeiten an den laufenden Projekten abrupt zum Erliegen kamen, sondern sich dadurch auch zukünftige Schiffsprojekte umgehend in Luft auflösten.

Fast auf einen Schlag hatten verschiedenste Reedereien sämtliche Neubauaufträge storniert.

Sie hätten der Werft über mehrere Jahre hinweg Vollbeschäftigung garantiert.

Übrig blieben in den Auftragsbüchern somit nur die beiden halbfertigen Fähren, die für die Route von

Rostock nach Gedser bestimmt waren, sowie zwei Schiffe die im staatlichen Auftrag gefertigt werden sollten und deren Rohbausektionen bereits die Werfthallen füllten.

Doch selbst hier war man sich auch nicht mehr sicher, ob die Kreditgarantien aufrechterhalten werden konnten, um sie zu Ende bauen zu können.

Es verblüffte Paul allerdings, als er las, dass nun auch an den zwei Fähren nicht weitergearbeitet werden sollte, obwohl sie bereits am Ausrüstungskai lagen und eine davon sogar schon eine Probefahrt absolviert hatte.

Aufgrund eines angeblich viel zu hohen Eigengewichts weigerte sich die Reederei plötzlich die Schiffe abzunehmen.

Folgte man ihrer Einschätzung, müsste sie die Transportkapazität stark verringern, um damit überhaupt in die Häfen einlaufen zu können, was einen wirtschaftlichen Betrieb wiederum komplett ausschloss.

Es war ja allgemein bekannt, dass die flachen Gewässer rund um den Gedser Hafen schon den jetzigen Fähren oft zu schaffen machten und das Anlaufen bei Niedrigwasser nicht möglich war.

Viele Überfahrten mussten daher bei extremen Wetter und ungünstigen Wasserständen gestrichen werden.

Sogar erfahrenen Seglern mit ihren wesentlich kleineren Booten waren die flachen Gewässer und die nahen Sandbänke ja schon zum Verhängnis geworden.

Insofern war es nachvollziehbar, dass die Reederei die Schiffe mit zu großem Tiefgang nicht übernehmen wollte.

Nach den monatelangen Verzögerungen beim Bau besiegelte diese Entscheidung nun allerdings auch das endgültige Aus der Werft.

Ob überhaupt jemals die Montage auf den Schiffen fortgesetzt werde, dazu mochte sich der Insolvenzverwalter noch in keinster Weise festlegen.

Paul schüttelte beim Lesen verständnislos den Kopf, denn das hieß, dass er weiterhin mit den maroden Fähren auf die dänische Seite übersetzen musste.

An entspannte Überfahrten, die man wie eine kleine Seereise genießen konnte, war vorerst also nicht zu denken.

Doch noch intensiver beschäftigte ihn beim Weiterlesen ein anderer Artikel, der sich mit der Pannenserie der alten Fähren auseinandersetzte und in dem darüber spekuliert wurde, wie lange diese noch durchhalten würden.

Maschinenausfälle, blockierte Ruderanlagen und unzählige technische Probleme an Inneneinrichtungen und Sicherheitsanlagen wurden hier aufgezählt.

Möglicherweise durch Lokalpatriotismus getrieben, warf der Verfasser des Artikels dann auch die Frage auf, ob dies nicht ein gewichtiger Anlass für die Reederei wäre, doch noch einmal über die Abnahme der beiden im Bau befindlichen Stralsunder Schiffe nachzudenken.

Denn zu den vielen technischen Provisorien, mit denen der laufende Betrieb auf den völlig veralteten Fähren über der Ostsee notdürftig aufrechterhalten wurde, kämen gefährliche Zwischenfälle hinzu, die insbesondere von den zu transportierenden Fahrzeugen ausgingen.

Gerade wieder sei es zu einem Brand eines Transporters gekommen, der zu einer weit schlimmeren Katastrophe hätte führen können, wäre er auf offener See und bei voller Ladung ausgebrochen.

Leider lagen noch keine Untersuchungsergebnisse der Polizei vor, so dass man vorerst sowohl von einem technischen Defekt als auch von einer vorsätzlichen Tat ausgehen musste.

Letzteres schrieb man vor allem dem Umstand zu, dass der Fahrer des Fahrzeuges mit seiner Firma durch die Insolvenz der Stralsunder Werft selbst in große finanzielle Schwierigkeiten geraten war und nun mit seiner Firma ebenfalls ums Überleben kämpfte.

Als Zulieferer hatte er schon seit Monaten nicht nur umfangreiche finanzielle Zugeständnisse an die Werft gemacht, sondern sogar auf Teile seiner Forderungen verzichtet und würde nun durch deren Konkurs endgültig auf hohen offenen Rechnungen sitzen bleiben.

Darüber, dass er die Werft nur weiterbeliefert hatte, weil ihm Verantwortliche im Wirtschaftsministerium versichert hätten, dass es durch Landesbürgschaften niemals zu einem Aus für die Werft kommen werde, wurde auch schon in einer früheren Ausgabe der Zeitung berichtet.

Bekanntermaßen hatten diese Garantien das Fiasko jedoch nicht verhindern können und dennoch wurden seine nun gemachten Ansprüche, auch gegen das Land, als nicht gerechtfertigt abgewiesen.

Somit könne selbst eine Verzweiflungstat nicht gänzlich ausgeschlossen werden, um der Reederei, die er als einen Verursacher der ganzen Misere angesehen haben könnte, oder auch sich selber Schaden zuzufügen.

Paul musste sich den Artikel erst ein zweites Mal durchlesen, um zu begreifen, dass damit die Firma von Lars gemeint war und was hiermit angedeutet wurde.

Er schlug die Zeitung zu und holte sich aus der Kantine einen Grünen Tee.

Unterwegs fragte er sich, worauf diese mutmaßliche Annahme der Zeitung wirklich beruhen mochte und was sie mit einer „Verzweiflungstat“ nun genau meinen könnte, denn dies wurde in dem Artikel nicht weiter erläutert.

Wenngleich er keine voreiligen Schlüsse ziehen wollte, nährten diese fragwürdigen Zeilen dennoch Pauls Befürchtungen, dass hinter der Fahrt von Lars eventuell doch mehr gesteckt haben könnte, ja, dass er die Montage in der Zuckerfabrik von Nyköbing nicht deshalb allein durchführen wollte, weil er möglicherweise unter Zeitdruck stand oder selbst einmal wieder Hand an einen Auftrag anlegen wollte.

Es musste für ihn schon einen triftigeren Grund gegeben haben.

Doch konnte man wirklich annehmen, dass Lars der Reederei, so wie es im Artikel ausgedrückt wurde, Schaden zufügen oder salopp gesagt ihr eins auswischen wollte?

Gitta Niemann direkt daraufhin anzusprechen erschien ihm angesichts des Zustandes von Lars als etwas respektlos und unangebracht.

Allerdings war sie momentan die Einzige, die den Behauptungen etwas entgegensetzen könnte.

Mit dem Öffnen der anderen Bürotüren wurde Paul aus seinen Überlegungen gerissen, doch bei den Veranstaltungsabsprachen und Kundentelefonaten, in die er tagsüber eingebunden war, ging ihm der Zeitungsartikel immer wieder durch den Kopf.

Es fiel ihm dabei jedoch zunehmend schwerer sich vorzustellen, dass Lars den Brand absichtlich ausgelöst haben könnte.

Zu souverän und zu besonnen hatte er ihn stets erlebt, als dass er sich zu solchen Aktionen hinreißen lassen würde.

So etwas entsprach einfach nicht seinem Stil.

Aber wer konnte schon mit Sicherheit sagen, wie ein Mensch reagieren würde, wenn ihm das, was er über viele Jahre hinweg aufgebaut hatte, durch Missmanagement anderer zunichtegemacht wurde und er urplötzlich vor dem Nichts und einem riesigen Berg Schulden stand.

Paul war sich zudem bewusst, dass er Lars viel zu wenig kannte, um genau einschätzen zu können, wozu dieser in einer solchen existenzbedrohenden Situationen imstande wäre.

Am Nachmittag überflog er noch einmal den Bericht und sah für eine Weile gedankenversunken aus dem Fenster.

Erstmals überkam ihn das ungute Gefühl, dass sich das, was er als tragischen aber dennoch relativ kleinen Unfall auf der Fähre wahrgenommen hatte, immer weiter ausdehnen würde.

Etwas zögerlich nahm er daher den Telefonhörer in die Hand und wählte Gitta Niemanns Nummer.

Als er ihre tränenerstickte Stimme vernahm, war ihm klar, dass auch sie die Zeitung gelesen haben musste und möglicherweise schon mit seinem Anruf gerechnet hatte.

Kurzzeitig überlegte er, ob er in dieser angespannten Situation den Dingen wirklich weiter auf den Grund gehen sollte, aber er spürte, dass zu viele Fragen offenblieben, die ihn weiterhin beschäftigen würden.

„Können wir uns noch einmal unterhalten?"

Gitta schnäuzte einmal leise ins Taschentuch. „So sind eben Zeitungsschreiber. Deswegen rufen Sie doch an oder?"

„Ich werde aus dem Artikel nicht so richtig schlau", wich Paul aus.

„Am Telefon lässt sich schlecht darüber sprechen", sagte Gitta zögerlich. „Wäre es Ihnen möglich hierherzukommen? Dann kann ich Ihnen das Ganze etwas ausführlicher und genauer erklären."

„Ja. Natürlich. Ich schaff das allerdings frühestens gegen achtzehn Uhr. Passt Ihnen das?"

„Ich sagte ja, dass ich rund um die Uhr da bin. Dann sind auch die meisten meiner Leute hier vom Hof und wir haben etwas mehr Ruhe."

*

Paul fuhr am Abend durch den Fischereihafen nach Marienehe und schaute nebenbei in die Zeitung, die auf dem Beifahrersitz lag.

Wenngleich er zugeben musste, dass der Artikel über die Werften gut recherchiert war, konnte er kaum glauben, dass die finanzielle Situation der Firma von Lars und Gitta Niemann wirklich so prekär war, wie sie dargestellt wurde.

Bei seinem Besuch am Montag hatte er ja einen ganz anderen Eindruck gewonnen und Gitta hatte ihm ja auch bestätigt, dass sie mehr als genug zu tun hatten und bei den laufenden Projekten sogar eher noch Leute eingestellt hätten.

Selbst wenn es möglicherweise mit den Finanzen etwas eng geworden war, hätte Lars das sicherlich anders gelöst, als seinen Transporter anzustecken.

Wer ihn nicht kannte, würde es sich vielleicht nicht vorstellen können, aber Paul war davon überzeugt, dass Lars in kritischen Situationen selbst die Ärmel hochkrempeln und kräftig mit anpacken konnte.

Bei ihren Treffen hatte er ihm ja so manch unglaubliche Geschichte erzählt, die er mit seiner Firma schon durchlebt hatte und die ihn sicherlich wesentlich mehr gefordert hatten, als die insolvenzbedingten Verzögerungen bei der Begleichung offener Rechnungen durch eine Werft.

Lars konnte sich schon durchboxen und sich Recht verschaffen, wenngleich möglicherweise auch nicht immer mit legalen Mitteln.

Nein, nein!

Hier von einer „vorsätzlichen Tat“ zu sprechen, um „der Reederei oder sich selber Schaden zuzufügen“, das war sicherlich etwas sehr weit hergeholt.

Aber dennoch gab es ja die Untersuchungen von Charlottes Kollegen und anderer Behörden, die auf sehr ungewöhnliche Umstände in diesem Unfall hinwiesen.

Paul bremste plötzlich ab und fuhr nur wenige hundert Meter von der Firma entfernt rechts heran.

‚Was aber, wenn an den Spekulationen doch etwas dran wäre und Lars wirklich derartiges vorhatte? Hätte er dann nicht auch Gitta, die ja schließlich genauso betroffen war wie er, mit einbezogen?‘

Paul blieb einen Moment mit laufendem Motor stehen und sah auf das Firmengelände, auf dem noch emsig gearbeitet wurde.

Mehrere Monteure waren dabei eine Ladung neuer Stahlsegmente zu entladen und auf dem Platz einzulagern.

Ein Gabelstapler lud zwei Paletten mit Teilen auf einen Transporter, der kurz darauf das Grundstück verließ und an ihm vorbeifuhr.

Nichts wies darauf hin, dass auch hier die Tore bald geschlossen werden sollten.

Das was er sah stand im krassen Widerspruch zu dem, was in der Zeitung über den Zustand der Firma geschrieben wurde.

Er schaltete den Motor aus und überlegte, ob er sich wirklich immer weiter in diese Geschichte hineinhängen sollte, die ihn schon jetzt mehr beschäftigte, als ihm lieb war.

Doch es brauchte nur einen Moment, bis ihm ein weiteres Mal klar wurde, dass er nicht einfach wieder umdrehen könne, da ihn diese Sache ohnehin nicht mehr in Ruhe lassen würde.

Und wahrscheinlich war Gitta die einzige Person, die ihm überhaupt mit wichtigen Details weiterhelfen konnte, um zu verstehen was hier gerade vor sich ging.

Er musste einfach darauf hoffen, dass er durch sie mehr erfahren würde, aber er nahm sich vor gewissenhaft hinzuhören, denn er war sich plötzlich nicht mehr sicher, ob er dem trauen konnte was sie ihm bislang erzählt hatte.

*

Gitta Niemann saß am Schreibtisch vor der aufgeschlagenen Zeitung und lehnte sich nur erschöpft zurück, als Paul nach vorsichtigem Anklopfen das Büro betrat.

Sie konnte und wollte es vielleicht auch nicht verbergen, dass ihr die Berichterstattung sehr zu schaffen machte.

Mehrmals drückte sie das Taschentuch vorsichtig an ihre Augen.

Paul hatte in dem Moment wirklich Mitleid mit ihr, denn es musste ihr Etliches abverlangen, neben der Firma und die Sorge um ihren Mann, sich auch noch mit den Artikeln aus der Zeitung auseinanderzusetzen.

Oder schätzte er sie in dieser Situation schon wieder völlig falsch ein?

„Der Schreiberling hätte mich wenigsten vorher mal anrufen können!", sagte Gitta wütend und stand schweratmend auf. „Stattdessen berufen sich alle nur auf offizielle Stellungnahmen der Landesregierung oder des Insolvenzverwalters und zaubern noch irgendwelchen Unsinn in ihr Geschreibsel hinein, ohne wirklich zu wissen was da alles schiefgelaufen ist. Lars würde darüber mit Sicherheit nur lachen, aber mir ist einfach nicht danach."

Sie fegte durch den Raum und bot Paul mit einem lapidaren Wink einen Platz in der Couchecke an.

Ohne ihn weiter zu fragen schob sie eine Tasse in den Kaffeeautomaten und drückte auf den Knopf.

Die surrenden Geräusche des Mahlwerks bestimmten für einen Moment das Geschehen.

„Die Zimmer bei Ihnen hätten wir schon noch bezahlen können“, lachte sie plötzlich leicht ironisch auf und drehte sich zu ihm um.

Paul sah sie erstaunt an, denn an die stornierten Zimmer hatte er gar nicht mehr gedacht und er überlegte kurz, ob sie seinen erneuten Besuch etwa anders gedeutet haben könnte.

„Oh, nein! Das ist erledigt. Wir hatten ja mit Ihrer Firma eine kostenfreie Stornierung vereinbart. Es sind nur die sehr schwammigen Informationen in der Zeitung, die für Spekulationen viel Raum lassen. Insbesondere was das Unglück auf der Fähre betrifft. Obwohl ich selbst dabei war, erscheint es mir nun zunehmend so, als wenn dort etwas völlig anderes ablief und ich es einfach nicht richtig wahrgenommen habe. Die umfangreichen Untersuchungen an dem Transporter sprechen ja für sich. Es muss ja wirklich etwas Außergewöhnliches sein, dass sich die Ermittlungen so lange hinziehen.“

Sofort biss er sich auf die Zunge, denn genauso wollte er seine Zweifel eigentlich nicht formulieren, um Gitta nicht das Gefühl von Misstrauen zu geben.

Sie sah ihn daraufhin auch etwas verwundert an und stellte ihm die Tasse auf den flachen Glastisch.

„Ich versuche jetzt einfach nur ein paar Puzzleteile zusammenzufügen“, versuchte Paul seine Sätze etwas abzumildern.

„Nach dem Zeitungsbericht könnte ich allerdings jeden verstehen, der jetzt aufgeschreckt reagiert und umgehend seine Rechnungen bezahlt haben will oder uns nur noch gegen Vorkasse beliefert", sagte Gitta und ging nicht weiter auf seine Bemerkung ein.

Sie stellte eine weitere Tasse in den Automaten und wartete, bis ihr Cappuccino fertig war.

„Mal sehen, wann die ersten Lieferanten bei uns nachfragen. Noch gibt es ja keinerlei Einschränkungen. In der Tat haben wir gewaltige Außenstände. Durch die Insolvenz der Werft fehlt uns fast ein Millionenbetrag in der Kasse und es ist fraglich, ob wir davon überhaupt jemals etwas wiederbekommen. Es wird nicht einfach sein, diese Durststrecke zu überwinden."

Sie setzte sich zu Paul und rührte gedankenversunken mit dem Löffel in ihrem Cappuccino herum.

Dann stand sie noch einmal auf und holte die Zeitung vom Schreibtisch.

„Diese Hängepartie mit der Werft geht ja nun schon über etliche Jahre. Natürlich sind solche großen Projekte immer verlockend, aber jedes Mal unterschreibt man die Verträge mit einem unguten Gefühl. Nichts ist so wacklig wie ein Auftrag im Schiffbau. Eigentlich verdanken wir unser Überleben nur der Weitsicht von Lars. Wir haben noch ein paar Rücklagen und vor allem übervolle Auftragsbücher durch andere Firmen und Branchen. Ich habe oft mit ihm geschimpft, dass er sich so viel aufhalst, aber er muss gleich geahnt haben, dass mit den Arbeiten auf der Werft etwas schieflaufen würde. Bis wir die ersten Teile dort auf den Schiffen montieren konnten, wechselte drei Mal sein Ansprechpartner und jeder brachte sogleich zahlreiche Auftragsänderungen mit. Mehrmals mussten wir von vorne anfangen. Das waren an sich schon genügend Verluste. Aber einmal eingestiegen, kann man sich eben nicht mal so einfach aus einem solchen Projekt zurückziehen. Und je mehr an den Schiffen gewerkelt wurde, umso mehr befürchtet Lars, dass das Ganze nach hinten losgehen könnte."

„Sie meinen wegen des Übergewichts der Fähren?“, fragte Paul und stellte seine Tasse ab.

„Oh nein, nein! Nicht ganz. Das ist ja eine ganz andere Geschichte, dazu komme ich noch“, sagte Gitta schnell und schien über etwas nachzudenken. „Dass so ein Übergewicht überhaupt möglich ist, hätte sich sowieso niemand vorstellen können. Es wurde zwar lange darüber gemunkelt, aber alle hatten geglaubt, dass man das Problem schon irgendwie in den Griff bekommt. Nein, was ich meine ist das Gesamtkonzept der Schiffe. Lars hatte einmal zufällig von einem Ingenieur auf der Werft erfahren, der allerdings auch nur ein paar Wochen über eine Fremdfirma dort gearbeitet hatte, dass die Schiffe wohl so wie sie ursprünglich konzipiert waren, nie auf der Ostsee unterwegs sein dürften.“

„Wirklich?“, fragte Paul erstaunt. „Wie kann denn so etwas möglich sein?“

„Die Frage haben wir uns anfangs auch gestellt, aber nach der neuen Emissionsschutzverordnung dürfen Schiffe nicht mehr so einfach mit Schweröl betrieben werden. Ich bin Buchhalterin und habe von Schiffen keine Ahnung, aber Lars sagte, dass die Schiffe nach der Fertigstellung gleich wieder auf die Werft könnten, um mit Entschwefelungsanlagen ausgerüstet zu werden oder auf anderen Treibstoff umgestellt werden müssten. Diese Umrüstung hätte die Reederei weitere Millionen und viel Zeit gekostet. Keiner konnte sagen, warum die Fähren ursprünglich mit konventionellen Motoren und ohne Abgasreinigungsanlagen konstruiert wurden, obwohl schon zum Zeitpunkt der Kiellegung klar gewesen sein musste, dass das Ganze so nicht funktioniert.“

„Kaum vorstellbar, dass die Reederei Schiffe in Auftrag gab, die nach der Fertigstellung keine Zulassung für den Ostseeverkehr erhalten hätten“, sagte Paul, wobei sein Ton einen leichten Zweifel erkennen ließ.

„Genau damit haben wir uns auch selbst immer wieder versucht zu beruhigen. Aber es war wohl auch so, dass gerade die großen Reedereien Schiffe mit herkömmlichen Antrieben in Auftrag gaben, um die enormen Kosten für Abgasreinigungsanlagen oder alternativen Antrieben zu sparen und auf Ausnahmegenehmigungen von der EU gehofft hatten, die dann wider Erwarten jedoch nicht kamen."

„Aber Vertrag ist doch Vertrag", sagte Paul. „Da kann sich doch auch eine Reederei nicht so einfach herausziehen."

„Im Prinzip nicht. Es sei denn, die Schiffe werden nicht wie vereinbart abgeliefert."

Paul horchte auf. „Dann kam ihr also das Übergewicht der Schiffe überaus gelegen?"

„Ha!", lachte Gitta verstört auf. „Erklären Sie mir mal, wie man ein Schiff gleich um mehrere hundert Tonnen zu schwer bauen kann! Und das Ganze auch noch unter der ständigen Aufsicht der Reederei und einer ganzen Schar von Fachleuten. Mir fallen die Kosten schon auf, wenn meine Leute an einem Auftrag ein paar Kilo Stahl zu viel verbaut haben! Jetzt, nachdem die Reederei die Aufträge storniert und die Werft endgültig in die Pleite geschickt hat, stellt man sich schon so manche Frage. Jetzt tun doch alle so, als wenn sie von nichts wussten! Das ist es ja auch, was Lars allen Beteiligten vorwirft."

„Dann war das also auch der Grund für den Konflikt Ihrer Firma mit den Vertretern der Landesregierung, so wie es in der Zeitung angedeutet wurde?", fragte Paul eher nachdenklich.

Gitta nippte an ihrem Cappuccino und dachte ebenfalls einen Moment nach.

Dann drehte sie sich kurz zu den Bildern an der Wand um und schien darauf etwas zu suchen.

„Im Prinzip schon. Lars hatte einmal die Gelegenheit sich aus dem Auftrag zurückzuziehen, wenngleich auch mit herben Verlusten", sagte sie und wandte sich wieder zu Paul. „Das war noch kurz bevor es zum Konkurs kam, als nämlich offenkundig wurde, dass die Werft durch die nicht termingerechte Fertigstellung der Schiffe in akute Zahlungsschwierigkeiten kommen würde. Diese ständigen Verzögerungen beim Bau kosteten die Werft zusätzliche Millionen. Deren ohnehin schwierige finanzielle Lage durch die laufende Umstrukturierung war ja allgemein bekannt. Sie war ja gerade zuvor nur knapp einem Zusammenbruch entgangen und wurde auf unerklärliche Weise gerettet. Das hätte einem eben schon früher zu denken geben müssen."

Sie nahm einen weiteren Schluck und schüttelte lange mit dem Kopf. „Jedenfalls war uns schon damals klar, dass die Arbeiten dort einem Drahtseilakt glichen und die Zahlungen an unsere Firma ohnehin nur mit großen Verzögerungen geleistet werden konnten. Nur auf den festen Zusagen einiger Vertreter des Landes hin, dass sie, egal was kommen wird, zur Werft mit Landesbürgschaften stehen werden, hatte sich Lars dazu überreden lassen weitere Anlagen dorthin zu liefern. Wie alle anderen Zulieferer übrigens auch. Ja, ich glaube das war nur wenige Tage bevor eines der Schiffe ins Wasser gelassen wurde. Da war von Übergewicht, zumindest offiziell, noch gar nicht die Rede."

„Und dann kam die Pleite der Werft?", fragte Paul.

„Ja", sagte Gitta nachdenklich und stellte ihre Tasse unsanft auf den Tisch. „Wir bekamen ja auch nur bruchstückchenhaft mit, was dort plötzlich alles ablief. Eines zog das andere wohl nach sich. Und die Werft wäre vermutlich noch zu retten gewesen, wenn die Reederei die beiden Fähren abgenommen hätte."

„Haben sie aber nicht wegen des Übergewichts. Richtig?"

„Ja, so in etwa", stöhnte Gitta, stand auf und suchte an der Wand nach einem Foto.

„Schauen Sie sich das an. Da sehen Sie noch wie die Sektionen in der Schiffbauhalle zusammengesetzt werden", sagte sie und tippte mehrmals mit dem Finger darauf. „Das sieht doch nicht danach aus, als wenn die nicht wüssten was sie da machen! Es ist mir völlig unbegreiflich, wie man ein Schiff gleich um 700 Tonnen zu schwer bauen kann!"

Sie fuchtelte hilflos mit den Armen durch die Luft. „Herrgott nochmal! Es kann doch nicht sein, dass man so etwas erst bei der Probefahrt feststellt!"

Paul sah, dass Gitta sich immer weiter aufregte und trotzdem konnte er nicht umhin, die Dinge nun weiter zu hinterfragen.

„Wie erklären Sie sich denn das Ganze?"

„Na, was soll ich denn schon für eine Erklärung für solch einen Mist haben!", reagierte Gitta aufgebracht und sah ihn verständnislos an. „Entweder haben dort alle Ingenieure gepennt oder die Reederei hat selbst dafür gesorgt, dass die Fähren zu schwer werden, um einen Grund zu haben sie nicht abnehmen zu müssen!"

Paul sah sie völlig verdutzt an.

„Glauben Sie etwa, die haben selbst das Ganze manipuliert um sich aus dem Vertrag herauszuziehen, nachdem sie feststellen mussten, dass diese Schiffe mit ihren Antrieben nicht mehr den Emissionsschutzanforderungen entsprechen und sie keine Ausnahmegenehmigung der EU bekommen würden?"

„Wenn Ihnen was anderes einfällt sagen Sie es mir!", fauchte Gitta wütend.

„Aber wie hätte die Reederei das anstellen sollen? Die sind doch nur Auftraggeber."

„Was weiß ich! Ich kann ja jetzt auch nur Vermutungen anstellen. Von offizieller Seite erfahren wir doch überhaupt nichts. Nur der Insolvenzverwalter verkündet ab und zu ein paar belanglose Dinge, aber auch nur, um uns hinzuhalten. Fakt ist, dass dort zwei Schiffe vom Stapel gelaufen sind, die so wie sie gebaut wurden nur noch für den Schrottplatz taugen!"

„Das wäre ja mehr als unglaublich", sagte Paul irritiert und es wurde mit einmal sehr still im Büro.

Nach einer Weile stand er auch auf und schaute sich die Bilder etwas genauer an.

„Bei allem was ich bisher über das Werftdesaster gelesen habe, wird die Frage nach den Verantwortlichen bisher in dieser Form gar nicht gestellt. Es dreht sich alles nur um ein allgemeines Versagen des Schiffbaubetriebes, also, als wenn sich die Ingenieure und Werftarbeiter mit dem Auftrag einfach nur übernommen hätten", sagte Paul fassungslos, während er die Fotos mit den Schiffssektionen betrachtete.

„Ja, genau so ist es!", stimmte ihm Gitta laut zu. „Und nun lenkt man auch noch die Aufmerksamkeit der Öffentlichkeit ganz sanft auf einen Nebenschauplatz. Auf meinen Mann, der der Reederei eins auswischen oder sich selbst in aller Verzweiflung etwas antun wollte! Was für ein Quatsch! Ich könnte sie alle zerreißen! Da stinkt etwas ganz gewaltig zum Himmel!"

Sie ging die Wand entlang und betrachtete die anderen Bilder, als wenn sie darin nun nach weiteren Anhaltspunkten für Ihre Behauptungen suchen würde.

Etwas ruhiger drehte sie sich schließlich wieder zu Paul und schüttelte den Kopf.

„Es sollte mich wirklich wundern, wenn dafür irgendjemand, von der Werft, der Reederei oder dem Land oder wer da sonst noch so alles seine Hände im Spiel hatte, je zur Verantwortung gezogen wird!"

13

Paul ließ sich schnellatmend auf die Rasenfläche am Gehlsdorfer Ufer fallen und blieb für ein paar Minuten völlig erschöpft liegen.

Sich beim Radfahren so abzukämpfen, erschien ihm nach dem Gespräch mit Gitta als die beste Möglichkeit, um wieder einen klaren Kopf zu bekommen.

Zudem relativierte das lebendige Treiben der Einheimischen, die sich in den warmen Abendstunden an der Wasserkante austobten, alles Gehörte.

Erst jetzt wurde ihm die ganze Absurdität der Vorwürfe bewusst, die er zunächst nur fassungslos in sich aufgenommen hatte.

Nicht nur die geäußerten Vermutungen in der Zeitung über eine mögliche vorsätzliche Tat von Lars, sondern auch die Anschuldigungen von Gitta kamen ihm bei genaueren Überlegungen völlig abwegig vor.

Ihre etwas hilflosen Rechtfertigungsversuche wirkten auf ihn im Nachhinein eher wie eine Selbstverteidigungsstrategie, ja als wenn sie ein Gegengewicht zu den Vorwürfen suchen würde, denen ihr Mann ausgesetzt war.

Vielleicht war sie sich gar nicht bewusst, dass sie damit der Reederei nicht nur die Schuld an der Werftenpleite zuschob und sie damit in der Endkonsequenz für den Verlust von mehr als tausend Arbeitsplätzen, sowie für die verlorengegangenen 270 Millionen Euro verantwortlich machte, sondern ihr direktes kriminelles Vorgehen unterstellte.

Das war wahrlich starker Tobak!

Paul zog aus der Gepäcktasche seine Wasserflasche und die Zeitung heraus, deren Artikel er sich noch einmal durchlesen wollte.

Nach einem Blick auf die Titelseite packte er sie jedoch sofort wieder ein und sah einem Drachenboot hinterher, das mit seinen lauten Kommandorufen für einen Moment seine Aufmerksamkeit auf sich zog.

Schnell entfernte es sich und nur das rhythmische Trommeln klang noch lange von der Flussmitte herüber.

Es war, als wenn es ihn dazu auffordern wollte noch einmal richtig über alles nachzudenken.

Doch zu welch anderen Schlüssen sollte er denn kommen?

Weder bei dem Brand auf der Fähre, noch bei den zu schwer gebauten Schiffen vermochte bisher jemand mit Sicherheit und erst recht nicht mit klaren Beweisen sagen zu können, wie es zu diesen Tragödien kommen konnte.

Möglicherweise entsprangen somit auch alle Darstellungen in der Zeitung, zumindest was die vermeintlichen Motive von Lars betraf, nur der Fantasie und Profilierungssucht eines übereifrigen Journalisten.

Wenngleich ihn Lars Zustand schon sehr betroffen machte, stellte sich Paul unvermittelt die Frage, ob er sich auch so intensiv in diese Geschichte hineingehängt hätte, wenn dort ein wildfremder Mensch verletzt worden wäre.

Zudem berichteten Zeitungen ohnehin mit aller Regelmäßigkeit von kleineren und größeren Havarien auf Schiffen, insbesondere auf Fähren.

Der Brand eines Sattelschleppers oder eines anderen Fahrzeugs auf einem Frachtdeck war zwar immer wieder etwas Spektakuläres, anderseits leider aber auch nichts Außergewöhnliches, genauso wie der Ausfall von Maschinen und anderen technischen Anlagen der Schiffe, meistens sogar auf offener See.

Auch das Hin und Her auf den Werften im Land und die desaströse Lage von Zulieferern gehörte ja, wie es auch im Zeitungsartikel erwähnt wurde, bekanntermaßen zum Schiffbau dazu, und alle die sich auf solche Aufträge einließen wussten mit Sicherheit, dass sie stets eine Art loser Handschlagsgeschäfte abschlossen.

War es also nicht wirklich äußerst vermessen einen durchaus bedauerlichen Unfall mit anderen insolvenzbedingten Ereignissen auf der Werft oder sonstigen Vorfällen in Verbindung zu bringen?

Je mehr er darüber nachdachte, desto unmöglicher erschienen ihm irgendwelche Verkettungen zwischen all den Begebenheiten der letzten Tage.

Paul blieb noch eine Weile nachdenklich sitzen und sah dem Drachenboot hinterher, welches an der Hafenseite entlang der untergehenden Sonne entgegenpaddelte.

Es wurde immer ruhiger am Ufer und plötzlich überkam ihn das Gefühl, dass irgendetwas in dieser ganzen Geschichte nicht zusammenpasste.

Er wog für sich noch einmal alle Fakten ab und musste bei kritischer Betrachtung feststellen, dass es wirklich ein paar Sachverhalte gab, die für ihn kaum nachvollziehbar waren.

Insbesondere die langanhaltenden Untersuchungen an dem Transporter zeugten ja von etwas Ungewöhnlichem in dieser Sache.

Dass daran auch die Kriminalämter und verschiedene dänische Behörden beteiligt waren, wurde in der Zeitung allerdings mit keinem Wort erwähnt.

Dies war also ein Punkt, der bisher nicht an die Öffentlichkeit gelangt war.

Aber was sollte die Fahrt von Lars nach Nyköbing auch mit den Limousinen der Botschaft zu tun haben?

Hier war zweifelsohne von einem Zufall auszugehen, dass die Fahrzeuge auf der Fähre unmittelbar nebeneinanderstanden.

Möglicherweise waren die aufgebauschten Ermittlungen auch nur dem Übereifer einiger Beamter zu verdanken, die es zweifellos auf beiden Seiten der Ostsee gab.

Zudem fehlte jeglicher Hinweis darauf, dass Lars in irgendeiner Beziehung zur dänischen Botschaft stand, es jedoch eine direkte Zusammenarbeit mit der Werft und damit auch der Reederei gab.

Auch wenn sich Paul unbedingt davor bewahren wollte die Geschehnisse auf der Fähre und der Werft so auszulegen, dass sie Gittas Vermutungen oder die der Zeitung bestätigen würden, gelang es ihm auch auf der Rückfahrt nicht sich gänzlich von dem beunruhigenden Gedanken zu befreien, dass an diesen Darstellungen doch etwas dran sein könnte.

*

Er war schon am Einschlafen, als ihn ein Geräusch an der Wohnungstür hochschrecken ließ.

Benommen ging er auf den Flur und schaltete eine kleine Lampe an, wobei im gleichen Moment die Tür aufging.

Es war einer der seltenen Fälle, in denen Charlotte von seinem Angebot Gebrauch machte und den Schlüssel den er ihr einmal gab auch benutzte.

Schließlich wohnte sie in einer großzügig gestalteten Eigentumswohnung im Stadtzentrum und Paul hatte anfangs nicht ernsthaft damit gerechnet, dass sie sich überhaupt einmal in seine kleine Wohnung im Plattenbau trauen würde.

Die wenigen Male vorher hatte sie sich telefonisch angemeldet, als wenn sie ihn, vor allem aber wohl sich selbst, vor bösen Überraschungen bewahren wollte.

Doch was auch immer sie diesmal dazu bewegt haben mochte nun kurz vor Mitternacht zu ihm zu kommen, Paul lächelte sie nur müde an und vermied es sie nach dem Grund zu fragen.

Charlotte gab ihm nur einen kurzen Kuss und drückte ihn an sich.

„Leg dich wieder hin. Ich spring schnell unter die Dusche."

Ehe er etwas erwidern konnte, schlüpfte sie aus ihren Schuhen, ging an den Kleiderschrank und nahm sich ein Badetuch sowie ein paar Sachen heraus, die sie irgendwann einmal bei ihm gelassen hatte.

Paul war sich damals sicher, dass weitere Dinge folgen würden, doch es blieb bei den wenigen Kleidungsstücken und bei ihrer sehr losen Beziehung.

Schwerfällig warf er sich zurück aufs Bett.

Während er den leisen Geräuschen im Bad folgte, dachte er darüber nach, ob er mit ihr nicht für ein paar Tage wegfahren sollte.

So gelänge es ihnen sicherlich eher, aus ihrer oberflächlichen Beziehung etwas wirklich Verbindendes zu machen.

Oder vielleicht sollten sie sich für ein Wochenende ein Segelboot chartern?

Ja, möglicherweise wäre so ein kleiner Törn auf der Ostsee genau das Richtige!

Der wenige Platz an Bord würde sie zwangsläufig so nahebringen, dass sie sich nicht ständig ausweichen konnten.

Einfach zusammen seelenruhig übers Wasser gleiten.

Abends irgendwo ankern und das Meer in seiner nächtlichen Einsamkeit genießen.

Nur Charlotte neben sich und das leichte Schaukeln des Bootes spüren.

Das wäre es doch!

Und am Morgen mit ihr das Aufwachen des Meeres erleben, wenn sich die Sonne über dem Horizont nach oben schiebt und sich das Wasser spiegelglatt vor einem ausbreitet.

Nichts und niemand könnte diese Idylle stören.

Außer vielleicht ein paar Möwen die über dem Schiff kreisten, in der Hoffnung ein paar Happen vom Frühstück abzubekommen.

Natürlich würde er ihnen nichts geben, denn damit würde er ja immer mehr von ihnen anlocken und mit der Ruhe wäre es schnell vorbei.

Schließlich konnten sie sehr laut und rabiat bei ihrer Futtersuche sein und so laut kreischen, dass sie damit alles aufweckten, was noch schlief.

Ein Kreischen, welches meilenweit zu hören war und die Stille des Morgens unbarmherzig durchdrang!

Durchdringend laut und kreischend!

Paul schreckte hoch und sah sich verstört um.

Zwischen zwei defekten Lamellen der Jalousie schob sich die Sonne hindurch und strahlte direkt auf das neben ihm liegende T-Shirt von Charlotte.

Er brauchte nur einen kurzen Moment um zu begreifen, dass er nicht nur von ihr geträumt hatte, dann sprang auf und riss das Fenster auf.

Erschrocken stieß sich eine Möwe mit einem langgezogenen Schrei vom Fensterbrett ab.

Grell und klar schallte er durch die betonierten Häuserschluchten.

Paul duschte hastig und musste sich ein paar Minuten später das schelmische Lächeln von Charlotte gefallen lassen, während sie in der Küche Frühstück machte.

„Ich bin dir wohl nicht mehr attraktiv genug, dass du einschläfst, bevor ich mich zwei Minuten später zu dir lege", sagte sie und schlang die Arme um seinen Hals.

„Tut mir wirklich leid. Ich war sofort wieder weg. Ich habe das gar nicht mehr mitbekommen, als du dich hingelegt hast. Hättest mich ruhig wecken können."

„Hätte ich auch fast gemacht", sagte Charlotte und drückte ihm einen Kuss auf. „Aber ich war nach dem Duschen so müde, dass ich auch gleich eingeschlafen bin."

Paul lag die Frage auf der Zunge, was sie dazu bewegt haben mochte mitten in der Nacht zu ihm zu kommen, aber er wagte es nicht ihr diese Frage zu stellen.

Er folgte damit ein weiteres Mal seinem Grundsatz, Charlotte nie das Gefühl zu geben, dass sie sich ihm gegenüber in irgendeiner Weise erklären müsste.

Er wusste, dass sie dies auch an ihm schätzte.

„Es läuft momentan nicht alles rund", fing sie dann aber von sich aus etwas unsicher an und nippte an ihrer Tasse. „Die halsen mir immer mehr auf. Mein Schreibtisch ist übervoll mit Terminsachen."

Paul musste für sich bekennen, nach wie vor nicht genau zu wissen, ob Charlotte neben der Organisation von Schulungen und Weiterbildungen für die Mitarbeiter der Generalstaatsanwaltschaft noch für andere Bereiche zuständig war.

Und es war ihm schon gar nicht möglich einzuschätzen, ob sie mit dem was sie tat wirklich zufrieden war.

Sie hatte es stets vermieden ihm mehr über ihre Arbeit zu erzählen.

Auch dies war wie ein stilles Abkommen zwischen ihnen und Paul war sich durchaus bewusst, dass er dies selbst mit verursacht hatte.

Die mysteriösen Todesfälle am Katalyse-Institut standen nach wie vor zwischen ihnen und waren die Basis ihres gegenseitigen Misstrauens.

Charlotte musste ahnen, dass er über die Vorgänge am Institut mehr herausgefunden hatte, dies ihr gegenüber aber beharrlich verschwieg.

Vielleicht wartete sie auch tatsächlich nur darauf, dass er von sich aus dieses Geheimnis lüftete.

„Sind deine Kollegen eigentlich noch mit dem Fall auf der Fähre beschäftigt oder ist die Sache für euch abgeschlossen?“, fragte er etwas ausweichend.

Charlotte träumte noch einen Moment vor sich hin, während Paul sich ein Toast belegte, und sah ihn dann nachdenklich an.

„Nein, soweit ich weiß nicht“, sagte sie schließlich, und stellte ihre Tasse hin. „Soll heißen, dass die Untersuchungen an dem Unglücksfahrzeug noch laufen.“

„Ja, so ähnlich steht es auch in der Zeitung“, sagte Paul und biss in sein Toastbrot. „Allerdings erwähnten sie dabei auch eine mögliche vorsätzliche Tat vom Fahrer, wobei ich immer noch nicht herausgefunden habe, was sie genau damit meinen könnten? Klingt für mich so, als wenn er seinen Transporter selber angezündet hätte. Hattest du den Artikel über die Werften überhaupt gelesen?“

„Ja, habe ich“, sagte Charlotte und schüttelte den Kopf. „Es wäre allerdings besser gewesen, die hätten die endgültigen Untersuchungsergebnisse abgewartet, bevor sie mit wilden Spekulationen an die Öffentlichkeit gehen.“

„Die schreiben ja nur, dass es zwei Möglichkeiten gibt. Einen technischen Defekt oder eine vorsätzliche Tat“, erwiderte Paul. „Deshalb untersucht ihr den Fall doch auch. Oder? Aber vielleicht steckt noch etwas ganz anderes dahinter. Möglicherweise gibt es noch andere Beteiligte, die so noch gar nicht in den Fokus der Ermittlungen gelangt sind. Was wäre, wenn die Reederei selber dahintersteckt?“

Charlotte sah Paul mit kessen Blick an und es gelang ihr nicht sich zurückzuhalten.

„Bist du jetzt wieder unter die Ermittler gegangen?"

Da war es also wieder!

Sofort überkam Paul dieses elendige Gefühl, von ihr in keinster Weise ernst genommen zu werden, was ihn ja auch schon zu Beginn ihrer Bekanntschaft dazu gebracht hatte, ihr nicht vollends zu vertrauen und sie nicht in das einzuweihen, was er über das Katalyse-Institut herausgefunden hatte.

Er schüttelte über Charlottes spöttische Reaktion leicht verärgert den Kopf.

„Wenn ich mich an den demolierten Transporter erinnere, kann ich wohl froh sein, dass ich so unbeschadet davongekommen bin. Schließlich stand ich fast unmittelbar neben dem Wagen. Es hätte nur ein paar Sekunden früher passieren müssen. Es interessiert mich einfach, was da wirklich abgelaufen ist. Außerdem war der Fahrer ein Stammgast vom Hotel."

„Dann kanntest du ihn?", fragte Charlotte interessiert und lehnte sich etwas zurück.

„Nicht wirklich. Unser Hotel hat mit seiner Firma einen Rahmenvertrag für Übernachtungen", antwortete er kurz und überlegte, ob er ihr mehr von seiner Bekanntschaft zu Lars und vor allem von Gittas Vermutungen erzählen sollte.

Aber er vermied es, da er sich nicht sicher war, wohin dies noch führen würde.

„Dann hast du ihn noch auf der Fähre getroffen?", hakte Charlotte nach. „Noch vor dem Brand?"

„Nein", sagte Paul schon etwas genervt. „Ich habe erst später erfahren, dass er den Wagen gefahren hat. Ich bin ja vor den Fahrzeugen auf das Frachtdeck rauf und habe mich natürlich nicht um die Autos gekümmert.

Und er hatte mich in meinen Fahrradsachen sicherlich auch nicht erkannt."

Charlottes Gesichtszüge strafften sich plötzlich. „Vielleicht gibt es doch noch irgendetwas, woran du dich erinnern kannst?"

Paul sah sie nun etwas befremdet an, denn er hatte keine Lust sich am frühen Morgen von ihr verhören zu lassen.

Und auch Charlotte registrierte es wohl einen Moment zu spät, dass Paul sich von ihr eher konkrete Informationen zu den Untersuchungen gewünscht hätte, als von ihr befragt zu werden.

Ihr Schwenk kam daher umso schneller.

„Entschuldige. Vergiss es einfach", winkte sie ab. „Wie ich gehört habe, gibt es in der Stadt Vorbereitungen für eine größere Veranstaltung, zu der auch prominente Gäste aus Dänemark erwartet werden. Hast du auch damit zu tun?", versuchte sie es ein wenig versöhnlicher.

„Oh, Mann!", sagte Paul etwas knurrig und stand auf. „Es hätte mich auch gewundert, wenn du davon nichts mitbekommen hättest."

Charlotte hielt ihn am Arm fest und sah ihn bittend an. „Tut mir leid. Ich habe mich wirklich auf dich gefreut, aber momentan kann ich die Arbeit einfach nicht abschütteln."

Paul sah sie kurz an und setzte sich wieder hin.

„Es ist halt ein Thema bei uns", sagte Charlotte entschuldigend, „wenn gerade ein paar Fahrzeuge der dänischen Botschaft bei einem, na sagen wir mal ‚Unfall', in Mitleidenschaft gezogen werden und kurz darauf hier eine Veranstaltung mit königlichem Gefolge stattfinden soll. Ich habe das alles nur am Rande mitbekommen und auch, dass schon verschiedene Hotels vom LKA gecheckt wurden. Da wird der eine oder andere schon nervös, wenn man noch immer nicht weiß, warum der Wagen auf der Fähre direkt neben den Botschaftsfahrzeugen anfing zu brennen."

„Für die Veranstaltung steht noch überhaupt nichts fest", sagte Paul und rieb sich einmal übers Gesicht. „Ich habe bisher nur einen Termin für ein Abendbankett von der Protokollchefin des Landes bekommen, weiter nichts. Es ist alles noch sehr vage. Ich muss deswegen noch zwei Firmen ausbuchen, weiß aber selber noch nicht wohin mit denen."

„Dann hängen wir also beide in der Luft", lachte Charlotte kurz auf. „Lass uns einfach über was anderes reden. Wie kommt denn deine Tochter nach der Rückkehr hier wieder zurecht?"

Paul sah sie an erstaunt an und dachte über etwas nach.

„Soweit ganz gut. Es braucht eben seine Zeit."

Er setzte zu einer weiteren Frage an, doch er zögerte noch etwas.

„Sag mal, hältst du es denn wirklich für möglich, dass der Fahrer von dem Transporter einen Anschlag verüben wollte?"

Charlottes Lächeln verschwand.

„Wie kommst du jetzt darauf?"

„Ihr würdet doch nicht nur wegen drei ramponierter Wagen einer Botschaft so einen Aufstand machen. Oder?"

„Nun es waren vier", sagte Charlotte und sah ihn dabei an, als wenn sie nun selber noch einmal über alles nachdachte. „Nein, natürlich nicht. Aber es gibt sehr viele Ungereimtheiten in diesem Fall. Die dänische Seite hatte sich auch sofort eingeschaltet und hat das Ganze sehr hoch angebunden. Deshalb sind auch unsere Leute mit dabei. Die hätten das sonst schon längst zu den Akten gelegt."

„Ist es also doch alles etwas überzogen?“, fragte Paul. „Nehmen sich da einige Leute einfach nur zu wichtig?“

Charlotte schüttelte den Kopf.

„Es ist nach wie vor nicht einmal klar, wer alles auf dem Schiff war. Die Passagiere in den Fahrzeugen werden ja nicht namentlich, sondern nur zahlenmäßig erfasst, wobei die Angaben ja von den Käufern der Fährtickets selber gemacht und kaum geprüft werden. Es weiß also keiner genau, ob mit einem Wagen zwei, drei oder mehr Leute auf die Fähre kommen. Und die ohne Fahrzeug auf die Fähre gelangen, also die mit dem Shuttlebus zum Anleger fahren, werden von einem Fährmitarbeiter auf dem Schiff nur mit einem Handgerät gezählt.

Ich bin mir nicht ganz sicher, aber es scheint so als wenn die dänischen Kollegen mehr wüssten, als das was sie an unsere Leute weitergegeben haben. Denn so wie ich gehört habe, gab es mächtig Zoff zwischen allen, als festgestellt wurde, dass nach dem Brand nicht von allen Passagieren die Personalien aufgenommen wurden. Ein Polizist hatte die Daten nur sporadisch erfasst.“

Paul musste sofort an den Mann denken, dem er seinen Ausweis gegeben hatte.

„Was meinst du mit ‚Zoff‘?“, fragte Paul, nachdem Charlotte nicht weitersprach und nur aus dem Fenster sah.

Es war, als wenn sie selber noch nach einer Erklärung suchen würde.

„Unabhängig von der Sache mit dem Wagen waren die Kollegen von der Insel wohl schon seit längerem hinter einer Gruppe dänischer Monarchie-Gegner hinterher, die an dem Tag auch mit auf der Fähre waren. Diese hatten kurz zuvor in Zusammenarbeit mit einer Künstlergruppe eine sehr umstrittene Aktion in Kopenhagen durchgeführt.

Es tauchten dort Plakate auf, auf denen neben einer Guillotine die in Blutlachen liegenden Köpfe des Königspaares zu sehen waren. Dies sollte wohl der Auftakt zu weiteren Aktionen im Land sein, um nicht nur die Reste der Monarchie komplett abzuschaffen, sondern auch erbliche Privilegien, die dem Adel dort immer noch beträchtlichen Einfluss auf die Gesellschaft ermöglichen. An diesen Aktionen waren auch Dänen beteiligt, die man eher der linksradikalen Szene zuordnen könnte. Nicht alle Dänen mögen wohl ihre Königin, so wie es immer dargestellt wird."

„Guillotine? Hört sich ja alles gruselig an. Und du meinst, es gibt da einen Zusammenhang zwischen dem Brand des Transporters und dieser Gruppe?"

Charlotte schüttelte leicht den Kopf.

„Es sind bisher alles nur Vermutungen. Möglich ist vieles. Es kann natürlich auch ein Unfall sein, was wir natürlich eher hoffen. Aber der Eifer der dänischen Kollegen überrascht mich schon."

Sie stand auf und begann das Geschirr abzuwaschen. „Und es geht dabei wohl auch um einen alten Dänen, der schon öfter in Aktionen der radikalen linken Szene verwickelt war", sagte sie etwas gleichgültig. „Er ist wohl so ein Überbleibsel aus den 68ern."

Hätte sie Paul in diesem Moment noch gegenübergesessen, wäre es ihr nicht entgangen, wie sehr er zusammenzuckte.

Schnell stand er auf und halft beim Wegräumen der Tassen.

Charlotte sah plötzlich erschrocken auf die Uhr. „Mein Gott! Ich muss ja los! Es wird sicher wieder spät bei mir. Rufst du mich an?"

„Mach ich", sagte Paul etwas irritiert und gab ihr einen Kuss.

Nachdem Charlotte die Tür zugezogen hatte und ihre Schritte im Hausflur verhallten, suchte Paul seine Sachen zusammen und dachte über ihre Worte nach.

Nun tauchten neben Lars und der Reederei also noch weitere Beteiligte in diesem Schlamassel auf.

Was hatte sich da an Bord bloß abgespielt?

War Lars also möglicherweise nur zum falschen Zeitpunkt am falschen Ort?

Und sollte es wirklich um eine Aktion linksradikaler Kräfte gehen?

Paul hielt inne und schüttelte nachdenklich den Kopf.

Kaum vorstellbar, dass ein alter Mann auf einem wackligen Fahrrad in eine solche Geschichte verstrickt sein sollte.

14

In der Hotellobby wurde es wieder ruhiger.

Die Bankettleiterin ordnete ihre Unterlagen und ergänzte die Angebote noch mit einigen Details.

„Soweit alles okay?", fragte sie zwischendurch mit einem Augenzwinkern, worauf Paul sie leicht verwundert ansah.

„Aber ja. Alles in Ordnung. Warum fragst du?"

„Du warst schon mal besser drauf, wenn es darum ging schwierige Kunden auf Anhieb für uns zu gewinnen. Hoffentlich unterschreiben sie alle bei den nächsten Terminen die Verträge."

Paul verschränkte die Hände hinter dem Kopf und ließ sich in den Sessel zurückfallen.

„Tut mir leid. War nur etwas viel die Woche. Und nun gleich drei solcher zähen und stundenlangen Termine hintereinander, das geht schon an die Substanz. Hätte nicht wenigstens einer dabei sein können, der sofort ja sagt? Wenn die mit ihren Tagungen wirklich zu uns ins Haus kommen, kannst du dich mit deinen Leuten auf allerlei Sonderwünsche einstellen. Na, wie auch immer. Ich bin erstmal froh, dass Freitag ist."

„Geht mir nicht anders. Kannst du trotzdem nachher noch alle offenen Punkte, die du aufgenommen hast, zu mir schicken? Ich will die geänderten Angebote heute noch raussenden, sonst hänge ich am Montag damit wieder hinterher. Wer weiß, was dann schon wieder los ist. Und gib mir Bescheid, wenn du die Ausbuchungen abgeschlossen hast, also falls sich eine der Firmen doch noch zu einem Alternativtermin bei uns entscheiden sollte. Langsam wird mir die Zeit knapp, denn ich muss auch die Aushilfen entsprechend einplanen."

„Wird erledigt", sagte Paul und sprang mit einem Satz auf. „Ich rufe die Firmen nächste Woche noch mal an und vielleicht hat sich bis dahin auch die Protokollchefin zurückgemeldet."

„Da bau mal lieber nicht drauf. Wir kennen sie doch beide lange genug. Hast du noch weitere Termine heute?"

„Nein. Ich unterschreibe noch die Belege an der Bar für die Getränke und bin dann wieder im Büro."

Wenig später legte Paul seine Unterlagen auf den Schreibtisch und sah aus dem Fenster, bis er auf dem Flur Schritte vernahm.

Unversehens warf er einen Blick auf die Uhr.

Es war Zeit für die Wochenendrunde des Direktors, doch die Schritte verhallten zunächst und als es wieder still wurde hing Paul seinen Gedanken weiter hinterher.

Trotz der intensiven Kundentermine in den vergangenen beiden Tagen geisterte ihm das Gespräch mit Charlotte noch immer durch den Kopf.

Sollte sich auf der Fähre vor seinen Augen tatsächlich eine Aktion radikaler Gruppierungen abgespielt haben?

Wen auch immer die dänischen Behörden dort im Visier gehabt haben mochten, Paul konnte sich auf das, was für ihn zunächst nur nach einem Unfall aussah, immer schwerer einen Reim machen.

An der Sache gab es mittlerweile einfach zu viele Beteiligte, die aus einem verunglückten Fahrzeug auf einer Fähre, einen mit dicken Schleiern überzogenen Vorfall machten.

Noch unklarer war für ihn, worin die Zusammenhänge zwischen den einzelnen Ereignissen und Akteuren bestehen sollten.

Hier trafen sicherlich alle nur zufällig aufeinander.

Es wäre ja lächerlich anzunehmen, dass sich Lars an irgendwelchen politischen Kampagnen beteiligt hätte.

So etwas entsprach schon gar nicht seinem Wesen.

Das Telefon klingelte leise aber hartnäckig und unterbrach Pauls Gedanken.

Einen Moment schaute er noch dem Treiben auf der Straße zu, bevor er sich umdrehte und auf das Display sah, um zu erkennen woher der Anruf kam.

„Hotel am Kröpeliner Tor. Paul Wanka. Guten Tag."

„Ja, hier ist Gitta Niemann. Haben Sie ein paar Minuten für mich?"

„Aber natürlich", sagte Paul überrascht, dem die Müdigkeit die in ihrer Stimme lag nicht entging. „Wie geht es Ihrem Mann?"

„Danke der Nachfrage, aber sein Zustand hat sich nicht verändert. Ich stelle mich auf eine längere Zeit ein, bis er wieder in der Firma ist."

Es wurde mit einmal still am Telefon und Paul wartete darauf, dass Gitta mehr von Lars erzählen würde, aber sie schien selber über etwas nachzudenken.

„Was ich bezüglich der Werft und der Reederei gesagt habe, hat Sie sicherlich verwirrt."

Paul musste gedanklich erst umschalten, um zu verstehen was Gitta meinte, wobei ihm auffiel, dass der Tonfall von ihr plötzlich fast beschwichtigend klang, was ihn wiederum zur Vorsicht mahnte.

Und es hörte sich für ihn so an, als wenn auch sie ihn bei seinem Besuch im Büro genau beobachtet hätte.

„Habe ich etwa diesen Eindruck hinterlassen?", fragte er etwas unbeholfen.

„Sie können sich selbst ein Bild von der Situation auf der Werft machen, wenn Sie daran interessiert sind", sagte Gitta, ohne direkt auf seine Frage einzugehen. „Was machen Sie am nächsten Dienstag?"

„Ich werde kommende Woche unterwegs sein, zu Kundenterminen in Hamburg und Bremen."

„Das ist sehr bedauerlich“, sagte Gitta langgedehnt. „Es gibt auf der Werft in Stralsund eine Veranstaltung zum Ausbau der Windenergie auf der Ostsee.“

Paul horchte auf. „Sie meinen auf der insolventen Stralsunder Werft? Ich dachte dort wären alle Arbeiten eingestellt und die Tore zu.“

„Dem ist auch so. Fragen Sie mich nicht, warum die das ausgerechnet dort machen. Ich kann mir das nur damit erklären, dass man den Schiffbau an dem Standort wohl schon abgeschrieben hat und nun nach weiteren Nutzungsmöglichkeiten für das Gelände sucht. Der Insolvenzverwalter soll dahingehend wohl schon sehr aktiv sein, auch in Abstimmung mit der Landesregierung. Es gibt auch einen kleinen Rundgang durch die Werfthallen. Es ist zwar eine Veranstaltung eines Netzwerkes, welche sich eher an Akteure aus der Windenergiebranche richtet, aber auch für Gäste offen ist. Ich kann leider nicht hin, da ich hier zu viel um die Ohren habe. Und wahrscheinlich würde mich das auch alles zu sehr aufregen.“

„Worum geht es da genau?“, fragte Paul.

„Ich schicke Ihnen die Einladung rüber, da steht alles drin. Sie können sich auch noch am Montag dazu anmelden. Aber es ist wohl die letzte Gelegenheit sich selber einen Überblick auf der Werft zu verschaffen, vor allem auch um einen Eindruck zu bekommen, wie dort in der Vergangenheit gearbeitet wurde. Die beiden Fähren liegen ja noch unvollendet am Ausrüstungskai und in den Hallen stehen die fast fertigen Sektionen für die zwei letzten Schiffe.

Wer weiß, ob die überhaupt noch zu Ende gebaut werden. Vielleicht beantwortet so ein Rundgang auch die eine oder andere Frage von Ihnen. Ich nehme an, dass dort auch Vertreter einiger Firmen hinfahren werden, denen es so geht wie uns. Also ehemalige Zulieferer, die sich selbst dieses Elend vor Ort ansehen wollen. Vielleicht kommen Sie mit Ihnen ins Gespräch."

„Danke, dass Sie an mich gedacht haben. Sollte ich es doch noch einrichten können, sage ich Ihnen Bescheid."

„Das brauchen Sie nicht. Sie können sich über einen Link direkt anmelden. Ich weiß, dass ist alles etwas kurzfristig. Ich hätte auch schon früher dran denken können, aber Sie können sich ja vorstellen, wie mein Schreibtisch zurzeit aussieht."

„Ich glaube zwar nicht, dass ich das hinkriege, aber es klingt wirklich interessant, auch unabhängig von dem Werftdesaster. Netzwerke sind immer eine gute Gelegenheit für mich, um unser Haus ins Gespräch zu bringen."

„Ich weiß", sagte Gitta. „Geht uns ja nicht anders. Schauen Sie sich mal auf deren Internetseite auch die Mitgliederliste an, dort finden Sie sicherlich interessante Firmen."

„Das mach ich. Nochmals danke und beste Genesungswünsche an Ihren Mann."

„Ja, ich fahr jetzt zu ihm", sagte Gitta leise. „Sollten Sie noch Fragen haben, erreichen Sie mich am Montag wieder."

Abrupt legte sie den Hörer auf, als wenn es ihr schwer fallen würde weiter über Lars zu sprechen.

Ein flaues Gefühl kam in Paul hoch, als er an ihn dachte.

Sogleich drängte sich ihm das Gespräch mit Charlotte wieder auf und er fragte sich ein weiteres Mal was wäre, wenn Lars gar nicht als Täter agiert hatte, sondern selbst Opfer eines versuchten Anschlags geworden war.

Zumindest kam ihm die Variante mit einer radikalen Gruppe oder ein einfacher Unfall durch einen technischen Defekt plausibler vor, als eine vorsätzliche Tat von Lars, um der Reederei eins auszuwischen.

Zu sehr hatte er ihn als lebenslustigen Menschen kennengelernt, und mit dem ihm eigenen, scheinbar nie versiegenden Selbstbewusstsein hätte er die Krise seiner Firma gewiss auf eine andere Weise gemeistert.

Paul klickte kurz darauf auf die eingehende E-Mail von Gitta und las sich die Agenda zur Veranstaltung auf der Werft durch.

Sich selbst auf dem Gelände umzusehen war wirklich verlockend.

Und es war vermutlich die einzige Möglichkeit herauszufinden, ob an Gittas Anschuldigungen etwas dran sein könnte.

Doch ausgenommen von neuen Kontakten zu einigen Firmen, die vielleicht irgendwann einmal die eine oder andere Veranstaltung im Hotel buchen würden, fiel ihm zunächst nichts ein, wie er gegenüber dem Direktor eine Teilnahme an der Netzwerktagung zwingend rechtfertigen könnte.

Schließlich wäre er dann den ganzen Tag unterwegs und müsste einige bereits vereinbarte Kundentermine kurzfristig absagen.

Zudem musste er sich neben dem üblichen Tagesgeschäft noch um die restlichen Ausbuchungen kümmern und die Zeit dazu rannte ihm ohnehin unerbittlich davon.

Durch die schnellen Schritte, die plötzlich auf dem Flur zu hören waren, wurde er aus seinen Überlegungen gerissen und nur wenig später stürzte der Direktor entgegen seiner sonstigen Gewohnheiten sofort ins Büro.

Doch kaum hatte er sich in der Mitte des Raumes positioniert, drehte er sich gekonnt auf seinen Schuhspitzen um und schickte sich an wieder zu gehen.

„Oder haben Sie noch etwas für mich? Wie sieht die nächste Woche bei Ihnen aus? Gibt es schon weitere

Informationen zum Bankett der Staatskanzlei oder der Botschaft?"

„Es läuft alles planmäßig", antwortete Paul ausweichend, da er nicht wusste, worauf er zuerst antworten sollte.

„Wenn ich das richtig in Erinnerung habe, sind Sie ja nächste Woche zu Kundenterminen in Hamburg unterwegs", fügte der Direktor schnell hinzu, während er seine Manschettenknöpfe an den herausgezogenen Hemdsärmeln ausrichtete. „Haben Sie schon alle Ausbuchungen unterbringen können?"

„Also was die Ausbuchungen betrifft, warte ich noch auf eine Rückmeldung. Ansonsten gibt es bei mir noch eine kleine Änderung", sagte Paul etwas nachdenklich und klickte sich durch seine letzten E-Mails.

Die ersehnte Antwort von einem anderen Hotel außerhalb der Stadt, das er als Alternative zu seinen Ausbuchungen angeschrieben hatte, ließ sich mit der Antwort Zeit, weshalb er befürchten musste auch von dort eine Absage zu erhalten.

Aber die Gedanken daran, welche Optionen ihm dann noch blieben, rückten angesichts der Einladung von Gitta augenblicklich in den Hintergrund.

„Es gibt ein bereits etabliertes Netzwerk, das sich mit erneuerbaren Energien befasst, insbesondere aus dem Bereich von Windkraftanlagen in der Nord- und Ostsee. Es sind interessante und namhafte Firmen dabei, die sicherlich auch Potenzial für unser Haus haben. Das Netzwerk lädt am Dienstag zu einem Forum in die Stralsunder Werft ein. Dort kommen alle zusammen die sich in diesem Wirtschaftsbereich neu aufstellen. Ich werde wohl die bereits geplanten Kundentermine in Hamburg verschieben und die einmalige Gelegenheit nutzen und in Stralsund neue Kontakte über das Netzwerk für unser Hotel aufbauen."

Der Direktor sah ihn skeptisch an. „Was bringt uns das konkret?"

„Das kann ich erst sagen, wenn ich mir dort selbst einen Überblick verschafft und mit den Leuten gesprochen habe", antwortete Paul und druckte die Liste der Mitgliedsunternehmen aus. „Aber es wird wohl höchste Zeit, dass wir diese Firmen an unser Haus binden. Die Pläne zum Ausbau von Offshoreanlagen verheißen für die Region zukünftig sehr gute Geschäfte und sicherlich fällt auch für uns dabei etwas ab."

Er hielt dem Direktor die Liste hin und wartete auf seine Reaktion.

Etwas widerstrebend nahm dieser das Blatt in die Hand und warf missmutig einen kurzen Blick darauf, bevor er sie mit einer abschätzigen Miene auf den Tisch legte.

„Dann berichten Sie mir anschließend bitte detailliert, was für uns herausspringen könnte. Und die Termine in Hamburg holen Sie nach?"

„Selbstverständlich. Sind alles langjährige Kunden. Das krieg ich schon hin."

Der Direktor schüttelte kaum sichtbar den Kopf und verließ das Büro. „Halten Sie mich auf dem Laufenden!", rief er ihm vom Flur aus zu und kurz darauf hörte Paul, wie er die Bürotür zuschloss und die Verwaltungsetage über das Treppenhaus verließ.

Als die Stille nach dem Zuschlagen der Brandschutztür zurückkehrte, las Paul sich noch einmal die Einladung zur Veranstaltung durch und meldete sich an.

Gedankenversunken drehte er sich danach zum Fenster und schaute minutenlang zum Hafen hinunter.

Die Personenfähre fuhr vorbei und legte kurz darauf an der Gehlsdorfer Uferseite an.

Beim Anblick des ebenfalls sehr alten Schiffes kamen ihm plötzlich Zweifel, ob ihm der Werftbesuch wirklich von Nutzen sein könnte.

Denn wonach sollte er dort eigentlich genau suchen?

Und welche Unklarheiten würden sich damit beseitigen lassen?

Er drehte er sich um und war schon dabei Gittas Nummer zu wählen, um ihr diese Fragen zu stellen, aber dann legte er den Hörer schnell wieder auf.

Vielleicht war es gar nicht gut, dass sie ihm explizit vorgab wonach er suchen sollte, denn schließlich war er sich auch über ihre Rolle in dieser Geschichte überhaupt noch nicht im Klaren.

So könnte er völlig unbefangen herangehen und allemal besser einschätzen, ob an dem was Gitta ihm bisher erzählt hatte wirklich etwas dran sein könnte.

Urplötzlich fiel ihm eine Bemerkung von ihr ein, die sie gemacht hatte, als er mit ihr vor den Bildern im Büro von Lars stand.

Er dachte kurz darüber nach, dann machte er sich zügig daran, alle notierten Änderungen aus den Gesprächen am Vormittag in die Kundendatei einzutragen.

Nebenbei schaute er immer wieder aus dem Fenster auf die alte Personenfähre auf der anderen Warnowseite.

Vielleicht eher unbeabsichtigt hatte ihn Gitta auf etwas hingewiesen was er zunächst gar nicht richtig verstanden hatte, was ihn nun aber regelrecht auf die Werft trieb.

Ja, ihm wurde klar, dass ihm auf diese Frage nur die halbfertigen Fähren eine befriedigende Antwort geben konnten.

15

Nur an wenigen Stellen bahnten sich die Sonnenstrahlen einen Weg durch die äußerst dichten Baumkronen im Gespensterwald von Nienhagen und warfen vereinzelte Lichtpunkte auf den ausgefahrenen Radweg.

Obwohl sich die Luft anderenorts schon in den frühen Morgenstunden sehr schnell aufgeheizt hatte, zog hier eine leichte Brise von der Ostsee zwischen den langen Buchenstämmen an der Steilküste hindurch und es musste sich für alle die hier durchfuhren so anfühlen, als wenn dieses Fleckchen Erde nun der kälteste Ort an der Mecklenburgischen Küste wäre.

Selbst im Sommer ging vom feuchten Waldboden des Hochufers, der hier ewig im Schatten lag, eine intensive Kühle aus, so dass die meisten Radfahrer auch an diesem Sonnabendvormittag den Reißverschluss ihrer Jacken bis nach oben zogen.

Gleichzeitig warfen sie dabei einen ungläubigen Blick auf die Urlauber, die unten am Strand in der Sonne lagen oder im Wasser umhersprangen.

Auf so kurzer Distanz einen derart gewaltigen Temperaturunterschied zu erleben, war für sie wirklich außergewöhnlich.

Mia hatte sich schon bei der Einfahrt in das Waldstück einen Pullover übergezogen, und auch Paul hielt nun kurz an und nahm seine Fleecejacke aus der Fahrradtasche.

Dass ihm trotz der zügigen Fahrweise kalt war, schob er vor allem der hektischen Woche zu, die ihm so einiges abverlangt hatte.

Vielleicht lag es aber auch ein klein wenig an Mias sehr spätem Anruf.

Mit ihm hatte sie ihn in der Nacht nicht nur aus dem Schlaf gerissen, sondern auch noch mit der Frage überfallen, wie es denn nun um die versprochene Radtour nach Kühlungsborn stehen würde.

Paul ließ sich völlig verschlafen dazu hinreißen „Jederzeit", zu sagen, ohne zu ahnen, dass sie ihn sofort beim Wort nehmen würde.

„Perfekt! Dann treffen wir uns morgen um zehn am Bahnhof in Warnemünde. Ist das okay für dich?"

„Ja", antwortete Paul benommen und schaute noch einmal auf die Uhr, die bereits auf Mitternacht zuging. „Ich freu mich. Geht's dir gut?"

„Erzähl ich dir dann", sagte Mia nur und warf noch kurz vor dem Auflegen das übliche „Hab dich lieb" hinterher.

Dieses abrupte Gesprächsende machte Paul hellwach, denn ihm war, als wenn etwas Traurigkeit in Mias Stimme mitklang.

Unruhig wälzte er sich die restlichen Stunden umher und haute am Morgen verstört auf den Wecker, so als wenn er kaum geschlafen hätte.

Doch wie sich am Vormittag herausstellte, waren seine Befürchtungen, dass sich Mia möglicherweise mit einem riesigen Problem umherschlagen könnte völlig unbegründet.

Beschwingt und lachend umarmte sie ihn, als er in Warnemünde sein Fahrrad neben ihres stellte.

„Hallo, Paps. Hast dich bestimmt gewundert, doch ich musste einfach mal raus."

„Naja, irgendwie schon", sagte Paul. „Aber es war gut, dass du mich deswegen angerufen hast. Ich entscheide mich ja auch immer sehr kurzfristig für eine Tour", fügte er schnell hinzu, da er Mia auf keinen Fall das Gefühl geben wollte, als wenn ihm das nicht gepasst hätte.

„In Maquoketa war ich jeden Tag mit irgendwelchen Dingen beschäftigt. Jetzt hänge ich nur herum oder langweile mich in meiner Bude. Und da du ja am Wochenende sowieso immer mit dem Rad unterwegs bist, dachte ich mir, ich schließe mich dir einfach an."

Auch wenn Paul von der simplen Erklärung überrascht war, beruhigte es ihn doch, dass er sich unnötig gesorgt hatte.

„Na, dann lass uns losfahren und schauen was uns der Tag so bringt."

Paul schwang sich wieder aufs Rad und lotste Mia zunächst über den vielbefahrenen Radweg durch Warnemünde bis in das Waldstück von Nienhagen.

Mia erzählte unterwegs von ihren Erlebnissen im letzten Jahr, was Paul erleichtert aufnahm, denn so konnte er annehmen, dass der kleine Disput auf der Fährrückfahrt doch nicht von allzu großer Bedeutung für sie gewesen sein mochte und sie ihn vielleicht auch schon längst wieder vergessen hatte.

*

Nachdem sie den Wald verlassen hatten, ließen sie es bis Heiligendamm recht ruhig angehen.

Sie hielten nur noch einmal kurz an, um ihre wärmenden Sachen auszuziehen, denn bei strahlendem Sonnenschein war auf dem Weg, der sich parallel zum Strand entlang zog, von der Kälte nichts mehr zu spüren.

Am Ortseingang stieg Mia vom Rad ab und schaute sich suchend um.

„Kommen wir hier nicht weiter?", fragte sie und zeigte auf ein Schild, welches das Befahren der Strandpromenade mit den Rädern untersagte.

„Nein. Dort geht es nur bis zur Hotelanlage. Dann kannst du nur noch am Strand entlang wandern."

„Gibt es dort was Interessantes zu sehen?"

„Eigentlich nicht viel. Das Hotel und die Seebrücke. Ich glaube die ist zurzeit aber auch gesperrt. Beim letzten Sturm sind wohl etliche Bohlen hochgedrückt und weggespült worden. Die historischen Gebäude der Hotelanlage wären das einzig Sehenswerte. Ansonsten stehen auf dem Weg dorthin nur Ruinen."

„Ruinen?", fragte Mia interessiert.

„Es gibt bis zum Hotel mehrere Villen aus der Kaiserzeit, die seit Jahrzehnten verfallen. Ich dachte du kennst das alles? Waren wir nicht mal zusammen hier?"

„Das muss schon ewig lange her sein. Ich kann mich kaum daran erinnern. Nur noch daran, dass wir mal vor vielen, vielen Jahren mit dem Molli durch den Ort gefahren sind. Aber ich weiß gar nicht mehr, ob wir dann auch ausgestiegen sind und uns umgesehen haben. Können wir da mal kurz lang?"

„Klar. Aber wie gesagt, es gibt nicht viel zu sehen."

Sie schlossen ihre Räder an und gingen an den Gebäuden entlang, die durch einen Bauzaun von der kleinen Promenade abgetrennt waren.

„Sieht ja wirklich gruselig aus", sagte Mia beim Anblick der völlig verfallenen Villen.

„Ja. Die haben auf jeden Fall schon bessere Zeiten erlebt", stimmte Paul ihr zu. „Seit der Gründung des Seebades am Ende des 18. Jahrhunderts bis zum Ende des Zweiten Weltkrieges war dieser Ort ja immer ein Treffpunkt des Hochadels und alles war entsprechend hergerichtet. Gemälde aus dieser Zeit geben ein wirklich beeindruckendes Bild des Seebades wieder.

Nach dem Zweiten Weltkrieg erlitten die Häuser allerdings dasselbe Schicksal, wie viele ehemals prachtvolle Bauten im Land. Die Gebäude wurden zwar genutzt, aber es wurde so gut wie nichts investiert, wodurch ihr Untergang eigentlich besiegelt war. Nach der Wende zerfielen sie dann gänzlich und stehen nun schon seit Jahrzenten leer. Es erstaunt mich, dass sie den Stürmen an der Küste bisher überhaupt noch so getrotzt haben und nicht komplett zusammengebrochen sind."

„Und was soll nun damit passieren?"

„Der ganze Komplex gehört einer Investorengruppe, die sich damit aber offensichtlich völlig übernommen hat. Schon seit Jahren verkündet sie mit aller Regelmäßigkeit den baldigen Beginn der Sanierung der Villen, aber passiert ist bisher recht wenig. Nur eine Villa neben dem Hotel ist halbwegs fertiggestellt. "

Mia ging ein paar Schritte vom Zaun weg und machte mehrere Fotos.

„Das wirkt auf mich hier alles ein wenig trostlos. Heute ist ja noch herrliches Wetter und es sieht beinahe romantisch aus, wenn Sonnenstrahlen durch die kaputten Dächer ins Innere scheinen. Auch die kleinen Birken in den Resten der Dachrinnen bilden mit ihrem zarten Grün einen schönen Kontrast zu dem verschimmelten Grau der Außenwände. Aber ich möchte hier nicht im Herbst stehen, wenn ohnehin alles nur vom heruntergefallenem Laub bedeckt und dazu nasskalt ist. Da gibt es schönere Orte an der Ostsee. Wen will man denn mit sowas bloß herlocken?"

„Mit dem ganzen Komplex, also auch mit dem Hotel, sollen ganz spezielle Gäste angesprochen werden."

„Etwa die Schönen und Reichen?", lachte Mia spöttisch auf. „Wieder ein Treffpunkt des Adels?"

„Ja, so in etwa", lächelte auch Paul, während sie weitergingen. „Es gehört wohl ein wenig zur Philosophie derjenigen dazu, die das hier alles betreiben, den sogenannten ‚Glanz vergangener und glorreicher Zeiten' wieder aufleben lassen zu wollen. Aber das hier ist auch für mich sehr fragwürdig. Es gibt wahrlich attraktivere Urlaubsgebiete an der Küste."

Er blieb stehen und schaute in Richtung des Hotels. „Ich kann mich mit diesem Ort auch nur schwer anfreunden. Du weißt ja, dass ich dieses Angestaubte nicht mag. Da ist mir unser Stadthotel wesentlich lieber."

„Ach, das war schon alles?", staunte Mia, nachdem sie noch ein Stück weitergegangen war und an dem geschlossenen Tor der Anlage rüttelte. „Hier geht es ja tatsächlich nicht weiter. Das waren ja nicht mal fünfhundert Meter!"

„Ich sagte ja, dass du von hier aus nur am Strand weiterkommst. Eigentlich sollte an dieser Stelle mal ein öffentlicher Weg durch den Park gebaut werden, damit auch Einwohner und Gäste des Ortes vom Bahnhof direkt zur Seebrücke gehen können. Doch dagegen wehren sich die Investoren und das Hotel vehement, und so müssen alle weiterhin einen großen Bogen um die Anlage machen. Hier kommen jetzt nur Hotelgäste mit ihrer Zimmerkarte durch."

„Die feine Gesellschaft bleibt also unter sich" stellte Mia fest. „Das wäre was für Morten! Schade, dass wir vor dem Besuch bei ihm nicht hier waren, denn davon hätte ich ihm gern erzählt. Er hätte sicherlich seinen Spaß daran gehabt oder es hätte ihn erst so richtig auf die Barrikaden gebracht."

Paul fühlte sich fast unangenehm berührt, plötzlich durch Mia wieder an Morten erinnert zu werden, der bei ihr wohl doch einen bleibenden Eindruck hinterlassen hatte.

Aber er musste auch bei dem Gedanken schmunzeln, wie Morten wohl auf eine solch abgeriegelte Hotelanlage reagieren würde, die weitestgehend einem reichen Gästeklientel vorbehalten war und deren Betreiber alles dafür taten, um sich „nicht standesgemäße Leute" vom Hals zu halten.

*

Auf dem letzten Stück nach Kühlungsborn war es Mia anzusehen, wie sehr es ihr in den wenigen Tagen seit ihrer Rückkehr schon gefehlt habe musste, sich einmal richtig auszutoben.

Wie eine Siegerin riss sie die Arme hoch, als sie die Strandpromenade erreichten.

„Na, das sieht doch hier schon besser aus und strahlt nicht diesen alten adligen Mief aus", sagte sie erleichtert. „Ich hätte übrigens nicht gedacht, dass der Radweg so stark befahren wird. Vielleicht können wir auf der Rückfahrt eine andere Route nehmen?"

„Ja, es gibt auf der Strecke mittlerweile an einigen Stellen wirkliche ‚Fahrradstaus'. Zwar wird immer davon geredet, dass wir das beste Fahrradland wären, aber wenn man durchs Land fährt stellt man schnell fest, dass wir auf diesem Gebiet eher ein Entwicklungsland sind. Du hast ja erlebt, wie entspannt man auf der dänischen Seite fahren kann. Wir können gerne auf einem anderen Weg zurück. Er führt uns etwas weiter südlich vom Strand weg und er ist nur ein kleines Stück länger, aber damit entgehen wir dem Gedrängel durch den Wald und den schlechten Wegen am Hochufer."

Sie blieben erst noch einen Moment stehen und sahen dem rastlosen Treiben vor den Geschäften und Restaurants oberhalb des Yachthafens zu, bevor sie sich mit ihren Rädern durch den Urlauberstrom schoben.

„Wollen wir uns was aus der Bäckerei holen und uns dann einen Platz bei den Bootsstegen suchen oder wo es etwas ruhiger ist?", fragte Mia.

Paul stimmte ihr sofort zu, und nachdem sie sich mit Baguettes und Getränken versorgt hatten, gingen sie noch ein Stück weiter und setzten sich schließlich auf die Felsbrocken der Mole, die den Strand vom Hafen abtrennte.

„Jetzt geht's mir wieder gut", sagte Mia, während sie genüsslich in ihr Baguette biss. „Dieser Ort ist wirklich wunderschön. Es muss toll sein, am Abend dort auf den Holztreppen vor den Restaurants zu sitzen und zuzuschauen, wie die Sonne untergeht. Die Boote schaukeln im Wasser. Ein paar Möwen fliegen umher. Diese Atmosphäre am Wasser hat mir wirklich gefehlt. Gerade im letzten Sommer, als in Iowa eine Bullenhitze herrschte, habe ich die Ostsee ganz besonders vermisst."

„Ja, es ist schon ein schönes Fleckchen und auch einer meiner Lieblingsplätze an der Küste. Es ist das ganze Jahr über sehr lebendig hier. Nur der Hafen verwaist im Winter. Ansonsten ist immer was los."

Paul hatte die ganze Zeit überlegt, ob Mia die Tour wirklich nur mitmachte, um mal raus zu kommen oder ob es möglicherweise noch einen anderen Grund gab.

Doch so wie sie jetzt hier saß und entspannt an ihrem Eiskaffee schlürfte, machte es auf ihn nicht den Eindruck, als wenn es etwas Gravierendes geben könnte was sie belasten würde.

„Wie kommst du denn ansonsten zurecht?"

Mia zuckte nur lachend und etwas lustlos mit den Schultern. „Ist schon ein Unterschied zu Maquoketa, aber das stehe ich schon durch. Nach der Schule hatte ich dort immer mit irgendwelchen Sachen zu tun. Entweder war ich in den Nachmittagskursen der Schule oder ich hatte auf der Farm zu tun. Auch in den Ferien war jeden Tag was los. Naja, ist jetzt Geschichte. Du könntest mir aber trotzdem helfen."

„Mit der Schule? Wenn ich kann? Außer bei Mathe, da muss ich passen."

„War wohl auch dein ‚Lieblingsfach'? Nein, die Schule meine ich nicht. Damit will ich mich jetzt bis zum Ende der Ferien auch nicht beschäftigen. Ich möchte noch nebenbei ein bisschen arbeiten. Also nicht nur in der Urlaubszeit, sondern auch danach. Du kennst doch so viele Leute. Lässt sich da nicht was machen?"

„Wird dir das nicht zu viel? Ich meine nicht im Moment, sondern wenn die Schule wieder losgeht. Wäre es nicht besser du lebst dich hier in der neuen Klasse erst mal ein und suchst dir dann etwas, falls dir noch Zeit dafür bleibt?"

„Es lenkt mich halt ab. Ich bin sowieso nicht der Schultyp. Ich muss ja nicht wie in Maquoketa Bullen treiben, aber irgendwas nebenbei zu machen, wäre nicht schlecht."

Paul sah sie erstaunt an.

„Bullen treiben?"

Er konnte sich Mia mit ihrer zierlichen Gestalt nur schwerlich auf einer Rinderkoppel vorstellen, aber schließlich hatte sie sogar von ihren Jagdausflügen erzählt und so war dies wohl auch nicht auszuschließen.

„Na gut. Ich schau mich mal um. Ich glaube in der Kröpi kommt demnächst sogar ein neuer Klamottenladen hin. Die suchen bestimmt Aushilfen."

Mia sah Paul nur kurz an und nickte, dann richtete sie ihren Blick auf den Hafen und kaute wortlos an ihrem Baguette.

„Oder was anderes?", fragte Paul unsicher.

Mia schaute weiterhin zu den Booten und dann lachend zu Paul.

„Klamottenladen? Klingt irgendwie lustig. Aber ja, das wäre wirklich super. Entschuldige, ich war nur gerade etwas abgelenkt. Sieh mal zu dem Boot dort links am letzten Steg. Ist das Mortens?"

Paul fuhr merklich zusammen.

Dann stand er ruckartig auf, schob sein Basecap leicht in den Nacken und ging langsam ein paar Schritte an die Liegeplätze heran.

„Sieht dem von Morten wirklich verdammt ähnlich. Das hat aber ein Stralsunder Kennzeichen", sagte er nach einem Augenblick und drehte sich fast erleichtert zu Mia um. „Es hätte mich aber auch nicht gewundert, wenn Morten hier plötzlich über die Promenade schlendern würde. Mit so einem Kahn kommst du locker von Nyköbing oder von Mortens Bootssteg herüber."

„Das hört sich an, als wenn du nicht gerade erfreut darüber wärst?"

„Nein, so meine ich das nicht", sagte Paul beschwichtigend. „Aber es scheint mir fast so, als wenn man zu jeder Zeit und an jedem Ort mit ihm rechnen könnte."

„Ja, er ist schon irgendwie ein uriger Typ", sagte Mia entspannt und streckte ihre Füße im warmen Strandsand aus.

Sie nahm einen Schluck von ihrem Eiskaffee und lehnte sich dann auf dem flachen Granitblock zurück.

„Dieses Stückchen Erde ist wirklich traumhaft. Wenn ich mal viel Geld habe, lasse ich mich hier nieder. Am schönsten wäre so eine Wohnung, von der ich direkt auf die Seebrücke schauen kann. Dort legt ja auch immer ein Schiff ab, mit dem ich nach Warnemünde fahren könnte. Oder eine Wohnung zwischen den schönen Hotels in der Mitte des Ortes. Dann würde ich dort jeden Sonntag in einem anderen Restaurant zum Brunch gehen. Oder etwas im Westteil der Stadt, dort wo ganz am Ende die schicken Villen direkt am Strand stehen oder..."

Mia schwärmte unentwegt weiter, doch Paul hörte ihr kaum zu.

Angespannt schaute er auf das Boot, welches dem von Morten selbst in der Farbe glich und dessen Planken sich im ruhigen Wasser des kleinen Hafens wiederspiegelten.

So überrascht er zunächst von dem Gedanken war, dass Morten hier plötzlich auftauchen könnte, so klarer wurde ihm erst in diesem Moment, dass er wahrscheinlich ständig herüberkam.

Natürlich wohl nicht in seinem Boot, aber sicherlich des Öfteren mit der Fähre.

Er selbst hatte ihn ja innerhalb kürzester Zeit gleich zwei Mal auf dieser Seite getroffen und die beinahe kumpelhafte Begrüßung des Fährmitarbeiters am Unglückstag ließ auch darauf schließen, dass er den Weg über die Ostsee seit langem nutzte.

Paul versuchte sich noch einmal alle Gespräche mit ihm ins Gedächtnis zurückzurufen, doch er konnte sich nicht daran erinnern, dass Morten dabei einmal genau erwähnt hatte, was ihn immer wieder hierhertrieb.

Ein Brot vom Bäcker konnte es allein nicht sein.

Unwillkürlich fielen ihm die Bemerkungen von Charlotte über die Untersuchungen der dänischen Behörden zu der linksradikalen Gruppe ein und besonders Mortens Worte, als Mia bei ihrem Besuch in seinem Garten die kleinen Bücher auf den Tisch legte und er anschließend mit ihr darüber diskutierte.

Es war noch nicht einmal so sehr das, was er sagte, sondern eher die Art der Formulierungen seiner weltanschaulichen Prinzipien und der harte Klang bestimmter Parolen, die Paul dort nur im Unterbewusstsein aufgenommen hatte.

Doch urplötzlich wurde ihm klar, woher ihm dies alles bekannt vorkam.

Er zuckte innerlich zusammen und machte fast schreckhaft einen Schritt zurück, während ihm ein Gedanke durch den Kopf schoss, der ihn trotz des heißen Wetters fast eiskalt erstarren ließ.

„Es beschäftigt dich wohl sehr“, sagte Mia beinahe einfühlsam, als sie mitbekam, dass Paul stehend über etwas intensiv nachdachte und nicht auf ihre Schwärmereien reagierte. „Aber man darf wohl nicht alles glauben und nicht alles so ernst nehmen, was der gute alte Morten von sich gibt. Obwohl er schon spannende Geschichten erzählen kann und eine beeindruckende Sichtweise auf die aktuellen Geschehnisse in der Welt hat. Vielleicht können wir irgendwann noch einmal zu ihm rüberfahren?"

Sie richtete sich auf und schob ihre Sonnenbrille hoch.

Paul rührte sich noch immer nicht und sah erst einen Moment später etwas verstört zu ihr.

„Doch, doch", sagte er leise.

Mia sah ihn fragend an. „Was meinst du mit ‚doch, doch'?"

Er setzte sich langsam auf den Stein und nahm erst einen Schluck Eistee.

„Ich meine, du kannst glauben was er sagt. Und zwar jedes Wort."

Mia rutschte auf dem Granitblock nach vorn und sah Paul erstaunt an.

„Das klingt jetzt aber etwas seltsam. Oder besser gesagt, du klingst jetzt etwas seltsam. Mortens Erzählungen erscheinen mir im Nachhinein doch übertrieben abenteuerlich. Die Attentatsversuche seines Vaters während des Krieges auf den damaligen König und Mortens Aktionen in den 68ern, sowie seine Ambitionen zur Abschaffung der Monarchie, das hört sich alles eher an wie Geschichten die alte Menschen gerne erzählen, weil sie wissen, dass sie niemand mehr nachprüfen kann."

„Morten kannst du das glauben", sagte Paul fest.

„Warum bist du dir da plötzlich so sicher? Ich dachte nicht, dass du seine Geschichten ernst genommen hättest", fragte Mia nach und sah zum Boot, als wenn es ihr etwas preisgeben könnte.

Paul schüttelte leicht lächelnd den Kopf und warf seinen Pappbecher schwungvoll in den nahen Papierkorb.

„Ich war dabei."

„Wobei?"

Mia drehte sich ruckartig um und wartete auf weitere Erklärungen von Paul, der jedoch nur nachdenklich auf das Boot schaute.

„Was jetzt?" fragte sie verstört. „Was soll ich denn mit solch einem Satz anfangen?"

Paul atmete einmal tief durch.

„Hätte nie gedacht, dass ich damit noch einmal konfrontiert werde. Wenn auch nicht direkt, so könnte es doch sein, dass mir Morten schon einmal vor vielen Jahren über den Weg gelaufen ist. Ich meine damit eine Begegnung, die mehr als dreißig Jahre zurückliegt."

Er stand auf und ging wieder etwas näher an die Bootsstege heran.

Mia sprang hoch und folgte ihm.

Einen Moment sahen sie beide einer größeren Segelyacht zu, die sich langsam an ihren Liegeplatz schob, bevor Paul ruhig anfing zu erzählen.

„Es gab früher in Rostock eine Schule, also eine Parteischule. Ich habe dort einmal einen Jahreslehrgang absolviert und habe dabei auch Dänen getroffen. Das war gleich nach meiner Armeezeit, Mitte der achtziger Jahre."

„Warte mal! Stopp mal!", unterbrach ihn Mia sofort. „Was für eine Parteischule?"

Paul sah sie an erstaunt an und schüttelte den Kopf. „Es ist unglaublich. Was vor dem Mauerfall war, erscheint heute nur noch nebulös und es gab bisher auch keinen Anlass in der Vergangenheit herumzustochern. Du wurdest vier Jahre nach dem Mauerfall geboren und mit der Zeit haben die Jahre vor der Wende keine Rolle mehr gespielt. Auch wenn wir dir das eine oder andere erzählt haben, vieles blieb in all den Jahren danach einfach unerwähnt."

Ein paar Kinder rannten schreiend zum Strand hinunter und unterbrachen das Gespräch.

Mia schaute ihn an, doch Paul sah nur schweigend auf das Wasser.

„Manchmal denke ich, dass ich so gar nichts von euch weiß, weder von dir noch von Mama", sagte Mia leise, aber durchaus vorwurfsvoll.

Paul sah sie an und nickte. „Tut mir leid, aber das bringt die Zeit wohl so mit sich."

„Verstehe ich nicht. Warum hast du noch nie etwas davon erzählt?"

Paul setzte sich wieder auf den Stein und wartete bis sich auch Mia wieder hingesetzt hatte.

„Unsere Generationen, und damit meine ich schon die von deinen Urgroßvätern, wurden immer wieder durch die Ereignisse ihrer Zeit durcheinandergewirbelt. Deine beiden Urgroßväter waren überzeugte Nazis und sind fahnenschwingend in den Krieg gezogen. Einer fiel an der Ostfront und den anderen habe ich nur noch als alten, gebrochenen Mann in Erinnerung behalten, der mit ein paar Nazibüchern brabbelnd vor sich hinlief und dem untergegangenen Reich hinterhertrauerte.

Was ihn wirklich zu einem Nazi gemacht hat, kann ich nicht sagen. Es wurde nie darüber gesprochen. Mein Vater, also dein Großvater wurde nach dem Krieg das genaue Gegenteil. Er war Kommunist und Parteisekretär in einem Betrieb. Sehr streng und linientreu. Auch was ihn dazu getrieben hat, habe ich nie richtig erfahren. Wahrscheinlich lag allen in der Familie etwas Diktatorisches im Blut. Ich wuchs genau in diesem Umfeld auf und bin gehorsam in die Partei eingetreten. Erst mit dem Mauerfall habe ich mein Parteibuch wieder abgegeben. Und aus der Erkenntnis, dass man möglicherweise immer den falschen Weg gegangen ist, erwuchs ein

Schweigen über Vergangenes. Das habe ich bei allen in meiner Familie erlebt."

„Mal abgesehen, dass du mir das sicher noch irgendwann einmal ausführlicher erzählen musst", sagte Mia interessiert, „verstehe ich immer noch nicht, was das mit Morten zu tun hat?"

„Tja, wo soll ich anfangen?"

Paul sah sie an und überlegte einen Moment.

„Also die Parteischule...", sagte er und unterbrach seinen Satz noch einmal, um zu überlegen womit er beginnen sollte.

„Also die Schule war in einem Gebäude untergebracht, welches heute noch steht. In Lütten-Klein. Dort ist jetzt das Finanzamt drin. Zu DDR-Zeiten wurden dort Parteimitglieder geschult. Es ging natürlich überwiegend um politische und philosophische Themen. An der Schule gab es aber nicht nur Lehrgänge für Parteimitglieder aus der damaligen SED, sondern auch Kurse für Mitglieder kommunistischer Parteien aus anderen Ländern. So auch aus Dänemark. Das wurde zwar selbst vor uns alles gut abgeschirmt, aber ich kann mich noch an viele dänische Gruppen erinnern, die immer wochenweise dort waren. Manchmal auch über Monate.

Meines Wissens kamen mit aller Regelmäßigkeit Gruppen aus allen skandinavischen Ländern zu uns. Sie hatten natürlich ihre eigenen Kurse und es gab nur wenig Austausch zwischen uns und den ausländischen Teilnehmern. Und so weiß ich nur grob, über was sie dort diskutiert haben. Aber die gewaltsame Abschaffung der Monarchien, und ich meine wirklich ein gewaltsames, also bewaffnetes Vorgehen, sowie die Errichtung sozialistischer Gesellschaftsstrukturen in ihren Ländern waren natürlich Forderungen, die bei allen kommunistischen Parteien damals im Mittelpunkt standen. Ich bin mir sicher, dass Morten in alle den Jahren auch irgendwann mal an der Parteischule war."

„Oh, Mann Paps! Du hattest mit Kommunisten zu tun? Das erscheint mir alles so Unwirklich. Klingt ja wie aus einem Roman."

Paul nickte nachdenklich.

„Geht mir ja heute nicht anders. Ich mag gar nicht daran denken, wie das damals alles hätte anders verlaufen können. Dass wir mit dem Mauerfall nicht wie in anderen Ländern in einen Bürgerkrieg gerutscht sind, ist wirklich ein Glücksfall der Geschichte."

Mia lachte plötzlich auf.

„Jetzt verstehe ich auch deine ewige Aufmüpfigkeit besser! Bist also eher ein ‚Revoluzzer'! Ich habe ja gleich gesagt, dass Morten und du euch im Geiste nicht unähnlich seid."

Paul musste nun auch lachen.

„Für eure Generation klingt das wohl wirklich eher wie aus einem Abenteuerroman. Aber letztendlich passierte das tatsächlich alles. Auch wenn heute einiges aus der Zeit aufgearbeitet ist, der Großteil davon wird einfach irgendwann aus dem Gedächtnis der Leute verschwinden."

„Und du denkst wirklich, Morten war damals mit dabei?"

„Ja", sagte Paul bestimmt. „Da bin ich mir ziemlich sicher. Zumindest deutet für mich vieles darauf hin, je länger ich darüber nachdenke. Insbesondere seine radikale Ausdrucksweise klingt genauso, wie ich sie früher in der Partei erlebt habe. "

Mia stand auf und ging langsam ein paar Schritte über den Strand, wobei sie ein paar gelb leuchtende Steine aufsammelte.

Sie hielt sie gegen das Sonnenlicht und warf sie nach und nach wieder ins Wasser.

„Aber mal angenommen, er wäre wirklich bei solchen Treffen oder Schulungen dabei gewesen. Was hätte das heute noch für eine Bedeutung?“, fragte Mia und sah Paul an, der jedoch nur auf das Boot schaute und über etwas nachdachte. „Denkst du etwa, er könnte diesen Ideen noch immer hinterherhängen oder versucht sie sogar noch umzusetzen?“

Paul sah sie an und zuckte leicht mit den Schultern.

„Ja, so in etwa. Denk mal an das Gespräch bei ihm im Garten. So vehement wie er seine weltanschaulichen Standpunkte vertrat, so sicher ist es wohl auch, dass er sich von diesen Auffassungen noch immer in seinem Leben leiten lässt. Bei ihm hat sich in dieser Hinsicht wohl nicht viel geändert.“

„Aber das ist ja alles unheimlich lange her“, sagte Mia skeptisch und suchte weiter im Sand nach gelben Steinen. „Man hört ja kaum noch etwas von irgendwelchen kommunistischen Gruppen in Europa. Die scheinen sich alle angepasst zu haben. Vielleicht haben sie auch eine Kehrtwende gemacht und gehen heute einfach friedlich durchs Leben. Genießen ihre Rente oder fahren mit ihrem Boot auf die Ostsee und gehen angeln, so wie Morten. Selbst wenn er, oder besser gesagt sein Vater, früher seinen König stürzen wollte, ist das wohl heute kaum vorstellbar. Die Königshäuser in Europa werden doch scheinbar von allen umjubelt.“

Paul sah sie an und war für einen Moment geneigt, ihr von den Untersuchungen der dänischen Behörden zu erzählen, aber es waren ja alles eher Vermutungen als bewiesene Tatsachen.

Er nahm nachdenklich einen kleinen Stein auf und warf ihn nach eingehender Betrachtung ins Hafenbecken.

„Ja, das ist wohl so“, wandte er sich wieder an Mia. „Ein alter Mann auf einem wackligen Fahrrad, der auch ab und zu mit seinem alten Boot zum Angeln rausfährt, stellt wohl kaum noch eine Gefahr für jemand dar."

*

Es wurde am späten Nachmittag eine sehr lange Rückfahrt nach Warnemünde.

Paul musste ständig anhalten, um sich selbst längst Vergangenes und Vergessenes wieder in Erinnerung zu bringen und damit Antworten auf die vielen Fragen von Mia zu finden.

Anfangs war er sich nur für einen Moment nicht sicher, ob es gut war, dass sich ihr Gespräch nur noch um seine Vergangenheit drehte, doch je mehr Episoden er erzählte, umso mehr schien es ihm, als wenn Mia wirkliches Interesse an der Zeit vor dem Mauerfall hatte, ja sie vermittelte ihm sogar zunehmend das Gefühl von Verständnis und Respekt, aus einer inneren Überzeugung heraus für etwas eingestanden zu haben.

Auch wenn das nun Jahrzehnte zurücklag war es schließlich ein Teil seines Lebens, wenngleich er beim Erzählen spürte, dass von den einstigen Glaubensgrundsätzen, insbesondere was die Durchsetzung von politischen Interessen mit Waffengewalt betraf, nicht mehr viel übriggeblieben war.

Zweifellos erging es Morten nicht anders.

Sollte er früher einmal an Plänen zur Beseitigung der Monarchie mitgewirkt haben, die er verständlicherweise auf Grund seiner Familiengeschichte immer weiterverfolgt haben mochte, wurde er sicherlich mit der Zeit von anderen Ansichten und Lebensweisheiten geleitet.

Und je mehr Paul darüber nachdachte, umso absurder erschien ihm die Vorstellung, dass der alte Morten mit irgendwelchen linksradikalen Aktionen auf der Fähre zu tun gehabt haben könnte.

16

Paul fuhr mit seinem Wagen immer langsamer und sah dabei einem Pappbecher hinterher, der über die Straße rollte und in dem wild wuchernden Unkraut der leeren Parkplatzfläche vor der Stralsunder Schiffswerft hängenblieb.

Der Anblick des riesigen und seit langem ungenutzten Areals erzeugte bei ihm unwillkürlich ein beklemmendes Gefühl.

Im Vorbeifahren überlegte er, wann er überhaupt das letzte Mal hier war.

Es musste schon etliche Jahre her sein.

Nur sehr vage konnte er sich daran erinnern, dass die Werft damals bei laufendem Betrieb umgebaut wurde.

Im Gedächtnis geblieben waren ihm aber die endlosen Reihen mit den Autos der Werftarbeiter auf dem Platz und die völlig zugeparkten Straßen, die zur Werft führten.

Zu jener Zeit pulsierte das Leben im Schiffbau so sehr, dass etliche Projekte nach hinten geschoben werden mussten und die Werft immer am Limit arbeitete.

Für Außenstehende deutete damals nichts auf ein so grandioses Scheitern und das baldige Ende dieses traditionsreichen Standortes hin.

Nun stand auf dem leeren und verwahrlosten Gelände ein einziger alter Kleinwagen neben dem Eingangsbereich.

Paul fuhr an die bereits geöffnete Schranke heran und ließ die Scheibe herunter.

Gelangweilt stand der Pförtner mit einer Zigarette in der Hand an der Hauswand und erwiderte Pauls Gruß nur mit einem schwachen Nicken.

Erst als Paul den Motor abstellte und aussteigen wollte, machte er einen Schritt nach vorn und winkte ihm mit einer hastigen und missmutigen Geste zu, er möge einfach weiterfahren.

„Neben der letzten Halle können Sie sich hinstellen!", rief er ihm grantig zu, wobei er mit seiner Hand mehrmals in dieselbe Richtung wies, ohne ihn weiter anzuschauen. „Vor dem Verwaltungsgebäude, direkt am Ausrüstungskai. Ist jetzt alles leer dort. Sie werden schon sehen!"

Es schien ihm fast egal zu sein, ob sein Hinweis gehört wurde.

Paul hatte für diese unfreundliche Begrüßung durchaus Verständnis, denn er konnte sich vorstellen wie sich die Werftarbeiter fühlen mussten, denen vermutlich auch nicht klar war, wie es nach der Insolvenz mit dem Betrieb auf dem weitläufigen Gelände weitergehen könnte.

Diese Ungewissheit machte hier sicherlich allen stark zu schaffen.

Die Tatsache, nur noch ein leeres Auftragsbuch und zwei Rohbauten in der Werfthalle, sowie zwei halbfertige Fähren am Ausrüstungskai liegen zu haben, die ihnen die Reederei ja bekanntermaßen noch nicht einmal abnehmen wollte, zerstörte verständlicherweise schon im Ansatz jeglichen Optimismus.

Medienberichte verstärkten die Zweifel an dem Fortbestand der Werft ja auf unnötige Weise noch zusätzlich, da sie immer wieder verlauten ließen, dass angeblich niemand mehr an diesem Schiffbaustandort interessiert sei, womit natürlich auch die Zukunft der Werftarbeiter vorerst völlig offenblieb.

Jeder der jetzt also auf das Grundstück fuhr, wurde von ihnen daher allenfalls als Leichenfledderer und nicht als potentieller Investor für neue Schiffsprojekte angesehen.

So war eben auch er, kein gern gesehener Gast.

Paul rollte mit seinem Wagen langsam über den verwinkelten Hauptweg an mehreren Hallen vorbei und versuchte sich dabei einen Überblick zu verschaffen, ob es eventuell noch weitere Projekte gab, die durch die Insolvenz unterbrochen wurden.

Doch alle Tore waren zugeschoben und niemand war zu sehen.

Auch die Kräne an den Kaianlagen hatten ihre Tragseile hochgezogen und verharrten wie im Winterschlaf.

Er stellte seinen Wagen etwas abseits des Hauptgebäudes in den Schatten zweier Schiffssektionen, die auf wuchtigen Holzkonstruktionen gelagert waren.

Eine war so groß, dass Paul erst ein Stück weggehen musste, um in ihr das umgedrehte Unterteil eines Schiffsbugs zu erkennen, dessen runder Wulst gut zehn Meter in den Himmel ragte.

Die mit weißer Farbe grob aufgemalten Buchstaben und Zahlen auf den Stahlkörpern waren vom Rost fast ausgelöscht.

Offensichtlich lagerten sie hier schon seit etlichen Wochen, wenn nicht sogar Monaten.

Paul entdeckte hinter den großen Sektionen weitere fertig geschweißte Segmente, die allesamt stark verrostet waren.

Die tonnenschweren Stahlkolosse stapelten sich ungeordnet bis zum Ende des Grundstücks.

Auch wenn er vom Schiffbau nur allgemeine Kenntnisse hatte, bestätigte ihm der Anblick der ausrangierten Stahlmassen doch Gittas Darstellung von den ungewöhnlichen Arbeitsabläufen auf der Werft.

Konstruktionsänderungen während des Baus hatten unverkennbar dazu geführt, dass diese bereits vorgefertigten Teile nicht in die Schiffe eingebaut werden konnten.

Für sie blieb irgendwann wohl nur noch eine Stelle auf diesem provisorischen Schrottplatz übrig.

Dass so eine Materialverschwendung nicht gutgehen konnte, erschloss sich auch einem Laien.

Paul sah sich weiter um und bemerkte dabei in einiger Entfernung weitere Fahrzeuge, die nach und nach zum Verwaltungsgebäude fuhren.

Er sah kurz auf seine Uhr.

Es blieben ihm nur noch ein paar Minuten bis zum Beginn der Netzwerktagung.

So schlich er sich eilig an den Werkstattgebäuden auf dem hinteren Teil der Werft entlang und schaute durch etliche Fenster.

Doch die verschmutzten Scheiben ließen in den dunklen Räumen nichts erkennen und jede Tür die er anfasste war verschlossen.

Auf dem Gelände war es gespenstisch still, nur ein paar Möwen flogen kreischend über ihn hinweg.

Mit jedem Schritt wurden seine Zweifel stärker, ob er auf diese Weise überhaupt etwas in Erfahrung bringen würde und er sich damit Klarheit über die geschäftlichen Verbindungen von Lars zur Werft oder zur Reederei verschaffen könnte.

Und es wäre wohl auch purer Zufall, wenn er hier irgendeinen Anhaltspunkt finden sollte, der ihm die Anschuldigungen von Gitta über den verheerenden Einfluss der Auftraggeber auf die Montagearbeiten an den Fähren bestätigen könnte.

Aber gerade das war es ja, worüber er sich Gewissheit verschaffen wollte!

Als er die letzte verschlossene Tür anfasste und sich danach resigniert umdrehte, sah er wie sich immer mehr Leute direkt am Ausrüstungskai vor den beiden halbfertigen Fähren versammelten.

Paul machte mit dem Handy noch schnell ein paar Fotos von den Stahlsegmenten und ging dann zu den Teilnehmern herüber.

Einige kamen ihm bekannt vor, doch sie nahmen nach einer kurzen Begrüßung kaum Notiz von ihm und wandten sich dann wieder einem Mann zu, der als einziger einen Schutzhelm trug.

Er hatte sich vor der Gruppe auf einer Palette postiert und stellte sich als Projektmitarbeiter der vorübergehenden Werftleitung vor.

Was er im Weiteren sagte, konnte Paul von seinem Platz aus jedoch kaum verstehen.

So ging er wieder ein paar Schritte zurück und sah sich die beiden Fähren an, die mit ihren jeweils knapp einhundertsiebzig Metern einen Großteil der Kaianlage in Beschlag nahmen.

Fest vertäut und still lagen sie im Wasser.

Mit ihren schnittigen Formen und den blauweißen Rümpfen sahen sie wahrlich beeindruckend aus, und Paul mochte es bei diesem Anblick kaum glauben, dass sie für ihren eigentlichen Zweck zu schwer waren und so nie auf der Ostsee unterwegs seine würden.

Er rückte noch ein Stück weiter ab und konnte schließlich auf die Kommandobrücke schauen, deren Fenster zum großen Teil abgeklebt waren.

So wie sie, hatte nur ein kleiner Teil der Decksaufbauten bereits den endgültigen Farbanstrich erhalten.

Offensichtlich hatten auch die Maler ihre Arbeiten komplett eingestellt, denn auf den Gerüsten, die auf dem gesamten Deck gestellt waren, konnte Paul weder Material noch Farbeimer entdecken und das Ganze machte auf ihn nicht den Eindruck, als wenn es hier demnächst weitergehen würde.

Etwas wehmütig dachte er an die bereits veröffentlichte computeranimierte Präsentation der neuen

Fähren, die mit ihren imposanten Passagierdecks eine wahrlich entspannte Überfahrt versprachen, doch vorerst würde er sich wohl noch mit den alten Schiffen begnügen müssen.

Inzwischen waren weitere Teilnehmer der Tagung an die Kaikante herangekommen.

So begrüßte der Projektmitarbeiter noch einmal alle lautstark und erklärte ihnen, dass sie vor der Sitzung die Möglichkeit hätten, sich die Werfthalle anzuschauen, in der auch noch die letzten beiden Schiffsneubauten zu sehen waren, bevor sie zu den eigentlichen Tagungsordnungspunkten übergehen würden.

Spontan rief ihm jemand die Frage zu, ob es nicht möglich wäre auch die Fähren zu besichtigen, woraufhin sogleich ein zustimmendes Raunen durch die Gruppe ging.

Paul drehte sich sofort um.

Ein Blick in das Innere der halbfertigen Fähren und die Erklärungen eines fachkundigen Mitarbeiters der Werft könnten schließlich am einfachsten verdeutlichen, ob es wirklich so desaströs um die Schiffe bestellt war, so wie es in den Medien dargestellt wurde und ob die Schiffbauer, so wie Gitta es wiederum ausgedrückt hatte, bei der Montage nicht gewusst haben sollten was sie taten.

Doch der Projektmitarbeiter winkte mehrmals mit beiden Händen ab und bedauerte es ausdrücklich, dass diese Schiffe derzeit nur vom Insolvenzverwalter betreten werden durften.

Unmittelbar darauf sprang er von seinem Podest um weiteren Fragen zu entgehen und bahnte sich zügig einen Weg durch die kleine Gruppe.

Alle folgten ihm kurz danach durch einen schmalen Seiteneingang in einen Werkstattraum.

Paul blieb noch einen Moment verstört an der Kaikante stehen, denn schon nach diesen wenigen Minuten auf der Werft musste er für sich bekennen, dass seine Fahrt hierher wohl völlig überflüssig gewesen war.

Er kam weder auf die Fähren, noch konnte er darauf hoffen hier von irgendjemanden gewinnbringende Informationen zu erhalten, da ja auch von den Werftarbeitern niemand mehr vor Ort war.

Seine Euphorie, die ihn auf der Fahrt hierher noch begleitet hatte, verflog zusehends.

Er würde mit leeren Händen wieder zurückkehren.

So folgte er etwas unentschlossen der Gruppe und zog als letzter die Tür hinter sich zu.

Nachdem er sich einen der bereitliegenden Schutzhelme genommen hatte, passierte er eine weitere Stahltür und stand unmittelbar darauf vor einem fast fertigen Rohbau, dessen gut zweihundert Meter langer Rumpf die Werfthalle auf einer Seite komplett ausfüllte.

Die rotbraune Bordwand ragte steil nach oben und ließ nur wenig Platz bis zur Außenwand der Halle.

Da die riesigen Tore geschlossen waren, schlug Paul schon nach den ersten Schritten die staubige und aufgeheizte Luft entgegen.

Mit einem unguten Gefühl zwängte er sich den anderen folgend zwischen allerlei Gerätschaften hindurch, bis er ans Schiffsende angelangt war und von dort auf einen zweiten Neubau blicken konnte, der die andere Hallenhälfte in Beschlag nahm.

Dessen Hecksektion lagerte noch mehrere Meter vom Mittelteil entfernt.

Die Schiffshälften schienen förmlich darauf zu warten, weiter zusammengeschoben und schließlich miteinander verschweißt zu werden.

Paul hatte ja schon in der Zeitung gelesen, dass neben den beiden Fähren, die am Ausrüstungskai lagen, noch zwei weitere Schiffe einer anderen Reederei auf ihre Fertigstellung warteten, die später auch für mögliche Militärtransporte genutzt werden sollten.

Hier hoffte man nun auf eine kurzfristige Finanzierungszusage des Bundes, um wenigstens die Rohbauten zum Abschluss zu bringen.

‚Im Gegensatz zu den Fähren am Ausrüstungskai wird man sich hier wohl schneller einig werden!', dachte Paul bei sich.

Er wartete gespannt darauf, was der Projektmitarbeiter zu den beiden Schiffen sagen würde, doch darauf ging dieser gar nicht ein.

Stattdessen stellte er den Teilnehmern die Halle und die angeschlossenen Werkstätten in allen Details vor und zeigte Möglichkeiten auf, wie diese zukünftig auch von andere Gewerken genutzt werden könnten.

An dem fast fertigen Rohbau und den auseinanderliegenden Sektionen des zweiten Schiffes gingen alle gleichgültig vorbei.

Paul war anscheinend der Einzige der sich im Detail dafür interessierte, wie die Schiffe hier gebaut wurden.

Doch niemand stellte dazu Fragen und der Projektmitarbeiter schien schon gar keine Lust zu haben, sich in irgendeiner Weise zu den Rohbauten zu äußern.

Damit blieb auch dieser Gang durch die Halle für Paul völlig nutzlos und so ließ er sich ein wenig zurückfallen.

Obwohl zu Beginn der Führung darauf hingewiesen wurde, dass es von der Insolvenzverwaltung nicht gewünscht sei Fotos zu machen, holte Paul sein Handy aus der Tasche und ging wieder ein Stück zurück.

Als er aus dem Blickfeld der Gruppe gerückt war, öffnete er eine halbgeschlossene Tür und konnte in den Bereich schauen, in dem die Grundelemente für die

Sektionen aus riesigen Stahlplatten ausgeschnitten wurden.

Er tastete sich vorsichtig in die halbdunkle Halle hinein, bis sich seine Augen an das schummrige Licht gewöhnt hatten.

Die Tür ging hinter ihm wieder knarrend zu.

Durch die von Roststaub und Schmutz überzogenen Dachfenster drang nur an wenigen Stellen etwas Sonnenlicht hindurch.

Auch in dieser Abteilung schienen die Arbeiten kurzerhand abgebrochen worden zu sein.

Der Brenner der gewaltigen Schneidanlage hatte ein Formteil nur zur Hälfte herausgeschnitten und war offenbar mittendrin ausgeschaltet worden.

Auf dem grob gefegten Boden waren ein paar Spuren von Arbeitsschuhen zu erkennen.

Die Szenerie erweckte den Eindruck, als wenn alle Stationen nur für eine kurze Zeit in diesen Positionen verharren sollten, bis die Schweißer und Monteure ihre Arbeit wie bei einem Schichtwechsel erneut aufnehmen würden.

Wahrscheinlich hatte sich beim Verlassen der Werkstatt niemand von ihnen vorstellen können, dass hier nun endgültig Schluss war.

‚Wenn sich das bewahrheiten sollte, was in der Zeitung stand, dann können sie dieses ganze zurechtgeschnittene Zeug hier nehmen und auch verschrotten!'

Paul schüttelte den Kopf und drückte auf den Auslöser.

Das Blitzlicht erhellte für einen Moment den Raum und ließ ihn erschrocken zur Tür blicken.

Angespannt blieb er stehen.

Er hörte die Gruppe laut lachen, doch sie schienen von seiner Aktion nichts mitbekommen zu haben und weiterzugehen, denn das Gelächter entfernte sich zunehmend von ihm.

Schnell schaltete er das Blitzlicht aus und machte weitere Fotos.

„Aasgeier!“, raunte plötzlich jemand aus einer Ecke der Werkshalle mit brummiger Stimme und ließ ihn abermals zusammenzucken.

Paul sah sich ruckartig um und blickte einem Mann entgegen, der sich gleichsam auf eigenen Spuren durch die unbeleuchteten Hallen bewegte.

Er hatte keinen Schutzhelm auf und sah Paul mit verständnisvoller Miene an.

„Entschuldigen Sie. Ich wollte Sie nicht erschrecken“, sagte er und kam langsam auf ihn zu.

Paul ließ sein Handy in die Tasche gleiten.

„Auch wegen der ‚Aasgeier‘ “, lachte der Mann. „Ich meinte damit die Herren dahinten, die sich angesichts des Zustandes der Werft hier wohl trotzdem prächtig amüsieren. Aber mich schmerzt es schon, wenn ich mit ansehen muss was hier zu Grunde geht und wie leichtfertig jetzt alle zur Tagesordnung übergehen. Tut mir leid. Ich hoffe Sie sind nicht auch aus der Windenergiebranche.“

Paul war noch etwas irritiert.

„Nein, nein, ganz anders Metier. Hotel. Ich arbeite in einem Hotel und bin mehr oder weniger durch puren Zufall hier.“

„Schreiber“, sagte der Mann mit einer leichten Verbeugung und hielt seine Hand hin.

„Wanka.“

Paul war überrascht eine so starke und schwielige Hand zu drücken, denn vom Äußeren machte Schreiber nicht den Eindruck, als wenn er mit schwerem Handwerkszeug umgehen könnte.

Die scheinbar maßgefertigten hellen Lederschuhe und das Einstecktuch in der Brusttasche seines feinen Sakkos ließen auf etwas anderes schließen.

Auch der sorgsam geschnittene Vollbart und seine korpulente Statur passten eher zu einem pensionierten Beamten.

Schreiber griff sofort in die Seitentasche und zog eine Visitenkarte heraus.

„Ich habe selbst mal vor dem Studium auf einer Werft gelernt und lange im Schiffbau gearbeitet. Bis es dann in den neunziger Jahren damit immer weiter bergab ging. Aber es waren gute Jahre“, sagte er fast andächtig und hielt Paul seine Karte hin.

‚Karl-Heinz Schreiber‘, las Paul für sich. ‚Unternehmens- und Personalberatung‘.

„Sie können ruhig weiter fotografieren. Mich stört es nicht.“

„Sieht es nicht gespenstisch aus?“, rechtfertigte sich Paul etwas verlegen. „Alles liegt so da, als wenn im nächsten Moment irgendjemand weitermachen würde. Dort steht ein Stahlsegment auf dem Boden und die Kreide, mit der das Teil gekennzeichnet wurde, liegt noch daneben, so als wenn das Beschriften nur kurz unterbrochen wurde.“

„Ja, dieser Anblick jagt einem unwillkürlich einen kalten Schauer über den Rücken. Ich habe in meinem Leben ja schon so einige Werften sterben sehen, aber diese hier toppt alles.“

„Es weiß wohl noch keiner so recht, wie es hier weitergeht“, sagte Paul.

„Weitergehen? Das wird es nicht geben“, grollte Schreiber schwergewichtig. „Es gibt so viele Überkapazitäten in Europa und auf der ganzen Welt, da wird diese Werft nicht unbedingt gebraucht. Obwohl sie noch unter Dampf steht und durchaus weitermachen könnte.

Ich meine damit, dass die Leute ja noch da sind, also noch in der Region, und der reguläre Betrieb umgehend wieder aufgenommen werden könnte. Aber dazu wird es wohl nicht mehr kommen. Alle die ich kenne", sagte er und wies in Richtung der Gruppe, „haben mit dem Schiffbau nichts am Hut. Die agieren alle in anderen Branchen, die meisten von ihnen im Windenergiebereich. Worin liegen denn Ihre Interessen?"

Paul wurde erst jetzt so richtig klar, dass sich zu dieser Netzwerktagung wohl kein ehemaliger Schiffszulieferer verirrt hatte und er nun auf diese Weise auch keinerlei Informationen erhalten würde, wie es allgemein um die Firmen bestellt war, denen es sicherlich nicht besser ging als Lars und Gitta.

Somit würde er nach diesem Tag wirklich nicht einen Deut schlauer sein.

„Ich arbeite in der Verkaufsabteilung eines Hotels und akquiriere Firmenkunden für Tagungen und sonstigen Veranstaltungen", wandte er sich wieder an Schreiber. „Somit ist jeder von denen da vorne für mich von Interesse. Die Mitglieder des Netzwerkes führen ja selber regelmäßig Veranstaltungen in Hotels durch."

Er zog nun ebenfalls eine Visitenkarte aus seiner Tasche und reichte sie Schreiber.

Der hielt sie etwas schräg gegen das schwache Deckenlicht und steckte sie dann behutsam in seine Brieftasche.

„Ich denke wir sollten uns den anderen wieder anschließen", sagte er beim Blick auf seine Uhr und stieß die zugefallene Tür wieder ganz auf.

Paul folgte ihm und machte zwischendurch noch ein paar Aufnahmen.

„Ein Bekannter von mir hat eine kleine Metallbaufirma in Rostock und war hier Zulieferer", sagte er in der Stille der Halle, in denen nur ihre Schritte zwischen den Schiffssektionen widerhallten. „Er ist von der Insolvenz direkt betroffen. Wenn ich das jetzt hier so sehe, kann man wohl annehmen, dass es für ihn äußerst schwierig werden dürfte, von seinem Geld je etwas wiederzubekommen."

Schreiber blieb erstaunt stehen und drehte sich zu Paul um.

„Warum ist er denn nicht hier? Wäre doch eine gute Gelegenheit gewesen, sich selbst ein Bild zu machen und zu hören was nun mit der Insolvenzmasse, insbesondere mit dem Gelände und den Werfthallen passieren soll."

„Er hatte einen Unfall und liegt im Krankenhaus. Hat wirklich Pech der Junge. Zudem hat er sich ohnehin mit dem Insolvenzverwalter und sogar der Landesregierung oder dem Wirtschaftsministerium in der Wolle und will sie vor Gericht zerren, sollte er sein Geld nicht bekommen."

„Ach!", sagte Schreiber beinahe anerkennend. „Ich hatte davon in der Zeitung gelesen. Äußerst mutig als kleine Firma gegen Goliath anzutreten."

„Er hat wohl rund eine Million verloren", fügte Paul nachdenklich hinzu. „Da würde ich auch nicht stillhalten. Und so wie ich ihn kenne, lässt der auch nicht locker."

„Kann ich verstehen, aber seinen Aussichten werden wohl sehr gering sein."

„Sie meinen auch, das war's für ihn?"

„Schauen Sie sich um", forderte ihn Schreiber mit einer Handbewegung auf und drehte sich zu den Schiffsektionen. „Die Schlange derjenigen, die hier Geld in den Sand gesetzt haben, ist sehr, sehr lang. Ich schätze, er steht dabei ziemlich weit hinten. Erst einmal werden die Forderungen der Banken, Rechtsanwälte und Wirtschaftsberater bedient. Und wenn die abgespeist sind, wird für Lieferanten und Schiffbauer nicht viel übrigbleiben."

„Tja, scheint beinahe so", sagte Paul leise vor sich hin. „Das wäre wirklich eine Katastrophe für ihn."

Er blieb noch einen Moment gedankenversunken zwischen den beiden Rohbauten in der Halle stehen, bevor er der Gruppe folgte und im Werkstattraum seinen Helm wieder in das Regalfach schob.

„Dann lassen Sie uns mal hören, was die uns noch zu berichten haben", sagte Schreiber fast lakonisch. „Vielleicht kann man dem Projektmitarbeiter der Werft noch etwas mehr entlocken, als das, was er uns als offizielle Stellungnahme zu Anfang lapidar verkündet hat."

*

Dieser hielt sich jedoch mit konkreten Aussagen in der anschließenden Tagung zurück und überließ dem Leiter des Netzwerkes alle weiteren Ausführungen.

Hierbei ging es jedoch zunächst überwiegend um rechtliche Aspekte zur Errichtung von Offshore-Anlagen in der Ostsee, die Paul allerdings nur wenig interessierten.

Er zog sein Handy aus der Tasche und sah sich noch einmal alle Bilder an, die er während seines Rundganges gemacht hatte.

So wie er Gitta verstanden hatte, bezog sich die Lieferung der Teile ihrer Firma ja ausschließlich auf die beiden Fähren die am Ausrüstungskai lagen, jedoch nicht auf die Rohbauten in der Werfthalle.

Zwar hatte er, insbesondere durch den Schrottplatz, einen Eindruck gewonnen wie hier möglicherweise gearbeitet wurde, doch um daraus gewichtige Schlüsse zu ziehen, die Gittas Anschuldigungen mit Sicherheit bestätigen könnten, dafür reichte das alles nicht aus.

Und ob seine Bilder dann wenigstens für sie einen Nutzen haben könnten bezweifelte er schon jetzt.

Zumal sie auch nicht von bester Qualität waren, denn durch das Ausschalten des Blitzlichtes konnte er auf den Fotos, die er in den halbdunklen Werkshallen gemacht hatte, kaum etwas erkennen.

Paul wurde erst wieder hellhörig, als der Projektmitarbeiter der Werft aus dem Raum gerufen wurde und nach wenigen Minuten in Begleitung eines Mannes zurückkam.

Dieser wartete bis ihm das Wort erteilt wurde und stellte sich dann als Mitarbeiter aus dem Wirtschaftsministerium vor.

Etwas theatralisch richtete er das Mikrofon noch einmal auf sich aus und verlas dann freudestrahlend eine kurz zuvor veröffentliche Mitteilung des Insolvenzverwalters, in dem der Verkauf der beiden Fähren angekündigt wurde, die am Ausrüstungskai lagen.

Die Nachricht löste umgehend eine lebhafte, ja fast tumultartige Diskussion zwischen allen aus, die aber nach wenigen Augenblicken von dem Mitarbeiter des Wirtschaftsministeriums wieder übernommen wurde.

Er gab zunächst einen ausführlichen Überblick über die augenblicklich schwierige Situation im Schiffbau und schien fast auf den Moment gewartet zu haben, um seine Vision für ein Gewerbegebiet an der Wasserkante zu verkünden, welches vor allem durch Firmen geprägt werden sollte, die sich mit erneuerbaren Energien befassten.

Dies wurde von allen lautstark und mit Beifall begrüßt.

Aufmerksam verfolgte Paul die nun folgende Präsentation, was man alles auf dem Werftgelände ansiedeln könnte und welche Fördermöglichkeiten für verschiedenste Projekte denkbar wären, sollte die Insolvenz nun das unwiderrufliche Ende für den Schiffbau an diesem Standort bedeuten.

Paul war über die Fülle der vorgestellten Varianten überrascht, denn es erweckte bei ihm den Eindruck, als wenn sich schon längst alle auf diesen Fall eingestellt hätten.

Ja, es schien, als wenn man am liebsten umgehend alles entfernen würde was hier noch an den Schiffbau erinnerte, denn auch das Wirtschaftsministerium würde mit neuen, potentiellen Investoren aus anderen Branchen gerne ins Gespräch kommen.

Termine könnten sogar sofort, natürlich zusammen mit dem Insolvenzverwalter, vereinbart werden.

Dass die Fähren nun zu einem Schleuderpreis ausgerechnet an die Reederei gingen, die sie vorher nicht abnehmen wollte, schien außer für Paul für niemand von Interesse zu sein.

Doch sie hatten ja auch nichts zu verlieren, so wie Lars und Gitta mit ihrer Firma.

Etwas fassungslos sah Paul daher in die Gesichter der Anwesenden und nahm deren Begeisterung über das Gehörte auf.

Die Fragen, die im Weiteren an den Redner gestellt wurden, zeugten von einer wahrhaftigen Aufbruchstimmung.

Schreiber verfolgte das Ganze allerdings ebenfalls mit zusammengekniffener Miene und stand zum Schluss schweratmend auf.

„Was für ein Fauxpas! Aber zumindest weiß ich nun woran ich bin. Ich suche nämlich auch für diverse Firmen spezialisiertes Personal. Und hier hat jetzt die Jagd auf die besten Leute begonnen. Nach dem was ich gerade vernommen habe ist es kaum vorstellbar, dass an diesem Ort noch irgendwann einmal jemand ein Cent-Stück unter die erste Platte schiebt."

Paul kannte den Brauch der Schiffbauer, bei einem Neubau unter der ersten Sektion ein Geldstück als Glücksbringer zu legen.

Hier hatte es wohl komplett versagt.

Und wenn Schreiber damit Recht hatte, würde hier wohl nie wieder ein Schiff vom Stapel gelassen werden und auch Lars könnte seine Forderungen an die Werft dann komplett abschreiben.

Plötzlich hatte Paul wieder die Bilder des Brandes auf der Fähre vor sich und er konnte in diesem Augenblick durchaus verstehen, dass eine solche Pleite auch unberechenbare Reaktionen bei betroffenen Menschen auslösen könnte, die man ihnen vorher niemals zugetraut hätte.

„Sind Sie mit dem Wagen unterwegs?", unterbrach Schreiber seine Gedanken. „Ich hatte mir ein Taxi hierher genommen. Könnten Sie mich mitnehmen und am Bahnhof absetzen?"

Paul sah zu den anderen Teilnehmern, die sich bereits zu weiteren Gesprächen an den Stehtischen trafen und sich bei einem kleinen Imbiss weiter austauschten.

Bis jetzt hatte er nur mit Schreiber gesprochen und keinen einzigen Kontakt zu den anderen Firmen geknüpft.

Auch hätte er gerne etwas gegessen.

Doch zu sehr beschäftigte ihn die Situation um die Firma von Lars und die mögliche Einflussnahme der Reederei auf dieses Desaster, als dass er noch Lust auf überflüssige Konversation mit jenen verspürte, die weder aus dem Schiffbau kamen, noch sich damit beschäftigen wollten, sondern denen es anscheinend nur noch um das Ausschlachten dieses Standortes ging.

„Ja, das geht", sagte Paul zögerlich und sah Schreiber nachdenklich an. „Haben Sie eventuell noch etwas Zeit? Ich würde Sie vorher noch gerne zu einem Kaffee einladen. Und vielleicht findet sich dort auch eine Kleinigkeit zum Essen. Der Marktplatz ist nur ein paar Minuten von hier entfernt. Dann könnten Sie mir auch noch einige Details zum Schiffbau erklären. Sie kennen sich doch aus in diesem Metier und haben bestimmt eine eigene Sichtweise darauf, wie es zu dieser unglücklichen Situation auf der Werft kommen konnte."

„Warum nicht? Ich hatte ohnehin vor noch etwas zu essen, denn mein Zug geht ja erst in knapp drei Stunden", stimmte ihm Schreiber erfreut zu und schaute auf seine Uhr. „Obwohl die Zeit kaum ausreichen wird, um Ihnen diesen ganzen Schlamassel zu erklären."

*

Der Alte Markt in Stralsund gehörte seit langem zu Pauls bevorzugten Plätzen in der Stadt.

Nicht nur das imposante Rathaus und die Nikolaikirche faszinierten ihn immer wieder, sondern auch viele andere historische Bauten, die ihn eindrucksvoll an die reiche Zeit der Hanse erinnerten.

Vom Parkhaus bis zum Markt war es nur ein kurzes Stück, doch Paul entging nicht, dass Schreiber Mühe hatte über die uralten und quadratmetergroßen Gehwegplatten aus massiven Granit zu laufen.

Er hätte wohl gerne darauf verzichtet.

Für Paul hingegen hatte dieses Pflaster seit jeher etwas Magisches, denn er stellte sich fast mit jedem Schritt vor, wie früher Kaufleute und Reeder über die gleichen Steine gelaufen sind und in der Stadt ihren Handelsgeschäften nachgegangen waren.

Allerdings beschäftigte ihn an diesem Tag natürlich etwas ganz anderes, genauso wie Schreiber, der so in seine Gedanken vertieft war, dass er für das Flair der Altstadt überhaupt keinen Blick hatte.

Er ließ sich dann auch erleichtert auf einen Stuhl vor dem Café fallen und rückte den Tisch noch etwas weiter in den Schatten des Sonnenschirms.

„Das ist ein wirklich starkes Stück!“, wetterte er los, doch er nahm sich in seiner Ausdrucksweise sofort wieder etwas zurück, als der Kellner zu ihnen kam und gab äußerst freundlich die Bestellung auf.

„Sie müssen entschuldigen“, wandte er sich danach wieder an Paul, „aber unterwegs habe ich mir noch einmal die Mitteilung vom Wirtschaftsministerium oder besser gesagt vom Insolvenzverwalter durch den Kopf gehen lassen. Wie schon gesagt, das Ganze ist nicht nur ein heftiger Fauxpas, sondern auch eine selten erlebte kriminelle Leistung!“

Er stand noch einmal auf und zog sein Jackett aus.

„Ich meine damit den Verkauf der Fähren“, fuhr er dann fort. „Durch das Verramschen der Schiffe ist das Ende der Werft nun endgültig besiegelt. Wie wir ja gerade erfahren haben, werden also in wenigen Tagen die beiden Fähren, ich meine die, die noch am Ausrüstungskai liegen, abgeholt und dann umgebaut. Das ist für die Reederei ein echtes Schnäppchen.

Statt der ursprünglich vereinbarten 184 Millionen Euro brauchen sie nur knapp 32 Millionen berappen! Selbst wenn sie die beiden Fähren wie angekündigt für 100 Millionen umbauen lassen, was an sich schon wieder infrage gestellt werden dürfte, bleibt sofort ein schönes Sümmchen in der Portokasse der Reederei. Also wenigstens 52 Millionen! Und die Kosten für den Umbau fahren sie schon nach einem Jahr Fährbetrieb wieder ein.

Auf der anderen Seite bleibt ein gewaltiger Schuldenberg für die Werft übrig. Alleine durch diese beiden Fähren entsteht ihr ein Schaden von mindestens 152 Millionen. Aber das wird noch nicht alles sein. Was aus den zwei Schiffen wird, die in der Werfthalle stehen, weiß ja anscheinend auch noch immer keiner. Auch die zig Millionen Altschulden darf man nicht vergessen, die die Werft schon über Jahre mit sich herumschleppt. Vermutlich wird sich das Ganze bei einer halben Milliarde Euro an Verlusten einpendeln."

Er lehnte sich wieder zurück und wartete geduldig, bis der Kellner den Kaffee und zwei Stücken Kuchen abgestellt hatte und rückte dann seinen Stuhl etwas näher an Paul heran.

„Können Sie sich noch an die Zeit vor der Finanzkrise erinnern?"

„Schon", sagte Paul. „Aber woran genau?"

Schreiber dachte einen Moment nach, dann nahm er einen Schluck Kaffee und fing an zu erzählen.

„Ich muss wohl etwas weiter ausholen, um auch ihre Frage zu beantworten, wie das, was wir gerade erleben, überhaupt möglich wurde. Alle heutigen Betrachtungen der Umstände, die zu dieser desaströsen Situation auf der Werft geführt haben, beginnen immer erst mit den zu schwer gebauten Fähren. Oder besser gesagt mit der Zeit von der Kiellegung bis zur ersten Probefahrt, bei der das Übergewicht festgestellt wurde. Aber meiner Meinung nach muss man dabei auf einen viel früheren Zeitpunkt zurückgehen."

Er nahm einen weiteren Schluck Kaffee und sammelte sich etwas, bevor er eine Zigarettenschachtel aus seiner Tasche zog und sie Paul hinhielt.

Der hob nur abwehrend die Hand und Schreiber steckte sich eine an.

„Muss ab und zu sein", lachte er. „Von einigen Lastern komme ich einfach nicht los."

Er nahm einige Züge, eher er weitererzählte.

„Zirka ein Jahr vor Beginn der Finanzkrise wurde die Reederei, die damals noch im Staatsbesitz von Dänemark und Deutschland war, an Finanzinvestoren verkauft, also an diejenigen die später den Auftrag für den Neubau der beiden Fähren gaben, die Sie heute an der Kaikante gesehen haben. Der Kaufpreis betrug stattliche 1,6 Milliarden Euro! Eine wahrhaft gewaltige Summe für eine relativ kleine Reederei. Der Finanzminister des Bundes jubelte damals. Und auch die neuen Eigentümer rühmten sich ein gutes Geschäft gemacht zu haben. Doch im Grunde genommen haben sie seinerzeit nur unrentable Fährrouten und einen Haufen Schrott übernommen. Wissentlich! Ich glaube, das geschah mit eiskaltem Kalkül! Die Fähren der Reederei fallen heute ja fast auseinander."

„Das kann man wohl sagen", bestätigte Paul. „Ich fahre mit denen ab und zu auf die andere Seite der Ostsee nach Gedser. Das ist jedes Mal ein Abenteuer."

„Hm", machte Schreiber nur und sah Paul kurz an. „Das Geschäft lief anfangs dennoch einigermaßen gut und hätte sich auch gerechnet, wäre nicht die Finanzkrise dazwischengekommen. Das Frachtgeschäft brach ja plötzlich massiv ein. Die Reederei rutschte in tiefrote Zahlen. Überall auf der Welt lagen Schiffe ohne Ladung auf Reede oder in irgendwelchen ungenutzten Hafenbecken. Innerhalb weniger Wochen leerten sich zudem fast alle Auftragsbücher in den Werften. Ich meine damit alle! Weltweit!

Besonders betroffen waren davon jene, die sich auf den Bau von Containerschiffen spezialisiert hatten. Ich glaube damals blieben nur die Werften für Kreuzfahrtschiffe verschont. Und ausgerechnet mitten in dieser Krise bekommt eine Werft, die zu diesem Zeitpunkt schon finanziell stark angeschlagen war, und nachweislich noch nicht einmal über das nötige Knowhow verfügte, den Zuschlag zum Bau zweier neuer Fähren? Und das von jemandem der selbst ums Überleben kämpft? Klingt das nicht verrückt?"

Paul nickte nachdenklich.

„Ja, schon. Aber ich kann mich auch gut daran erinnern, dass das seinerzeit als super Erfolg gefeiert wurde. Der damalige Werftchef war der Held der Stunde. Die Aufträge für die Neubauten wurden sogar als Rettungsanker für die ganze Region schlechthin bezeichnet."

„Ja, man ließ sich prächtig feiern!", sagte Schreiber und nahm einen Schluck von seinem Kaffee. „Und wäre das aufgegangen, würden heute alle als Helden dastehen. Aber konnte das überhaupt aufgehen? Das ganze Projekt war von Anfang an sehr fraglich. Schon die ‚Zwangsübergabe' des vorherigen Werftbesitzers an eine Treuhandgesellschaft konnte sich in der Branche keiner erklären. Auf einen Schlag hatten Leute das Sagen, die vorher noch nie in ihrem Leben eine Werft von innen gesehen, geschweige denn von Schiffskonstruktionen eine Ahnung hatten.

Durch dieses dilettantische Handeln kam die Werft auch nie aus ihrem Dauerkrisenmodus heraus. Und ausgerechnet solche Leute handelten einen Deal mit der Reederei aus und übernahmen einen solch riskanten Auftrag! Dass es zu einem solchen Fiasko kommen musste, war doch beinahe abzusehen! Ich sage Ihnen, hier waren Kräfte am Werk, denen es nie um den Erhalt der Werft oder um die wirkliche Fertigstellung der Schiffe ging!", fügte er schwergewichtig hinzu und drückte seine Zigarette aus.

„Doch von all diesen Dingen wollte niemand etwas hören. Insbesondere die Vertreter aus dem Wirtschaftsministerium hatten ja alle Warnungen in den Wind geschlagen, gerade was die Liquidität der Werft betraf. Die traten doch immer auf, als wenn Geld keine Rolle spielen würde und stockten ihre Bürgschaften immer weiter auf. Stets betonte man alles für den Erhalt der

Werften im Lande zu tun und Arbeitsplätze zu sichern. Schauen Sie sich um, was davon noch übriggeblieben ist. Und ich spreche nicht nur von diesem Standort!"

„Tja, die Werft hat sich mit den Aufträgen wohl ganz schön verhoben", sagte Paul langgedehnt. „Haben Sie denn eine Erklärung dafür, wie man Schiffe einfach zu schwer bauen kann? So wie ich es in der Zeitung gelesen habe, liegt jedes Schiff gleich mit 700 Tonnen über dem Optimalgewicht?"

Schreiber lachte kurz auf und zog abermals seine Zigarettenschachtel aus seinem Jackett.

Er zündete sich erneut eine an und dachte einen kurzen Moment über eine Antwort nach.

„Dafür gibt es eine Vielzahl von Möglichkeiten, aber wie das genau zustande kam, wird man nicht mehr herausfinden und sicherlich auch nicht wollen. Diese Frage wurde ja so auch nie wirklich gestellt, sondern einfach unter den Teppich gekehrt. Die nagelneuen Fähren wurden nun zum Schrottpreis verkauft. Basta! Jetzt werden sie entkernt und neu aufgebaut. Die alten Konstruktionsunterlagen wurden garantiert gleich mitverscherbelt und werden sicherlich gut verwahrt oder sind vielleicht schon im Schredder gelandet."

„Lars Niemann, also mein Bekannter mit seiner Metallbaufirma, glaubte, dass die Fähren ohnehin nicht so wie sie einst konzipiert wurden auf der Ostsee eine Zulassung erhalten hätten, da die Antriebe noch auf Schweröl ausgelegt waren und ohne Abgasreinigungsanlagen, wenn ich das richtig verstanden habe."

„Ja, ja! Das kommt noch hinzu und bestätigt meine Vermutung!", stimmte ihm Schreiber eifrig zu. „Man hätte im Nachhinein noch vieles umstellen müssen, aber das war vielleicht gar nicht der Plan. Und wie gesagt, ob diese Frage überhaupt noch einmal aufgeworfen wird, bezweifle ich sehr stark."

Eine Touristengruppe zog an ihnen vorbei und die lauten Erklärungen des Stadtführers unterbrachen ihr Gespräch für einen Moment.

Schreiber nahm genüsslich ein paar Züge, während Paul gedankenversunken an seinen Kuchen kaute.

„So wie es sich in den Zeitungen liest, resultierte das Übergewicht wohl vorrangig aus Konstruktionsfehlern von den Mitarbeitern der Werft", wandte er sich schließlich wieder an Schreiber.

„Ja, so hört man es", lachte dieser auf. „Meine Theorie ist aber eine ganz andere. Ich denke, nein ich bin mir damit sogar absolut sicher, dass sich die Finanzinvestoren damals mit dem Kauf der Reederei einfach übernommen haben. Solche Gruppen kaufen Unternehmen, um sie entweder gewinnbringend auszuschlachten oder sie irgendwann wieder teuer zu verkaufen. Aber das klappte während der Finanzkrise nicht. Alte Fähren und unrentable Routen? Wer hätte solch ein Unternehmen denn zu jener Zeit kaufen wollen?

Um aus dieser Bredouille während der Krise wieder herauszukommen, brauchten sie unbedingt neue Fähren. Nur so wäre das Unternehmen für potenzielle Käufer wieder attraktiv gewesen. Doch wer wollte in diesen Zeiten einer Reederei, die selber in tiefroten Zahlen steckte, noch Kredite gewähren? Was lag da also näher als die Schiffe in einer angeschlagenen Werft bauen zu lassen, die dazu auch großzügig die gesamte Vorfinanzierung gleich mitübernahm."

Paul sah ihn erstaunt an.

„Sie glauben auch, dass das ganze manipuliert wurde, also, dass die Fähren absichtlich zu schwer gebaut wurden, um die Werft dadurch in die Insolvenz zu treiben und um die Schiffe dann billig zu ersteigern?"

Schreiber hob vielsagend seine Hände.

„Alle Werften kämpften doch seinerzeit ums Überleben und haben nicht so genau hingeschaut, wer bei ihnen an die Tür klopft. Man war über jeden Auftrag froh. Hier war man ja sogar von Anfang an dazu bereit die Schiffe mit Verlust zu bauen, nur um das Weiterbestehen des Standortes zu sichern, denn auch Werften in Fernost hatten um diesen Auftrag gerungen. Dass das Ganze so nach hinten losgeht, hätte sich wohl niemand von ihnen vorstellen können. Aber warum sagten Sie ‚auch'?", fragte Scheiber gespannt und zog den Aschenbecher näher zu sich heran

Paul schüttelte nachdenklich den Kopf.

„Lars Niemann, oder besser gesagt seine Frau, hat sich so ähnlich geäußert."

„Das alles wird natürlich nicht mehr nachzuweisen sein", relativierte Schreiber seine Aussage etwas. „Es sei denn, die angekündigten Klagen einiger früherer Beteiligter fördern noch die eine oder andere Überraschung ans Tageslicht. Aber diese Prozesse werden sich über etliche Jahre oder Jahrzehnte hinziehen oder möglicherweise sogar im Sande verlaufen. Zudem haben viele an dieser Katastrophe prächtig verdient und werden für immer darüber schweigen. Allein die Banken und Beratungsgesellschaften haben zig Millionen an Gebühren, Zinsen und Honoraren eingestrichen.

Und die von der Regierung? Haben ihre sogenannte ‚Werftrettung' doch stets als politische Selbstdarstellung genutzt. Das kam ihnen während des damals anstehenden Wahlkampfes gerade recht. Und heute? Heute können sie sich an nichts erinnern. Verfolgen Sie mal das, was die Verantwortlichen im Untersuchungsausschuss zur Werftpleite von sich geben. Haben alle Blackouts! Wäre ja auch überaus peinlich sich eingestehen zu müssen, dass sie den Leuten aus der Chefetage der Werft und deren Wirtschaftsberatern voll auf den Leim gegangen sind."

Paul sah ihn nun doch sehr skeptisch an, was Schreiber auch sofort bemerkte.

„Sie halten das wohl für unwahrscheinlich oder völlig aus der Luft gegriffen?", fragte er und zog die Augenbrauen hoch. „Aber denken Sie mal an die Pleite der Bremer Vulkan AG in den neunziger Jahren. Damals war diese Werft hier, wie auch die anderen Schiffbaubetriebe im Land, schon einmal in einen solch gewaltigen Skandal verwickelt. Es wurden damals nicht weniger als 850 Millionen D-Mark aus EU-Fördermitteln, die zur Erhaltung dieser Standorte bestimmt waren, zweckentfremdet und an andere Betriebsteile der AG umgeleitet!

Die Stralsunder Werft stand nach mehreren prekären Jahren ein weiteres Mal vor dem Aus. Auch die undurchsichtigen Spielchen einiger Politiker zu jener Zeit, die diesen Missbrauch meiner Meinung nach erst möglich gemacht hatten, sind nie richtig aufgearbeitet worden. Selbst der damalige Ministerpräsident musste ja seinen Stuhl räumen, weil er sich dem Verkauf der Werften an die Bremer in den Weg gestellt hatte. Erst als er weg war, wurde durch andere Leute in der Regierung der Weg freigemacht, um das Ausschlachten der Werften im Land zu ermöglichen."

Schreiber trank seinen letzten Schluck Kaffee aus und sah auf seine Uhr.

„Die Umstände dieser Insolvenz erinnern mich deshalb so sehr an die Bremer Vulkan AG, da auch dort der damals eingesetzte Untersuchungsausschuss zu dem Schluss kam, dass sowohl die Politik, als auch die Treuhandgesellschaft, die Wirtschaftsprüfungsgesellschaft und der Aufsichtsrat eine gemeinsame Schuld mittrugen. Doch sie sind alle mehr oder weniger unbestraft davongekommen und haben sich an diesem Fiasko bereichert und ihren Anteil gesichert."

„Ja, ich erinnere mich noch daran. Das betraf ja auch die Werften in Rostock und Wismar", sagte Paul bedächtig und sah für einen Moment der Touristengruppe hinterher, die rund um den Marktplatz zog. „Dann sind die Werftarbeiter und auch die Zulieferer hier wohl alle ein weiteres Mal Bauernopfer geworden!"

„Klingt hart, aber man kann es durchaus so sagen", bestätigte Schreiber diese Aussage mit bedauerlichem Unterton. „Das trifft auf die Angestellten der Werft genauso zu, wie auf Ihren Bekannten. Es ist zwar nur eine gewagte Theorie von mir, aber alle Indizien sprechen für sich, auch wenn es wirklich unglaublich klingt. Eine Werft geht durch einen perfiden Plan vor die Hunde, das Land verliert infolgedessen rund 270 Millionen Euro und die Finanzinvestoren samt Reederei reiben sich durch die fast geschenkten Fähren nun vergnügt die Hände und lassen die Sektkorken knallen."

Schreiber rauchte schweigend einen Moment vor sich hin und sah Paul dann kopfschüttelnd an.

„Wenn man nun noch gegenrechnet, dass die alten Fähren über mehrere Jahre hinweg weitergelaufen sind, obwohl sie schon längst ausrangiert werden sollten und nun ja immer noch weiterfahren, da die neuen nicht fertig sind, und dabei auch noch reichlich Gewinn abgeworfen haben, nachdem die Finanzkrise überwunden war, dann noch die steuerlichen Abschreibungen und EU-Subventionen mit einbezieht, kommt man wahrscheinlich zu dem Ergebnis, dass die Reederei für die neuen Schiffe nicht einen einzigen Cent bezahlt hat."

17

Paul stand in der Mitarbeiterkantine etwas unschlüssig vor dem Kaffeeautomaten und überlegte für einen Moment, ob er sich nicht lieber einen doppelten Espresso mit ins Büro nehmen sollte.

Zögerlich drückte er schließlich auf den Knopf für heißes Wasser und hängte zwei Teebeutel in die große Tasse.

Während er müde dabei zusah, wie sie sich füllte, rieb er sich ein paar Mal über seinen Rücken.

Eine falsche Bewegung hatte ihn mitten in der Nacht schmerzvoll aus dem Schlaf gerissen und ihn daran erinnert endlich etwas gegen die andauernden Rückenschmerzen zu tun, wenngleich er wusste, dass dieser Vorsatz umgehend in Vergessenheit geriet, sobald er sich wieder einigermaßen bewegen konnte.

Kurzentschlossen warf er einen dritten Beutel mit Grünem Tee in das heiße Wasser, dann klemmte er sich seine Kollegmappe unter den Arm und fuhr mit dem Fahrstuhl auf die Verwaltungsetage.

Noch waren alle anderen Büros verschlossen.

Vorsichtig stellte er seine randvoll gefüllte Tasse auf den Schreibtisch und zog die Teilnehmerliste aus seiner Mappe, die er sich tags zuvor am Ende des Netzwerktreffens noch schnell gegriffen hatte.

Er lehnte sich in seinem Bürostuhl zurück und überflog die Firmennamen, doch nur die wenigsten sagten ihm auf Anhieb etwas.

Nacheinander rief er sich deren Webseiten auf, um sich eine Übersicht zu verschaffen, was ihr genaues Betätigungsfeld war und worin ihre Interessen an der insolventen Werft liegen könnten.

Wie zu erwarten war, beschäftigten sich die meisten von ihnen mit erneuerbaren Energien.

Nur bei drei Firmen gab es konkrete Hinweise, dass sie unter anderem auch als Zulieferer für den Schiffbau tätig waren.

Dies bestätigte Schreibers Mutmaßungen einmal mehr, wonach sämtliche Beteiligte eher dem Ende und nicht dem Neubeginn der Werft entgegensahen.

Noch bis spät in die Nacht hinein hatte Paul im Internet über die spektakulären Mutmaßungen von Gitta und Schreiber, die ja im Wesentlichen übereinstimmten, recherchiert und musste für sich schließlich feststellen, dass sich seine dabei gewonnenen Erkenntnisse, sowie den Eindruck den er von der Werft mitgenommen hatte, durchaus mit denen der beiden deckten.

Wenngleich es ihm nicht wirklich überzeugend gelungen war damit Schreibers waghalsige Thesen zum Zustandekommen der Insolvenz eindeutig zu belegen, blieb dennoch die Vermutung, dass es durchaus so abgelaufen sein könnte.

Er hatte ja auch nicht einen Hinweis gefunden, der diese Behauptungen widerlegt hätte.

Nicht einmal dem Untersuchungsausschuss des Landtages war es bisher auch nur ansatzweise gelungen, die Ursachen der Pleite konkret zu benennen, was nicht nur an dem permanenten Schweigen aller Verantwortlichen lag, sondern auch an den plötzlich verschwundenen wichtigen Unterlagen aus der Werft.

Gewaltige Erinnerungslücken von Politikern und Staatssekretären, E-Mails die unter Verschluss blieben und dem Ausschuss damit nicht zur Verfügung standen, sowie geschwärzte Akten aus dem Ministerium erschwerten die Aufklärung zusätzlich.

Resignierend kam der Ausschuss in einem Zwischenbericht zu dem Schluss, dass es nur Gerichten in jahrelangen Prozessen möglich sein dürfte diese tragische

Geschichte aufzuarbeiten, die wahrscheinlich schon vor vielen Jahren ihren Anfang nahm.

Wenngleich es so sicherlich nicht gewollt war, bestätigte auch diese Feststellung Schreibers Ansichten nachhaltig.

Paul lehnte sich gedankenversunken zurück.

War Lars Niemann also möglicherweise der gleichen Spur wie Schreiber gefolgt und kam infolgedessen darauf, die Reederei und nicht die Werft als eigentlichen Verursacher dieses Fiaskos anzusehen?

Aber wenn dem so wäre und er wirklich etwas gegen die Reederei unternehmen wollte, hätte er dann nicht versucht einen regulären Weg zu gehen, um sich Recht zu verschaffen?

Eine direkte Attacke auf die Reederei?

Es passte einfach nicht zu ihm!

Paul musste sich dennoch ein weiteres Mal eingestehen, dass er Lars einfach zu wenig kannte, um ihn wirklich richtig einschätzen zu können und um Kurzschlussreaktionen jedweder Art auszuschließen.

Er stand auf und sah aus dem Fenster der kleinen Personenfähre hinterher, die auf das Gehlsdorfer Ufer übersetzte.

Auch wenn ihm durch Schreibers Einschätzungen die Situation auf der Werft etwas klarer geworden war, wusste er nicht mehr so richtig, ob er der Sache selbst weiterhin auf den Grund gehen sollte.

Auf der Suche nach dem was wirklich auf der Fähre abgelaufen war, fürchtete er zunehmend in eine Sackgasse zu geraten.

Alle Erkenntnisse und Aussagen beruhten ja bisher auf Vermutungen und Eigeninterpretationen von Beteiligten.

Selbst Charlottes Dienststelle schien ja nicht weiterzukommen, um einen wirklichen Anschlagsversuch beweisen zu können.

Wäre es also nicht besser erst einmal abzuwarten, wie sich die Dinge weiterentwickeln und was die offiziellen Untersuchungen ergeben würden?

Vielleicht sollte er Lars besuchen, wenn er sich wieder erholt hatte.

Er könnte sicherlich alles erklären.

Ja, warum war er eigentlich nicht schon längst auf diese Idee gekommen?

Pauls Gedanken wurden von einer eingehenden E-Mail unterbrochen, die von einer Firma aus dem Überseehafen gesandt wurde und in der es um eine Buchung für mehrere Tagungsräume ging.

Sie war als wichtig gekennzeichnet und zudem mit einem kurzfristigen Terminvorschlag für den Vormittag in der Zentrale im Hafen verbunden, um weitere Details zu klären.

Es war nicht die erste Anfrage des Unternehmens, welches Fundamentröhren für Offshoreanlagen herstellte, doch der Name seines Ansprechpartners war Paul neu und so schaute er kurz auf seinen Kalender, in dem für den Tag nur am Nachmittag ein internes Meeting eingetragen war, bevor er den auf zehn Uhr angesetzten Termin bestätigte.

Beim Blick auf die Teilnehmerliste der Veranstaltung vom Vortag fiel ihm auf, dass von dieser Firma niemand dort war, obwohl sich Paul sicher war, dass sie auch Mitglied im Netzwerk war.

Wahrscheinlich gehörte sie zu den Wenigen aus der Branche, die kein Interesse an dem Werftgelände hegten.

Paul vernahm auf dem Flur die ersten Stimmen und kurz darauf hörte er, wie zwei Bürotüren geöffnet wurden.

Es war kurz vor halb neun.

Er legte die Liste beiseite und suchte seine Unterlagen für eine kurze Besprechung mit der Bankettabteilung zusammen.

Die restlichen Firmen würde er sich zu einem späteren Zeitpunkt noch einmal ansehen, obwohl er sich schon jetzt keine weiteren wichtigen Erkenntnisse davon versprach.

Doch aufarbeiten musste er sie ohnehin, denn der Direktor würde ihn spätestens bei der nächsten Begegnung daraufhin ansprechen.

Gerade als er sich ausloggen wollte, erhielt er noch einen Newsletter vom Netzwerk, der schon eine Zusammenfassung des Treffens vom Vortag enthielt.

Er setzte sich noch einmal an den Schreibtisch und überflog die wenigen Zeilen.

‚Man lässt nichts anbrennen!', dachte Paul kopfschüttelnd, nachdem er beim Lesen feststellen musste, dass sich scheinbar schon alle als potentielle Nachfolger der Werft ansahen.

Die skizzenhafte Darstellung eines maritimen Gewerbegebietes an der Kaikante wirkte sehr überzeugend, ja man war offensichtlich umgehend dazu bereit, handfeste Fakten zu schaffen.

Das obligatorische Gruppenfoto vor den halbfertigen Fähren am Ausrüstungskai wirkte auf Paul somit auch eher wie das Siegerfoto eines Großwildjägers, der sich nur allzu gerne mit seiner erlegten Beute präsentierte.

*

Paul fuhr rechtzeitig zum Überseehafen, doch schon beim Einbiegen in die Ost-West-Straße wurde ihm klar, dass er trotzdem nicht pünktlich sein würde.

Er hielt hinter mehreren wartenden Fahrzeugen und suchte die Telefonnummer aus seinen Unterlagen.

„Hallo, Herr Meinke. Ich brauche noch ein paar Minuten. Hier wird aus Ihrem Werk gerade ein Rohr über die Straße bugsiert. Es ist aber schon fast am Hafenbecken angelangt."

„Ja, da kommen Sie nicht so einfach dran vorbei", lachte Meinke. „Ist aber halb so wild. Dann bis gleich."

Paul stellte den Motor ab und sah sich den gewaltigen Schwertransport an, der ein mehrere hundert Tonnen schweres Rohr quer über die Straße vom Werksgelände an die Kaikante transportierte.

Dort standen schon zwei Kräne bereit, um diesen Koloss auf das bereitstehende Ausrüstungsschiff für Offshoreanlagen zu hieven.

‚Hier brummt das Geschäft', dachte er und schaute in die Werkshallen, als die Strecke kurz darauf wieder freigegeben wurde. ‚Was für ein krasser Gegensatz zum gestrigen Tag!'

„Am sichersten ist es, wenn man uns von der anderen Seite anfährt, also vom Ölhafen und nicht direkt über die Autobahn", begrüßte ihn Meinke wenig später. „Denn momentan läuft es außerordentlich gut. Wir liefern permanent aus, was aber auch immer mit kurzzeitigen Sperrungen der Straße verbunden ist. Ich habe uns einen Besprechungsraum reserviert, da ist es ruhiger als in meinem Büro. Möchten Sie einen Kaffee?"

„Gerne", nickte Paul und folgte ihm in einen kleinen Raum.

„Ich habe mir in Ihrem Foyer das Modell von der Windkraftanlage auf dem Meer angeschaut", fügte er noch hinzu, während er seine Unterlagen auf den Tisch legte. „Das ist ja eine gewaltige Anlage."

„Ja, das war eine ganze Zeit unser größtes Fundament für Offshoreanlagen. Über 73 m lang und 930 Tonnen schwer. Davon stecken 37 Meter im Meeresboden. Das ist eine wahre Meisterleistung. Aber wir bauen zukünftig noch größere. Die werden dann bis zu 120 Meter lang und 1500 Tonnen schwer."

„Wenn ich über Ihr Gelände schaue, sieht das äußerst beeindruckend aus."

„Wir werden uns noch erweitern, nicht nur an diesem Standort", betonte Meinke mit gewichtigem Unterton. „Wir hatten uns auch schon auf der Warnemünder Seite umgesehen, aber da ergibt sich noch nichts."

„Meinen Sie das Werftgelände der früheren Warnowwerft oder die freie Fläche daneben, die mal als Gewerbegebiet erschlossen werden soll?"

„Das Werftgelände natürlich", lachte Meinke wieder und sah in Pauls erstauntes Gesicht.

„Überrascht Sie das etwa? Sie sind doch bestimmt viel unterwegs und wissen was im Schiffbau los ist. Es ist doch nur eine Frage der Zeit, dann bricht da drüben auch alles zusammen. Die Russen kamen doch nur mit vollmundigen Versprechungen daher. Sie hatten wohl im Stillen gehofft, dass die Politik ihnen schon irgendwie unter die Arme greifen würde, wenn es eng werden sollte. Die Konverterplattform für einen Windpark in der Nordsee ist der letzte Auftrag, mehr haben die nicht in den Büchern. Danach ist erst mal Schluss. Wie gemunkelt wird wollen die trotzdem ein Angebot für die Übernahme der insolventen Werft in Stralsund abgeben. Was für ein Witz! Da können nur Spekulationsgeschäfte hinterstecken."

„Ja, es sieht nicht gerade rosig für die Branche aus. Ich war gestern zufällig auf der Werft in Stralsund. Ist kein gutes Gefühl über ein totes Gelände zu gehen."

„Ich hatte von dem Netzwerktreffen gehört. Wir sind ja auch Mitglied, aber ich glaube von unseren Leuten war gestern keiner dabei. Sie sehen ja, wie es hier momentan aussieht. Es hat keiner Zeit für zusätzliche Sachen."

„Sie haben auch nichts verpasst."

„Wahrscheinlich nicht", sagte Meinke. „Ich kenne die Werft ohnehin zur Genüge."

„Die insolvente Werft?", fragte Paul interessiert.

„Ja. Ich habe dort mal gearbeitet. Allerdings nur für ein paar Wochen. Das hat mir aber auch gereicht. Ist schon eine ganze Zeit her. Genauso wir hier, war ich dort im Einkauf beschäftigt. Das war völlig chaotisch und ich war heilfroh, als ich kurzfristig von hier ein Angebot bekam."

Paul stellte seine Tasse hin und schob seine Unterlagen beiseite.

„Die beiden Fähren liegen noch halbfertig am Ausrüstungskai. Sie sollen wohl schon bald in eine andere Werft zum Umbau geschleppt werden."

„Zum Umbau?", wiederholte Meinke spöttisch. „Umbau klingt ja noch so harmlos. Die werden komplett ausgeschlachtet! Da bleiben eigentlich nur noch die Rohsektionen und die Maschine übrig, alles andere werden die in die Tonne kloppen. So wie ich gehört habe, wollen die selbst die kompletten Decksaufbauten demontieren. Das heißt die oberen drei Decks inklusive der Brücke wandern in den Schrott und werden durch zwei Decks ersetzt, die zu großen Teilen aus Aluminium bestehen, um Gewicht zu sparen."

„Es konnte mir bisher keiner die Frage beantworten, wie man ein Schiff gleich um 700 Tonnen zu schwer bauen kann?", warf Paul die Frage auf.

„Nicht eins. Gleich zwei!", lachte Meinke erneut auf. „Das ist wirklich kaum zu verstehen, wie dass passieren konnte. Naja, im Nachhinein sind ja alle schlauer. Ich war dort, als das erste Schiff gebaut wurde. Das Desaster war doch vorprogrammiert. Ständig wechselten die Leute, vor allem das Ingenieurpersonal. Pläne wurden permanent geändert, Arbeiten nicht abgestimmt und jede Firma baute ihre Anlagen so ein, wie es Ihnen passte. Ein paar Tage nachdem ich dort angefangen hatte, erlebte ich wie eine Elektrofirma ihr ganzen Stromtrassen im Maschinenraum wieder rausreißen musste, da sie diese zu dicht an Rohre verlegt hatten, die beim laufenden Betrieb heiß wurden. Und in der Vorfertigung wurden immer wieder Teile zusammengeschweißt, von denen später niemand wusste, wo sie hingehörten. Davon liegen noch heute etliche auf dem Gelände herum. Das konnte einfach nicht gutgehen."

„Das habe ich gesehen. Von den Stahlmassen, die dort liegen, hätte man wahrscheinlich ein weiteres Schiff bauen können."

„Davon können Sie ausgehen!", stimmte ihm Meinke zu. „Wir verarbeiten im Jahr über zweihunderttausend Tonnen Stahl, aber bei uns bleibt kaum ein Schnipsel übrig. Jede Platte die reinkommt, geht als fertiges Rohr wieder raus. Würden wir hier arbeiten, wie die auf der Werft, hätten wir schon längst dichtmachen können."

„Hat denn dort niemand Anstoß an diesen Missständen genommen? Ich meine während die Schiffe gebaut wurden?", fragte Paul verwundert.

„Irgendwann haben dort wohl alle den Überblick verloren, zumal die Änderungswünsche des Auftraggebers anscheinend auch die Ingenieure völlig überforderten, die ja wie schon gesagt ständig wechselten. Und alle haben wahrscheinlich einfach darauf gehofft, dass es schon irgendwie gut gehen würde. Diese Fähren waren ja für die Werft absolutes Neuland. Sie hätten eben lieber die Finger davon lassen sollen."

„Glauben Sie, dass die Reederei als Auftraggeber eine Mitschuld trägt", fragte Paul vorsichtig, denn er wollte in diesem Moment Schreibers Vermutungen nicht direkt aussprechen.

„Schwer zu sagen. Dazu war ich zu kurz dort. Aber vorsichtig formuliert könnte man sagen, dass es für alle besser gewesen wäre die hätten sich aus dem Bau komplett herausgehalten, zumindest nachdem der Auftrag vergeben war. Mir ist nie richtig klargeworden, warum deren Bauaufsicht so kläglich versagt hat."

„Bauaufsicht? Das heißt, es war von der Reederei während der Schiffsmontage immer einer vor Ort?" fragte Paul erstaunt.

„Ja. Natürlich."

„Die haben also immer mitverfolgt, wie das Unheil seinen Lauf nahm?"

„Auf jeden Fall!"

Paul lehnte sich kurz irritiert zurück und hätte gerne noch mehr Fragen gestellt, um sich durch Meinkes internen Kenntnisse Schreibers Vermutungen noch genauer bestätigen zu lassen, aber der ungeduldige Blick von Meinke auf seine Uhr erinnerte ihn an den Grund seines Besuchs.

So zog er seine Unterlagen wieder zu sich heran und war schnell beim eigentlichen Thema.

Auf dem Rückweg blieb er noch einmal am Haupttor des Werkes stehen.

Und je länger er auf die gewaltigen Röhren blickte und dem emsigen, aber äußerst geordnetem Treiben auf dem riesigen Gelände zuschaute, umso klarer erschien ihm Schreibers Version von einem geplanten Fiasko auf der Stralsunder Werft.

Meinke hatte ihm mit seinen kurzen Aussagen fast alles bestätigt.

Und sicher waren die beiden nicht die Einzigen, die das so sahen.

*

Paul dachte noch darüber nach, als er ins Hotel zurückgekehrt war und im Foyer flüchtig die Anzeige mit den laufenden Veranstaltungen überflog.

Auf dem Weg ins Büro durchfuhr es ihn plötzlich und er blieb kurz stehen.

Einen Firmenamen auf der Anzeigentafel hatte er für sich im Vorbeigehen unbewusst registriert, doch nun erst fiel ihm ein, wem er ihn zuordnen konnte.

Es war die Anwaltskanzlei des Insolvenzverwalters der Werft, die auch auf der Teilnehmerliste des Netzwerkes aufgeführt war und die sich hier für den Nachmittag einen Raum gemietet hatte.

Paul ging sofort auf die Tagungsetage und traf einen Servicemitarbeiter an, der gerade dabei war im Meetingraum Getränke auf den Tisch zu stellen.

„Für wie viele Personen bereitet ihr das hier vor?"

„Nur für zwei. Die sind auch nur drei bis vier Stunden hier, so wurde mir es jedenfalls gesagt. Es gibt auch keine Kaffeepause extra, also nur Getränke im Raum. Und draußen soll auch keine Beschilderung ran wer hier im Raum ist."

„Auf der Anzeigentafel ist das aber drauf", wies Paul in Richtung des Foyers.

„Wirklich?", rief der Mitarbeiter erschrocken. „Das muss unbedingt raus. Das wurde ausdrücklich so gewünscht."

Er ging sofort ans Telefon und wandte sich danach gleich wieder an Paul.

„Gut, dass das noch einer mitbekommen hat. Die haben ja kurzfristig gebucht und legen großen Wert auf Diskretion."

‚Kann ich mir vorstellen!', dachte Paul und hätte wirklich zu gerne gewusst, was dort besprochen wurde.

Er sah noch etwas unschlüssig in den Raum, dann ging er zurück ins Büro.

Doch kurz vor seiner Tür blieb er abermals nachdenklich stehen.

Einen Augenblick überlegte er, dann drehte er sich um und fuhr in die zweite Etage, in der die zentrale Tontechnikanlage für alle Veranstaltungsräume installiert war.

Langsam ging er über den Flur und hörte sich um.

Es war alles ruhig und so nahm er seine Schlüsselkarte aus der Brieftasche und öffnet vorsichtig die Tür.

Obwohl es sehr dunkel war, traute sich Paul nicht das Licht anzumachen.

Die beiden mannshohen Schränke der Tonanlage waren an der Seite des Balkons vom großen Saal installiert, in dem an diesem Tag keine Veranstaltung stattfand.

Nur ein paar Kontrolllampen spendeten Paul etwas Licht.

Er zog die Tür hinter sich zu und brauchte einen Moment, bis er sich an die schummrige Beleuchtung gewöhnt hatte.

Dann öffnete er die Glastüren der Anlage.

Die Zeit bis er sich endlich eine Übersicht verschafft hatte, was man von hier aus alles regeln konnte, erschien ihm endlos und er spürte, wie sein Puls schneller schlug.

Doch so sehr er auch suchte, einen Mikrofonanschluss vom Tagungsraum des Insolvenzverwalters hierher oder etwas womit man den Ton aufzeichnen konnte entdeckte er nicht.

Er war sich auch nicht sicher, ob man von hier aus überhaupt Aufnahmen aus den kleinen Meetingräumen machen konnte, aber den Techniker daraufhin anzusprechen kam natürlich nicht infrage.

Vergeblich suchte er weiter auf den Displays und in den Menüeinstellungen nach Möglichkeiten den Ton zu übertragen, doch als er plötzlich unter sich im Saal Stimmen hörte und die Beleuchtung eingeschaltet wurde, drückte er umgehend die Glastüren zu und verließ leise den Raum.

Im Büro nahm er sich noch einmal die Teilnehmerliste der Netzwerktagung vor und verglich sie mit den laufenden Veranstaltungen, doch weitere Firmenamen davon fand er nicht.

Er legte sie beiseite und schaute einen Moment aus dem Fenster.

Den Insolvenzverwalter im Haus zu haben, war eine wirklich verlockende Gelegenheit.

Fast unwillkürlich zog er sein Handy aus der Tasche und schaltete das Mikrofon ein, ohne sich weiter zu rühren.

Nach einer Weile drückte er die Stopptaste und hörte sich die Aufnahme an.

Es erstaunte ihn, wie verständlich die Umgebungsgeräusche wiedergegeben wurden, selbst sein Atem und Schritte auf dem Flur waren deutlich zu hören.

Das Telefon klingelte leise, doch er starrte weiter auf die Anzeige der Sprachnotiz.

Sollte er wirklich seinen Job riskieren, um mitverfolgen zu können worüber im Tagungsraum gesprochen wurde?

Das Klingeln wiederholte sich ein paar Mal, bis wieder Ruhe einkehrte.

Leicht verunsichert schüttelte er wenig später selbst den Kopf über seine verrückte Idee und las sich noch einmal den Newsletter des Netzwerkes durch.

Gitta Niemann würde diesen ja auch erhalten haben.

Er musste sie wenigstens anrufen und ihr ein paar Fotos zusenden, auch wenn diese nicht viel hergaben.

Schreibers Vermutungen würde er allerdings vorerst für sich behalten, denn urplötzlich überkam ihn das ungute Gefühl, sich damit selbst in eine etwas erklärungsbedürftige Situation zu bringen.

Kurzentschlossen griff er zum Telefon und wählte Gittas Nummer.

Er hörte das Rufzeichen und sah dann auf dem Display, dass das Gespräch auf ein anderes Telefon der Firma umgeleitet wurde.

„Metallbau Niemann" meldete sich eine ältere Männerstimme.

„Guten Tag. Wanka ist mein Name. Ist Frau Niemann noch zu sprechen?"

„Nee, die ist erst am Freitag wieder da. Geht es um den Chef oder um einen Auftrag. Wenn es um einen Auftrag geht, können Sie das auch mit mir abhandeln."

„Nein, vielen Dank. Ich wollte Frau Niemann in einer persönlichen Angelegenheit sprechen. Ich melde mich dann am Freitag wieder. Ab wann wird sie im Büro sein?"

„Kann ich nicht sagen, sie hat momentan genug um die Ohren. Das hat uns natürlich alle sehr getroffen. Der Chef wird uns allen fehlen."

„Was meinen Sie damit?"

Einen Moment lang hörte Paul nur das schwere Atmen am andern Ende des Telefons.

„Der Chef, Herr Niemann, ist doch am letzten Sonntag verstorben. Das geht uns alle ganz schön an die Nieren. Ich dachte zunächst, Sie rufen deswegen an."

Paul hielt den Hörer regungslos in der Hand.

„Hallo?", fragte der Mitarbeiter vorsichtig. „Sind Sie noch dran?"

„Ja, ja. Am Sonntag sagten Sie?", fragte Paul verstört.

„Ja, genau. Er war ein wirklich guter Chef. Soll ich Frau Niemann etwas ausrichten?"

„Nein, das ist nicht nötig. Oder doch. Sagen Sie Ihr, dass Paul Wanka angerufen hat. Ich melde mich am Freitag auf jeden Fall noch einmal bei ihr."

Langsam legte er den Hörer auf.

Die Nachricht von Lars' Tod traf Paul völlig unerwartet und heftig.

Dass der Unfall so tragisch ausgehen könnte, war ihm bisher überhaupt nicht in den Sinn gekommen.

Und schlagartig wurde ihm bewusst, dass er wirklich Glück gehabt hatte.

Hätte er nur ein paar Sekunden gezögert und wäre nicht direkt zu den Decks gegangen, hätte er, so wie Morten eben auch, unmittelbar neben dem Transporter gestanden.

Dass Morten durch die Wucht der Explosion lediglich umgehauen und nicht weiter verletzt wurde, war wohl nur purer Zufall.

Minutenlang sah Paul aus dem Bürofenster zum Stadthafen hinunter und dachte an die Geschehnisse auf der Fähre.

Was immer dort auch abgelaufen sein mochte, Lars hatte nun keine Gelegenheit mehr sich gegen alle möglichen Vorwürfe zu wehren.

18

Gleich zu Dienstbeginn erreichten Paul am Freitagmorgen die stornierten Verträge der beiden letzten Firmen, da er es bisher nicht geschafft hatte eine Alternative zu den Ausbuchungen anzubieten.

Offenbar war es ihnen nun selbst gelungen für ihre Veranstaltungen eine passende Lokation in der Nähe ausfindig zu machen.

Auch wenn ihn diese Verfahrensweise nicht besonders glücklich machte, war er in diesem Moment froh die Angelegenheit damit endlich vom Tisch zu haben.

Er schrieb noch einen Kommentar hinzu und leitete die E-Mails an die Bankettleiterin weiter, woraufhin sie ihm umgehend mit der Frage antwortete, wann sie denn mit dem unterschriebenen Vertrag der Protokollchefin rechnen könne.

Paul erinnerte sie damit überflüssigerweise an die wenige Zeit, die ihnen zur Vorbereitung des Banketts noch blieb, doch das hartnäckige Klingeln des Telefons hielt ihn davon ab weiter darüber nachzudenken.

„Hotel am Kröpeliner Tor, Paul Wanka. Guten Tag“,

„Hier ist Gitta Niemann. Mein Vorarbeiter sagte mir, dass Sie angerufen hätten. Wie war die Tagung auf der Werft?“

Ihre Stimme klang ruhig und gelassen, was Paul verwundert aufnahm und ihn etwas irritierte.

Er rückte näher an seinen Tisch heran.

„Ich habe von dem Tod Ihres Mannes erfahren. Es tut mir aufrichtig leid.“

„Danke“, sagte Gitta nach einer kurzen Pause, und Paul spürte, dass es ihr nicht leichtfiel einfach weiterzusprechen.

Es blieb einen Moment still.

„Also, erzählen Sie!", forderte sie ihn plötzlich mit scharfer und heller Stimme auf.

„Jetzt da Lars tot ist, will ich wenigstens wissen wer den ganzen Mist dort verzapft hat. Ich weiß natürlich, dass Sie mir dabei nicht unbedingt weiterhelfen können, dazu ist das Ganze zu komplex. Aber vielleicht kann ich mir dann einiges besser erklären. Konnten Sie sich denn wenigstens einen Überblick auf der Werft verschaffen?"

Paul war über den angriffslustigen Ton verblüfft, denn er hätte eher erwartet, dass sie etwas von Lars erzählen würde, aber möglicherweise hatte sie ihre Gründe dafür und schaute eher nach vorne, anstatt sich in ihre Trauer zurückzuziehen.

Er überlegte sofort wie er vorgehen könnte, um Schreibers Vermutungen so zu formulieren, dass er selbst nicht zu viel preisgeben musste, aber Gitta sich dazu veranlasst sah von sich aus mehr zu erzählen.

Doch ihre fordernde Art ermahnte ihn sogleich auch wieder dazu vorsichtig mit seinen Eindrücken von der Werft umzugehen.

Nach wie vor fiel es ihm schwer Gitta einzuschätzen und er konnte nur mutmaßen welche Rolle sie in dieser Geschichte spielte.

Würde er ihr gegenübersitzen und ihre Reaktionen verfolgen können, wäre es natürlich leichter sie zu beurteilen, doch ihr jetzt alles am Telefon zu berichten erschien ihm in dem Moment als die ungünstigste Variante.

„Ich habe gleich einen Termin", wich er zögernd aus. „Aber ich könnte heute rechtzeitig Schluss machen und zu Ihnen kommen."

„Ja, machen Sie das. Ich bin heute ohnehin noch recht lange hier."

„Gut. Dann bin so gegen 16 Uhr bei Ihnen."

Kaum hatte er den Hörer aufgelegt, fragte er sich unvermittelt, ob er sich wirklich noch weiter mit dieser Sache beschäftigen sollte oder ob es nicht an der Zeit war endlich einen Schlussstrich zu ziehen.

Mit dem Tod von Lars würde ja ohnehin alles seinen Abschluss finden und das Alltagsgeschehen würde die Ereignisse auf der Fähre sicherlich sehr schnell in Vergessenheit geraten lassen.

Noch während seines Kundentermins dachte er weiter darüber nach und griff anschließend im Büro schon zum Telefon, um Gitta anzurufen und das Treffen für den Nachmittag abzusagen.

Doch nach kurzer Überlegung entschloss er sich dazu, wenigstens für ein paar Minuten zu ihr herüberzufahren, denn sich jetzt gar nicht mehr bei ihr blicken zu lassen wäre angesichts der Umstände wirklich äußerst unhöflich.

Zudem blieb sie auch ohne Lars, ebenso wie ihre Geschäftspartner, weiterhin ein wichtiger Kunde für das Hotel.

*

In den Werkstätten der Firma waren die Rolltore bereits heruntergelassen und die Monteurfahrzeuge standen aufgereiht am Zaun.

Gitta Niemann saß hinter dem Schreibtisch und hatte mehrere Aktenordner vor sich liegen.

Der Schmerz den sie mit sich trug war ihr nicht anzusehen.

Anstatt ihre Arbeit in schlichter Bürokleidung zu erledigen, saß sie in einem eleganten Kostüm in dem wuchtigen Bürosessel und wirkte eher wie eine Firmeninhaberin, die allen Widrigkeiten trotzen konnte.

So wie Paul sie nun vor sich sah, fiel es ihm daher umso schwerer sich vorzustellen, dass sie in einen banalen Brandanschlag verwickelt sein sollte.

Ja, er fühlte sich sogar etwas unwohl bei dem Gedanken, dass sie seine Verdächtigungen vielleicht mitbekommen haben könnte.

„Ich habe alle etwas früher nach Hause geschickt", sagte Gitta beim Aufstehen. „Ich brauche ein wenig Ruhe, um mich hier neu zu orientieren."

Paul drückte ihre Hand und nickte verständnisvoll.

„Nochmals mein aufrichtiges Beileid. Es ist wahrlich ein schwerer Schlag. Nun weiß ich erst, wie glimpflich ich davongekommen bin."

Gitta sah ihn etwas verwundert an und es schien ihr erst in diesem Augenblick klar geworden zu sein, dass es auch ihn hätte treffen können.

Sie ging aber nicht weiter darauf ein, sondern drehte sie sich um und schaltete die Kaffeemaschine ein.

„Mir bleibt nicht viel Zeit", sagte sie mit fester Stimme und bot Paul einen Platz in der Couchecke an.

Sie stellte kurz darauf die Tassen und wie bei seinem letzten Besuch einen kleinen Teller mit Keksen auf den Tisch, dann holte sie die Lokalzeitung vom Schreibtisch, setzte sich zum ihm und schlug die Seite mit den Traueranzeigen auf.

„Unsere Mitarbeiter wollten dies unbedingt tun um ihr Anteilnahme auszudrücken. Einige von ihnen sind ja auch schon über zwanzig Jahre bei uns", sagte sie, wobei es so klang, als wenn ihr diese Art von Aufmerksamkeit nicht unbedingt recht wäre.

Paul war im Laufe des Tages noch gar nicht dazu gekommen in die Zeitung zu schauen und so zog er das Blatt zu sich heran.

Er las sich den Nachruf durch und sah dabei auch auf die andere Seite des Blattes, in der ein kurzer Artikel im

Wirtschaftsteil mit einem gelben Marker gekennzeichnet war.

In ihm wurde über den Tod des Firmenchefs einer Rostocker Metallbaufirma durch einen tragischen Unglücksfall bei einem Brand auf der Fähre nach Gedser berichtet.

Von einer möglichen vorsätzlichen Tat wurde nun nichts mehr erwähnt.

„Schon kurz nach dem Erscheinen des Artikels und dem Nachruf meldete sich meine Hausbank bei mir", lachte Gitta leicht auf. „Die sitzt mir nun auch noch im Nacken und will wissen, wie es hier weitergehen soll. Ohne die vielen Aufträge die wir haben, hätte ich wohl gleich das Handtuch schmeißen können.

Von den Außenständen aus dem Werftauftrag habe ich mich ohnehin schon verabschiedet. Unser Anwalt machte mir zumindest keine Hoffnung auf eine kurzfristige Lösung in dem Insolvenzverfahren zu unseren Gunsten. Ich werde meine Mannschaft etwas verkleinern müssen, um über die Zeit zu kommen. Möglicherweise finde ich aber auch jemand der den ganzen Betrieb übernimmt, inklusive aller Verbindlichkeiten. Aber das wird sicherlich sehr schwer."

Paul nahm einen Schluck Kaffee und stimmte ihr zu.

„Auf der Werft sieht es wirklich nicht gut aus. Alle Arbeiten ruhen. Selbst an den beiden Schiffen, die im staatlichen Auftrag gebaut werden und zudem die komplette Montagehalle belegen, passiert nichts. Die zwei Fähren am Ausrüstungskai sind ja zu einem Bruchteil des ursprünglich vereinbarten Kaufpreises verscherbelt worden und niemand scheint einen Plan dafür zu haben, wie die restlichen Verbindlichkeiten bezahlt werden. Zumindest hat sich dazu bisher niemand geäußert. Das bleibt wohl an jedem einzelnen Zulieferer hängen."

„Ja, davon gehe ich auch aus", winkte Gitta mit einer schwachen Geste ab. „Meine Bank sieht das momentan ebenfalls so und prüft gerade, ob es besser wäre meine Kredite zu kündigen und mich damit in den Ruin zu treiben oder ob sie warten sollte, bis wir mit der Firma wieder auf festen Füssen stehen."

„Es ist wahrhaftig ein Dilemma für alle beteiligten Firmen. Aber sicher auch nicht einfach für denjenigen, der dieses Chaos nun aufräumen muss", sagte Paul und dachte an das kleine Meeting des Insolvenzverwalters im Hotel. „So wie ich es in verschiedenen Zeitungsberichten gelesen habe, wollen wohl noch einige Beteiligte klagen. Das Land gegen die Beratungsgesellschaft der Werft, der Insolvenzverwalter gegen eine frühere Werft GmbH, die Staatsanwaltschaft ermittelt gegen einen ehemaligen Werftchef, na und so geht das immer weiter. Das wird eine schier endlose Kette von Gerichtsverfahren nach sich ziehen. Es ist ein wahres Kuddelmuddel in diesem Konkursverfahren, dessen Ursachen wohl nicht nur in den zu schwer gebauten Fähren zu suchen sind. Bis das alles aufgearbeitet ist, werden Jahre, wenn nicht gar Jahrzehnte vergehen."

„So ist es!", sagte Gitta und schlug einen Ordner mit voller Wucht zu.

„Und ich kann nicht darauf warten, bis sich irgendwann mal irgendetwas ergibt. Ich muss einfach einen Weg finden, um über die Zeit zu kommen."

„Alle stürzen sich ja nun auf erneuerbare Energien", fügte Paul hinzu. „Das war verständlicherweise auch bei dem Netzwerktreffen das bestimmende Thema. Schiffbau scheint keinen mehr zu interessieren. Das Land ist offenbar sofort bereit, Firmen hierbei großzügig Unterstützung zu gewähren."

Kaum hatte er das ausgesprochen, wurde ihm bewusst, wie unpassend diese Bemerkung war, aber

Gitta hatte es wohl eher sarkastisch verstanden und lachte leicht auf.

„Ja, so sind die Jungs von der Regierung! Versprechungen machen sie wirklich sehr schnell und überzeugend. Nach dem Motto: ‚Wer dem Schiffbau nachtrauert ist selber schuld! Vergesst was war, schaut nach vorn, da locken wieder riesige Aufträge und Gewinne! Damit kommt ihr schon wieder auf die Beine!'. Ich habe mir den Newsletter des Netzwerkes kurz angeschaut. Das sind alles eher nichtssagende Floskeln. Man hofft und versucht, wünscht und ersehnt! Das alles hilft mir in dieser Situation aber nicht weiter!"

Sie holte ihren Laptop vom Schreibtisch und rief sich den Newsletter auf.

Dann drehte sie ihn so, dass sie beide auf den Bildschirm schauen konnten und vergrößerte das Gruppenfoto vor den halbfertigen Fähren am Ausrüstungskai.

„Schauen Sie in die Gesichter. Solche Aufnahmen vermitteln immer so viel Optimismus, aber ich könnte wetten, dass es der Hälfte der Leute darauf genauso geht wie uns. Die hoffen alle mehr darauf, dass es auf dem Werftgelände schon irgendwie weitergeht, als dass sie sich dessen wirklich sicher sind. Ich weiß, dass viele ehemalige Zulieferer der Schiffbauindustrie sich jetzt im Bereich von Offshoreanlagen versuchen. Es ist ihr Rettungsanker. Wenn da nichts für sie geht, können sie ihre Firmen auch dichtmachen."

Paul sah auf das Foto und plötzlich durchfuhr es ihn.

Schon als er in seinem Büro auf das Bild geschaut hatte erinnerte ihn das unwillkürlich an etwas, aber er kam zu jenem Zeitpunkt nicht darauf woran.

Jetzt, da er in der Couchecke von vielen gleichartigen Bildern umgeben war, wurde ihm klar, dass er im Unterbewusstsein schon bei seinem ersten Besuch hier im Büro auf einem der Fotos etwas Wichtiges wahrgenommen hatte.

„Ja", sagte er nachdenklich und stand langsam auf. „Diese Gruppenbilder sind ja immer obligatorisch. Ich habe allerdings nie so richtig verstanden, welche Bedeutung sie eigentlich haben."

Während er das sagte, betrachtete er die vielen Fotos an der langgezogenen Wand und blieb vor einem stehen.

„Das ist Lars hier, nicht wahr?"

Gitta kam zu ihm und schaute auf das Bild.

„Ja. Ich glaube, das war nach einem Großauftrag in der Zuckerfabrik in Nyköbing", überlegte sie. „Damals gab es unmittelbar vor Beginn der Kampagne eine größere Havarie im Werk. Ich kann mich gar nicht mehr erinnern was das eigentlich genau war, aber die Monteure auf dem Foto haben das in Rekordzeit wieder hinbekommen und so konnte die Produktion auch mit der ersten Lieferung von Zuckerrüben starten."

„Kennen Sie die alle?"

„Aber nein. Nur unsere paar Leute. Ich selber war ja nie dort drüben und hatte auch nie direkt mit den Mitarbeitern aus dem Werk zu tun. Ich kenne nur die Buchhalterin dort. Warum fragen Sie?"

„Der Monteur neben Ihrem Mann, wer ist das?", fragte Paul und zeigte auf das Foto.

Gitta ging näher heran und sah es sich genauer an.

„Das muss einer von den dänischen Kollegen sein. Aber wer das ist, weiß ich nicht. Lars hatte zwar immer von den Leuten erzählt, aber so genau kann ich mich nicht mehr daran erinnern. Er hatte natürlich seine Ansprechpartner dort."

Sie zeigte auf weitere Bilder und schien sich plötzlich an viele Einzelheiten zu erinnern, die ihr Lars von seinen Aufträgen an verschiedensten Projekten auf den dänischen Inseln geschildert hatte.

Gitta schweifte immer weiter in die Vergangenheit zurück und erzählte auf eine seltsam wehmütige Art zu jeder Aufnahme eine ausführliche Geschichte aus ihrer Firmenzeit.

Paul hörte ihr gebannt zu und mit steigendem Pulsschlag gelang es ihm dabei nur äußerst schwer ihr gegenüber gleichgültig zu bleiben und nicht zu zeigen was er auf mehreren Fotos entdeckt hatte.

Neben Lars tauchte immer wieder die gleiche Person auf.

Und auch wenn er einen Schutzhelm aufhatte und in Monteurkleidung posierte, war Paul sich absolut sicher, dass es Morten war.

19

Es war eher selten an der Küste, dass es mitten im Sommer ein ganzes Wochenende lang durchregnete, denn zumeist trieb der stetige Wind selbst die dicksten Wolken zügig nach Osten ab.

Doch das tiefdunkle Grau dieser Tage kreiste in einer schwachen Luftströmung schwerfällig über der Ostsee und brachte das lebendige Urlaubertreiben an den Stränden kurzzeitig komplett zum Erliegen.

Das trübe Wetter verstärkte Pauls Niedergeschlagenheit umso mehr.

Er fühlte sich am Sonnabendmorgen restlos erschöpft, so dass er weder Lust verspürte weitere Fakten über Schreibers Theorie zu sammeln, noch zu ergründen, was Morten auf den vielen Fotos zu suchen hatte.

Der Tod von Lars machte ihm mehr zu schaffen, als er sich anfangs selbst eingestehen wollte, denn je länger er darüber nachdachte, desto eindringlicher rückte die Tatsache in sein Bewusstsein, dass sich Dinge im Leben ohne große Vorankündigung ändern konnten.

Urplötzlich gab es keinen Aufschub für das, was bis dahin nicht erledigt war.

Nichts ließ sich dann mehr rechtfertigen oder korrigieren, und was bis dahin nicht gesagt wurde, konnte auch nicht mehr ausgesprochen werden.

Das Verlangen mit Charlotte über einige wichtige Dinge zu reden, die sie beide betrafen, steigerte sich zusehends.

Selbst ein ausgedehnter Spaziergang unterm Regenschirm, an den kilometerlangen Kaianlagen im Stadthafen entlang, änderte an seiner Stimmungslage nichts.

Charlottes Fahrt zu einer Familienfeier kam für ihn somit wirklich im ungünstigsten Moment.

Als sie ihn wenige Wochen zuvor einlud mitzukommen, hatte er dies umgehend abgelehnt und sie schien Verständnis dafür zu haben, dass er nicht mit ihren Familienangelegenheiten konfrontiert werden wollte, denn ein zweites Mal wiederholte sie ihr Angebot nicht.

Nun dachte er daran, wie wohltuend es wäre sie in seiner Nähe zu haben, und dass er ein Gespräch mit ihr über eine gemeinsame Zukunft nicht ein weiteres Mal verschieben sollte.

Denn auch ihre Nachrichten an ihn, die sie ihm in letzter Zeit geschrieben hatte, wurden immer kürzer.

Mitunter hatten sie eine kühle, ja fast formale Sachlichkeit erreicht, die ihm überaus deutlich zu verstehen gab, dass er sich einfach mehr um Charlotte und um ihre Beziehung kümmern musste.

Am Sonntagmorgen schickte er ihr eine Nachricht, dass er sich auf ihre Rückkehr freue, doch sie ließ seine kurzen Sätze unbeantwortet.

Umso erleichterter war er, als sie ihn am frühen Abend anrief.

„Ich wollte nur hören, wo du bist?"

„Ich bin zu Hause", sagte Paul. „Bei dem Wetter zieht mich ja kaum etwas nach draußen. Bist du schon auf dem Rückweg?"

„Schon viel weiter. Ich bin gleich bei dir."

Paul ging mit dem Telefon in der Hand ans Fenster.

Sofort entdeckte er ihren Wagen und sah sie bereits auf die Haustür zugehen.

Wie gewohnt nahm sie nicht ihren Schlüssel, sondern klingelte und eilte dann die Treppen hoch.

Paul hielt ihr schon die Wohnungstür auf und noch bevor sie ihre Schuhe auszog, umarmte sie ihn und gab ihm einen Kuss.

„Ich bin froh, dass du nicht mitgekommen bist. Sonst hättest du mich bestimmt auf ewig verflucht", sagte sie lachend. „Die ganze bucklige Verwandtschaft war versammelt, und für einige war es hundertprozentig die gleiche seelische Tortur wie bei mir. Du kannst dir ja vorstellen wie es ist, wenn alle ausgiebig erzählen müssen, wie gut es ihnen geht und dem Hund und der Katze und den Kindern sowieso. Meine hatten ja auch gleich abgesagt, da sie sich das nicht antuen wollten. Mehr als einmal im Jahr schaff ich das aber auch nicht. Gut, dass ich wenigstens meine Arbeit als Vorwand nutzen konnte, um rechtzeitig wegzukommen."

Paul nahm ihr die Sachen ab und schloss die Tür.

„Wenn's drauf ankommt, würde ich sowas mit dir zusammen schon durchstehen", sagte er voller Überzeugung, worauf Charlotte ihn mit zusammengekniffenen Augen ansah.

„Nein, nein, glaub mir. Du kannst dir nicht vorstellen, worauf du dich dann einlassen müsstest. Ich bin froh, dass dir das erspart geblieben ist. Ich habe auch nichts von dir erzählt, sonst wäre ich wahrscheinlich einem mehrfachen Kreuzverhör unterzogen worden. Und ich hätte mich zudem noch rechtfertigen müssen, warum ich dich nicht mitgenommen habe. Jetzt fühle ich mich auch total ausgelaugt. Drei Wochen durcharbeiten ist entspannter. Konntest du wenigstens mit deinem Wochenende etwas Sinnvolles anfangen?"

„Soweit es das Wetter zuließ", antwortete Paul eintönig, wobei er in ihrem Gesichtsausdruck sofort erkennen konnte, dass sie mehr erwartet hatte, als diesen nichtssagenden Satz.

Möglicherweise lag es an seiner melancholischen Stimmung, aber erstmals hatte er in ihrer Beziehung das Gefühl, dass von Charlotte etwas Ungeduldiges ausging, ja als wenn sie etwas ersehnt hätte, was bisher nicht eingetreten war.

Auch wenn sie sich immer das entspannende Gefühl gaben sich nicht gegenseitig durch irgendetwas unter Druck zu setzen, hieß das ja nicht, dass es immer so weitergehen musste.

Vielleicht wartete sie endlich auf eine klare Aussage von ihm?

Oder interpretierte er die Situation einfach falsch?

Während Charlotte duschte, dachte er weiter darüber nach und machte eine Kleinigkeit zum Essen.

„Erzähl schon. Was hast du so getrieben?“, fragte sie anschließend und setzte sich im Bademantel und einem kunstvoll gewickelten Handtuch auf dem Kopf an den Küchentisch.

Genüsslich ließ sie sich die kleinen Schnitten schmecken, die Paul ihr zubereitet hatte.

„Nichts. Eigentlich gar nichts. Ich kam bei diesem Dauernieselregen nicht mal mit dem Fahrrad raus. Bin nur ein bisschen am Stadthafen entlanggelaufen“, sagte er und nahm sich auch eine Toasthälfte. „Du hast mir gefehlt.“

Charlotte sah ihn schmunzelnd an und kaute hastig weiter.

„Entschuldige, aber ich habe ganz schönen Hunger. Ich bin dort gleich am späten Vormittag weg, obwohl die mich gar nicht so schnell loslassen wollten, und so habe ich den ganzen Tag noch nichts Richtiges gegessen. “

Pauls Bedrücktheit entging ihr dennoch nicht und sie streichelte kurz über seine Hand.

„Nächstes Mal frage ich dich gar nicht erst. Dann nehme ich dich einfach mit. Egal wohin es auch geht. Kein Widerspruch!“

Paul sah ihr nachdenklich beim Essen zu.

„Lars Niemann, also der Fahrer vom Unglücksfahrzeug auf der Fähre, ist gestorben“, sagte er nach kurzem Zögern.

„Was?“, rief Charlotte leicht erschrocken auf und überraschte Paul mit ihrer heftigen Reaktion.

„Er hat es nicht geschafft. Das hat mir ganz schön zugesetzt. Dann auch noch dieses Regenwetter. Das legt sich alles ganz schön auf mein Gemüt.“

Charlotte hatte aufgehört zu kauen und sah Paul an.

„Alle anderen Passagiere auf dem Schiff haben wohl echt Glück gehabt“, sagte er bedächtig und reichte ihr die aufgeschlagene Zeitung herüber, die noch auf dem Küchenschrank gelegen hatte.

Charlotte schob umgehend ihren Teller beiseite.

Sie las sich den Artikel und den Nachruf durch und zeigte sich überaus bestürzt. „Das Ganze hätte wirklich verheerende Ausmaße annehmen können!“

Paul stand auf und schaltete den Wasserkocher ein. „Hast du denn von den laufenden Ermittlungen noch etwas mitbekommen?“

„Ich weiß gar nicht, wie der letzte Stand ist. Ich habe momentan mit den Fortbildungen so viel um die Ohren, so dass ich das gar nicht weiterverfolgt habe. Lägen konkrete Ergebnisse vor, hätte ich sicherlich schon was davon gehört. Ich glaube aber, man ist ohnehin sehr vorsichtig in der Bewertung des Ganzen, um nicht unnötig viel Staub aufzuwirbeln. Auch wenn es unsererseits nach einem relativ simplen Brand eines Fahrzeugs aussieht, gibt es bei den dänischen Kollegen erhebliche Zweifel daran. Für sie gibt es so viele Anhaltspunkte, insbesondere aus dem Umfeld dieses Unglücks, die ihre Version eines möglichen Anschlags eher bestätigen, als sie zu entkräften.“

„Die glauben also nicht an einen technischen Defekt des Fahrzeuges? Geht es etwa um diese radikalen Gegner der Monarchie auf dem Schiff?"

Charlotte schüttelte leicht den Kopf.

„Kann ich nicht genau sagen. Aber es gibt einen Umstand, der erst noch genauer untersucht werden muss. Das kann sich noch unendlich lange hinziehen?"

„Ich dachte immer, es ginge ganz schnell die Ursachen eines Brandes zu ermitteln?"

„In diesem Fall wohl nicht."

„Was macht den Fall denn so besonders?", fragte Paul und goss nebenbei das heiße Wasser in die Teetassen.

Charlotte legte die Zeitung beiseite und rührte gedankenversunken in ihrer Tasse.

„Das Auto, also dieser Werkstattwagen, glich nach Meinung der dänischen Kollegen eher einer fahrenden Bombe", sagte sie und nahm vorsichtig einen kleinen Schluck Tee.

„Übertreiben es die Leute jetzt nicht ein bisschen?", lachte Paul auf.

Charlotte sah ihn kopfschüttelnd an.

„Wer weiß? Es ist zwar nicht ungewöhnlich, dass man Gasflaschen in einem Werkstattauto transportiert, aber hier fragen sich die Ermittler, ob solche Mengen für einen normalen Arbeitsalltag wirklich nötig waren. Neben einigen Propangasflaschen, lagerten auch drei Acetylen- und drei Sauerstoffflaschen im Transporter."

Paul setzte sich wieder hin und musste sofort an das Gespräch mit Gitta denken.

Sie hatte zwar von Spezialteilen gesprochen, die Lars transportiert hatte und in der Zuckerfabrik einbauen wollte, aber von Gasflaschen hatte sie nichts erwähnt.

Möglicherweise gehörte es einfach zur normalen Ausrüstung und war für sie nicht weiter von Belang.

Vielleicht brachte Lars auch nur Material für weitere Arbeiten seiner Leute mit, denn Gitta hatte ja auch von Anschlussprojekten gesprochen.

„Das ist alles?"

„Oh nein!", sagte Charlotte und sah Paul gedankenverloren an.

Bevor sie weitersprach, aß sie erst ihren letzten Happen auf und nahm einen weiteren Schluck Tee.

„Nein, nicht ganz. Die Geschichte geht noch weiter. Dieser Transporter wurde mit Gas betrieben. Es gab vor einigen Monaten zwei schwere Unfälle mit solchen gasbetriebenen Fahrzeugen. Auslöser war in beiden Fällen ein Überdruckventil im Tank, das nicht einwandfrei funktionierte. Alle Halter solcher Fahrzeuge wurden daraufhin angeschrieben. Es gab einen kostenlosen Austausch. Bei dem Transporter der Metallbaufirma fanden die Ermittler noch ein solch altes Ventil und konnten auch bestätigen, dass die Firma eine Aufforderung zum Wechsel bekommen, aber aus bisher nicht geklärten Gründen einfach ignoriert hatte."

„Ja, aber was besagt das schon? Wie ja auch in der Zeitung berichtet wurde, hatte die Firma durch die Zahlungsausfälle auf der Werft sicherlich ganz andere Sorgen, als sich um ihre Fahrzeuge zu kümmern."

„Das mag sein", stimme Charlotte ihm zu. „Es können wirklich unglückliche Umstände gewesen sein, die alle mit einmal zusammenkamen. Wenn ich es richtig verstanden habe, gehen die Brandermittler momentan von der Selbstentzündung einiger Putzlappen aus, die wiederum austretendes Gas einer Propangasflasche zur Explosion brachten. Auch diese Putzlappen machen den Ermittlern wohl Kopfzerbrechen, denn sie waren mit Leinölfirnis getränkt und das passt eher zu einer Firma die sich mit Holzbearbeitung beschäftigt.

Es herrschte in dem Transporter zudem ein heilloses Chaos. Es war bis zur Beladungsgrenze vollgestopft mit Material. Unsere Leute stimmen aber mit den dänischen Kollegen darin überein, dass nur durch das sofortige Eingreifen der Schiffsbesatzung Schlimmeres verhindert werden konnte. Wie im Untersuchungsbericht der Feuerwehr zu entnehmen war, klemmte nämlich auch ein Ventil der Sprinkleranlage auf der Fähre, so dass das automatische Löschen nicht funktionierte. Es war nicht das erste Mal, dass die Fähren damit negativ auffielen."

„So etwas kann ich mir bei den maroden Fähren durchaus vorstellen", lachte Paul leicht auf. „Und jetzt wo du es sagst, fällt es mir erst auf, dass ich beim Rausrennen aus dem Frachtdeck wirklich nicht einen Wassertropfen abbekommen habe. Wahrscheinlich kam mir deshalb auch ein Besatzungsmitglied mit einem Feuerlöscher entgegen, worüber ich mich schon damals gewundert habe. Doch mir ist noch nicht klar, welche Rolle die Gasflaschen im Transporter dabei spielen. Ich meine die Acetylen- und Sauerstoffflaschen. So viel wie ich noch aus meiner Lehrzeit weiß sind doch alle solche Stahlflaschen mit Sicherheitsventilen ausgestattet und sind damit im wahrsten Sinne des Wortes bombensicher."

„Mag sein, Paul. Ich bin auch kein Fachmann", sagte Charlotte und stand auf. „Und ich gebe dir das nur so wieder, wie ich es erfahren habe. Komm mit, ich zeig dir mal was."

Sie zog ihn zu seinem Laptop ins Wohnzimmer und suchte im Internet einen Moment lang nach einem Zeitungsartikel.

„Weißt du was das ist?", fragte sie und zeigte auf das eingefügte Foto.

Paul erkannte es nicht sofort.

„Ja, man muss schon zweimal hinschauen, um zu erkennen, dass das mal ein Auto war", sagte sie und stand auf. „Setz dich hin und lies dir das mal durch. Dieses Fahrzeug wurde auch mit Gas betrieben und hatte das besagte Sicherheitsventil. Bei einem Unfall auf einer Landstraße geriet es in Brand. Die Feuerwehr war schnell vor Ort, aber in dem Moment wo sie das Fahrzeug löschen wollten, explodierte der Tank mit voller Wucht und wurde fast einhundert Meter weit auf ein Feld geschleudert. Der Fahrer verbrannte bis zur Unkenntlichkeit und mehrere Feuerwehrmänner wurden schwer verletzt. Das war übrigens nur ein Kleinwagen! Mit nur einem kleinen Gastank!“

Paul starrte auf das Bild, auf dem nur schwer zu erkennen war, dass es sich um die Überreste eines Autos handelte.

Es war komplett zerrissen und vollständig ausgebrannt.

Entsetzt schaute er Charlotte an.

„Der Transporter auf der Fähre stand direkt zwischen der Bordwand zur einen Seite“, fuhr sie fort „und den Fahrzeugen der dänischen Botschaft auf der anderen Seite. Es wird noch geprüft, welche Auswirkungen es gehabt hätte, wären die Ladeluke und die Schotten geschlossen gewesen und der Druck einer Explosion hätte nicht entweichen können. Ich meine damit die Explosion der Gesamtmenge an Gas aus allen Flaschen. Dass die umliegenden Fahrzeuge mindestens genauso ausgesehen hätten, wie hier auf dem Bild, scheint mir klar zu sein. Möglicherweise hätte es aber auch die Bordwand in Mitleidenschaft gezogen. Und das bei einem Schiff, welches, so wie du selbst gesagt hast, wohl nur noch durch die vielen Farbschichten zusammengehalten wird.“

Paul brauchte einen Moment bis ihm klar wurde was Charlotte aussprach.

„Ja“, sagte er leise. „Bei den alten Fähren hätte das wohl schlimme Auswirkungen gehabt. Man möchte sich kaum ausmalen, was ein Leck bedeutet hätte.“

„Auf keinen Fall“, sagte Charlotte. „Hätte die Fähre abgelegt und alles wäre auf offener See passiert, wäre keiner mehr an den Brandherd herangekommen. Beispiele anderer Fährunglücke zeigen das ja. Und wäre der Transporter komplett in die Luft geflogen, wer weiß wo die Fähre dann jetzt liegen würde. Wahrscheinlich irgendwo auf dem Grund der Ostsee zwischen Rostock und Gedser. Im Ärmelkanal sank vor vielen Jahren eine ähnliche Fähre nach nur neunzig Sekunden. Es gab über hundert Tote. Das also ist der Ansatz, den die dänischen Behörden verfolgen. So richtig will man noch nicht an einen Unfall glauben. Es wird auch noch geprüft, wie es zum wiederholten Ausfall der Sprinkleranlage auf der Fähre, beziehungsweise zum Blockieren des Ventils kommen konnte, also ob die Anlage möglicherweise manipuliert wurde.“

Paul blieb angespannt vor dem Laptop sitzen und las sich den Artikel ein weiteres Mal durch.

Charlotte ging ins Bad, und während sie sich die Haare föhnte, suchte Paul im Internet nach weiteren Berichten, die sich mit den gleichen Unglücksfällen von gasbetrieben Fahrzeugen beschäftigten.

„Aber, diese Sache mit den Putzlappen könnte doch auch einfach Schlamperei gewesen sein“, sagte Paul nachdem Charlotte wieder ins Wohnzimmer gekommen war und sich auf seine Schulter lehnte. „Ich kenne solche Geschichten aus vielen Betrieben. Selbst in unserer Branche kommt das häufig vor. Und obwohl das Problem hinreichend bekannt ist, passiert es immer wieder.“

„Wäre auch denkbar“, sagte Charlotte mit müder Stimme. „Wer diesen Mechanismus allerdings kennt, könnte ihn auch geschickt für sich ausnutzen. Das funktioniert dann wie ein Zeitzünder. So oder so ist es ein echtes Problem für die Firma und kann auch noch weitere Konsequenzen nach sich ziehen, denn die ölgetränkten Putzlappen waren in einen Plasteeimer gestopft und eine Propangasflasche war nicht richtig verschlossen. Fahrlässigkeit oder Vorsatz. Es ist egal. Es war ihr Fahrzeug. "

Sie legte sich auf die schmale Couch und schloss die Augen.

Paul dachte an Gitta Niemann, die ohnehin mit ihrer verschuldeten Firma alleine dastand.

Sollte ihr jetzt auch noch Ärger drohen durch den Nachweis, dass sie dieses Unglück auf der Fähre selbst verschuldet hatte?

Wahrscheinlich würde sie in einem solchen Fall nicht einmal auf Versicherungsleistungen hoffen können, denn gewiss würde sie dann auch von dieser Seite in die Pflicht genommen werden.

Nein, nein!

Diese ganze Geschichte um die Gasflaschen und den Tank wirkte so konstruiert und passte in ihrer Art weder zu Lars noch zu Gitta.

Beide hatten mit der Rettung ihres Unternehmens sicherlich genug um die Ohren, und dass in solchen schwierigen Situationen auch Fehler gemacht wurden, war durchaus nachvollziehbar.

Wer denkt in einer solch existenziellen Krise schon an ein Überdruckventil?

Andererseits hatten Schreiber und Meinke genug Anhaltspunkte dafür geliefert, dass Lars sich vielleicht eher von der Reederei als von der Werft betrogen gefühlt haben könnte und keinerlei Möglichkeit gesehen haben mochte gegen sie vorzugehen.

Hatte der bevorstehende Zusammenbruch seiner Firma bei ihm doch eine Kurzschlussreaktion ausgelöst?

Die gleichmäßigen Atemzüge von Charlotte rissen Paul aus seinen Gedanken.

Er drehte sich um und sah, dass sie bereits eingeschlafen war.

Vorsichtig hockte er sich zu ihr und strich ihr sanft über die Wange, woraufhin sie sich sofort zu ihm umdrehte und ihn blinzelnd ansah.

„Leg dich lieber ins Bett", sagte er nur lächelnd.

Wortlos und ohne ihn noch einmal anzuschauen ging sie ins Schlafzimmer.

Paul sah ihr hinterher und ihm wurde klar, dass er das Gespräch über ihre gemeinsame Zukunft ein weiteres Mal verschieben musste.

Doch seine Gedanken schwenkten sehr schnell wieder zu den Ereignissen auf der Fähre ab.

Er suchte noch weiter im Internet nach allen denkbaren Hinweisen die einen Anschlag auf die Reederei bekräftigen könnten und legte sich erst sehr spät hin.

*

„Ich weiß nicht womit du noch so alles kämpfst, aber du schläfst sehr unruhig", sagte Charlotte am nächsten Morgen, während sie in der Küche nur eilig einen Schluck Kaffee trank und immer wieder auf die Uhr schaute. „Ich habe die Woche sehr viel um die Ohren, aber lass uns wenigstens am nächsten Wochenende zusammen was machen. Einverstanden?"

Kurzzeitig überlegte Paul, ob er ihr nicht von Schreibers und Gittas Versionen über das Zustandekommen der Werftenpleite erzählen sollte.

Doch dies würde ja ein mögliches Motiv von Lars eher noch bestätigen und vielleicht war jetzt auch nicht der richtige Zeitpunkt dafür.

„Abgemacht", sagte Paul kurzentschlossen und gab ihr beim Öffnen der Tür noch einen flüchtigen Kuss. „Wonach dir dann auch immer ist."

20

Pauls Terminkalender war am Montag durchweg gefüllt, dennoch nutzte er am späten Nachmittag im Büro ein paar Minuten, um nach einem besonderen Restaurant entlang der Küste zu suchen.

Auch den Veranstaltungskalender der Stadt und des näheren Umlandes blätterte er komplett durch.

Ganz gleich was Charlotte dann auch vorhaben mochte, er wollte nicht gänzlich unvorbereitet sein, falls sie einen außergewöhnlichen Vorschlag von ihm erwarten sollte.

Während seiner Suche spürte er ein weiteres Mal, dass die Entscheidung über ihr gemeinsames Zusammenleben längst überfällig war.

Oder war es doch eher der Tod von Lars, der ihm nun die Kurzlebigkeit allen Seins unablässig vor Augen führte und ihn dazu antrieb Charlotte diese eine ganz bestimmte Frage zu stellen?

Nein, ganz sicher nicht!

Er war absolut davon überzeugt, dass es nicht an den Ereignissen der vergangenen Wochen lag, die ihn nun dazu drängten die oberflächliche Beziehung mit ihr zu beenden und endlich in etwas Handfestes umzuwandeln.

Als das Telefon klingelte und er die Nummer vom Empfang auf dem Display sah, nahm er gutgelaunt den Hörer ab.

„Paul Wanka."

„Ich wusste gar nicht, ob du im Haus oder zu einem Kunden unterwegs bist. Eine Frau Niemann ist für dich hier."

„Gitta Niemann?", fragte Paul überrascht.

„Ihren Vornamen hat sie mir nicht genannt. Sie wartet in der Lobby auf dich."

„Sag ihr, ich bin gleich da“, antwortete Paul und legte auf.

Dass Gitta ohne Vorankündigung ins Hotel kam verwunderte ihn schon und er überlegte sofort, was sie zu ihm geführt haben könnte.

War ihr vielleicht doch noch etwas zur Pleite der Werft eingefallen?

Er sah kurz wieder auf seinen Laptop und schaute zufrieden auf die lange Liste seiner möglichen Ausflugsziele für das kommende Wochenende, bevor er sie ausdruckte und das Büro verließ.

Zügig nahm er den kurzen Weg über die Veranstaltungsetage und entdeckte Gitta schon von der obersten Treppenstufe aus.

Regungslos und gerade saß sie in der Lobby, wobei sie ihre Handtasche auf den Knien hielt und wie zur Abwehr mit beiden Händen fest umschloss.

Fast schreckhaft stand sie auf, als sie Paul auf sich zukommen sah.

„Ich hoffe, ich komme nicht zu ungelegen?“, begrüßte sie ihn und strich sich nervös mit der Hand über die Haare.

„Aber nicht doch“, erwiderte Paul. „Ganz im Gegenteil. Ich freue mich. Möchten Sie einen Kaffee?“

„Lieber einen Cappuccino“, sagte Gitta. „Ich hatte gerade einen Termin bei der Bank. Die hatten mir zwar auch einen angeboten, aber nachdem sie mir etwas kaltschnäuzig eröffnet haben, welche Möglichkeiten mir mit der Firma und den laufenden Verpflichtungen noch bleiben, ist mir der Appetit darauf glatt vergangen. Wir haften schließlich mit unserem gesamten Privatvermögen.“

Paul lächelte verlegen und wies auf eine Sitzecke im Barbereich hin.

Er fühlte sich etwas unwohl zu wissen, dass sie sich neben der finanziellen Notlage der eigenen Firma, möglicherweise auch noch mit den Konsequenzen eines selbst verschuldeten Unfalls oder im schlimmsten Fall mit einer vorsätzlichen Straftat auseinandersetzen musste.

Ob sie überhaupt von dem defekten Tankventil und der Rückrufaktion gewusst hatte?

„Ich habe im Büro schon ein wenig aufgeräumt", sagte Gitta schweratmend und ließ sich entkräftet in den Sessel fallen.

Paul sah ihr an, dass ihr das alles nicht leichtfiel.

Auch wenn sie vieles hinter ihrer teuren Kleidung und ihren schönen Gesichtszügen verstecken konnte, wirkte sie schon nicht mehr so souverän, wie bei ihrem letzten Aufeinandertreffen.

Wahrscheinlich war ihr erst nach der Bankofferte bewusst geworden, wie prekär ihre Lage wirklich war.

„In den Schränken habe ich noch ein paar Fotos gefunden, die Lars mit allerlei kleinen Geschenken aufbewahrte, die er im Laufe der Jahre von verschiedenen Auftraggebern bekommen hatte. Einiges davon haben Sie ja sicherlich in den Glasvitrinen gesehen. Meistens bekam er sie zum Abschluss von erfolgreich ausgeführten Aufträgen. Das alles war so etwas wie unsere Referenzliste."

Sie öffnete nervös ihre Handtasche und zog mehrere vergilbte Schwarzweißaufnahmen heraus.

An einem war ein kleines Abzeichen befestigt.

„Kennen Sie das noch? Ich kann mich jedenfalls gut daran erinnern, wie wir als Kinder in jenen Wochen immer aufgeregt durch die Stadt getobt sind."

Paul sah auf das Abzeichen in Form eines Dreiecks, auf dem zwei stilisierte Möwen abgebildet waren und die Aufschrift „Ostseewoche 1970" trug.

„Oh, ja! Aber natürlich! Die Ostseewochen in den sechziger und siebziger Jahren“, lachte Paul. „Ich kann mich sehr gut daran erinnern. Das war in jenen Jahren immer ein tolles Fest in der Stadt. Ja, wirklich! Als Kind bekam ich allerdings nicht mit, wie sehr das Ganze für den kalten Krieg instrumentalisiert wurde. Für mich war es einfach ein riesiger Rummel. Diese Abzeichen waren damals überaus begehrt und ich habe sie als Kind auch gesammelt.“

Gitta nickte lächelnd.

„Als Sie neulich bei mir waren, fragten Sie doch, ob ich diesen einen Mann auf den Bildern an unserer Bürowand kenne. Es fiel mir in dem Moment gar nicht ein. Aber Lars brachte einmal nach einem größeren Auftrag ein paar Geschenke von den dänischen Monteuren der Zuckerfabrik mit. Unter anderem auch diese Fotos. Da ist der Mann drauf, natürlich noch viel, viel jünger. Auf dem Bild mit dem Abzeichen steht auf der Rückseite auch sein Name drauf. Als ich ihn las, fiel mir das alles wieder ein.“

Sie reichte ihm das Foto und Paul erkannte ihn sofort.

Auch wenn es vor vielen Jahrzehnten aufgenommen worden war, blitzten seine Augen genauso in die Kamera, wie er sie bei ihm erlebt hatte.

Mehrere Männer und Frauen saßen in sommerlicher Kleidung um einen großen Tisch herum und hielten mit einer Hand ein Bierglas hoch, während sie mit der anderen kleine Fähnchen der DDR und Dänemarks umherschwenkten.

Es war auf dem ehemaligen Messegelände in Schutow aufgenommen worden, die prägnante Dachkonstruktion eines Gebäudes im Hintergrund erkannte Paul sofort.

Lächelnd drehte er das Foto um.

‚Mit kämpferischen Grüßen. Morten Sundqvist‘, las er für sich.

„Lars hatte nie groß über ihn gesprochen", erzählte Gitta weiter. „Er hatte mir zwar immer ein bisschen über jene Leute und Projekte auf den Fotos an unserer Bürowand berichtet, aber wenn man nicht selber mit diesen Menschen in Kontakt steht, vergisst man das schnell wieder. Ich glaube mich aber daran zu erinnern, dass dieser Herr Sundqvist sein Ansprechpartner in der Zuckerfabrik in Nyköbing war und ihn auch bei anderen Bauprojekten auf der Insel als sein Dolmetscher unterstützt hatte. Er sprach wohl perfekt Deutsch. Ja, ich bin mir fast sicher, dass er es ist."

Sie schaute auf die anderen Fotos, die sie aus der Tasche genommen hatte.

„Kennen Sie ihn etwa auch?", fragte Gitta.

Paul sah weiter auf die Aufnahme und schüttelte nur den Kopf, denn er wollte Gitta in diesem Moment nicht bestätigen, dass es genau jener Mann war, der am Unglückstag mit auf der Fähre war.

Er ahnte, dass ihn das in Erklärungsnot bringen könnte ihr dies bisher verschwiegen zu haben.

Zudem war er sich nach wie vor nicht sicher, welche Rolle sie selber in dieser Geschichte spielte

„Nein. Ich sehe ja jeden Tag so viele neue Gesichter. Wir haben ja hier auch ständig skandinavische Gäste. Und manchmal glaubt man jemanden wiederzuerkennen", lenkte er mit einem Schulterzucken ab. „Aber das Abzeichen, ja daran kann ich mich wirklich gut erinnern. Und die Orte der Aufnahmen erkenne ich auch. Diese Bilder sind ja wahre Schätze und sofort fallen mir viele Episoden aus dieser Zeit ein."

Gitta reichte ihm die anderen Fotos und schien sich mit der Antwort zufriedenzugeben.

Im weiteren Gespräch machte es auf Paul sogar den Eindruck, als wenn sie eher erleichtert war, dass es nichts gab, was Lars möglicherweise vor ihr verborgen hatte.

Oder schätzte er ihren Besuch etwa völlig falsch ein?

Waren die Bilder doch nur ein Vorwand, um herauszufinden, was er über die Beziehung von Lars und Morten wusste?

Paul sah Gitta prüfend an und achtete auf dabei auf jedes Wort von ihr.

Bei einigen Fotos konnte sie sich scheinbar lange Entschwundenes wieder ins Gedächtnis zurückrufen und sie erzählte voller Begeisterung über ihre Erlebnisse aus der Zeit, in der sich Rostock mitten im Sommer für die Ostseewoche herausschmückte.

Ja, es hörte sich für Paul beinahe so an, als wenn es sie befreite, endlich einmal darüber sprechen zu können.

Vielleicht war es aber auch so, dass das Reden über Vergangenes und das Zurückschauen auf längst verstrichene Zeiten den Verlust von Lars für sie einfach erträglicher machten.

Und so wie sie die alten Geschichten schilderte, die Paul aus eigenen Erinnerungen größtenteils bestätigen konnte, gewann er wiederum den Eindruck, als wenn sie ihm nichts vorgaukelte.

Wusste sie womöglich doch nicht alles über ihren Mann?

Wie schon in ihrem Büro, als sie vor den vielen Fotos an der Wand stand und ihr immer neue Begebenheiten zu den einzelnen Bildern einfielen, traute sich Paul nicht sie zu unterbrechen.

Zu sehr hatte er das Gefühl, dass sie anfing sich an „die guten alten Zeiten“ zu klammern, da ihr dies momentan wohl den meisten Halt bot.

Doch ihr schien plötzlich selber aufzufallen, dass sie sich zu sehr offenbarte.

„Sie können die Bilder behalten, wenn Sie möchten“, sagte sie plötzlich und klappte ihre Tasche zu. „Ich kann damit nichts mehr anfangen.“

Für einen kurzen Moment schien sie ihre alte Stärke wiedergewonnen zu haben.

Doch als sie sich mühsam erhob und leicht ins Schwanken kam, sah Paul ihr auch an den langsamen Bewegungen an, wie sehr sie mit allem zu kämpfen hatte.

Nachdem er sie verabschiedet hatte und wieder im Büro war, betrachtete er lange das Foto von Morten und versuchte eine Erklärung dafür zu finden, was ihn und Lars wirklich miteinander verbunden haben mochte.

„Mit kämpferischen Grüßen“ klang nicht nur nach einer unverbindlichen Beziehung zwischen einem Arbeiter aus der Zuckerfabrik und dem Eigentümer einer vergleichsweisen kleinen Metallbaufirma.

Doch so wie er Lars in seinen feinen Anzügen und in seiner opulenten Lebensweise stets erlebt hatte, fiel es ihm äußerst schwer sich vorzustellen, dass er sich mit Morten, so wie dieser in den 68ern, an Demonstrationen oder gar an radikalen und gewalttätigen Aktionen beteiligt haben könnte.

*

Paul schloss als letzter die Tür auf der Verwaltungsetage des Hotels.

Im Laufe des Tages hatten sich die hochsommerlichen Temperaturen wieder durchgesetzt und so holte er zum Abend sein Fahrrad aus dem Keller und fuhr seine übliche Runde über Krummendorf nach Gehlsdorf.

Beim Schiffsanleger des Zollamtes setzte er sich auf den Steg und sah hinüber zum Fischereihafen.

Auch wenn der Name schon seit vielen Jahren nicht mehr zu dem passte, was dort umgeschlagen wurde, schien das niemand besonders zu stören.

Er gehörte einfach zu diesem Areal und zur Geschichte der Stadt, genauso wie auch die Ostseewoche, die sich bis in die siebziger Jahre hinein sowohl zu einer politischen Institution als auch zu einem großen Volksfest entwickelt hatte.

In allen Teilen der Stadt gab es damals verschiedenste Veranstaltungen und sogar eine eigene Messe wurde zu diesem Anlass etabliert.

Das was von den Gebäuden noch übriggeblieben war, die einst zur Schau dessen errichtet wurden was damals als „Fortschritt des Sozialismus" gefeiert wurde, verkam zum Großteil seit Jahren auf dem Schutower Gelände.

Paul erinnerte sich plötzlich sehr intensiv an diese Zeit seiner Kindheit, als er die Tage im Sommer mit der ganzen Familie und vielen Verwandten verbracht hatte, die zu den Festtagen an die Küste gekommen waren.

Auch an die übervollen Verkaufsstände, die es nur in jener Woche gab, wie auch an die Tribüne am Rathaus und dem Vorbeimarsch an den Funktionären der Partei, weiter über die Lange Straße bis zum damaligen „Hotel-Warnow", dort wo er heute in dem neuen Haus sein Büro hatte.

Doch viel stärker konnte er sich die bunt beflaggten Schiffe im Stadthafen ins Gedächtnis zurückrufen, die er mit anderen Kindern während der Liegezeiten als Spielplatz in Beschlag genommen hatte.

Niemand hielt sie damals auf, wenn sie über die Decks der Schiffe tobten oder zwischen den Ladungen Versteck spielten, die an Land auf ihren Weitertransport warteten.

Aber er erinnert sich auch an die Stacheldrahtzäune, die schon bald nachdem die Ostseewoche in der Mitte der siebziger Jahre abgeschafft wurde, dieses Gebiet bis zum Fall der Mauer komplett versperrten.

Immer wieder wurden sie damals von schwerbewaffneten Wachleuten mit ihren bellenden Schäferhunden vertrieben, sobald sie durch Lücken im Zaun versuchten, wieder an die Schiffe heranzukommen.

Das Krachen von Holzstämmen, die von dem gegenüberliegen Umschlagplatz in einen Frachter verladen wurden, riss ihn aus seinen Gedanken.

Er dachte noch einmal an die Fotos, auf denen Morten gutgelaunt über das Gelände in Schutow und am Hafen entlangspazierte.

Daher kannte Morten also die Stadt und hatte ihre Entwicklung wahrscheinlich über Jahrzehnte hinweg mitverfolgt.

21

Die Erinnerungen an die unbeschwerten Kindheitstage in den Zeiten der Ostseewochen begleiteten Paul auch durch die Nacht.

Am Morgen betrachtete er beim Frühstück abermals sehr lange die Bilder mit den Menschen aus verschiedenen Nationen, die auf dem Messegelände und im Stadtzentrum ausgelassen feierten.

Es war ihnen nicht anzusehen, dass sie ansonsten durch unüberwindbare Grenzen getrennt waren, die es zu jener Zeit zwischen den Ländern gab.

Obwohl es Schwarzweißaufnahmen waren, wirkte darauf alles äußerst intensiv und voller Lebensfreude.

Es brauchte nicht viel Fantasie um sich vorzustellen, wie sehr die Menschen durch die Ereignisse dieser Jahre geprägt wurden, sogar mehr als es heute jemand von ihnen zugeben würde.

Denn obwohl diese Festwoche zur Geschichte der Stadt gehörte und in jenen Tagen fast alle Rostocker daran beteiligt waren, wurde dies seitdem in der Öffentlichkeit nie wieder erwähnt.

Es war ein Zeitabschnitt, der einfach aus dem Gedächtnis der Leute verschwunden war.

Vielleicht wollte aber auch keiner mehr mit Ereignissen in Verbindung gebracht werden, die stets den Makel von Mitschuld für Vergangenes in sich trugen.

Gitta wurde wahrscheinlich ebenfalls erst durch die Bilder wieder an die Festtage erinnert, wie er eben auch.

Dennoch fiel es ihnen beiden nicht schwer, viele Episoden bis ins kleinste Detail wiederzugeben.

Somit war anzunehmen, dass auch Morten diese Begegnungen mit Menschen aus den Regionen des Ostseeraumes, die in den Zeiten des Kalten Krieges in der

Stadt aufeinandertrafen, gut im Gedächtnis haften geblieben waren.

Und so wie Paul ihn kennengelernt hatte, musste er zwangsläufig davon ausgehen, dass Morten nie etwas von seinen damaligen Ansichten und Einstellungen aufgegeben hatte.

Selbst der Mauerfall, bei dem fast alle Verbindungen zwischen den kommunistischen Gruppierungen in Europa gekappt wurden, hatte ihn sicherlich nicht davon abgehalten seinen Weg weiterzugehen.

Paul musste an die Bilder in Gittas Büro denken, die darauf schließen ließen, dass sich Morten und Lars wohl schon über einen längeren Zeitraum gut kannten, womit auch anzunehmen war, dass Morten von der wirtschaftlich schwierigen Lage der Firma gewusst haben könnte.

Es war natürlich absurd anzunehmen, dass er Lars von seinen Idealen überzeugt hätte, dafür war dieser zu sehr Geschäfts- und Lebemann.

Aber wäre es nicht durchaus denkbar, dass Morten ihn in seiner scheinbar aussichtslosen Situation zumindest zu einer spektakulären Aktion überreden konnte, um ein deutliches Zeichen an die Reederei zu senden?

Und diesen Handstreich dann auch für sich zu nutzen, um dem dänischen Königshaus zu signalisieren, dass es Kräfte im Land gab, die den Kampf gegen sie noch lange nicht aufgegeben hatten?

Paul räumte seine Sachen zusammen und fuhr ins Büro, doch selbst dort ging ihm diese Variante nicht mehr aus dem Kopf.

Und je länger er darüber nachdachte, umso stärker wurde seine Annahme, dass Morten, resultierend aus dessen Vergangenheit, zudem stets handfeste Gründe gehabt haben mochte, um immer wieder in die Stadt zu kommen.

Aber wo sollte er ansetzen, um herauszufinden was das sein könnte?

Paul war davon überzeugt, dass Morten ihm kaum freiwillig etwas darüber erzählen würde, sonst hätte er dies sicherlich schon bei seiner ersten Begegnung erwähnt.

Es blieb ihm wohl nichts anderes übrig, als dies ohne ihn zu ergründen, denn sollte Morten wirklich in das Unglück auf der Fähre verwickelt sein, musste er ihn schon mit stichhaltigen Fakten konfrontieren, denen er nicht durch irgendwelche listigen Manöver ausweichen konnte.

Am frühen Nachmittag nutzte Paul nach langen Kundentelefonaten eine kurze Pause und suchte im Internet unter dem Begriff „Ostseewoche" nach Artikeln, die über diese Zeit berichteten, doch zu seinem Erstaunen fand er nur sehr wenige Publikation die das Thema aufgriffen und meist auch nur in einer groben Übersicht darstellten, zu welchem Zweck die Ostseewoche etabliert wurde.

Zumeist waren es Buchempfehlungen, die sich jedoch eher aus historischer oder politischer Sicht mit jener Zeit beschäftigten.

Doch einen greifbaren Hinweis, dass Morten, wie viele andere Skandinavier damals auch, nicht nur zum Feiern herübergekommen war, fand er auf die Schnelle nicht.

Zu unkonkret waren auch seine Vorstellungen darüber, wonach er genau suchen sollte und es blieb für ihn ohnehin die Frage offen, ob er diese längst vergangenen Geschichten überhaupt in irgendeiner Weise mit dem Unglück auf der Fähre in Verbindung bringen konnte.

Er suchte weiter unter verschiedensten Begriffen, doch nichts brachte ihn weiter.

Schließlich rief er sich den Katalog der Stadtbibliothek auf, doch auch hier tauchten unter dem Begriff „Ostseewoche“ lediglich fünf allgemeine Titel auf, die dem Schlagwort zugeordnet waren.

Zudem waren sie nicht sofort verfügbar, sondern mussten erst aus dem Magazin angefordert werden.

Paul sah gedankenversunken aus dem Fenster, wobei sein Blick auf den gegenüberliegenden alten Backsteinbau fiel, der zur Universität gehörte.

Einen Moment sah er darauf, dann sprang er auf, ging an die Tür und schaute den Flur entlang.

Niemand war zu sehen und auch das Büro des Direktors war verschlossen.

Kurzerhand schaltete er seinen Laptop aus und stellte sein Telefon auf die Rezeption um, doch dann nahm er noch einmal den Hörer in die Hand und wählte die Nummer vom Empfang.

„Ich bin für eine halbe Stunde außer Haus. Falls was ist, ruft mich bitte auf dem Handy an. Ich habe mein Bürotelefon zu euch umgestellt.“

Eilig verließ er das Haus und ging zur Bibliothek in der Hermannstraße, die nur ein kurzes Stück vom Hotel entfernt lag und in der er nun darauf hoffte brauchbares Material zu finden.

Paul kannte zwar die meisten Bibliotheksbereiche der Universität, aber hierher hatte es ihn bisher noch nicht verschlagen.

In einem Teil der früheren Untersuchungshaftanstalt der Staatssicherheit, welche nunmehr als Gedenkstätte und Museum genutzt wurde, befand sich auch die Büchersammlung für DDR-Geschichte.

An dem Zustand des gesamten Komplexes, so wie er bis zur Zeit des Mauerfalls bestand, hatte sich nichts geändert, was einerseits für den Museumsbereich sehr vorteilhaft war, da die Besucher auf diese Weise einen realen Eindruck von den damaligen Haftbedingungen bekamen, andererseits aber auf denjenigen, der hier nur nach Büchern suchen wollte, überaus bedrückend wirkte.

Zum Verweilen lud es nicht gerade ein.

Paul musste sich am Haupteingang erst ein wenig orientieren, bis er ein Hinweisschild entdeckte.

Er folgte der Wegbeschreibung und gelangte durch eine Gefängnistür in einen Zwischentrackt des Gebäudes, welches eher einer riesigen Garage glich.

Ein ausgestellter Gefangenentransportwagen erinnerte daran, wie die Häftlinge damit früher sehr diskret bis ins Innerste des Gebäudes gebracht wurden.

An ihm vorbei ging Paul weiter in den Bereich ehemaliger Dienstzimmer, bis er am Ende des Korridors schließlich auf die Bibliothek stieß.

Die Tür stand weit auf und hinter dem kleinen Tresen saß eine zierliche Mitarbeiterin vor ihrem Computer und nickte Paul zur Begrüßung lächelnd zu.

Trotz des heißen Sommerwetters hatte sie eine dicke Strickjacke an.

Die leicht gerötete Nase in ihrem blassen Gesicht ließ darauf schließen, dass ihr hinter den dicken Gefängnismauern ständig kalt war, wozu die schlichte graue Einrichtung noch zusätzlich beitragen mochte.

Paul hingegen empfand die Kühle des Raumes nach seinem schnellen Gang durch die aufgeheizte Innenstadt als sehr angenehm und er lockerte etwas seinen Krawattenknoten.

„Ich bin mir gar nicht sicher, ob Sie mir überhaupt weiterhelfen können“, sagte er und pustete einmal tief durch. „Ich suche Material über die Ostseewoche.“

„Ostseewoche!“, wiederholte die Mitarbeiterin vielsagend und fast mehr zu sich selbst. „Ich kann mich gar nicht daran erinnern, wann das letzte Mal jemand danach gefragt hatte."

Sofort tippte sie hastig auf die Tastatur und vertiefte sie sich für einen Moment in ihren Computer.

Paul zog sein Jackett aus und sah sich derweil in den Regalen um.

„Das wird wohl etwas dauern", sagte sie und schaute ihm hinterher. „Suchen Sie denn etwas Bestimmtes?"

„Nun ja", überlegte Paul. „Ich bin mehr durch Zufall auf dieses Thema gestoßen und weiß selber nicht, inwieweit mir das bei meiner Suche für eine andere Sache weiterhelfen wird. Insofern wollte ich mal nachsehen, was ich hier überhaupt zu dem Thema finden kann."

Ihr skeptischer Blick traf Paul kurz, bevor sie wieder auf den Bildschirm schaute.

„Es gibt etliche Broschüren zur kulturellen Zusammenarbeit der Ostseeanrainerstaaten während dieser Zeit. Also über Kunstaustellungen oder die Barlach-Ausstellung anlässlich der Ostseewoche 1961."

Sie sah kurz hoch, doch nachdem Paul nur den Kopf schüttelte, suchte sie weiter.

„Briefmarkenausstellungen zur Ostseewoche? Darüber finde ich sehr viel."

Paul musste lachen.

„Nein, das trifft es alles nicht. Ich suche eher etwas über die Rolle der skandinavischen, speziell der dänischen Kommunisten in dieser Zeit. Vielleicht finden Sie etwas, dass Auskunft darüber geben könnte, was sie während der Ostseewoche hierherzog. Waren sie einfach nur Gäste eines großen Volksfestes oder gab es dafür einen speziellen Grund?"

Er fing ihren ungläubigen Blick auf seinen Anzug auf und ruckelte lächelnd an seiner Krawatte. „Ist nur eine Uniform. Arbeite im Hotel."

Sie schmunzelte und Paul konnte sich vorstellen, was ihr so durch den Kopf ging.

Dieses Thema passte für sie wohl eher zu jemandem der zu diesem Thema forschte, weniger jedoch zu einem der sich augenscheinlich beruflich mit ganz anderen Dingen beschäftigt als DDR-Geschichte und die Rolle der dänischen Kommunisten während der sechziger und siebziger Jahre.

„Zwei Titel habe ich tatsächlich hier, die Sie interessieren könnten", sagte sie nach einer längeren Suche erfreut. „Aber das meiste liegt im Bücherspeicher und müsste dort angefordert werden."

Sie stand sofort auf und kam nach wenigen Augenblicken mit den beiden Büchern zurück.

Paul nahm sie in die Hand und warf ein Blick auf die Titel.

„Ostseewoche DDR 1964. Na, das ist doch schon was. Aber das zweite hier?", fragte er skeptisch. „Ein Buch über Remigranten? Deutsche Kommunisten im skandinavische Exil während des Zweiten Weltkrieges und ihre anschließende Rückkehr?"

„Ja, ja, ich weiß. Es ist wahrscheinlich nicht genau das, wonach Sie suchen, aber ich hatte schon mal einen Doktoranden hier, der sich mit einer ähnlichen Thematik beschäftigte. Er fand für seine Arbeit in der Dokumentation interessante Hinweise, insbesondere darüber, woher überhaupt so viele Verbindungen zwischen der damaligen DDR und den skandinavischen Ländern herrührten. Vielleicht finden Sie darin auch etwas über die Zeit der Ostseewoche, denn da waren die Skandinavier ja immer mit dabei."

Paul zog die Augenbrauen hoch und las sich etwas unschlüssig die ersten Zeilen im Einleitungstext des Buches durch.

„Na gut. Ich schaue mal, ob ich damit weiterkomme."

„Wir haben auch noch die alten Ausgaben der Lokalzeitungen auf Mikrofiche", bot ihm die Mitarbeiterin mit dem Hinweis auf ein Lesegerät in der Ecke noch an. „Die können Sie sich aber nur hier anschauen. Soll ich Ihnen dazu was raussuchen?"

Paul sah auf seine Uhr.

Er war schon länger als geplant hier und musste schnellstens zurück.

„Würde ich gerne machen, aber momentan fehlt mir einfach die Zeit dafür. Ich denke, damit komm ich erst mal ein Stück weiter."

„Fragen Sie doch auch mal im Bereich Geschichte nach. Dort gibt es ja viel Material zu den skandinavischen Ländern."

„Ich fang hiermit an", sagte Paul entschlossen und legte die Bücher auf den Tresen.

Während die Mitarbeiterin den Büchercode abscannte und Paul seinen Bibliotheksausweis rüberreichte, dachte er an Morten, der ja bei seinem Besuch viel über seine Kriegserlebnisse und die Zeit danach erzählt hatte.

Möglicherweise musste er bei seinen Recherchen doch sehr weit in die Vergangenheit zurückgehen.

Als er wieder im Hotel war, arbeitete er noch eilig einige Veranstaltungsvorgänge ab und machte pünktlich Feierabend.

Das Buch über die Ostseewoche nahm er mit auf seine abendliche Radtour.

In Gehlsdorf machte er eine Pause und setzte sich auf den Steg neben den Schiffen vom Zollamt.

Dort blätterte er das schmale und stark vergilbte Buch einmal durch, welches eher einer dicken Imagebroschüre glich.

Neben vielen Fotos, die auf gesellschaftliche Erfolge verwiesen und über die Wirtschaftsleistung der Stadt

Auskunft gaben, fand es sogar Seiten für Werbung, die auf ihn einen äußerst skurrilen Eindruck machten.

Nachdem er ein paar Seiten gelesen hatte, wurde ihm jedoch schnell klar, dass es sich hierbei mehr um eine Selbstdarstellung aus Sicht von Parteifunktionären handelte.

Wenngleich auch über „Gäste und Delegierte aus den befreundeten skandinavischen Parteien" berichtet wurde, blieben alle Sätze sehr oberflächlich und teilweise nichtssagend.

Das meiste war zudem stark propagandistisch geprägt.

Paul klappte das Buch zu und genoss für eine Weile nachdenklich den Sonnenuntergang über der Warnow, bevor er nach Haus fuhr.

Auch wenn er sich nach dem Duschen sehr müde fühlte, nahm er sich noch das zweite Buch vor.

Es war eine sechshundert Seiten umfassende wissenschaftliche Abhandlung über das Leben von deutschen Kommunisten im skandinavischen Exil während des Zweiten Weltkrieges, sowie ihre anschließende Rückkehr in die damalige sowjetische Besatzungszone.

Schon nachdem er das Inhaltsverzeichnis genau studiert und den Einleitungstext nun vollständig gelesen hatte, wurde ihm klar, dass ihn dieses Buch viel näher an die Beantwortung seiner Fragen bringen könnte, als er zunächst angenommen hatte.

Er vertiefte sich sehr intensiv in das erste Kapitel, denn die Berichte und Erinnerungen von Zeitzeugen und deren Schilderungen aus den Kriegs- und Nachkriegsjahren offenbarten ihm sehr eindrucksvoll, dass er dies alles in einen direkten Zusammenhang mit Mortens Vergangenheit bringen konnte.

22

Die biografischen Dokumentationen über Menschen die vor den Nazis aus Deutschland nach Skandinavien geflohen waren und die Zeit bis zum Kriegsende dort verbrachten, bewegten Paul auch noch am nächsten Morgen, als er auf dem Balkon seinen Grünen Tee trank und das erste Kapitel zu Ende las.

Dass ihn das Ganze so in den Bann zog rührte nicht nur daher, dass er mit diesen Geschichten Mortens Leben nun besser verstehen und in diese Zeit einordnen konnte, sondern weil sie ihn gleichsam an seine eigenen Eltern erinnerten, deren Lebenswege ja ebenfalls durch diese Schicksalsjahre geprägt wurden.

Auch sie hatten als Kinder den Krieg, insbesondere aber die Zwangsumsiedlung aus dem damaligen Ostpreußen und die Nachkriegsjahre, die für sie besonders entbehrungsreich gewesen waren, völlig traumatisiert überlebt.

Es war für Paul durchaus zu verstehen, dass sie infolgedessen einen Weg im Osten der Republik einschlugen, der sie zu widerspruchslosen Untertanen eines Systems machte, welches immer vorgab, stets „im Namen des Friedens" zu handeln.

Dass sie dabei in ihrem Leben nur eine Diktatur durch eine andere ersetzt hatten, diese Auffassung wollten sie jedoch nie gelten lassen und eine Korrektur ihres von der Partei vorgegebenen Weges war für sie undenkbar.

Daran hatte auch der Mauerfall nichts geändert.

So wie seine Eltern nie von ihren Überzeugungen abgelassen hatten, so war mit Sicherheit auch Mortens Groll auf das dänische Königshaus nie verschwunden.

Auf dem Weg zur Arbeit dachte Paul weiter darüber nach und ahnte, dass er bei seinen Nachforschungen sehr intensiv mit der Vergangenheit einer ganzen Generation konfrontiert werden würde.

Und es würde eine Unmenge an Zeit beanspruchen.

Ob es ihm dabei wirklich gelänge Verbindungen zwischen Morten und der Stadt ausfindig zu machen, daran hegte er jedoch so einige Zweifel.

Ihm fehlte einfach ein handfester Ansatz für seine Recherchen.

Und selbst wenn er mehr darüber herausfinden sollte, klärte es ja immer noch nicht auf, in welchem Bezug das Ganze zu Lars und seiner Firma stand.

Somit blieb ihm wohl vorerst nichts anderes übrig, als im Internet oder in anderen Bibliotheksbereichen nach weiteren Anhaltspunkten zu suchen, um aus vagen Vermutungen eindeutige Fakten zu machen.

Paul schaltete im Büro seinen Laptop ein und zog noch einmal die Fotos von Morten aus seiner Mappe.

Dann tippte er sein Passwort ein

Während das Postfach aktualisiert wurde schaute er auf die Bilder und vermutete unwillkürlich, dass auf ihnen möglicherweise auch Personen sein könnten die in der Stadt früher eine wichtige Rolle gespielt haben mochten.

Das wäre ein weiterer Ansatz, doch auch hier stellte er sich die Frage, wo er mit seinen Nachforschungen anfangen sollte.

Seine Überlegungen wurden abrupt unterbrochen, als sein Blick auf eine E-Mail fiel, die ihm die Protokollchefin geschickt hatte.

‚Oh, verflucht nochmal!', dachte er nur und las sich die wenigen Zeilen ein zweites Mal durch.

Paul spürte, wie er innerlich anfing zu kochen.

Er hatte sich in Vorbereitung des festlichen Banketts auf alle möglichen Anforderungen eingestellt und mit der Bankettabteilung im Haus verschiedenste Varianten abgestimmt, aber dass er nun eine so kurzfristige Absage erhalten könnte, damit hatte er überhaupt nicht mehr gerechnet.

Und er brauchte einen Moment, um sich klar zu machen, dass er nun an jenem Tag im Haus, zumindest auf der Dachetage, mit leeren Räumen dastand.

Nichts hatte bisher darauf hingedeutet, denn Nachfragen zu bestimmten Details, die zwischendurch seitens der Staatskanzlei an ihn gerichtet wurden, hatten ihn stets in der Annahme bestärkt, dass alles wie geplant ablaufen würde.

Aus der Nachricht las er für sich heraus, dass zumindest die Abendveranstaltung infolge kompletter Planänderung der Konferenz ersatzlos gestrichen wurde.

Paul überlegte kurz, wie er weiter verfahren sollte.

Ihm war klar, dass ihm nicht viel Zeit blieb.

Er musste diese Information sofort an alle im Haus weiterleiten.

Doch er zögerte noch einen Augenblick, dann zog er sein Handy aus der Tasche und wählte Charlottes Nummer.

„Hallo, Paul. Kann ich dich später zurückrufen?“, fragte sie sofort, nachdem sie das Gespräch entgegengenommen hatte.

„Hast du einen winzigen Moment für mich?“

„Ich bin schon auf dem Sprung und fahre mit meinem Kollegen zu einem Termin. Er wartet bereits im Wagen auf mich. Ist es dringend?“

„Schon“, sagte Paul. „Ich habe gerade eine Absage von der Protokollchefin für das festliche Bankett bekommen. Es gibt wohl eine komplette Änderung der geplanten Konferenz im Hafen. Hast du mal was davon gehört?“

„Du meinst die, an der auch Mitglieder der dänischen Königsfamilie teilnehmen sollten?“

„Ja, genau."

„Nein, habe ich nicht. Aber es wundert mich auch nicht. So wie ich dir schon sagte, tun sich unsere dänischen Kollegen ja nach wie vor schwer damit an einen technischen Defekt des Unglücksfahrzeuges auf der Fähre zu glauben. Möglich also, dass demzufolge Sicherheitsbedenken auch auf diese Konferenz Einfluss genommen haben und dies zur Planänderung geführt hat. Ich würde diese Variante zumindest in Erwägung ziehen."

„Möglich", sagte Paul nur und dachte nach.

„Paul, ich muss los. Wenn ich was höre, gebe ich dir Bescheid. Abgemacht?", forderte Charlotte ihn ungeduldig auf, und er hörte, wie sie schnellen Schrittes die Treppenstufen herunterging.

„Abgemacht. Ich danke dir trotzdem", sagte er nur. „Vielleicht komme ich damit irgendwie weiter. Bis dann."

Er legte auf und las sich die E-Mail noch einmal durch.

Dann leitete er sie mit einem Kommentar an den Direktor, sowie alle betreffenden Abteilungen im Haus weiter und wählte die Nummer der Staatskanzlei.

Eine Praktikantin nahm dort seinen Anruf entgegen.

Paul wollte sogleich wieder auflegen, nachdem sie ihm mitgeteilt hatte, dass die Protokollchefin den ganzen Tag in Terminen unterwegs wäre.

„Geht es um das Bankett?", fragte sie im letzten Moment.

„Ja", sagte Paul. „Wissen Sie darüber Bescheid?"

„Ich organisiere die Konferenz mit. Sie rufen sicherlich wegen der Absage an."

„Es kommt für unser Haus etwas sehr überraschend. Wir hatten fest mit Ihnen gerechnet."

„Nun, es ist so, dass es eine komplette Ablaufänderung gibt. Wir mussten das in zwei Veranstaltungen aufteilen. Die eigentliche Tagung findet wie vorgesehen in zwei Wochen statt, allerdings in wesentlich kleinerem Rahmen und wie schon mitgeteilt ohne Bankett. Der zweite Teil, also die offizielle Einweihung des neuen Fährterminals, wurde nun schon auf den kommenden Montag vorverlegt."

„Kommenden Montag schon?", fragte Paul verblüfft.

„Ja. Wir entsprechen damit dem Wunsch der dänischen Seite. Es werden ja auch wichtige Gäste erwartet und es ließ sich mit ihnen nur noch dieser eine Termin realisieren."

Paul dachte einen Moment nach.

„Die Absage zum Bankett ist also endgültig und daran ist nicht mehr zu rütteln?"

„Nein. Das tut mir wirklich leid für Sie."

„Nun, trotzdem vielen Dank. Damit haben Sie mir schon weitergeholfen."

„Wir werden Sie bei einer nächsten Veranstaltungsanfrage bestimmt wieder mit berücksichtigen", fügte die Praktikantin noch eilig hinzu, aber Paul reagiert nicht mehr darauf.

Kaum hatte er das Gespräch beendet, hörte er schnelle Schritte auf dem Flur und wenig später stand der Direktor im Büro.

„Und nun?", fragte er herausfordernd, wobei Paul ihm ansah, wie sehr er um Fassung rang.

„Da ist nichts mehr zu machen. Ich habe gerade erfahren, dass die ganze Veranstaltung umgeplant wurde. Es findet nur die Konferenz statt, aber ohne festliche Abendveranstaltung, auch nicht in anderen Häusern."

„Wen haben wir dann bei uns auf der Dachetage?"

Paul sah ihn überrascht an.

„An dem besagten Tag niemanden. Für die Firmen die ursprünglich einen Vertrag mit uns hatten kam ein Ausweichtermin nicht infrage, so dass sie sich selbst nach einer anderen Lokation umgesehen haben."

„Dann sollen die das eben wieder rückgängig machen!", sagte der Direktor in einer Art, als wenn dies für selbstverständlich wäre.

Paul lachte kurz auf.

„Sie wissen doch auch, dass die schon längst in anderen Häusern Verträge unterschrieben haben. Da ist nichts mehr zu machen."

„Das haben Sie ja perfekt hinbekommen! Jetzt haben wir also leerstehende Tagungsräume auf dem Dach und eventuell noch Stornokosten von den Firmen obendrauf?"

„Ich hatte Sie vorgewarnt!", verteidigte sich Paul. „Es ist ja nicht das erste Mal, dass wir von der Protokollchefin derart überrascht wurden und sie uns bis kurz vor Toresschluss im Unklaren gelassen hat. Bisher ging es aber immer irgendwie gut."

„Dann rufen Sie die Firmen an und fragen wenigstens nach, ob sie nicht doch zu uns kommen wollen. Handeln Sie mit denen was aus!"

Paul rollte mit den Augen.

„Dazu ist es jetzt zu spät."

„Ja und was wollen Sie nun unternehmen?"

Die Bewegungen des Direktors an den Manschettenknöpfen wurden hektischer und der Ton schärfer.

„Momentan kann ich nichts machen", sagte Paul gelassen. „Zu gegebener Zeit setze ich die Firmen auf meinen Besuchsplan und wir werden schauen, ob wir sie im nächsten Jahr wieder zu uns holen können. Und möglicherweise ergibt sich noch kurzfristig etwas, womit wird den Termin gefüllt bekommen."

„Das ist alles, was Ihnen dazu einfällt?“, fragte der Direktor höhnisch lachend und schien sich dennoch wieder etwas gefangen zu haben, denn beim langsamen Korrigieren seines Krawattenknotens wirkte er schon ruhiger.

„Haben Sie heute und morgen noch Termine?“

„Nein.“

„Dann suchen Sie ein paar gute Flaschen Wein aus dem Lager und fahren zu den Firmen. Wenn ich mich recht erinnere, waren es doch alles lokale Kunden aus der näheren Umgebung?“

Paul nickte nachdenklich.

„Ja, das ist richtig.“

„Gut. Fahren Sie los und sagen Sie mir am Freitag, was dabei herausgekommen ist. Ich bin bis morgen Abend in einem Meeting der Hoteldirektoren der Region in Hamburg und erst am Freitag zum Morgenmeeting wieder im Haus.“

Er wartete keine Antwort ab und verließ das Büro.

‚Verfluchter Mist!‘, dachte Paul und überlegte, wie er nun weiter verfahren sollte.

Doch schnell wurde ihm klar, dass ihm keine andere Wahl blieb als die Firmen zu besuchen und wenigstens mit den Sekretärinnen zu sprechen.

Sie waren noch immer am leichtesten umzustimmen.

Auch wenn diese Veranstaltungen nur einen äußerst geringen Anteil am Gesamtumsatz ausmachten, war Paul sich darüber im Klaren, dass dies für den Direktor noch lange kein Grund sein würde die Geschichte einfach abzuhaken.

Er würde sie wahrscheinlich nur allzu gerne der seiner Meinung nach sehr langen Liste von Pauls Verfehlungen hinzufügen, die für ihn vor allem das Ergebnis von ungenügendem Engagement waren.

Während Paul im Lager ein paar Weinflaschen aussuchte und anschließend seine Sachen zusammenräumte, gingen ihm alle möglichen Gründe für die Absage durch den Kopf.

Sollten die Sicherheitsbedenken der dänischen Seite wirklich so akut sein, dass sie die wochenlangen Planungen einer Tagung über den Haufen warfen?

Je länger er darüber nachdachte und im Büro auch noch auf die Fotos schaute, die er auf dem Schreibtisch liegengelassen hatte, umso mehr spürte er, wie die anfängliche Sympathie für Morten langsam in Wut umschlug.

Was immer um ihn herum passierte, es schien Paul langsam so, als wenn Morten stets seine Finger im Spiel hätte.

*

Als er die Ausfahrtschranke der Tiefgarage passiert hatte fiel ihm ein, dass er in seiner Rage ohne Kundenadressen losgefahren war, so dass er noch einmal vor dem Haupteingang halten musste.

Er rannte ins Büro, um sich die Adressen zu holen und raste Minuten später vom Vorplatz.

Es ärgerte ihn gewaltig, dass er in eine derart böse Falle getappt war, schließlich kannte er die Vorgehensweise der Protokollchefin zur Genüge und hätte vorgewarnt sein müssen.

Doch er musste sich selber eingestehen, dass er durch die Ereignisse der letzten Wochen, ein solches, sich beinahe anbahnendes Dilemma völlig ausgeblendet hatte.

Früher hatte er sich in ähnlichen Fällen immer mehrere Möglichkeiten offengehalten, um derartige Ausfälle zu vermeiden.

Innerlich fluchte er weiter vor sich hin und merkte plötzlich, dass er viel zu schnell fuhr.

Vor dem Blitzer an der Vorpommernbrücke gelang es ihm gerade noch rechtzeitig abzubremsen, und nachdem er die Anlage passiert hatte, ohne dass sie auslöste, pustete er einmal erleichtert durch.

Das letzte Stück bis zur Autobahnauffahrt ließ er es etwas langsamer angehen.

Kurz vor der Abbiegung schaltete er den Blinker ein, doch dann zögerte er einen Moment und nahm den Fuß vom Gaspedal.

Es war ja wirklich äußerst ungewöhnlich, dass eine wichtige Konferenz mit internationaler Beteiligung so kurzfristig umgeplant wurde.

Sollten tatsächlich Bedenken über die Sicherheit der Tagungsteilnehmer dafür den Ausschlag gegeben haben?

Aber ein alter Mann alleine konnte doch nicht der Grund für eine solch kurzfristige Änderung sein!

Es sei denn, er hätte möglicherweise doch mit der linksradikalen Gruppe zu tun, die zeitgleich auf der Fähre war.

Paul rollte schon auf die Abzweigung zu, doch im letzten Moment riss er den Lenker herum und verfehlte die Leitplanke nur knapp.

Er drückte voll aufs Gaspedal.

Quer über die weißen Streifen der Sperrfläche fuhr er rechts an einem LKW vorbei und bog in die nächste Abfahrt zum Überseehafen ein.

Das wilde Hupen der hinter ihm fahrenden Autos nahm er kaum wahr.

Nur wenig später stellte er den Wagen vor dem Fährcenter der Reederei ab und schaute etwas unschlüssig auf die Uhr.

Es blieben nur noch achtzehn Minuten bis zur Abfahrt der Fähre am Vormittag.

Nach kurzem Zögern stieg er aus und ging eilig in die Schalterhalle.

„Bitte ein Tagesticket für heute nach Gedser und zurück, für einen PKW und eine Person."

„Wollen Sie noch mit der Fähre um elf mit?", fragte die Frau hinter dem Verkaufstresen und schaute etwas skeptisch auf die Uhr.

„Ja."

„Das wird knapp, aber Sie müssten es noch schaffen. Wissen Sie, wie Sie zum Fähranleger kommen?"

„Ja, ich weiß wo es langgeht."

„Das macht dann 137 Euro", sagte sie und druckte schon das Ticket aus.

Paul zuckte bei dem Preis kurz zusammen, denn es war schon ein gewaltiger Unterschied zu den Kosten einer Überfahrt mit dem Fahrrad, und er dachte für einen winzigen Augenblick an seinen sehr niedrigen Kontostand, aber es war ihm in diesem Moment egal.

Er musste Morten zu der ganzen Sache befragen, um endlich sicher zu sein, dass dieser mit dem Brand auf der Fähre nichts zu tun hatte, und er somit die Variante seiner Beteiligung an einen möglichen Anschlag gänzlich ausschließen konnte.

Als er aus dem Gebäude kam und vor dem Wagen stand, wurde ihm klar, dass er sich gewaltigen Ärger einhandeln würde, sollte der Direktor etwas von seiner Spritztour mitbekommen.

Dazu noch mit einem Dienstwagen!

Doch als Paul in das Frachtdeck einfuhr und das Schiff wenig später ablegte, waren die Gedanken daran schon fast wieder verschwunden.

Auf der kaum gefüllten Fähre machten es sich die wenigen Passagiere sofort auf dem sonnigen Oberdeck bequem, und so holte sich Paul einen Tee und ging aufs Achterdeck, wo er für sich alleine seinen Gedanken hinterherhängen konnte.

Der Wind hatte schon kurz nach dem Passieren der Mole aufgefrischt und ließ das Schiff leicht kränken.

Beinahe abwesend schlürfte er an seinem Becher und sah eine ganze Weile auf die Silhouette von Warnemünde, die schnell immer kleiner wurde.

Als nur noch der blaue Horizont zu sehen war, warf er seinen leeren Teebecher in den Papierkorb und setzte sich im windgeschützten Bereich auf eine Bank.

Sofort nahm er ein leichtes Knacken wahr.

Gerade noch rechtzeitig konnte er von seinem Sitz hochspringen, bevor ein Seitenteil wegbrach.

Da die Füße der Bank am Boden festgeschraubt waren, hing das Teil nun schräg neben der Sitzfläche, die noch mit dem anderen Seitenteil verbunden war und federnd hoch und runter wippte.

Paul schüttelte den Kopf und sah sich um.

Erst jetzt bemerkte er, dass von den vielen Bänken, die einst hier standen, nur noch zwei übriggeblieben waren.

Von den anderen entdeckte er nur noch die Reste der Befestigungen auf dem Schiffsboden.

Wahrscheinlich dachte die Reederei überhaupt nicht mehr daran, hier noch irgendetwas zu erneuern.

Was ausfiel und die Funktion des Schiffes nicht wesentlich beeinträchtigte, wurde auch nicht mehr ersetzt.

Er sah sich den Heckbereich genauer an und wie schon bei seinen vorherigen Fahrten fielen ihm vor allem die dicken Farbschichten auf, denen es immer weniger gelang den Rost einzudämmen.

Überall lief er an den Schiffswänden herunter oder tauchte unter abgeblätterten Schichten hervor.

Das massive Überstreichen hatte dem einst kantigen Stahl überall sehr weiche Formen verliehen.

Einige Muttern an den Türscharnieren waren mittlerweile fast zu einer Kugel geformt.

Leitungen und Schalter verschmolzen regelrecht, und ein großes Lüftungsgitter ließ durch den dicken Farbbelag kaum noch Luft hindurch.

Die Halterung eines Beibootes und die dazugehörige Hydraulikeinrichtung zum Herablassen ließen sich bestimmt nicht wieder auseinandernehmen, denn auch hier konnte Paul die Muttern unter einer dicken Rost- und Farbschicht nur noch erahnen.

Auch das Boot selber war völlig verschlissen und die beiden seitlich angebrachten Schlauchkörper mit Flicken übersäht.

Einige davon lösten sich bereits, so dass die eingefallenen Enden der Schwimmkörper nicht unbedingt das Gefühl von Sicherheit vermittelten.

Nur noch schwach schimmerte das einst leuchtende Orangerot an wenigen Stellen unter einer grauen, verwitterten Schicht hervor.

Paul dachte an Charlottes Schilderung, welche Auswirkung die Explosion aller Gasflaschen in dem Transporter auf den Schiffskörper gehabt hätte.

Angesichts dieses unheimlich schlechten Zustandes der Fähre fiel es ihm nicht schwer sich vorzustellen, dass ihr in einem solchen Fall nur wenige Minuten blieben, bevor das Meer sie verschlingen würde.

Selbst neugebaute und robustere Schiffe waren schon durch leichtere Havarien in kürzester Zeit gesunken.

Wenn so einer wie Morten, der sich ja auch im Schiffs- und Motorenbau auskannte, wirklich einen derartigen Anschlag geplant hatte, ja dann wäre das Aufreißen einer Bordwand sicherlich die effektivste Variante gewesen.

Doch sollte er es wirklich geschafft haben, Lars von einem solch verteufelten Handstreich zu überzeugen?

Auch auf die Gefahr hin, den Tod von anderen Passagieren damit billigend in Kauf zu nehmen?

Mit der letzten Durchsage ging Paul ins Frachtdeck hinunter und stieg in seinen Wagen.

Das schummrige Licht des geschlossenen Frachtraums und das Grummeln der Schiffsmotoren verursachten in ihm plötzlich ein fast ängstliches Gefühl.

Als die Fähre beim Einlaufen in Gedser dann auch noch leicht mit dem Anleger kollidierte und ein heftiger Ruck durch das Schiff ging, erschrak Paul in seinem Wagen dermaßen, dass er sich selbst darüber wunderte.

Erstmals spürte er, wie angespannt er war und sah erleichtert auf die Ladeluke, die sich kurz darauf öffnete.

Hastig fuhr er von Bord und war froh wieder festen Boden unter den Füßen zu haben.

*

In der Siedlung von Hasselö Plantage stellte er seinen Wagen ein Stück von Mortens Haus entfernt ab und ging langsam auf das Tor zu.

Noch wusste er nicht genau, wie er Morten dazu bringen könnte ihm zu erzählen, was er mit der Geschichte auf der Fähre zu tun hatte, aber er hoffte, dass sein überraschender Besuch und die Nachricht von Lars' Tod vielleicht Anstoß genug wären.

Das mehrfache Klingeln verhallte im Haus und nichts rührte sich.

Auch auf dem Nachbargrundstück blieb es ruhig.

Paul ging zu den Bootsanlegestellen und sah schon von weitem, wie Morten mit zwei anderen Männern dabei war mit dem Boot rauszufahren.

Auch wenn der Motor noch nicht lief, waren sie schon wenigstens fünfzig Meter vom Steg entfernt und ließen sich zur Mitte des Guldborgsunds treiben.

„Hallo, Morten!", rief Paul vom Ufer aus.

Keiner auf dem Boot schien ihn gehört zu haben.

Erst als er bis zur Mitte des wackligen Bootssteges ging und ein zweites Mal rief, nahm ihn einer der Männer wahr.

Kurz darauf drehte sich auch Morten um und schob seine Schirmmütze in den Nacken.

„Welch eine Überraschung! Was treibt dich hierher?", rief er ihm zu und reichte gleichzeitig eine Rohrzange an seinen Mitfahrer weiter.

Paul ging vorsichtig noch einen Schritt weiter.

„Hättest du einen Moment für mich? Ich muss dringend mit dir sprechen."

Morten sagte etwas zu den anderen und wandte sich dann wieder zu ihm.

„Heute ist es schlecht. Wir müssen das Boot klarmachen. Der Motor streikt plötzlich. Es liegt wohl an der neuen Kühlwasserpumpe."

Paul stand ein wenig hilflos auf dem Steg und sah zu, wie sie sehr schnell immer weiter abtrieben.

„Lars Niemann ist verstorben!", brüllte er ihm fast zu. „Du kanntest ihn doch! Er war der Fahrer des Unglücksfahrzeugs auf der Fähre!"

Ruckartig sahen alle drei auf und ihm wurde klar, dass sie ihn verstanden hatten.

Doch die zwei Begleiter von Morten drehten sich umgehend wieder weg und machten sich weiter am Boot zu schaffen.

„Du siehst, heute wird das nichts. Erst müssen wir den Kahn zum Laufen bringen!", kam es von Morten schwach zu ihm herüber. „Lass uns ein anders Mal reden!"

Im selben Augenblick sprang der Motor an und der Rauch hüllte die drei vorübergehend in eine dicke schwarze Wolke ein.

Sofort hantierten alle geschäftig umher.

Kurzzeitig blieb das Boot in der Strömung stehen, bevor einer das Ruder herumzog und es sich langsam in Bewegung setzte.

Morten sah noch einmal zu ihm und gestikulierte wild umher. „Ich …", rief er „bin bald … wieder in der Stadt und ..."

Die letzten Worte erreichten Paul nicht mehr, denn im gleichen Moment neigte sich das Boot beim Abdrehen etwas zur Seite und drückte Morten auf die Sitzbank, so dass Paul nur noch dessen Hand an der Reling sehen konnte.

Er sah flüchtig nach unten auf den wackligen Steg, der es ihm nicht möglich machte weiterzugehen.

„Ich verstehe dich nicht!", rief er noch einmal laut zu ihm herüber, doch das Boot entfernte sich äußerst schnell und keiner der Männer drehte sich noch einmal zu ihm um.

Paul blieb eine ganze Weile ratlos stehen, bis das Boot nicht mehr zu sehen war.

Konnte es denn wirklich sein, dass Morten der Tod von Lars so kalt ließ?

Oder hatte er möglicherweise schon aus anderen Quellen davon erfahren?

Gab es vielleicht doch noch weitere Kontakte in der Stadt, die ihn über alles informierten?

Paul konnte dies in jenem Moment nicht ausschließen, aber es half ihm auch nicht weiter.

Resigniert schaute er auf seine Uhr und ging langsam zurück zum Wagen.

Das Ergebnis seines überstürzten Ausfluges war somit nur eine teure und nutzlose Überfahrt, die ihn nicht einen Schritt weitergebracht hatte.

Oder war dieses schroffe Abweisen doch schon als Eingeständnis von Morten zu werten, ja gar als Flucht vor ihm?

Ahnte er vielleicht sogar, dass Paul von seiner Zusammenarbeit mit Lars wusste?

*

Die Nachmittagsfähre erreichte er in letzter Minute und um kurz nach siebzehn Uhr fuhr er wieder in die Tiefgarage des Hotels.

Auf der Verwaltungsetage waren bereits alle Büros verschlossen.

Erschöpft setzte er sich an seinen Laptop und las sich die letzten E-Mails durch, dann loggte er sich aus, gab die Fahrzeugschlüssel vom Dienstwagen an der Rezeption ab und fuhr nach Hause.

Er wusste noch immer nicht so recht, ob er sich mehr über Morten oder sich selbst ärgern sollte.

Doch bei genauerer Betrachtung war es gar nicht Ärger der ihn überkam, sondern er verspürte eher so etwas wie Enttäuschung und die Einsicht, ein weiteres Mal auf Grund seiner schlechten Menschenkenntnis von jemand so heftig überrumpelt worden zu sein.

Er zog sich zu Haus um und fuhr mit dem Rad seine übliche Tour.

Schon nach den ersten Kilometern fühlte er sich etwas entspannter und es gelang ihm wieder klarer zu denken.

Auf dem Feldweg vor Krummendorf hielt er nach Wildschweinen Ausschau, obwohl er wusste, dass sie sich zu dieser Tageszeit nicht auf offenem Gelände zeigen würden.

Doch beim Anblick des Getreidefeldes, welches völlig ruhig in der Abendsonne lag, und die Erinnerungen an den Tag des Unglücks, stellte sich ihm unmittelbar die Frage, ob er sich nicht zu sehr in diese ganze Sache verrannt hatte.

Ja, war er möglicherweise in den letzten Wochen sogar einem Phantom hinterhergejagt und sollte endlich von eigenen Recherchen ablassen?

Es gab wirklich Wichtigeres!

Er musste sich unbedingt wieder mehr um seine Arbeit kümmern, wenn er weitere Konflikte vermeiden wollte, an deren Endkonsequenz er erst gar nicht denken mochte.

Und um Charlotte.

Sie hatte wahrlich seine ganze Aufmerksamkeit verdient.

Ihm fiel augenblicklich noch eine Fotoausstellung auf dem Darß ein, die er seiner Liste für das Wochenende hinzufügen könnte.

Paul schaltete einen Gang herauf und raste die letzten Kilometer beinahe erleichtert über den Feldweg.

Er hatte plötzlich noch eine Idee und war davon überzeugt, Charlotte damit in ungewohnter Weise überraschen zu können.

Sie war jetzt wirklich die einzige Person, an die er noch denken mochte.

23

„Also, Herr Paul Wanka! Das ist wirklich unentschuldbar!“, flüsterte ihm die Bankettleiterin nach dem Meeting spöttisch auf dem Flur zu und konnte sich das Lachen kaum verkneifen.

Sie drehte sich noch einmal um, ob ihnen jemand folgte und sprach erst danach leise weiter.

„Du hast ihn ja ganz schön in Rage gebracht. Ich habe unseren lieben Direktor noch nie so wild an seinen Manschettenknöpfen drehen sehen. Gut, dass du wenigstens die beiden Anfragen zu den Konferenzen der Uni für das nächste Jahr vorlegen konntest, sonst hätte es wohl schlecht für dich ausgesehen.“

„Davon kannst du ausgehen! Mit der Protokollchefin ist das aber auch wirklich dumm gelaufen.“

„Eigentlich wussten wir ja, worauf wir uns da einlassen. Irgendwie bleibt das dann immer an uns hängen. Erhol dich am Wochenende.“

„Das mach ich und genieß du deins auch.“

„Geht nicht. Wir haben doch morgen Abend einen großen Absolventenball unten im Saal und oben auf der Dachterrasse eine Hochzeit. Da muss ich her.“

„Na, dann viel Erfolg“, nickte Paul ihr verständnisvoll zu und bog zu seinem Büro ab.

Er ließ sich auf seinen Schreibtischstuhl fallen und war erleichtert, dass zum späten Freitagnachmittag keine Anfragen mehr in sein Postfach eingegangen waren.

So blieb ihm bis zum Feierabend noch etwas Zeit, um die Besuche vom Vortag in die Kundendatei einzutragen.

Auch wenn es ihm nicht gelungen war die Firmen wieder ins Haus zurückzuholen, rechneten ihm zumindest alle hoch an, dass er noch einmal selbst vorbeigekommen war, um sich für die Unannehmlichkeiten zu entschuldigen.

Dass er infolgedessen auf dem Meeting ihre Zusage vorlegen konnte, sie spätestens im nächsten Jahr wieder als Gäste im Haus begrüßen zu können, hatte den Direktor zwar etwas milder gestimmt, doch er hatte Paul auch zu verstehen gegeben, dass dieser Patzer für ihn noch lange nicht vom Tisch war und er sich seine weitere Akquisearbeit zukünftig etwas genauer anschauen werde.

Paul reagierte nicht weiter darauf und war nur froh, dass niemand im Haus seinen Ausflug am Mittwoch mitbekommen hatte, bei dem es ihm wahrlich schwergefallen wäre diesen zu rechtfertigen.

Nachdem er alles eingetragen hatte, legte er die abgearbeiteten Veranstaltungsvorgänge in das Fach der Bankettabteilung und sah ein letztes Mal in sein E-Mail-Postfach.

Die Rezeption hatte nur noch die Anreiselisten vom Wochenende an alle herumgeschickt.

Es würde die nächsten Tage also ruhig bleiben und er könnte sich morgen wirklich etwas entspannen.

Die Wettervorhersage war perfekt und so sollte seine Überraschung auch gelingen.

Charlotte hatte zwar immer davon gesprochen irgendwann einmal den Segelschein machen zu wollen, es aber aus verschiedensten Gründen immer wieder verschoben.

Paul hatte noch am Abend zuvor mit seinem ehemaligen Segellehrer gesprochen und eine erste Schnupperstunde für den Sonnabendnachmittag im Yachthafen auf der Hohen Düne vereinbart.

Er war gespannt, wie Charlotte darauf reagieren würde.

In Gedanken daran klickte er auf die Anreiseliste und ging sie durch.

Das Hotel war fast ausgebucht.

Neben vielen Individualgästen hatten sich auch wieder einige skandinavische Reisegruppen einquartiert.

Zu seiner Überraschung auch eine aus Nyköbing.

Paul überflog die Liste und blieb bei einem Namen hängen.

Sofort zog er Mortens Foto mit dem Abzeichen aus seiner Kollegmappe und schaute kopfschüttelnd auf die Rückseite.

Es war wohl kaum anzunehmen, dass jemand mit dem gleichen Namen aus der Umgebung von Nyköbing anreiste.

Das meinte Morten also damit, als er ihm vom Boot aus zurief, dass er bald wieder in der Stadt sei.

Aber warum kommt er plötzlich mit einer Reisegruppe das kurze Stück über die Ostsee, wenn er doch ohnehin fortlaufend hier ist?

Paul nahm den Hörer in die Hand und wählte die Nummer der Rezeption.

„Hallo, Anika. Auf der Anreiseliste steht für heute auch eine Busgruppe aus Nyköbing. Weißt du wann die hier so ungefähr eintreffen wird?"

„Der Bus ist schon vor zwei Stunden angekommen und alle Gäste sind auch schon eingecheckt. Die Gruppe ist dann aber sofort wieder los zu einem Ausflug. Sie essen abends außerhalb und kommen erst sehr spät wieder zurück. Wir rechnen nicht vor 22 Uhr mit ihnen."

„Sag mal, sind das alles ältere Gäste?"

„Ja, Paul!", lachte sie. „Du kennst doch die skandinavischen Gruppen. Mit ihnen reisen immer nur Rentner zu uns."

„Gut, dann hat sich das schon erledigt. Ich danke dir."

Paul legte auf und spürte sofort wie der Ärger in ihm hochkam, dass Morten ihm scheinbar schon wieder einen Schritt voraus war.

Schlagartig kam ihm ein beunruhigender Gedanke.

Hing sein plötzliches Auftauchen etwa mit der vorverlegten Einweihung des neuen Fähranlegers im Überseehafen zusammen?

Paul blieb einen Moment erstarrt am Fenster stehen.

Was wäre, wenn er versuchen würde seine missglückte Aktion auf der Fähre, soweit er tatsächlich darin verwickelt war, dort zu wiederholen?

Paul schossen alle möglichen Gedanken durch den Kopf, doch eine schlüssigen Erklärung für Mortens Besuch mit einer Reisegruppe fand er auf Anhieb nicht.

Er wählte noch einmal die Nummer der Rezeption.

„Anika, habt ihr eventuell einen Überblick, was die Gäste der dänischen Reisegruppe hier alles vorhaben?"

„Nicht in allen Details, aber wir haben die Zeiten, wann sie von ihren Ausflügen zurückkommen, damit wir die Essenszeiten darauf abstimmen können. Sonnabend fahren sie nach dem Frühstück weiter nach Berlin, übernachten dann dort in unserem Partnerhotel und kommen am Sonntagabend wiederum sehr spät zurück. Am Montag bleiben sie aber auf jeden Fall noch in der Stadt. Ja, ich glaube das ist alles. Das hatten sie auf ihrem Plan."

„Gut. Ich danke dir", sagte er und legte auf.

Dann könnte es tatsächlich die Einweihung des Fährterminals sein, die Morten hierherzog!

Er hörte sein Handy klingeln und zog es schnell aus der Tasche.

„Hallo, Paul. Tut mir leid dir schon wieder absagen zu müssen", sagte Charlotte hastig, kaum dass er das Gespräch angenommen hatte, „aber ich habe morgen nur am Vormittag etwas Zeit. Ich habe die ganze nächste Woche Schulungen und muss noch so viel vorbereiten. Ich dachte noch, dass ich das so hinbekomme, aber ich schaffe es einfach nicht. Wollen wir uns vielleicht auf einen Kaffee in der Stadt treffen?"

Diese kurzfristige Absage machte Paul wirklich fassungslos, denn er hatte fest damit gerechnet, Charlotte das ganze Wochenende für sich zu haben, und es hörte sich für ihn schon gar nicht nach dem Verlangen an endlich mehr Zeit miteinander zu verbringen.

„Ist nicht so schlimm", sagte Paul und versuchte dennoch sich nichts anmerken zu lassen. „Wir haben hier morgen einen großen Ball und ich muss wahrscheinlich auch am Vormittag noch mal her. Dann verschieben wir es auf ein anderes Mal?"

Charlotte schwieg einen Moment lang.

„Wie du willst", sagte sie schließlich etwas stockend. „Dann machen wir das so. Tut mir wirklich leid. Ich melde mich in der nächsten Woche. Mach's gut."

Paul wollte noch etwas hinzufügen, aber Charlotte hatte schon aufgelegt.

Er warf das Handy auf den Schreibtisch und fluchte leise vor sich hin.

Es war unverkennbar, dass ihre Beziehung langsam auseinanderlief.

Wütend zog er die Liste mit den Restaurants und den Veranstaltungstipps aus seiner Mappe, die er für das Wochenende zusammengestellt hatte, dann steckte er sie in den Reißwolf und verließ das Büro.

24

Paul stand am Sonnabendmorgen an der Balustrade der unbeleuchteten Tagungsetage im Hotel und schaute müde ins Foyer herunter.

Noch immer begleitete ihn der Ärger über Charlottes Rückzieher, der ihm nicht nur eine schlaflose Nacht eingebracht hatte, sondern ihn auch stärker als bisher an einer gemeinsamen Zukunft zweifeln ließ.

Obwohl er geglaubt hatte sie mittlerweile gut zu kennen, fiel es ihm immer schwerer ihren plötzlichen Sinnesänderungen zu folgen.

Über deren wahren Motive konnte er allerdings nur spekulieren, doch die ständig vorgeschobene Arbeit wollte er als Grund schon lange nicht mehr gelten lassen.

Hatte er es anfangs noch als befreiend empfunden, dass sie sich völlig zwanglos trafen und sich gegenseitig keinerlei Verpflichtungen auferlegten, kam er mit dieser Art ihres Zusammenseins immer weniger zurecht.

Ihre Vorstellungen von einer Beziehung lagen wahrscheinlich weiter auseinander als er es für möglich gehalten hatte.

Er fühlte sich ja so stark zu ihr hingezogen, dass er sich vorstellen konnte mit ihr zusammenzuleben, aber kam so etwas für sie überhaupt infrage?

Oder war er für sie inzwischen nur eine willkommene Abwechslung in ihrem Leben zwischen den unendlichen Reihen von Aktenordnern in ihrem Büro und Bergen von Ermittlungsfällen auf ihrem Schreibtisch?

Je länger Paul darüber nachdachte, umso mehr spürte er, wie er mit diesen Grübeleien seinen Ärger innerlich immer weiter aufschaukelte.

Mortens unerwarteter Besuch in der Stadt feuerte seine ohnehin gereizte Stimmung noch zusätzlich an.

Die Idee ihn direkt im Hotel abzufangen war Paul noch am Vorabend gekommen.

Hier würde er ihm nicht ausweichen können, denn ob mit oder ohne Frühstück, um in den Bus zu steigen musste er zwingend an ihm vorbei.

So stand Paul schon seit der Öffnung des Restaurants an dem Geländer und beobachtete die Gäste die nach und nach aus den Fahrstühlen stiegen.

Es blieb noch etwas mehr als eine halbe Stunde bis zur Abfahrt der Reisegruppe.

Nicht jeder von ihnen schien schon Appetit zu haben, denn einige gingen gar nicht ans Buffet, sondern setzten sich einfach in die Lobby und tranken dort ihren Kaffee oder schlurften mit ihren Sommerlatschen und einer Tasse Kaffee in der Hand schwerfällig auf den Vorplatz, um zu Rauchen.

Als die Uhr weiterrückte und er Morten immer noch nicht entdeckt hatte, ging er ins Restaurant hinunter und sah auf die Gästeliste.

Hinter Mortens Namen und zwei anderen aus der Gruppe war noch kein Haken gesetzt, nur die Buchstaben LP waren flüchtig dahinter geschrieben.

„Guten Morgen Paul", kam die Restaurantleiterin auf ihn zu. „Suchst du einen bestimmten Gast?"

„Ich wollte noch jemand begrüßen, aber er ist wohl noch nicht zum Frühstück gekommen. Die Gruppe reist ja gleich zu ihrem Ausflug ab."

„Ist er auf der Liste?"

„Ja, hier ist er. Morten Sundqvist."

„Das ist richtig. Drei Gäste wurden von der Reiseleiterin abgemeldet. Er war einer davon. Da steht ja LP hinter, die haben also Lunchpakete mitbekommen."

„Weißt du, warum?", fragte Paul erstaunt und erkannte sogleich, dass Morten ihm ein weiteres Mal einen Schritt voraus war.

„Nein, aber frag mal an der Rezeption nach. Die können dir vielleicht mehr sagen."

Paul ging langsam durch die Lobby und sah sich die Gäste an, die sich bereits zur Abfahrt versammelten.

Es waren durchweg Rentner und er schätzte alle so ungefähr auf Mortens Alter.

Je länger er ihnen zusah, wie sie sich mühselig in den Sesseln niederließen und sich in ihrer ruhigen dänischen Art unterhielten, umso schwerer fiel es ihm, in ihnen mögliche uralte Radikale zu sehen, die hier noch einmal aktiv werden wollten.

Nein, diese hier sehnten sich offensichtlich einfach danach, ihr restliches Leben in Ruhe zu verbringen und die Ausflüge zu genießen.

Dennoch war er gedanklich nicht davon abzubringen, dass es bei Morten anders sein könnte.

„Die drei Gäste sind heute Morgen schon sehr früh nach Stralsund gefahren und kommen auch erst morgen Abend wieder zurück, also wie die anderen, die jetzt nach Berlin fahren", sagte die Empfangsmitarbeiterin zu Paul. „Sie wurden abgeholt."

„Auch dieser Morten Sundqvist?"

„Ja, da bin ich mir sicher. Er sprach perfekt Deutsch, und war sozusagen der Dolmetscher der Gruppe. Er hat das hier für alle gemanagt."

„Das heißt, sie kommen dann am Sonntag auch erst sehr spät zurück?"

„Davon gehe ich aus. Hattest du etwa einen Termin mit ihm?"

„Nein, nein", sagte Paul abwinkend, wobei ihm urplötzlich eine Idee durch den Kopf schoss. „Mit ihm nicht. Aber nachher mit einem Kunden aus der Stadt. Ich will ihm die Dachetage vorstellen und die verschiedenen Zimmerkategorien. Du kannst mir schon mal die Karte geben und zwei oder drei Zimmer heraussuchen, die ich ihm zeigen kann."

„Oh! Das wird aber ein bisschen eng. Wir sind ja nahezu ausgebucht und sicherlich sind die meisten Abreisezimmer noch nicht fertig. Also ich gebe dir am besten welche, die heute wieder auf der Anreiseliste stehen."

Während sie im System nach passenden Zimmern suchte und ihm anschließend die Nummern auf einen Zettel schrieb, sah Paul den alten Leuten hinterher, die sich fast lethargisch zum Bus schleppten und Hilfe beim Einsteigen benötigten.

„Frag aber noch mal bei den Zimmermädchen nach und schau dir die Zimmer selber an. Wenn's nicht passt, komm noch mal vorbei, dann such ich dir andere raus", sagte sie und hielt Paul den Zettel sowie eine Zimmerkarte hin.

Er nahm beides und saß wenig später vor seinem Schreibtisch.

‚Warum hat sich Morten nicht wenigstens mal gemeldet nachdem er eingecheckt hatte oder ihm zumindest eine Nachricht hinterlassen?'

Gedankenvoll drehte er ein paar Mal die Schlüsselkarte in seiner Hand.

Es war die vom Roomservice, mit der er in alle Bereiche des Hotels und in jedes Zimmer kam.

Dennoch zögerte er etwas, bevor er auf dem Belegungsplan nachsah welches Morten hatte.

Dann verließ er entschlossen das Büro und fuhr zunächst in den dritten Stock, von dessen Hauptflur er den besten Blick auf den Vorplatz hatte.

Im letzten Moment sah er den Bus der Reisegruppe, der gerade in die Lange Straße abbog und kurz darauf seinen Blicken entschwand.

In der Ruhe die auf dem Flur lag, machte er sich für einen kurzen Moment bewusst, welche Konsequenzen es für ihn haben könnte, sollte ihn jemand bei seiner riskanten Aktion ertappen.

Mit schnellen Schritten ging er zum Fahrstuhl und fuhr in die fünfte Etage.

Als er ausstieg und sich die Türen hinter ihm wieder schlossen, spürte er wie seine Anspannung zunahm und er nun sogar das leise Knacken der Eismaschine hören konnte, die in der gegenüberliegenden Serviceecke gerade ansprang.

Den Wäschewagen des Zimmermädchens entdeckte er am Ende des langen Ganges, weit weg von Mortens Zimmer, welches auf der anderen Seite in einem abgewinkelten Bereich lag und somit nicht einzusehen war.

Die Reinigungskräfte würden ohnehin genug mit den Abreisen zu tun haben und sich um die Zimmer der Gäste die übers Wochenende blieben zuletzt kümmern.

Außerdem waren wieder einmal alle Abteilungen knapp besetzt, so dass es höchst unwahrscheinlich war, hier auf eigene Leute zu treffen.

Während er auf das Zimmer zusteuerte, nahm er dennoch jedes Geräusch um sich herum auf.

Vor der Tür verharrte er einen Moment und drehte sich anschließend noch einmal vorsichtig zum langen Flur hin um, dann zog er die Karte aus seiner Tasche und schob sie in den Schlitz.

Als die grüne Lampe aufleuchtete drückte er schnell auf die Klinke und war sofort im Zimmer.

Gleichzeitig sah er dabei auf seine Uhr.

Sollte etwas schiefgehen, könnte er sich noch damit herausreden, dass er sich im Zimmer geirrt hatte.

Allerdings musste er jetzt schnell handeln, denn ihm blieben nur ein paar Augenblicke, um das Zimmer zu durchsuchen.

Wenn im Späteren, aus welchen Gründen auch immer, jemand auf die Idee käme das elektronische Türschloss auszulesen, wäre es schwer zu erklären, warum er sich so lange im Zimmer aufgehalten hatte.

Er schob hastig die Türen des Kleiderschrankes auf, der jedoch leer war, und auch in den Schubladen des Schreibtisches fand er nichts.

Die Minibar war nicht angerührt und im Bad standen nur wenige Utensilien.

Das Zimmer sah fast wie unbenutzt aus, lediglich das Bettzeug war zurückgeschlagen.

Neben dem Fernsehschrank stand ein alter, braunkarierter Koffer, der abgenutzt und schäbig wirkte.

Paul nahm es als einen Hinweis dafür auf, dass Morten sonst nie verreiste und dieses antike Stück wohl lange ungenutzt auf seinem Dachboden gelegen hatte.

Ja, es machte auf ihn fast den Eindruck, als wenn es noch ein Überbleibsel aus Kriegszeiten wäre.

Paul kippte ihn vorsichtig auf den Boden.

Plötzlich hörte er auf dem Flur eine Tür zuschlagen.

Er schlich auf Zehenspitzen an die Zimmertür und schaute durch den Spion.

Zu seiner Erleichterung waren es nur zwei Gäste, die ihr Zimmer verlassen hatten und nun zum Fahrstuhl gingen.

Schnell kniete er sich wieder vor den Koffer und entriegelte mit den Daumen die beiden metallenen Schnappschlösser.

Sie knallten so laut auf, dass er erschrocken zusammenzuckte.

Behutsam hob er den Deckel ein paar Zentimeter an und sah erst in den Koffer hinein, bevor er ihn komplett öffnete.

Er enthielt lediglich ein paar Kleidungsstücke, die Paul nacheinander sachte anhob.

Zwischen zwei Hemden entdeckte er ein kleines Päckchen in der Größe eines Taschenbuches, das in graubraunem Packpapier eingewickelt und mit einer groben Schnur aus Hanf zugebunden war.

Vorsichtig zog er es heraus und drehte es einmal in der Hand.

Einen Moment sah er nachdenklich darauf, bevor er es wieder zurückschob und den Deckel vom Koffer schloss.

Als er auf die Uhr blickte, wurde ihm klar, dass er hier nicht länger bleiben konnte.

Sechs Minuten war er nun im Zimmer.

Einfach zu lange, um ein Versehen als Ausrede zu benutzen.

Doch er beruhigte sich mit dem Wissen, dass die Türschlösser nur in besonderen Fällen ausgelesen wurden.

Und nach ein paar Tagen wurden die Daten ohnehin wieder überschrieben.

Sorgfältig stellte er den Koffer wieder an die Wand.

Dann sah er sich noch einmal um und verließ eilig das Zimmer und die Etage, ohne dass ihm jemand begegnete.

„Es hat sich anders ergeben. Der Termin wurde verschoben", sagte Paul kurz darauf am Empfang und legte die Zimmerkarte auf den Tresen, an dem ein Gast gerade seine Rechnung bezahlte und zwei Telefone gleichzeitig klingelten.

Die Mitarbeiterin nahm die Karte kommentarlos entgegen und nickte ihm nur verstehend zu, bevor sie hastig einen Telefonhörer abnahm.

Paul bedankte sich mit einem Handzeichen bei ihr und war froh, dass sie nicht weiter nachfragen konnte.

*

Auf der Fahrt nach Hause spürte er, dass die Anspannung in ihm nicht nachließ.

Wenngleich er nichts Auffälliges in Mortens Sachen gefunden hatte, musste er unentwegt an die Vermutung denken, dass Morten seine Pläne, die ihn möglicherweise ein Leben lang begleitet hatten, doch noch immer verfolgen könnte.

Aber was hatte er in der Stadt oder in der Region genau vor?

Ging es wirklich um die Einweihung des Fährterminals mit seinen prominenten Gästen?

Paul rannte zu Hause ein paar Minuten unruhig durch die Wohnung und überlegte, ob er nicht eines der Ausflugsziele ansteuern sollte, die er ursprünglich auf seine Liste für Charlotte geschrieben hatte, um endlich auf andere Gedanken zu kommen.

Doch dann wurde ihm klar, dass ihn dies dann ja erst recht an sie erinnern und ihn wahrscheinlich auch nicht besonders glücklich machen würde.

Er rief die Segelschule auf der Hohen Düne an und sagte die für den Nachmittag geplante Schnupperstunde ab, dann setzte er sich auf sein Fahrrad und fuhr ans Gehlsdorfer Ufer.

Über das gesamte Wochenende wurden im Stadthafen Segelregatten ausgetragen, die von der Promenade aus gut verfolgt werden konnten.

Es war ein beeindruckendes Bild, so viele Jollen vor der Kulisse der Altstadt zu sehen und Paul spürte zunehmend wie er bei diesem schönen Sommerwetter wieder abschalten konnte.

Er sah sich die Rennen eine Weile an, dann holte er sich am einem Verkaufsstand ein Fischbrötchen und setzte sich auf die Mauer des Fährhauses.

Von dort blickte er genau auf den alten Eisbrecher, der in früheren Wintern die Fahrrinnen für die Ostseehäfen des Landes offengehalten hatte und im Sommer als Schlepper im Einsatz war, bis er vor einigen Jahren außer Dienst gestellt wurde.

Paul erinnerte sich an seine Kindheitsjahre, in denen ihm das Schiff mit seinem kräftigen schwarzen Rumpf und dem verstärkten Bug überaus gewaltig erschien, es aber nun im Vergleich zu den Kreuzfahrtschiffen, die an diesem Wochenende in Warnemünde lagen, auf ihn eher klein wirkte.

Und er erinnerte sich daran, dass es damals viel weiter unter im Stadthafen, auf der Höhe der Silos festgemacht hatte.

Ja, möglicherweise hatte es sogar zur Ostseewoche 1970 dort gelegen.

Er sah an den Häuserreihen entlang und ging für sich durch, was aus jenen Zeiten stehengeblieben war.

Vom einst wichtigsten Umschlagplatz der Stadt, der direkt an die Altstadt grenzte und erst mit dem Bau des Überseehafens an Bedeutung verlor, zeugten nur noch die Kräne, die als technische Denkmäler an der Kaikante stehengeblieben waren und ehemalige Lagerhallen, die nun aber anderweitig genutzt wurden.

Große Teile der nördlichen Altstadt wurden ja schon in den siebziger Jahren abgerissen und neugebaut.

Die drei Kirchen sowie die ehemaligen Getreidesilos bestimmten nach wie vor die Umrisslinie der Hansestadt, die sich fortlaufend verändert hatte und doch in ihrem Kern immer dieselbe blieb.

Und die Menschen?

Hatten sie sich auch verändert?

Das Klingeln seines Handys holte ihn in die Gegenwart zurück und es überraschte ihn, als er Mias Nummer las.

„Hallo, Papa. Ich stehe gerade beim Bäcker und wollte nachher zu dir kommen. Isst du immer noch gerne Rosinenschnecken?"

„Ja, esse ich noch", lachte Paul. „Manches ändert sich eben nicht. Bist du in der Stadt?"

„Bin ich. Kannst du mir vielleicht bei einer Aufgabe helfen? Ich könnte so gegen drei Uhr bei dir sein. Muss hier nur noch was erledigen."

„Ich hoffe, ich kann dir wirklich helfen?"

„Kannst du bestimmt. Es geht um ein Projekt für unseren Debattierklub über die zukünftige europäische Entwicklung. Wir sollen uns überlegen, welche Faktoren dabei eine Rolle spielen könnten. Jeder bringt ein Thema mit und wir entscheiden dann, welches wir zum Gegenstand unserer Diskussion machen wollen. Ich hatte überlegt, dass es vielleicht interessant wäre, etwas über den politischen Einfluss der europäischen Königshäuser herausfinden, also ob es ihn heute noch gibt oder nicht. Und wenn ja, in welcher Form und so weiter. Du weißt darüber bestimmt mehr als ich. Und ich dachte, dass wir auch mit Morten darüber sprechen könnten."

Paul stand ruckartig auf und war schon dabei nein zu sagen, doch er fing sich sogleich wieder.

„Findest du nicht eventuell ein anderes Thema?"

„Wieso? Ich find es gut! Und so hätten wir auch einen Grund mal wieder rüberzufahren. Morten wäre genau der Richtige für so ein Projekt. Er ist doch in Dänemark viel näher an der Königsfamilie dran und kann das sogar aus geschichtlichem Hintergrund erläutern. So, wie ich ihn verstanden habe, ist das Thema bei den Dänen ja fast dauerpräsent. Ich dachte du würdest ohnehin mal gerne wieder mit ihm plaudern und dich darüber freuen."

Paul ließ das Handy sinken und pustete einmal kräftig durch.

Es war wohl jetzt kaum möglich Mia von ihrer Idee abzubringen.

„Gut", sagte er schließlich. „Dann lass uns schauen, ob wir daraus was machen können. Bis nachher."

*

„Ostseewoche DDR ", las Mia leise vor sich hin, schob das Buch beiseite und stellte den Kuchenteller auf den Wohnzimmertisch. „Oder wollen wir uns auf den Balkon setzen?"

„Nein, lass uns hier sitzen, draußen ist es einfach zu heiß."

„Was ist das für ein Buch? Sieht ja ganz schön alt und zerfleddert aus."

„Naja, es ist ja eher eine dicke Broschüre. Man könnte fast den Begriff einer Imagebroschüre gebrauchen, wenngleich ich mir nicht sicher bin, ob dieser Begriff in den sechziger Jahren schon gebräuchlich war. Es geht um die Ostseewoche 1964 in Rostock."

„Ostseewoche?", dachte Mia noch einmal laut nach. „Das sagt mir überhaupt nichts."

„Wundert mich nicht", sagte Paul und nahm das Buch in die Hand. „Ich musste auch lange suchen, bis ich überhaupt etwas darüber gefunden habe. In den Bibliotheken muss man das meiste Material zu diesem Thema sogar erst aus deren Büchermagazinen anfordern. Es existiert aber kaum noch etwas dazu. Dieses Buch war das einzige, was ich aus dem Bestand sofort mitnehmen konnte. Die Ostseewoche fand von 1958 bis 1975 jeweils im Sommer in Rostock statt. Sie wurde unter anderem als politisches Gegenstück zur Kieler Woche etabliert und die DDR nutzte es als eine Möglichkeit, um als souveräner Staat im Nachkriegseuropa Anerkennung zu finden, aber ich habe sie als Kind immer nur als großes

Volksfest wahrgenommen. Als die Ostseewoche dann später abgeschafft wurde, hat auch niemand mehr darüber gesprochen."

„Ich wusste gar nicht, dass du dich mit der Stadtgeschichte beschäftigst", sagte Mia und hielt ihre Hand hin.

Paul gab ihr das Buch und Mia musste schon nach den ersten Seiten die sie aufschlug lachen.

„Die sechziger Jahre. Was für eine Mode! Aber irgendwie hatte das auch seinen Chic. Wie bis du darauf gestoßen?"

Paul stand auf und holte das Foto mit dem Abzeichen der Ostseewoche.

„Ist das etwa Morten?", fragte Mia sogleich und legte das Buch beiseite.

„Gut erkannt", lächelte Paul. „Und weißt du auch wo das ist?"

„Nein."

„Das wurde in Schutow aufgenommen. Dort gab es als Höhepunkte der Ostseewoche immer eine Art Messe, genannt wurde sie wohl Industrie- und Landwirtschaftsausstellung."

Paul nahm das Buch und suchte die Seiten mit den Bildern heraus.

„Da kannst du die Messehallen sehen, die stehen ja noch heute. In den vorderen Gebäuden ist jetzt das Möbelhaus drin, die hinteren verfallen allerdings seit Jahren. Und etwas weiter links siehst du das kleinere Haus mit der geschwungenen Dachkonstruktion. Davor ist das Bild aufgenommen worden."

Mia sah sich die Bilder an und drehte dann das Foto um.

„‚Mit kämpferischen Grüßen. Morten Sundqvist.' Na das klingt ja, als wollte er in den Kampf ziehen", lachte sie los. „Das passt zu ihm. Woher hast du das?"

„Ist eine etwas längere Geschichte. Aber ich suche nach Verbindungen zwischen Morten und der Stadt. Und dabei ist mir das Foto in die Hände gefallen. Es gehört einer Bekannten, die es auch nur zufällig beim Aufräumen entdeckt hatte."

„Du meinst die Zeit, in der er hier möglicherweise an der Parteischule war?"

„Die Parteischule?", fragte Paul mehr sich selbst und dachte einen Moment darüber nach.

Er hatte diese Möglichkeit noch gar nicht in seine Recherche mit einbezogen und vermutlich wäre dies auch noch eine Variante etwas mehr über Mortens Bezug zur Stadt herauszufinden.

Aber wo sollte er da nun wieder anfangen zu suchen?

Sollte es ein Archiv geben oder irgendeine Art Materialsammlung, wurden diese Dokumente sicherlich nicht mehr dort aufbewahrt, wo nun das Finanzamt untergebracht war.

Vielleicht wusste die Mitarbeiterin der Bibliothek, wo er danach suchen könnte.

„Auch. Aber nicht nur", sagte er schließlich abwägend. „Ich versuche dadurch auch mir selbst die Zeit vor 1989 ins Gedächtnis zurückzurufen. Wenngleich ich feststellen muss, dass ich mich besser an die Zeit der Ostseewochen erinnern kann, als an die letzten Jahre vor dem Mauerfall. Es ist schon eigenartig, wie sich einige Erinnerungen regelrecht ins Gedächtnis einbrennen können, während andere schlichtweg gelöscht werden. Es lässt mir irgendwie keine Ruhe. Und vielleicht reizt mich das Thema gerade deshalb, weil es auch aus der Geschichte der Stadt verschwunden zu sein scheint. Wie gesagt, ich finde ja kaum Material aus der Zeit und wenn ich in den Bibliotheken danach frage, werde ich nur ungläubig angeschaut. "

Paul sah Mia nachdenklich an und überlegte, ob er ihr auch von seinem Verdacht erzählen sollte, aber die Möglichkeit eines Anschlagsversuches durch den alten Morten erschien ihm ja selber immer noch als völlig absurd und würde Mia sicherlich auch nur verwirren.

„Aber dann wäre es doch gut, wenn wir mit Morten darüber sprechen könnten", sagte Mia begeistert. „Du kannst ihn zu dieser Zeit befragen und ich erfahre dann etwas von ihm über das dänische Königshaus. Das wird bestimmt spannend!"

„Ja, sicher", sagte Paul und überlegte abermals, wie er Mia von ihrer Idee wieder abbringen könnte.

„Wie weit bist du denn bisher gekommen?"

„Nicht sehr weit", sagte Mia etwas betrübt. „Ich weiß ja noch nicht einmal, wo ich beginnen soll. Ich finde dazu kaum etwas im Internet. Die Klatschpresse ist zwar voll von Geschichten rund um die europäischen Königshäuser, aber natürlich geht es dabei nur um irgendwelchen Tratsch. Für mein Thema finde ich nichts. Es ist alles sehr spärlich. Vielleicht dehne ich das auch auf den gesamten Adel aus, den es ja heute in Europa noch gibt."

„Wird das dann nicht zu umfangreich?"

„Hättest du denn eine Idee dazu?"

„Überhaupt nicht. Für mich war das Thema nie von Interesse und ich bin erst durch Morten daran erinnert worden, dass die Monarchien in manchen Ländern noch immer so sehr im Mittelpunkt stehen."

„Aber hattest du nicht zu Morten gesagt, dass Monarchien auch stabilisierend wirken können, sollte es zu Krisen in ihren Ländern kommen?"

„Ja, das habe ich. Allerdings machte ich diese Bemerkung mehr aus Höflichkeit und Respekt ihm gegenüber, weil ich anfangs annahm, dass auch er dem Königshaus nahestehen würde, so wie die meisten seiner

Landsleute. Da war mir noch nicht klar, dass er ein entschiedener Gegner ist. Nein, nein. Für mich taugt das Thema wirklich nur für die Regenbogenpresse und ich glaube auch nicht, dass die Monarchie noch ein Gewicht in der Gesellschaft hat."

„Ja, aber genau das ist es ja, was Morten meint!" entgegnete Mia. „Niemand nimmt wahr, zumindest sagt er das für sein Land, dass die Monarchie und der gesamte Adel wieder stark an Macht gewinnen. Er sagte zwar, dass sie keine politischen Befugnisse mehr haben, dass aber ihr Einfluss auf politische Entscheidungen und auf die gesamte Gesellschaft stetig wächst. Seine Ansicht bestätigt zumindest auch das Wenige, was ich herausgefunden habe, dass nämlich der gesamte Adel in Europa sehr gut organisiert und vernetzt ist. Es gibt unzählige Vereine und Stiftungen, die alle sehr aktiv sind. Doch da komme ich natürlich nicht heran. Du musst schon ein ‚von' vor deinem Namen tragen, um dort Einblicke zu bekommen. Und über diese Organisationen wirken sie äußerst subtil auf politische Entscheidungen ein. Zumindest weisen einige Dokumente darauf hin, die ich im Internet finden konnte, denn anscheinend beschäftigen sie sich durchaus mit gesellschaftlich relevanten Themen und nicht nur mit dem, was über die Klatschpresse verbreitet wird. Morten könnte diese zunehmende Einwirkung bestimmt sogar mit konkreten Beispielen belegen."

Paul sah sie an und überlegte einen Moment, ob es nicht gerade das war, was Morten immer noch antrieb.

Dieser, seiner Meinung nach, stärker werdende Einfluss einer relativ kleinen elitären Schicht auf die Entwicklung seines Landes, ja vielleicht sogar auf den ganzen Kontinent, der von der Öffentlichkeit kaum wahrgenommen wird und nach seiner Auffassung mit geballter Kraft zunehmend das bestehende demokratisches Gesellschaftssystem unterwandern könnte.

Was ihn wiederum zu der Schlussfolgerung geführt haben könnte, dass konservative Kräfte existieren, die liebend gerne erneut eine absolute Monarchie einführen würden.

Morten war ja nach eigenen Aussagen davon überzeugt, dass die Monarchie wie auch der gesamte Adel seinen einstigen Besitz und vor allem seine Privilegien wieder zurückhaben wollte.

Und möglicherweise war es für ihn unausweichlich, diesen noch immer bestehenden Anachronismus in der Gesellschaft nur gewaltsam beseitigen zu können, ebenso wie es sein Vater schon vor Jahrzehnten geplant hatte.

Er handelte demzufolge wahrscheinlich nicht aus Rache, um den Tod seiner Mutter zu vergelten, den er ja auch dem Königshaus zuschrieb, sondern es waren wohl eher tiefste politische Überzeugungen die ihn unermüdlich vorantrieben.

„Na gut", sagte Paul entschlossen, „dann lass uns ein paar Fragen formulieren und ich werde zusehen, wann wir mal wieder zu Morten rüberfahren können. Ich hoffe nur, dass das Ganze nicht zu sehr ausufert und du noch eine Doktorarbeit darüber schreiben willst."

„Ich muss ja ohnehin erst einmal abwarten, mit welchen Themen die anderen kommen", lachte Mia und nahm das Buch der Ostseewoche wieder in die Hand. „Diese Zeit wird in der Schule auch weitestgehend ausgeklammert oder zumindest nur sehr einseitig und punktuell behandelt. Es gibt auch zu viele Themen mit denen man sich beschäftigen könnte. Mode und Plastegeschirr aus den Sechzigern ist allerdings wirklich schon sehr speziell."

Sie blätterte die Seiten weiter durch und amüsierte sich über die Darstellungen und Erfolgsmeldungen des „sozialistischen Fortschritts".

Paul nutzte die Gelegenheit und erzählte etwas über jene Zeit, wobei er sich beim Anblick der Bilder wieder selbst etliche Begebenheiten ins Gedächtnis zurückrufen konnte.

„Du kannst ja mitrecherchieren und herausfinden welchen Einfluss die Ostseewoche auf die Entwicklung der Länder im Ostseeraum seinerzeit hatte", sagte er zwischendurch und hoffte damit Mia vielleicht auf diese Weise für ein anderes Thema interessieren zu können. „Also förderte sie das friedliche Zusammenleben einzelner Staaten in der Zeit des Kalten Krieges oder bewirkte sie eher das Gegenteil? Welchen Einfluss hatten denn die Menschen dieser Stadt auf die Entwicklung Europas gehabt? Gab es überhaupt einen? Und wie sieht es heute aus? Können die Menschen unserer Stadt Europa tatsächlich mitgestalten? Und wenn ja, in welcher Form?"

„Klingt auch nicht schlecht", sagte Mia nachdenklich. „Ich werde mir das noch mal überlegen. Woran kannst du dich denn aus dieser Zeit noch so erinnern?"

Paul dachte einen Moment nach und blätterte dann in dem kleinen Buch.

Zu jedem Foto fielen ihm zu seinem eigenen Erstaunen wirklich etliche Geschichten ein, wenngleich er sich nicht hundertprozentig sicher war, ob sie wirklich zu jener Zeit stattgefunden hatten oder irgendwann in seiner Kindheit.

Mia schien der Ausflug in die Vergangenheit jedenfalls zu gefallen, denn Paul musste ihr beim Abschied versprechen, dass er mit ihr irgendwann alle Orte in der Stadt abklappern würde, die in dem Buch genannt wurden.

*

Paul suchte noch bis in den späten Abend im Internet nach Berichten aus der Zeit und musste auch am nächsten Morgen daran denken, als er auf dem Balkon stand und von dort auf die Stadt schaute.

Die Ostseewochen hatten so einige Prestigeprojekte vorangetrieben, die zu jener Zeit fast luxuriös erschienen, aber der politische Zweck hatte damals Kräfte und Mittel mobilisiert, über die man noch heute staunen konnte.

Dennoch war das alltägliche Leben durch Mangelwirtschaft gekennzeichnet, worüber auch einzelne „Leuchttürme des Sozialismus" nicht hinwegtäuschen konnten.

Paul machte sich etwas zu essen und setzte sich dann mit einer großen Tasse Grünen Tee und dem Buch in den Liegestuhl.

Beim Anblick der Fotos aus den sechziger Jahren mochte er sich in dem Moment kaum vorstellen, wie die Stadt und das Land heute aussehen würden, wären sie weiterhin unter planwirtschaftlichen Gesichtspunkten entwickelt worden.

Wie Morten wohl die damalige Zeit und den Wandel in den letzten Jahrzehnten miterlebt haben mochte?

Das Foto von ihm mit dem Abzeichen hatte Mia in eine Seite gesteckt, in dem ein Laden für Pelzmoden in der Steinstraße abgebildet war, was für die sechziger Jahre, in denen es permanent selbst an einfachsten Dingen mangelte, etwas wirklich Außergewöhnliches darstellte.

Auf einem zweiten Bild daneben wiesen „führende Repräsentanten der Stadt" auf diese „Errungenschaften" hin, die nun „allen Arbeitern und Bauern des Landes zu Gute kommen würden".

Paul musste unwillkürlich lachen und an die damaligen Verhältnisse auf dem Lande denken, wo seine

Großmutter unter sehr kärglichen und beschwerlichen Bedingungen in der Landwirtschaft gearbeitet und bis in die achtziger Jahre hinein nicht einmal fließend Wasser im Haus hatte.

Ein Pelzmantel hätte ihr damals auch nicht weitergeholfen.

In Erinnerung an die sehr ärmlichen Verhältnisse auf dem Lande und beim Lesen der Namen, schoss ihm plötzlich ein Gedanke durch den Kopf.

Er erinnerte sich an Mortens Schilderung über die Flucht mit seinem Vater während des Krieges.

Paul glaubte auf einmal, dass er irgendwo schon einmal auf einen Namen dieser „führenden Repräsentanten" gestoßen war, und dass in dem Zusammenhang auch der Name eines Dorfes in Schweden genannt wurde, den Morten erwähnt hatte.

Paul dachte angestrengt nach, doch ihm fiel nicht mehr ein wie der Ort hieß.

Aber ihm war fast so, als wenn der Name im Buch aufgetaucht wäre.

Er fing an die Seiten zu überfliegen, in denen über skandinavische Delegationen zur Ostseewoche berichtet wurde, aber dort fand er ihn nicht.

Wenngleich dabei auch sehr detailliert über das politische Wirken einzelner Personen in ihren Ländern geschrieben wurde, tauchten in den Zeilen keine Ortsnamen auf.

Ergebnislos klappte er das Buch zu und blieb einen Moment still und nachdenklich sitzen, bis die Sonne auf die Südseite herumrückte.

Dann spannte er den Sonnenschirm auf und nahm sich das Buch über die Remigranten vor, das er zunächst nur in großen Teilen durchgeschaut und lediglich das erste Kapitel komplett gelesen hatte.

Im Register und im Inhaltsverzeichnis suchte er nach Ortsnamen, in der Hoffnung sich dabei an ihn erinnern zu können.

Doch auf die Schnelle fand er nichts, und so begann er damit sich die autobiografischen Berichte deutscher Widerstandskämpfer durchzulesen, die am Ende des Buches ein sehr langes Kapitel füllten.

Schon nach wenigen Seiten wurde er fast magisch in die Geschehnisse jener Zeit hineingezogen.

Den ganzen Tag arbeitete er sich durch das Buch und recherchierte nebenbei im Internet zu den Personen, die alle das gleiche Schicksal geteilt hatten.

Es waren ergreifende Lebenserinnerungen von Menschen die aktiv gegen die Nazis gekämpft hatten und allesamt ihrer Verhaftung und dem sicheren Tod in den Konzentrationslagern nur durch ihre Flucht nach Skandinavien entkommen waren.

Erst lange nach Ende des Krieges kehrten sie aus dem Exil in die damalige sowjetische Besatzungszone zurück.

Besonders aufmerksam las sich Paul ihre Schilderungen aus der Zeit des Krieges durch, als einige von ihnen im ehemals neutralen Schweden von der Regierung interniert wurden.

Paul tauchte immer weiter in die Geschichten der Personen ein, bis er glaubte sich ein ungefähres Bild über diese Zeit machen zu können.

Wenngleich es auch hier sehr schwer für ihn war auf Anhieb aussagekräftige Quellen und Dokumente aus jenen Jahren im Internet zu finden, denn offizielle Stellen in Schweden mochten sich kaum mit diesem dunklen Kapitel in der eigenen Geschichte befassen.

Einzig die veröffentlichten Briefe von schwedischen Privatpersonen, die Kontakt zu den Menschen in den Internierungslagern hatten, welche ab 1940 eingerichtet wurden und sich über ganz Schweden verteilten, waren wirklich hilfreich für ihn.

Obwohl es auch für sie nicht leicht gewesen sein mochte mit den Menschen in Verbindung zu stehen, denn diese Lager wurden mit dem speziellen Grund errichtet, die Internierten von der schwedischen Bevölkerung fernzuhalten.

Doch es waren gerade diese wenigen persönlichen Aufzeichnungen, die ihm schließlich einen entscheidenden Hinweis gaben.

Nach langer Suche stieß Paul in dem Buch auf einen Mann, der in einem dieser Lager mehrere Jahre verbracht hatte und nach Ende des Krieges zunächst in der sowjetischen Besatzungszone und später in der DDR bis in die sechziger Jahre hinein verschiedenste hohe Parteifunktionen innehatte, unter anderem auch in Rostock.

Als er den Ortsnamen des Internierungslagers las, war er sich absolut sicher, dass Morten ihn auch genannt hatte.

Paul legte das Buch beiseite und versuchte sich genau an die Details des Gespräches mit Morten in dessen Garten zu erinnern.

Er kochte sich noch einen Grünen Tee und suchte dann nach weiteren Hinweisen zum Lager, bis es schließlich für ihn keine Zweifel mehr gab, dass er endlich eine Verbindung gefunden hatte die Mortens Beziehung nach Rostock begründen könnte.

Die Flucht mit seinem Vater während des Krieges auf die schwedische Seite, hatte Morten als Kind in einen Ort geführt, in dem auch diese deutschen Kommunisten interniert waren.

Nach Smedsbo.

Ein winziger Ort, ja mehr eine Ansammlung einzelner Häuser, zirka zweihundert Kilometer nordwestlich von Stockholm.

Abgelegen in den endlosen schwedischen Wäldern und für damalige Verhältnisse sicherlich auch schwer zu erreichen, gab es dort ein Lager mit sechzig Internierten.

Es war also denkbar, dass Mortens Vater dort mit den gefangenen deutschen Kommunisten Kontakt hatte, dieser auch nach dem Krieg weiterbestand und Morten in diese Gesellschaft mit hineinwuchs.

Ja, dass diese Verbindungen sogar weiter ausgebaut wurden, nachdem einige der Internierten später in Rostock und anderen Städten des Landes hohe Ämter in der Regierung innehatten.

Es könnten also uralte Bekanntschaften sein, die Morten immer wieder hierherzogen.

Auch wenn die meisten damaligen Widerstandskämpfer sicherlich nicht mehr lebten, hatte Morten möglicherweise zu deren Nachfahren noch immer Kontakt und so die Verbindung zur Stadt nie abreißen lassen.

Und es waren gewiss Menschen, mit denen er seine Überzeugungen uneingeschränkt teilen konnte.

Paul schlug das Buch noch einmal auf und las sich die Biografie des Mannes ein weiteres Mal durch, doch es gab eigentlich keinen Zweifel mehr.

Was immer Morten nun auch mit den anderen hier trieb, es waren sicherlich nicht die Sehenswürdigkeiten in der Region, die sie sich anschauen wollten.

25

Auf der Fahrt zur Arbeit stand Paul am Montagmorgen noch immer unter dem Eindruck seiner Recherchen und er war sich ganz und gar nicht sicher, wie Morten darauf reagieren würde.

Die tragischen Ereignisse, die nun schon über siebzig Jahre zurück lagen, hatten zweifelsohne einen gravierenden Einfluss auf den weiteren Lebensweg vieler Menschen gehabt und bestimmten somit ihr gesamtes Handeln.

Morten war es gewiss nicht anders ergangen, wovon schon der Umstand zeugte, dass sich diese Erlebnisse bei jedem Gespräch mit ihm nahezu unbewusst in den Vordergrund gedrängt hatten.

Ja, sie hatten sich wohl tief in sein Gedächtnis eingebrannt.

Möglicherweise würde er sich darüber wundern, dass Paul überhaupt derartige Nachforschungen angestellt hatte, aber vielleicht wäre das für ihn nun auch der richtige Anlass zu erzählen, was ihn mit der Stadt verband und vor allem was auf der Fähre wirklich abgelaufen war.

Und spätestens wenn Paul auf die Zeit der Parteischule verweisen würde, gäbe es für Morten sicherlich keinen Grund mehr ihn mit irgendwelchen lapidaren Geschichten abzuwimmeln.

Paul fuhr in Gedanken daran an die Kreuzung in der Langen Straße heran und schaute auf drei Straßenbahnen, die sich nacheinander bis zur Haltestelle an ihm vorbeischoben und den übrigen Verkehr für ein paar Minuten blockierten.

Als die Ampel endlich auf Grün schaltete, bog er nach links ab und sah erst jetzt mehrere Polizeiwagen, die den gesamten Vorplatz des Hotels blockierten.

Es war eine durchaus sonderbare Szenerie.

Paul steuerte mit heruntergelassener Scheibe im Schritttempo auf die Einfahrt der Tiefgarage zu und hielt ein paar Meter davor an.

Ein älteres Paar rollte mühevoll ihre Koffer an den Polizisten und schließlich auch an ihm vorbei, wobei sie abwechselnd vor sich hin schimpften, da sie über den gesamten Platz bis zur Straße gehen mussten, um dort in ein Taxi zu steigen.

Die Beamten standen jedoch ungerührt an ihren Fahrzeugen und hatten ihr Gespräch nur kurz unterbrochen, um die beiden vorbeizulassen.

Der Bus der dänischen Reisegruppe stand direkt vor der Drehtür des Eingangsbereiches.

Die Klappen der leeren Stauräume waren alle geöffnet.

Rauchend saß der Busfahrer etwas abseits auf einem der würfelförmigen Granitblöcke, die auf dem Platz als Absperrung dienten, und schien auf etwas zu warten.

Es war ungewöhnlich still und nichts gab einen sichtbaren Hinweis darauf, was hier gerade vor sich ging.

Paul hatte dennoch sofort ein ungutes Gefühl und fuhr zügig die Abfahrt des Parkhauses hinunter.

Das Quietschen der Reifen durchdrang alle Ebenen.

Mit gekonntem Schwung parkte er den Wagen zwischen den Pfeilern des untersten Decks und schon kurz darauf öffnete er die Tür des Personaleingangs.

Mehrmals drückte er ungeduldig auf den Knopf vom Servicefahrstuhl.

Die stillstehende Anzeige verriet ihm jedoch, dass dieser offensichtlich von den Zimmermädchen in den oberen Etagen blockiert wurde.

Sie hatten wahrscheinlich wieder einen Wäschewagen zwischen die Türen gestellt, um selbst nicht zu lange auf den Fahrstuhl warten zu müssen.

So rannte Paul die Treppen hoch und schloss hastig die Bürotür auf.

Schon beim Anblick der vielen Polizisten vor dem Hotel war er davon überzeugt, dass es mit Morten zusammenhängen musste.

Er fuhr seinen Laptop hoch und schaltete das Telefon um, doch nachdem er die Nummer der Rezeption gewählt hatte, legte er sofort wieder auf und eilte in die Lobby.

Soweit er es überblicken konnte ging dort alles seinen gewohnten Gang.

In den Sitzgruppen warteten Gäste mit ihrem Gepäck auf die Abreise und auch im Restaurant konnte Paul nichts Außergewöhnliches entdecken.

Dass er Morten hier nicht fand, überraschte ihn allerdings nicht mehr besonders.

Er sah zur Rezeption und wartete noch einen Moment, bis ein Gast seine Rechnung bezahlt hatte.

„Guten Morgen, Paul“, begrüßte in die Empfangsleiterin mit einem Lächeln. „Kommst wohl wegen des Aufmarsches da draußen?“

„Hallo, Anika. Es sieht hier drinnen alles so ruhig aus. Habt ihr die gerufen?“

„Ich bin erstaunt, dass auch du die Frage so stellst, aber wahrscheinlich geht hier jeder davon aus, dass wir die Jungs herbeordert haben. Doch diesmal war es ein Gast selbst, der hier sogar das SEK anrücken ließ. Die sind allerdings schon wieder weg.“

„Das Sondereinsatzkommando? Hier bei uns?“, fragte Paul leicht entsetzt und sah sich noch einmal um.

„Ja. Wir haben auch nicht schlecht gestaunt, als die um Punkt sechs Uhr in die Lobby stürzten. Eine ältere Dame hatte die Polizei alarmiert, nachdem ihr auf dem Flur im fünften Stock zwei Männer mit Waffen entgegengelaufen waren. Sie hatte sich dann in ihr Zimmer eingeschlossen und den Notruf der Polizei gewählt. Ihre Schilderungen müssen so überzeugend gewesen sein, dass die schwerbewaffneten Jungs gleich mitanrückten. Uns hatte sie allerdings nicht informiert. Ihr saß der Schreck wohl so in den Gliedern, dass sie das schlichtweg vergessen hatte. So hat sie es jedenfalls der Polizei erzählt."

„Waffen? Du meinst bei diesen Alten?", fragte Paul abermals ungläubig und wies auf diejenigen, die in den Sesseln saßen und augenscheinlich nur auf ein Zeichen warteten, um in den Reisebus steigen zu können. „Was für Waffen?"

„So wie ich gehört habe, waren es Schrotflinten, also Jagdgewehre. Gäste aus der dänischen Reisegruppe haben sie aus Berlin mitgebracht und sich damit wohl einen makabren Scherz erlaubt. Zwei von ihnen sind mit den Waffen über den Schultern frühmorgens sturzbetrunken und im Stechschritt über den Flur marschiert, wie zu einer Parade."

„Klingt ja völlig durchgeknallt!"

„Kann man wohl sagen. Allerdings fehlt eine Waffe. Die Dänen legten zwar eine Quittung eines Jagdausrüsters vor, die Polizei konnte jedoch nur zwei davon finden und sucht nun nach der dritten. Bevor nicht geklärt ist, wo die abgeblieben ist, wird die Gruppe wohl nicht abreisen."

„Eine Waffe ist verschwunden?"

„Was weiß ich? Es kann sich von denen keiner mehr so genau erinnern, aber es könnte sein, dass die drei Gäste aus der Reisegruppe, die heute schon sehr früh abgereist sind, eine mitgenommen haben. Die Polizei ist noch oben auf der Etage. Unsere zwei von der Nachtschicht sind mit Ihnen unterwegs. Ich kann dir aber nachher Bescheid geben, was sich ergeben hat. Hast du mit der Reisegruppe zu tun?"

„Zum Teil. Also, ja irgendwie schon. Kannst du mich bitte auf dem Laufenden halten?"

Die Empfangsleiterin nickte kurz und wandte sich dann einem Gast zu.

Paul ging in sein Büro zurück und musste fortwährend an Morten denken.

Kaum hatte er sich an seinen Schreibtisch gesetzt, wählte er dessen Zimmernummer, doch das Telefon war schon gesperrt.

Er drückte sofort die Kurzwahltaste der Rezeption.

„Hallo, Anika. Kannst du bitte mal nachschauen, ob ein Morten Sundqvist schon ausgecheckt hat? Er gehört zur dänischen Reisegruppe."

„Ja, hat er", sagte sie einen Moment später. „Er war einer der drei Gäste, die schon ganz früh, also so gegen fünf abgereist sind. Ich hatte dir das zwar vorhin schon gesagt, aber du hast wohl gar nicht richtig zugehört. Jedenfalls wurden die Gäste noch von der Nachtschicht abgerechnet. Die waren schon weg, als der ganze Spuck hier losging. Warum fragst du?"

„Nicht so wichtig. Aber sag mir bitte Bescheid, wenn die Polizei abrückt."

Paul legte den Hörer langsam auf und spürte, wie die Unruhe in ihm zunahm.

‚Waffen bei einer Reisegruppe! Wann hatten wir denn schon mal so etwas im Haus? Und Morten mittendrin! Warum kam er überhaupt mit einer Reisegruppe rüber, wenn er doch nichts mit ihnen zusammen unternehmen wollte und dann auch noch vorzeitig abreist?'

Pauls Blick fiel auf seine Uhr, die auf halb zehn zuging.

‚In eineinhalb Stunden würde die Einweihungsfeier im Überseehafen beginnen!'

Er griff kurzentschlossen noch einmal zum Hörer.

„Anika, ich muss zu einem Kundentermin. Kannst du mich beim Morgenmeeting vertreten? Ich bin in zwei Stunden wieder da."

„Mann, Paul!", lachte sie. „Du scheinst ja heute völlig neben dir zu stehen. Es findet doch heute keins statt, da der Chef doch erst gegen Mittag kommt, wie jeden Montag. Ich habe ihn aber schon informiert, was hier los ist. Er wird dann sicher eine längere Auswertung vornehmen. Kannst dich zumindest schon gedanklich darauf einstellen."

Paul dachte noch einen Moment nach, dann stellte er sein Telefon um und fuhr zum Überseehafen.

Unterwegs überlegte er fieberhaft, was Morten genau vorhaben könnte, denn er war sich nun absolut sicher, dass er nicht nur zum Spaß über das Wochenende in die Stadt gekommen war.

Was ihn auch hierhergetrieben haben mochte, Paul konnte das Gefühl nicht von sich abschütteln, als wenn es hier sein Ende finden sollte.

Er stellte seinen Wagen am Fährcenter ab und sah unwillkürlich um die Ecke des Gebäudes zum Fahrradständer.

Doch was hätte Morten mit seinem Rad hier auch anfangen sollen?

Mit der Reisegruppe war er gänzlich unauffällig herübergekommen und hätte genauso unbemerkt wieder abreisen können.

Warum nur dieser ganze Aufwand?

Paul ging in die Schalterhalle, jedoch konnte er hier nur Einzelreisende und LKW-Fahrer ausmachen, die auf ihre Abfertigung warteten.

Auf dem Vorplatz suchte er zunächst zwischen den Passagieren an der Bushaltestelle und dem Shuttlebus der Fähre nach Morten, dann ging er an den endlosen

Reihen von Fahrzeugen entlang, die sich vor den Check-in-Schaltern aufreihten.

Doch auch hier war von ihm nichts zu sehen.

Paul schaute sich weiter um und entdeckte in einiger Entfernung vor dem neuen Fährterminal ein größeres Partyzelt.

‚Da muss die offizielle Einweihung stattfinden!'

Er spürte wie sein Puls schneller schlug, als er eine Gruppe von Leuten auf dem Weg zum Zelt sah.

Er konnte ihnen nicht folgen, da der Teil des Hafens komplett durch Zäune abgesperrt war.

Sicherheitspersonal und die Besatzung eines Streifenwagens kontrollierten an einem Tor jeden der diesen Bereich betrat.

So ging er noch ein paar Meter am Zaun entlang, um einen besseren Blick auf das Geschehen werfen zu können, ab dies gelang ihm nur schwer.

Das Zelt war einfach zu weit weg, um einzelne Personen drumherum erkennen zu können.

‚Wer mochten nur die Begleiter von Morten sein? Und wie sollte es ihnen möglich sein, bis zum Fähranleger vorzudringen?', fragte er sich unterdessen.

Die Minuten verrannen und er war sich immer noch nicht sicher, was er machen sollte

Unschlüssig ging er zurück und setzte sich in seinen Wagen.

Einen Augenblick zögerte er, dann wählte er Charlottes Nummer.

Doch ihr Telefon war besetzt.

Er stieg noch einmal aus und suchte die Kaikanten um den neuen Anleger herum ab, ob er die königliche Yacht entdecken konnte, aber zwischen den gewaltigen Frachtschiffen, die an den Umschlagplätzen lagen, konnte er sie nicht ausmachen.

‚Möglicherweise kommt sie erst noch und legt nur kurz zur Feierstunde an?'

Er zuckte etwas zusammen, als sein Handy in der Jackentasche surrte.

„Hallo, Charlotte. Schön deine Stimme zu hören", sagte er und hielt kurz inne. „Es tut mir leid, dass es am Wochenende nicht geklappt hat."

Charlotte schien zu warten, was er wirklich wollte, doch ihr Schweigen irritierte Paul plötzlich so sehr, dass er nicht wusste, was er sagen sollte.

„Paul, vielleicht kannst du mich dazu besser heute Abend anrufen", sagte sie schließlich etwas ungehalten. „Ich habe gerade sehr viel auf dem Tisch."

„Ja, das mach ich. Aber ich wollte dich zu etwas anderem sprechen. Wir hatten heute einen eigenartigen Vorfall im Hotel. Bei einer Reisegruppe wurden Waffen gefunden."

„Waffen? Bei euren Gästen?"

„Ja, ich weiß. Es klingt total verrückt. Die Polizei ist schon vor Ort und auch das SEK war wohl dort. Aber das ist noch nicht alles. Du weißt doch von der offiziellen Eröffnung des neuen Fährterminals im Überseehafen."

„Ja. Was ist damit?"

„Ich bin mir fast sicher, dass zwischen dem Waffenfund im Hotel und der Einweihung hier ein Zusammenhang besteht. Möglicherweise…"

„Oh, Paul! Komm mir jetzt bitte nicht mit irgendwelchen dubiosen Anschlagsabsichten, dafür habe ich momentan keinen Nerv!"

„Hör mir wenigstens kurz zu!", bat Paul und wurde etwas lauter. „Als das Unglück auf Fähre mit dem Transporter passierte, war noch jemand auf dem Schiff. Er war so wie ich mit dem Rad unterwegs. Und vermutlich ist es jener Mann, den deine dänischen Kollegen gesucht haben. Vielleicht hatte er schon auf dem Schiff einen

Anschlag geplant und da er misslang, versucht er es jetzt vielleicht erneut."

„Paul ich kann dir überhaupt nicht folgen, was aber auch daran liegen kann, dass ich momentan sehr intensiv in einem anderen Fall stecke. Außerdem konzentrieren sich alle Ermittlungen in der Sache mit dem Brand des Transporters auf der Fähre nur noch auf den Fahrer, also deinen Bekannten."

Paul stutzte und antwortete erst mit einer kleinen Verzögerung.

„Das hast du mir noch gar nicht erzählt!"

„Wann auch!", sagte Charlotte mit launigem Unterton. „Dein Bekannter Lars Niemann hat übrigens eine interessante Vorgeschichte. Er kam schon zweimal mit dem Gesetz in Konflikt und ist in einem Fall einer gerichtlichen Verurteilung nur knapp entgangen. Und weißt du worum es dabei ging? Er versuchte mit äußerst rabiaten Methoden offene Rechnungen einzutreiben."

„Was?", fragte Paul völlig überrascht. „Davon wusste ich nichts."

„Das glaub ich dir schon, aber las uns ein anderes Mal darüber reden. Ich habe jetzt keine Zeit dafür. Du kannst mich heute Abend erreichen."

Noch ehe er etwas erwidern konnte hatte Charlotte aufgelegt.

Paul stand etwas verunsichert am Zaun und schaute einigen Wagen hinterher, die die Schranke passierten.

Es waren schwarze Limousinen, von denen einige ein Blaulicht auf dem Dach installiert hatten.

Mehrere Polizeiautos folgten dem Tross.

Paul überlegte was er machen sollte, aber er konnte zunächst keinen klaren Gedanken fassen.

War Lars also doch auf eigene Faust unterwegs gewesen und hatte selbst versucht die Reederei unter Druck zu setzen?

Hatte das mit Morten folglich überhaupt nichts zu tun?

Er sah einen Moment auf das Display seines Handys und wählte dann nachdenklich eine Nummer.

„Hallo, Frau Niemann. Es klingt sicherlich etwas ungewöhnlich und ich entschuldige mich schon im Voraus für die etwas merkwürdige Frage. Aber es ist äußerst wichtig. Hatte Lars einmal Probleme mit Kunden wegen Rechnungen, die diese nicht bezahlen wollten? Und hatte er dabei versucht sich auf eigene Weise Recht zu verschaffen? "

Es blieb einen Moment still am Telefon.

„Eine wirklich ungewöhnliche Frage", sagte Gitta schließlich mit leiser aber entrüsteter Stimme. „Wie kommen Sie nur auf solche Anschuldigungen?"

Paul begriff erst in dem Moment, wie verletzlich seine unbeholfene und direkte Frage auf Gitta wirken musste.

„Verzeihen Sie mir dieses plumpe Vorgehen, aber wir hatten heute im Hotel einen außergewöhnlichen Vorfall. Bei Gästen wurden Waffen gefunden. Bei einer dänischen Reisegruppe. Mit dieser Gruppe war Morten am Wochenende in unserem Hotel und ist nun möglicherweise mit einer der Waffen unterwegs. Also ich meine diesen Mann auf dem Foto mit dem Abzeichen der Ostseewoche!"

Gitta sagte nichts dazu und Paul hörte nur ihren schwachen Atem am Telefon.

„Ich bin mir nicht sicher, ob Morten nicht etwas Verrücktes plant!", setzte Paul nach.

„Eine wirklich ungewöhnliche Frage", wiederholte Gitta den Satz monoton, wobei es Paul schien, als wenn sie nun selber über etwas nachdachte.

„Wissen Sie", sagte sie schließlich zögerlich. „Lars hatte tatsächlich zweimal mit der Justiz zu tun. Ja, es stimmt. In beiden Fällen ging es um Rechnungen die nicht bezahlt wurden. Lars konnte in solchen Angelegenheiten schon recht ungnädig werden. Einmal hatte er hier, ähnlich wie auf der Werft, einen größeren Auftrag für eine Firma erledigt, die allerdings immer wieder mit irgendwelchen Mängelanzeigen kam, die die Bezahlung der offenen Rechnungsbeträge verzögerten, bis zu dem Punkt wo die Firma gar nicht zahlen wollte. Da ist Lars der Kragen geplatzt und hat sich mit Gewalt Zugang zur Firma verschafft und das Material, welches wir dorthin geliefert hatten, wieder zurückgeholt. Zunächst kam es zur Anzeige von der Firma, dann zu einem langen und aufreibenden Prozess, der letztendlich aber zu unseren Gunsten entschieden wurde.

Bei der zweiten Geschichte warten wir noch heute auf einen Großteil unseres Geldes. Lars hatte über Kollegen aus der Zuckerfabrik in Nyköbing einen Auftrag für einen Privatmann auf der dänischen Insel Lolland erhalten. Es war irgend so ein Adliger. Wir sollten auf dessen Anwesen eine Stahlkonstruktion für einen riesigen Wintergarten mit Pool bauen. Haben wir auch gemacht und waren richtig stolz auf unser Bauwerk, es waren immerhin siebenhundert Quadratmeter überbauter Fläche, aber als es ans Bezahlen ging, bekamen wir nur einen Bruchteil überwiesen. Lars blieb nichts anderes übrig als vor Gericht zu ziehen, aber der Mann hatte sehr gute Anwälte und konnte alles abwehren. Immer wieder schoben sie irgendwelche Baumängel vor, die sie angeblich nur mit großem Aufwand beseitigen konnten.

Die Kollegen von der Zuckerfabrik hatten noch versucht uns zu unterstützen, aber auch sie konnten nichts ausrichten. Wenig später hatte dann irgendjemand, als der Bau fast fertig war, alle Scheiben des Wintergartens zerstört und da kam Lars natürlich auch als Täter infrage. Wir hatten unglücklicherweise noch einiges an Material und unsere Ausrüstung auf der Baustelle gelassen, da es ein Anschlussprojekt geben sollte, aber das wurde wohl nur vorgeschoben, um uns hinzuhalten.

Als das Anwesen einmal leer war, ist jemand übers Wochenende auf die Baustelle eingedrungen, hat mehrere Acetylen- und Sauerstoffflaschen, sowie eine große Propangasflasche aufgedreht und eine gewaltige Explosion ausgelöst. Keine einzige Scheibe des Wintergartens blieb heil. Lars vermutete damals, dass es vielleicht jemand aus der Zuckerfabrik gewesen sein könnte. Der Fall wurde aber wohl nie aufgeklärt."

„Hat er die Vermutung geäußert, dass es dieser Morten sein könnte?"

„Ich kann mich nicht daran erinnern. Das liegt schon etliche Jahre zurück."

Paul sah währenddessen, wie weitere Autos durch die Absperrung in Richtung Festzelt fuhren.

„Vermuten Sie etwa, dass Lars doch darin verwickelt war?", fragte Gitta unsicher.

„Nein, nein! Daran hatte ich gar nicht gedacht", sagte er beschwichtigend, obwohl er natürlich genau daran dachte. „Ich versuche nur herauszufinden, was es mit dem Waffenfund im Hotel auf sich hat und was dieser Morten damit zu tun haben könnte. Ich danke Ihnen erst einmal. Und ich bitte nochmals um Entschuldigung, dass ich Sie mit einer solch ungewöhnlichen Frage überfallen habe."

Paul rannte zum Wagen zurück.

Ein Adliger, der seine Rechnung nicht bezahlen wollte!

Das war sicherlich ein gefundenes Fressen für Morten!

Es passte einfach alles zusammen!

Hatte Lars deswegen auf der Fähre so viele Acetylen- und Sauerstoffflaschen im Transporter?

Wer weiß, was die beiden noch so alles zusammen geplant hatten, wenn diesmal sogar die Existenz der eigenen Firma auf dem Spiel stand!

Oder war Lars selbst doch nur ein Werkzeug für Morten gewesen, um dessen Pläne gegen die Monarchie umzusetzen?

Paul setzte sich ins Auto und drückte abermals Charlottes Nummer, doch nach ein paar Klingelzeichen wurde die Verbindung abgebrochen, da der Teilnehmer nicht erreichbar war.

Mehrmals versuchte er es, aber das Telefon blieb stumm.

Wütend stieg er aus und sah sich um.

Immer mehr Fahrzeuge passierten die Schranke zum neuen Fähranleger, an der sich nun auch ein zweiter Polizeiwagen aufstellte.

Paul suchte die Nummer der Zentrale der Generalstaatsanwaltschaft auf seinem Handy und ließ sich auf Grund eines dringenden Notfalls mit Charlotte verbinden.

„Charlotte! Du musst mir unbedingt zuhören! Die Waffen, die in unserem Hotel gefunden wurden, sollen vielleicht für einen Anschlag auf die Feier im Überseehafen genutzt werden, Ich meine, die Einweihungsfeier für den neuen Fähranleger!"

„Paul ich kann jetzt nicht! Was denkst du dir nur für Geschichten aus?"

„Hör mir doch mal bitte zu! Es ist so, dass ein Gast der Reisegruppe mit dabei war. Nein anders. Also, damals auf der Fähre, bei dem Unglück, war noch ein Mann dabei. Er ist vielleicht derjenige, auf den es die dänischen Behörden abgesehen hatten.

Morten Sundqvist ist sein Name. Er wohnt in Hasselö, also genauer gesagt in Hasselö Plantage. Das ist eine kleine Siedlung vor Nyköbing auf der dänischen Insel

Falster. Er war ein Bekannter von Lars Niemann und steckt vielleicht auch in einer der früheren Sachen mit drin, die Lars in Gesetzeskonflikt brachten. Dieser Morten Sundqvist taucht nun mit der Reisegruppe hier auf, bei denen Waffen gefunden wurden. Die Einweihung des Anlegers ist doch heute. Du musst was unternehmen, sonst gibt es hier möglicherweise eine Katastrophe! Mortens Andeutungen mir gegenüber waren wirklich eindeutig und...!"

„Stopp mal! Stopp mal!" unterbrach Charlotte ihn entsetzt. „Du kennst diesen Mann, nach dem die dänischen Behörden gesucht haben?"

„Oh, Mann! Ich weiß ja nicht mal, ob es derselbe ist von dem wir sprechen. Aber wenn er das ist, dann gibt es hier ein riesiges Problem. Verstehst du?"

„Nein, tue ich nicht! Ich verstehe nur, dass wir etliche Male darüber gesprochen haben und du nie ein Wort davon erwähnt hast!"

„Es hat sich halt nie ergeben und ich war mir bei allem nicht sicher, ob es so sein könnte!"

Charlotte lachte laut auf.

„Ach, Paul! Es hat sich nichts geändert. Du vertraust mir einfach nicht. Hast es nie gemacht. Schon damals bei deinen mysteriösen Todesfällen nicht und heute auch nicht. Vielleicht solltest du mal darüber nachdenken."

„Da magst du Recht haben, aber nun ist die Situation anders. Du musst was machen, sonst trifft Morten hier möglicherweise auf Angehörige der dänischen Königsfamilie und wer weiß was dann passiert. Ihr müsst ihn dort einfach aus der Menge rausziehen!"

„Paul, ich verstehe einfach nicht wovon du sprichst! Nach meinen Informationen gibt es keine Beteiligung von Mitgliedern der dänischen Königsfamilie an den Feierlichkeiten, jedenfalls nicht auf unserer Seite. Ich habe dir doch gesagt, dass es Sicherheitsbedenken gab.

Obwohl ich nicht weiß, ob das den Ausschlag für die Änderungen der Veranstaltung gegeben hat. Wenn es eine Einweihung des Terminals im Überseehafen gibt, dann sind nur Leute aus unserem Land dabei, sicherlich auch einige von der Landesregierung und vielleicht ein paar aus der dänischen Partnerstadt."

Paul sah zum Zelt neben der Anlegerbrücke, wobei ihm erst in diesem Moment klar wurde, dass mit der Planänderung zur Einweihung hier scheinbar nur noch offizielle Vertreter des Landes und der Reederei vertreten waren.

„Was meinst du eigentlich mit dem ‚auf unserer Seite'?", fragte er dennoch.

„So wie ich gehört habe, findet auch in Gedser etwas statt. Dort soll die Königin heute eine Ausstellung eröffnen. Deshalb haben die dänischen Kollegen hier auch ihre Aktivitäten eingestellt."

„Warum hast du mir das nie erzählt!", rief Paul ins Telefon.

„Was ist mit dir los?", fragte Charlotte mit hartem Ton und es blieb für einen Moment sehr still am Telefon. „Ich denke es wäre das Beste, wenn wir mal eine längere Pause machen!"

Sie legte umgehend auf und Paul stand geschockt am Zaun.

Hätte er in dem Moment gewusst, dass es das letzte Gespräch mit Charlotte sein würde und er einige Tage später den Wohnungsschlüssel in seinem Briefkasten und ein leeres Wäschefach in seinem Schrank vorfinden sollte, hätte er vielleicht anders reagiert, doch er schob sein Handy nur wütend in die Tasche und verfolgte weiter das Geschehen hinter der Absperrung.

Er entdeckte kurz darauf einen Cateringwagen der neben dem Zelt hielt und Sachen hineinbrachte.

Urplötzlich schoss ihm ein Gedanke durch den Kopf.

‚Deshalb war Morten also schon sehr früh abgereist und würde nun in Gedser auf die Königin treffen! Er muss gleich die Fähre um sechs genommen haben!'

Paul sah zum Fährbecken und erblickte am Horizont die nächste Fähre, die in einer knappen halben Stunde wieder ablegen würde.

Er zog sein Handy aus der Tasche und suchte im Internet nach der Ausstellungseröffnung in Gedser.

Sie wurde auf den Seiten der Kommune im Rahmen eines großen Volksfestes tatsächlich für den frühen Nachmittag angekündigt, samt königlicher Prominenz.

Einen kurzen Moment dachte er darüber nach, dann ging er zügig in die Schalterhalle.

„Bitte geben Sie mir ein Tagesticket für einen PKW und eine Person, nach Gedser und zurück. Für heute."

„Das macht 137 Euro. Wollen Sie etwa auch auf das Fest in Gedser?"

„Ja", nickte Paul nur und lächelte ein wenig.

„Ich wäre auch gerne dort", sagte die Frau am Schalter entzückt, während sie das Ticket ausdruckte. „Die dänische Königin wird ja erwartet und eine Ausstellung zur Geschichte des Fährhafens eröffnen, die in der umgebauten Empfangshalle eingerichtet wurde. Aber keine Angst. Die Fähre ist rechtzeitig da."

„Ja, das wird bestimmt aufregend", sagte Paul nur und reichte seine EC-Karte rüber.

Morten würde dort also endlich sein Ziel erreichen!

26

Paul trommelte mit seinen Fingern nervös auf dem Lenkrad umher.

Beim Anlegen im Hafen von Gedser verfolgte er im Wagen ungeduldig, wie die Schotten im Frachtdeck zunächst nur einen Spalt aufgefahren wurden, während sich die Bugklappe immer weiter öffnete.

Als neben ihm ein Laster seinen Motor nach einer krachenden Fehlzündung mehrmals dröhnend aufheulen ließ und er das immer stärker werdende Vibrieren der Bugschraubenmotoren spürte, war er dem Moment des Unglücks wieder sehr nah.

Plötzlich hatte er alle Bilder des Geschehens deutlich vor sich und er konnte sich nun auch die Aufstellung der Fahrzeuge einigermaßen ins Gedächtnis zurückrufen, die er während des Unglücks nur im Unterbewusstsein wahrgenommen hatte.

Lars stand mit seinem Transporter also genau zwischen der Bordwand und den Limousinen der dänischen Botschaft, die sich neben und hinter ihm aufgestellt hatten.

War Morten deswegen den Fahrzeugen bei der Einfahrt aufs Deck so langsam vorausgefahren, um sie sozusagen auf ihre Stellplätze zu dirigieren?

Urplötzlich wurde Paul klar, mit wem Morten noch kurz vor dem Eintreffen der Fähre gesprochen hatte, als er auf dem Vorplatz zu einem der Autos ging.

Es konnte nur Lars in seinem Transporter gewesen sein!

Dies würde auch erklären, warum Morten anschließend so entsetzt auf das brennende Fahrzeug gestarrt hatte.

Er hatte genau gewusst, wer hinter dem Steuer saß!

Was auch immer in jener Schrecksekunde in ihm vorgegangen sein mag, es war ihm im Nachhinein gut gelungen, dies vor allen zu verbergen.

Es war somit anzunehmen, dass Lars gar nicht vorhatte aus dem Transporter auszusteigen, nachdem er auf die Fähre gefahren war, sondern dass er sich womöglich erst später aus dem Frachtdeck schleichen wollte.

Die Türen von den Passagierdecks in Richtung der Parkebenen wurden ja während der Überfahrt gesperrt, so dass man erst kurz vor dem Einlaufen wieder zu den Fahrzeugen gehen konnte, aber umgedreht gab es ja die Möglichkeit die Türen von innen, also vom Frachtdeck aus, jederzeit über einen Notschalter zu entriegeln.

Er hätte auf diese Weise vorher ungestört alle Gasflaschen aufdrehen und den Zeitpunkt der Explosion genau festlegen können, bevor er sich unbemerkt unter die Passagiere auf den oberen Decks gemischt hätte.

Vielleicht wollte er die Detonation erst kurz vor dem Gedser Hafen auslösen?

Wäre die Bordwand durch die Wucht der Explosion dann tatsächlich aufgerissen worden und es hätte einen Wassereinbruch gegeben, gingen Morten und Lars wohl davon aus, dass sich der Kapitän in einem solchen Fall dazu entschieden hätte die Fähre in den flachen Gewässern auf eine Sandbank zu setzen.

Oder hatten sie wirklich vor, das Schiff direkt am Fähranleger untergehen zu lassen, so wie Morten es ihm geschildert hatte, als er von der Versenkung der Fähre durch die Widerstandskämpfer in den letzten Kriegstagen erzählte?

Das hätte natürlich noch gravierendere Folgen gehabt und für eine sehr lange Sperrung des Hafens gesorgt.

Egal wie es ablaufen sollte, es wäre mit Sicherheit ein schwerer Schlag für die Reederei gewesen, was aus Sicht von Lars wohl dazu führen sollte, dass sie infolgedessen gezwungen wäre die beiden zu schwer gebauten Fähren doch noch abzunehmen, wodurch dann auch die Pleite der Werft hätte verhindert werden können.

Dass die Reederei die Schiffe kurze Zeit später ohnehin aus der Konkursmasse erwerben würde, war zu diesem Zeitpunkt ja überhaupt noch nicht abzusehen.

Und Morten hätte der Monarchie mit dieser Aktion zugleich signalisiert, dass sein Kampf gegen sie noch lange nicht zu Ende ist.

Die Fahrzeuge der Botschaft hätten dann sicherlich nicht nur ein paar Lackschäden davongetragen, sondern wären garantiert komplett zerstört worden.

Und es war ihm wahrscheinlich egal, dass es nicht direkt die Fahrzeuge der Königsfamilie waren, für ihn hatte dies wohl eher einen symbolischen Charakter, eben als ein Angriff auf das bestehende politische System.

Ja, so in etwa könnten die beiden das alles geplant haben!

Aber irgendetwas muss bei ihrer Aktion völlig schiefgelaufen sein, so dass es zu dem Brand kam, noch bevor sie abgelegt hatten und Lars alle Gasflaschen aufdrehen konnte.

Aus diesem Blickwinkel heraus, verlief das Unglück wahrscheinlich noch relativ glimpflich.

Doch was wäre gewesen, wenn sie planmäßig abgelegt hätten und sich Morten und Lars auch mit dem Zeitpunkt verkalkuliert hätten, so dass es erst zur Explosion gekommen wäre, nachdem alle Passagiere wieder in ihren Fahrzeugen gesessen und nach der Überfahrt auf das Anlegen der Fähre in Gedser gewartet hätten?

Ein starker Ruck ging plötzlich beim Andocken durch das Schiff, bei dem Paul völlig zusammenschreckte und den letzten Gedanken gar nicht weiterverfolgen mochte.

Er drehte sofort den Zündschlüssel um und legte den Gang ein.

Unmittelbar darauf wurde die Schotten komplett aufgefahren und kaum hatte sich die Brücke auf das Deck abgesenkt, rollten die Fahrzeuge von Bord.

Schon als er mit der Kolonne über das Hafengelände fuhr, sah er um die Gedser Remise herum eine bunte Festmeile, wo sonst unzählige Trailer und Lkws abgestellt waren.

Es gelang ihm jedoch nur einen kurzen Blick darauf zu werfen, denn er wurde zügig mit den anderen Fahrzeugen über die Ausfahrtspuren durch die Abfertigungsschranken gesteuert, bis er fast am Ende des kleinen Ortes wieder in Richtung des alten Fährhafens zurückfahren konnte.

Nach längerem Suchen fand er weit entfernt vom Fest einen Parkplatz.

Paul hatte Gedser immer als stillen und verschlafenen Ort erlebt, der eher einer tristen Durchfahrtstation für Reisende glich, nun aber schienen sämtliche Einwohner der Insel zum Fest gekommen zu sein.

Etliche Verkaufsstände, Imbissbuden und Marktschreier drängten sich dicht an dicht.

Von einer Bühne hinter dem Lokschuppen drang Musik herüber und übertönte in Interwallen die lärmende Menschenmasse.

Paul sah sich etwas hilflos um und wusste zunächst nicht, wo er mit seiner Suche beginnen sollte.

Einen Platz, von dem aus er alles überblicken konnte, fand er auf dem flachen Gelände nicht.

Mühevoll begann er sich durch die Besuchermassen zu drängeln, allerdings wurde ihm schon nach wenigen Minuten klar, dass es ihm auf diese Weise wohl schwerlich gelingen würde Morten ausfindig zu machen.

Er kämpfte sich trotzdem weiter vor, doch die vielen Besucher versperrten ihm immer wieder die Sicht.

Kurzentschlossen stieg er auf die Deichsel eines großen Schaustellerwagens und konnte nun bis zum Vorplatz der renovierten Empfangshalle in der ehemaligen Eisenbahnstation schauen.

Der Weg dorthin war durch Barrieren abgesperrt, so dass Besucher einen großen Bogen machen mussten, um auf die andere Straßenseite zu gelangen.

Polizisten bewachten auf der Innenseite den etwa zwanzig Meter breiten Korridor, sowie mehrere Fahrzeuge, die im Halbkreis vor dem Eingang standen.

Als Paul die Motorradescorte entdeckte, die vor dem Wagen mit der königlichen Standarte wartete, wurde ihm klar, dass die Eröffnung der Ausstellung durch die Monarchin bereits in vollem Gange war.

Angespannt sah er sich weiter um und verlor fast sein Gleichgewicht, als er kurz darauf Morten tatsächlich entdeckte.

Er wäre ihm kaum aufgefallen, aber Morten war der Einzige, der fast unbeweglich auf der anderen Seite der Absperrung stand und starr zum Eingang blickte.

Paul stieg sofort von der Deichsel herunter und drängelte sich weiter vor.

Doch er kam kaum voran, und als urplötzlich ein Jubeln durch die Menge ging, drängten auch die anderen Besucher nach vorn und schoben ihn immer weiter zurück.

Mühsam bahnte er sich erneut einen Weg durch die Menschenmenge und es gelang ihm schließlich bis zur Absperrung durchzukommen.

Wenngleich er sich dabei ein ganzes Stück vom Eingang entfernt hatte, konnte er den Vorplatz nun gut überblicken.

Dennoch musste er immer wieder seine Position wechseln, denn die tausenden Fähnchen, die die Leute unermüdlich und laut schreiend umherschwenkten, machten es ihm zunehmend schwerer dem Geschehen zu folgen.

Morten stand noch immer, beinahe regungslos auf der gegenüberliegenden Seite.

Er hatte seine Schirmmütze auf und einen leichten Mantel an, den Paul bei diesen Temperaturen trotzdem für zu warm hielt.

Und es wirkte auf ihn ungewöhnlich, dass Morten den Kragen hochgeschlagen hatte und mit einer Hand zusammenhielt, während die andere in der Tasche steckte.

Paul sah, wie die Polizisten der Eskorte dazu ansetzten loszufahren, aber dann doch wieder stehenblieben.

Vor dem Eingang der Halle erschienen immer mehr Menschen und zwischen ihnen entdeckte Paul plötzlich auch die Monarchin.

So nah hatte er sie noch nie gesehen.

Sie stach mit ihrem roten Kostüm und dem gleichfarbigen Hut zwischen den schwarzen Anzügen hervor und winkte den Menschen lächelnd zu.

Urplötzlich löste sie sich von ihren Begleitern und ging auf die jubelnde Menge zu.

Umgeben von mehreren Sicherheitsleuten schritt sie die Absperrung entlang und schüttelte unzählige Hände.

Paul blickte entgeistert auf Morten, der sich mit einmal in Bewegung setzte und weiter nach vorne kämpfte.

Paul wusste nicht was er machen sollte.

Er sah sich um, aber keiner schien den alten Mann zu beachten.

Unfähig etwas zu unternehmen schaute er auf die Monarchin, die sich Morten schnell näherte und ihm kurz darauf direkt gegenüberstand.

Paul erstarrte beim Anblick der Beiden.

Morten drückte die Hand der Monarchin und wechselte mit ihr ein paar Worte.

Zwei Sicherheitsleute rückten sofort näher heran, aber die Königin winkte ab und schien Morten etwas zu fragen, denn Paul sah, wie er etwas zu ihr sagte.

Es trat etwas Ruhe um sie herum ein und sie schien Morten geduldig zuzuhören.

Er zog etwas aus seiner Tasche und reichte es ihr, doch Paul konnte nicht sehen was es war.

Die Monarchin nahm es entgegen, betrachtete es einen Moment und schüttelte ihm danach lange die Hand, bevor sie weiterging.

Paul stand noch immer wie versteinert auf seinem Platz und bekam nur noch mit, wie die Monarchin wenige Augenblicke später ins Auto stieg und sich die Wagenkolonne in Bewegung setzte.

Noch einmal brauste der Jubel auf, als die Fahrzeuge vorbeifuhren und den Festplatz verließen.

Die Musik der Jahrmarktbuden bestimmten wieder das Geschehen und die Menschentraube löste sich umgehend auf.

Paul sah zur Stelle an der Morten vorher gestanden hatte, doch der war plötzlich verschwunden.

Er hastete zurück zum Schaustellerwagen und sprang abermals auf die Deichsel, doch so sehr er sich auch anstrengte, von Morten war nichts mehr zu sehen.

Paul stieg herab und spürte, dass ihm etwas übel wurde.

Er setzte sich auf das Metallgestell und atmete einen Moment lang durch.

Mehrmals ging ihm die gerade erlebte Szene durch den Kopf, doch er war nicht fähig einen klaren Gedanken zu fassen und ging zurück zu seinem Wagen.

Als er sein Jackett auf den Beifahrersitz warf, bemerkte er, dass er völlig durchgeschwitzt war.

Er blieb einen Moment vor dem Wagen stehen und genoss den frischen Wind der vom Meer herüberwehte.

Dann ließ er sich in den Sitz fallen und rieb sich erschöpft übers Gesicht.

Minutenlang dachte er über Morten nach.

In seiner Tasche klingelte plötzlich das Handy und als er darauf schaute, sah er, dass der Direktor schon dreimal versucht hatte ihn zu erreichen.

Er ließ es klingeln und steckte es so wieder ein.

Es ging schon auf vierzehn Uhr zu und Paul dachte nur für einen kurzen Moment an das verpasste Meeting.

Doch das Klingeln weckte ihn wieder auf und nach kurzer Überlegung drehte er den Zündschlüssel um und fuhr nach Hasselö Plantage.

Er stellte den Wagen in Sichtweite von Mortens Haus ab und schaute lange darauf.

In der Siedlung war niemand zu sehen.

Paul stieg aus und ging langsam auf das Tor zu.

Noch bevor er es aufmachen konnte, hörte er eine ältere Frauenstimme hinter sich.

Paul drehte sich um und erkannte Mortens Nachbarin.

„Ach, du bist es“, sagte sie freundlich und kam auf ihn zu. „Ich hatte dich im Anzug zuerst gar nicht erkannt. Hast du etwa Interesse an dem Haus?“

„Ich verstehe nicht“, antwortete Paul etwas verstört.

„Entschuldige. Ich dachte du kommst wegen des Hauses. Du wärst der erste Kaufinteressent“, erwiderte die Nachbarin lachend.

Paul sah zum Haus und entdeckte davor ein kleines Schild mit der Aufschrift „Til Salg“.

„Will Morten das Haus etwa verkaufen?“, fragte Paul ungläubig.

„Ja, genau. Er ist ja schon weg. Das erledigt nun eine Immobilienfirma für ihn. Er verkauft es samt Inventar. Er braucht es nicht mehr, sagte er. Sein Boot hat ja auch schon neue Besitzer gefunden."

„Ich verstehe immer noch nicht", sagte Paul. „Heißt das etwa, Morten wohnt nicht mehr hier?"

„So ist es. In der vergangenen Woche war der Umzugswagen hier. Naja, es war mehr ein größerer Transporter. Er hat nur seine persönlichen Sachen mitgenommen."

Paul sah die Nachbarin irritiert an.

„Mir war so, als wenn ich ihn heute noch in Gedser gesehen hätte?"

„Ach, warst du auch dort? Königin Margrethe sollte doch heute eine Ausstellung in der neuen Schalterhalle der Fährlinie eröffnen. Da wollte Morten noch vor seiner Abreise hin. Sich verabschieden, wie er sagte."

„Sich verabschieden? Wo ist er denn hin?"

Die Nachbarin kam etwas näher.

„Ich weiß nicht, ob Morten dir das mal erzählt hat. Seine Eltern waren ja in der Kommunistischen Partei, und während des Krieges aktiv im Widerstand. Seine Mutter wurde schon kurz nach dem Einmarsch der Deutschen verhaftet und kam im KZ um. Sein Vater wurde bei einer Aktion gegen die Besatzer in eine wilde Schießerei verwickelt und konnte mit Morten in letzter Minute entkommen. Morten wurde auf der Flucht allerdings angeschossen und schwer verletzt. Sie schafften es gerade noch so mit einem Fischerboot auf die schwedische Seite. Dort kamen sie bei Freunden unter. Zu diesen Leuten und deren Kinder hatte er immer einen sehr engen Kontakt. Er sagte einmal, dass er dort sterben möchte, wo ihm das Leben ein zweites Mal geschenkt wurde."

Paul sah zum Haus und dann wieder auf das kleine Schild.

„Nach Schweden also", sagte er leise.

„Morten geht es gesundheitlich nicht mehr so gut", sagte die Nachbarin verständnisvoll. „Er hat ja auch schon die achtzig weit überschritten. Er wollte sich noch einmal ein paar Orte anschauen, die ihm wichtig waren. Er war ja auch noch in Rostock. Die schwedischen Freunde sind mit ihm in den letzten Tagen ein paar Stationen abgefahren. Und er hatte dort wohl noch ein Jagdgewehr gekauft, da er schon immer einmal vorhatte in den schwedischen Wäldern auf Elchjagd zu gehen. Dass er sich allerdings von unserer Monarchin verabschieden wollte, hatte mich anfangs auch gewundert. Er ist ja ein entschiedener Gegner unseres Herrschaftshauses. Vielleicht war es wirklich so wie er es gesagt hatte, dass er endlich mit allen seinen Frieden machen wolle."

Paul hörte erschöpft zu und stand sprachlos am Tor.

„Moment!", sagte die Nachbarin plötzlich. „Fast hätte ich es vergessen. Ich sollte dir noch etwas geben."

Sie ging ins Haus und kam sofort wieder zu ihm.

„Morten war heute Morgen noch kurz hier. Er schien sich ziemlich sicher zu sein, dass du hier irgendwann mal wieder herkommen wirst. Er wollte es schon im Hotel für dich abgeben, aber er sagte mir, dass er es vor lauter Aufregung einfach vergessen hätte."

Sie reichte Paul ein kleines Päckchen in der Größe eines Taschenbuches, dass in graubraunem Packpapier eingewickelt und mit einer groben Schnur aus Hanf zugebunden war.

Paul nahm es in die Hand und wickelte es aus.

Es war die Mao-Bibel und die Miniaturausgabe des Kommunistischen Manifestes.

„Morten sagte mir, dass du eine Tochter hättest und sie damit bestimmt etwas anfangen könnte."

„Ja", sagte Paul wie gelähmt. „Ganz bestimmt. Das Buch war eine Erinnerung an seinen Vater."

„Das hat er mir auch erzählt", bestätigte die Nachbarin. „Er hat ja selber keine Kinder und trotzdem war es ihm immer wichtig, dass sich jungen Menschen mit solchen Ideen kritisch auseinandersetzen."

Die Nachbarin wurde gerufen und verabschiedete sich schnell von ihm.

Paul torkelte fast zu seinem Wagen.

Völlig benommen fuhr er zurück und erreichte im letzten Moment die Fähre.

Auf dem Achterdeck stand er unbeweglich an der Reling, bis die Silhouette der Insel immer kleiner wurde.

Er kam erst wieder zu sich als der Wind plötzlich drehte und kräftig aus Nord-Nord-Ost wehte.

Paul schaute übers Meer in diese Richtung.

Irgendwo dort lag Smedsbo.

Es war wie ein Abschiedsgruß von Morten.

Epilog

Mitte Oktober änderte sich schlagartig das Wetter und mit einem gewaltigen Sturm fegte ein eiskalter Wind aus dem Norden über die Ostsee.

Er vertrieb auch die letzten Urlauber, die noch wenige Tage zuvor bei fast sommerlichen Temperaturen am Strand gelegen hatten.

Der Umschwung kam so überraschend, dass einige Strandkorbbesitzer es nicht mehr geschafft hatten ihre Körbe in Sicherheit zu bringen und nun zusehen mussten, wie die tosenden Wellen mit ihnen spielten, bis sie auseinanderbrachen und sich die Einzelteile über die kilometerlangen Strände verteilten oder ganz im Meer versanken.

Unerbittlich drückte das Wasser in diesen Tagen an die Dünen und verschlang mit Leichtigkeit all jenen Sand, der erst zum Anfang der Saison mühevoll aufgespült worden war.

Der Sturm hatte die Küste ein weiteres Mal nach seinem Willen geformt.

Erst nach vier Tagen beruhigte sich das Wetter wieder und bei leicht ablandigem Wind erwärmte die Sonne mit letzter Kraft noch einmal die Strände.

In Warnemünde genossen viele das frühherbstliche Wetter und füllten sofort wieder die Bereiche um den alten Strom, wohlwissend, dass es vielleicht die letzte Gelegenheit war noch einmal draußen seinen Kaffee zu trinken.

Auch Paul hatte sich mit Mia dort zum Essen getroffen.

„Das wird man wahrscheinlich auch nicht mehr zu sehen bekommen“, sagte Paul und zeigte dabei auf die

Hafeneinfahrt, als sie bei einem anschließenden Spaziergang auf dem neu gestalteten Ende der Mittelmole standen.

Mia rückte sofort näher an die Brüstung heran.

„Treibt etwa wieder ein Strandkorb durch die Fahrrinne?", lachte sie.

„Nein, das nicht. Ich meine die beiden Fähren. Sie treffen sich ja normalerweise auf der Mitte der Strecke zwischen Rostock und Gedser, doch die neue passiert in wenigen Minuten die Mole und die alte siehst du vom Überseehafen her gerade auslaufen. Es ist sicher ein Zeichen dafür, dass die ältere von ihnen schon wieder wegen einer technischen Panne verspätet abgefahren ist."

„Die alte Fähre sieht aber auch runtergekommen aus! Bei jeder Fahrt über die Ostsee scheint sie etwas von ihrer Außenhülle zu verlieren. Erinnert mich irgendwie an Blätterteig. Man hat echt keine Lust mehr auf so einen Kahn zu steigen. Das fällt besonders auf, wenn man auf die neue schaut."

„In ein paar Monaten soll ja auch die zweite umgebaute Fähre in Betrieb gehen, spätestens dann wird die alte aus dem regulären Betrieb genommen. Dann ist das Kapitel auch abgeschlossen", sagte Paul gedankenvoll beim Blick auf das Schiff.

„Geschichte verschwindet einfach."

„Warum sagst du immer ‚Geschichte verschwindet'? Geschichte kann nicht verschwinden, Geschichten dagegen schon", verbessert ihn Mia und grinste. „Dann können wir im nächsten Sommer also mit der neuen Fähre auf die dänische Insel fahren? Es gibt ja auch andere Orte als Mortens Siedlung."

Sie schaute Paul von der Seite an, als wenn sie prüfen wollte, wie er darauf reagieren würde.

„Wie es Morten wohl jetzt in Schweden ergehen mag? Hast du eigentlich mal wieder irgendetwas von ihm gehört?"

„Nein", sagte Paul kopfschüttelnd und schaute zur neuen Fähre, sie sich ihnen langsam näherte.

Seit Mortens Abreise vor einigen Monaten, verblasten allmählich die Erinnerungen an die ungewöhnlichen Sommertage.

Abrupt endete an jenem Tag in Gedser aber auch sein Verlangen, genau herauszufinden, was damals im Einzelnen auf der Unglücksfähre abgelaufen war, wenngleich die Parallelen zu der früheren Aktion von Lars und Morten für ihn unverkennbar und eindeutig waren.

Doch es blieb für ihn ein ungelüftetes Geheimnis und Morten würde es, wie möglicherweise auch viele andere Dinge aus seinem Leben, einfach mit ins Grab nehmen.

In den Medien wurde dieser Fall nie wieder erwähnt, und so war davon auszugehen, dass er wirklich bei den ermittelnden Behörden als Unfall zu den Akten gelegt wurde.

Auch mit Gitta Niemann hatte er seitdem nicht wieder gesprochen, genauso wenig wie mit Charlotte.

Ein paar Mal dachte er daran sie anzurufen, aber sobald er das Handy in der Hand hatte, verwarf er den Gedanken daran wieder.

Sie war eine Episode in seinem Leben geblieben und Paul war froh, dass er Mia nichts von ihr erzählt hatte.

Genauso wenig wie von der Tatsache, dass ihn die Suche nach der Wahrheit über Morten fast den Job gekostet hätte.

Dass er infolge seiner überstürzten Aktion nur mit einer Abmahnung davongekommen war, verdankte er einzig dem Umstand, dass der Direktor wusste, wie schwer es war, jemand für die Firmenakquise zu bekommen, die nicht nur mit vielen Überstunden und strapaziösen Dienstreisen verbunden war, sondern zudem noch äußerst schlecht bezahlt wurde.

Er machte Paul gegenüber aber keinen Hehl daraus, dass er ihn am liebsten sofort rausgeschmissen hätte und ließ ihn dies in der Folgezeit auch deutlich spüren.

Ja, Morten hatte sein Leben für einen Moment wahrlich heftig durcheinandergewirbelt.

„Nein. Ich glaube auch nicht, dass sich unsere Wege noch einmal kreuzen werden. Das ist jetzt ebenfalls Geschichte, wie alles hier um uns herum", sagte er fast erleichtert und beschrieb mit der Hand einen Bogen. „Auf den Tafeln da drüben ist das gut dargestellt."

Er ging zu einer Schautafel, die ein paar Meter von der Brüstung entfernt aufgestellt war und Mia folgte ihm.

„Gedser hat es wesentlich besser hinbekommen seine Historie zu bewahren", sagte er und tippte auf die Fotos und Artikel, die über die Geschichte des alten Fährhafens in Warnemünde informierten, dessen Becken nunmehr zugeschüttet und durch eine moderne Kaikante ersetzt worden war.

„Nichts erinnert hier mehr an die älteste deutsche Eisenbahnfährverbindung nach Skandinavien. Im Fährhafen von Gedser steht dagegen noch ein Großteil der Gebäude aus der Anfangszeit des Fähr- und Eisenbahnverkehres. Das älteste Bauwerk davon soll noch aus dem Jahre 1886 stammen. In der jetzigen Schalterhalle gibt es dort sogar eine kleine Ausstellung zur Geschichte. Die ist wirklich sehr aufschlussreich. Hier weist kaum noch etwas darauf hin und wenn irgendwann alles bebaut ist, wird man sich schon gar nicht mehr daran erinnern, wie es auf diesem Flecken einst aussah."

Er ging zum zweiten Schaukasten und blieb lange vor ihm stehen.

„Im Fährcenter in Gedser wird in der Ausstellung über die Landung der Deutschen während des Zweiten Weltkrieges berichtet. Auch wie zum Ende des Krieges die Fähre ‚Danmark' von Widerstandskämpfern direkt im Hafenbecken versenkt wurde" sagte er gedankenverloren und sah Mia an.

„Wenngleich ich von Morten nichts mehr gehört habe, vergeht kaum ein Tag, an dem ich nicht an ihn denken muss. Durch ihn bin ich ja überhaupt erst wieder darauf gekommen, mich mit der Zeit während des Krieges, aber auch mit der Zeit danach zu beschäftigen. Obwohl deine Großeltern in ihren jungen Jahren diese schreckliche Zeit miterlebt haben und dein Großvater als Kind 1945 auf dem Treck von Ostpreußen nach Mecklenburg fast umgekommen wäre, wurde in unserer Familie nie darüber gesprochen. Es war ein absolutes Tabuthema. Möglicherweise noch nicht einmal aus Unwillen, sondern weil sie nicht mehr an diese schreckliche Zeit erinnert werden wollten. Ich kann mir daher vieles auch nur zusammenreimen, was damals geschehen ist, und für eure Generation ist das Ganze vielleicht noch unfassbarer."

„Das stimmt. Diese Zeit bleibt für uns mehr oder weniger abstrakt, es sei denn, man trifft noch auf solche Menschen wie Morten, die ihre Erlebnisse als Zeitzeugen erzählen können. Also warte nicht zu lange und erzähl mir endlich mal, wie die Zeit vor dem Mauerfall bei euch ausgesehen hat."

„Sehe ich schon so alt aus?"

„Nein", lachte Mia, „natürlich nicht! Aber die Ostseewochen und die Zeit damals, scheint sich ja auch bei dir in ein Nichts aufzulösen."

„Ja", sagte Paul nachdenklich. „Da ist so vieles in Vergessenheit geraten. Erst durch solche Ereignisse, wie mit

Morten, stößt man wieder auf die eigene Vergangenheit."

Die neue Fähre zog an ihnen vorbei und Mia winkte den Leuten zu, die auf dem Deck standen.

„Ich bin mal gespannt, was dieses Schiff eines Tages erzählen kann. Noch hat es ja keine Geschichte", sagte sie.

Paul drehte sich mit einem Ruck zur Fähre um und musste laut lachen.

„Du wirst kaum glauben, was die in ihrem kurzen Dasein schon für eine hinter sich hat. Komm lass uns noch einen Tee oder Kaffee trinken und ich erzähle dir dann mal, wie du ein solch gewaltiges Schiff erstehen kannst, welches eigentlich so um die neunzig Millionen Euro kostet, ohne dafür auch nur einen einzigen Cent auf den Tisch legen zu müssen."

Nachwort

Auf die Frage, wie man gleich zwei Schiffe um jeweils 700 Tonnen zu schwer bauen konnte, so dass sie nach dem Stapellauf wieder komplett entkernt und umgebaut werden mussten, habe ich die erstaunlichsten Antworten erhalten, doch nicht eine davon konnte erklären, wer für dieses Dilemma verantwortlich war, welches nicht nur eine Werft in den Konkurs und über tausend Mitarbeiter in die Arbeitslosigkeit geschickt hatte, sondern auch die Kasse des Landes um mehrere hundert Millionen Euro erleichterte.

Vielleicht werden erst die bevorstehenden langjährigen Gerichtsverfahren den Fall entwirren können, vielleicht gerät aber auch alles in Vergessenheit.

Geschichte verschwindet eben.

Ja, ja ich weiß!

Geschichte nicht, aber Geschichten schon.

Was wiederum sehr bedauerlich ist, denn es sind ja gerade diese Geschichten, die viel über die Stadt und ihre Bewohner aussagen, wenngleich ich an dieser Stelle darauf hinweisen möchte, dass alle Ähnlichkeiten in meinem Buch zu realen Personen rein zufällig sind.

Ein Kriminalroman, vor allem wenn er den Anspruch auf regionalen Bezug erhebt, lebt ja von der Authentizität zu Orten und Begebenheiten.

Somit *könnte* es sich alles so abgespielt haben, aber vielleicht verlief es auch ein klein wenig anders.

Als Romanschreiber flirte ich fortlaufend mit Raum und Zeit, um das Fiktive mit dem Realen zu verbinden, und bin somit für das Resultat auch nur allein verantwortlich.

Rostock im Februar 2018 Axel Behrendt

Bereits erschienen:

„Katalyse"

Kriminalroman

Es sind die sommerlichen und erlebnisreichen Tage der Hanse Sail in Rostock, die Paul bestens geeignet erscheinen, um sie mit einer Frau zu verbringen, die er erst kurz zuvor kennengelernt hat.

Doch nach unbeschwerten Stunden auf dem maritimen Fest, wird er durch sie unversehens in kriminelle Ereignisse hineingezogen und mit mysteriösen Todesfällen konfrontiert, die ihn letztendlich dazu zwingen eigene Ermittlungen anzustellen.

Seine anfangs etwas unbeholfene und abenteuerliche Recherche führt ihn schließlich zur Rostocker Universität und zu einem Institut, wo an Nanotechnologien geforscht wird.

Was er dort entdeckt, vor allem aber die Menschen, die ihm während seiner Suche begegnen, verändern seine Sicht auf die Hansestadt und deren Bewohner auf dramatische Weise.

www. Rostock-Krimi.de